Katja A. Freese

Noch tausend Schritte bis Jerusalem

Roman

Verlag:
K. A. Freese
Am Ostpark 4
44143 Dortmund
subtext@web.de

Druck: epubli – ein Service der neopubli GmbH, Berlin
ISBN: 978-3-7531-6957-6

Dir gewidmet, Judas

„Es gibt einen Platz, den du füllen musst, den niemand sonst füllen kann, und es gibt etwas für dich zu tun, das niemand sonst tun kann."

Plato

TEIL I

DIE FRAGE

Zum ersten Mal seit langer Zeit kam der Albtraum zurück. Obwohl er mich seit meiner Kindheit verfolgte, sich im Schatten meiner Knochen versteckt hielt, verlor er seinen Schrecken nie. Er war so wirklich, so endgültig wie eine Erinnerung.

Jerusalem. Ich zwänge mich durch die Gassen. Über mir erhebt sich der Tempel. Eine Rauchwolke entsteigt dem Opferfeuer und schwärzt das Blau des Himmels. Die Menschen drängen mich ab, sie ersticken mich mit ihrer grellen Sensationsgier, ich schwitze, ich würge, ich schreie, aber sie helfen mir nicht. Mich überkommt das verzweifelte Gefühl, laufen zu müssen, zu stoßen, zu beten, damit es nicht zu spät sein möge. *Weiter! Weiter!* Aber ich würde nicht rechtzeitig dort sein, um das Allerheiligste zu schützen. Ich gehe zu Boden. Ich kämpfe besessen darum, mich erheben, weiterlaufen zu können. Menschen trampeln über mich, bleiben auf meinem Körper stehen. Ich winde mich hin und her, mein Mund vor Qual aufgerissen, doch kein Laut entkommt ihm. Alles, was ich höre, ist ein dichtes Rauschen, das über dem Gekreische der Menge brennt. Ich spüre das vertraute Zittern in meinem Körper kurz vor einem meiner Anfälle. An dieser Stelle, mit diesem Zittern endete der Traum. Es war, als wäre ich vor dem Aufwachen zerbrochen.

Mit einem nach innen geatmeten Schrei fuhr ich hoch. Ich schlug um mich und sprang auf. Im Dunkeln stolperte ich gegen die Wand. Ich tastete mich vor bis zu dem kleinen Fensterloch, riss den Vorhang beiseite. Der Geruch von Regen wehte herein. Ich brauchte Kälte, Kälte gegen dieses Gefühl.

Wieso kam der Albtraum jetzt? Dass ich mich in Judäas Hauptstadt aufgehalten hatte, lag mehr als eine Woche zurück. Allerdings hatte ich dort keinen Schlaf gefunden, sondern vom Dach meiner Herberge aus das zusammengepferchte Volk beobachtet: ein großer köchelnder Eintopf fertig gegart zum Passahfest. Selbst aus der sicheren Höhe war es mir, als würde ich Teil dieses fauligen Leibes Jerusalem sein und in seiner drängenden Erregung untergehen.

Bis es dämmerte, stand ich in der Dunkelheit meiner Kammer und atmete mich still zitternd dem Morgen entgegen.

Am Mittag kam die Sonne durch die Wolken und trocknete die dunkelgeregneten Straßen Sepphoris. Den Weg entlang des Cardo Maximus betrachtete ich die Gebäude. Sie waren nach römischer Art gefertigt und durchaus prachtvoll. Doch wer einmal den glanzvollen weißen Marmor Roms erblickt hatte, sah in Sepphoris nur das, was es war: eine provinzielle Kopie aus Granit und Kalkstein.

Bald erreichte ich das Zentrum. Dumpfe Trommelschläge pulsten unter dem Gelärme der Marktbesucher, zogen mich hinein in den Alltag. Der Albtraum hatte sich vor dem Tageslicht geduckt und war gewichen; nur diesmal blieb ein Reißen in den Knochen zurück, wie eine Warnung.

Als ich in Höhe des Springbrunnens die Kunstschätze der Händler inspizierte, kam mir der Kaufmann Amos entgegen.

„Judas! Die Statue aus Byzanz ist eingetroffen! Ich sage dir, es

ist eine unvergleichliche Kostbarkeit!"
„Und sicherlich hat sie auch einen unvergleichlichen Preis", erwiderte ich und schob mich an einem Karren mit gefärbten Stoffen vorbei, um ihn zu begrüßen.
„Du weißt, wie hoch eure Familie in meiner Gunst steht, mein Freund. Habe ich euch je übervorteilt? Tatsächlich verarme ich bei unseren Geschäften regelrecht!"
„Erzähl mir mehr von der Statue und welche Angebote dir Samuel und Titus Flavius unterbreitet haben."
Amos zwirbelte seinen Bart und schüttelte den Kopf. „Titus wird noch heute in mein Geschäft kommen. Und Samuel? Der ist ein Halsabschneider, er glaubt, die Statue für den Preis eines Brotes zu bekommen! Im Gegensatz zu dir versteht er nichts von Kunst! Du wirst die feine Arbeit der Gesichtszüge zu schätzen wissen, sie ist anbetungswürdig ..."
„Dann zeig sie mir."
Unter weiteren Lobesworten führte Amos mich zielsicher durch die Menge in sein Geschäft hinein. Im vorderen Bereich ging es laut zu, Amos' Neffe schien mit drei Kunden gleichzeitig um verschiedene Waren zu feilschen. Wir gingen durch einen Korridor in das dunkle Lager; nur schemenhaft konnte man einen Umriss in dessen Mitte ausmachen. In der Stille hielt ich den Atem an und beobachtete, wie Amos bedächtig das hölzerne Tor zum Innenhof aufstieß. Gleißendes Tageslicht und das Raunen der Stadt erfüllten sogleich den Raum. Amos zeigte mit gesenktem Blick – als würde er einer Göttin ansichtig – auf eine Frauenstatue, die mir bis zur Schulter reichte. Erwartungsvoll ging ich näher. Amos hatte nicht übertrieben, sie war kunstvoll gearbeitet, der rosafarbene Marmor unterstrich die Zartheit ihrer Haut. Die größte Kunst

bestand für mich darin, die steinernen Gesichter sprechen zu lassen. Doch alles, was ich in diesem Antlitz lesen konnte, langweilte mich bereits nach einem Moment. Das Gesicht zeigte nichts als zarte Lieblichkeit, die Augen enthielten bloße Leere. Ich schüttelte den Kopf.

„Nein?!", rief Amos aus. Er wirkte, als wollte er auf die Knie sinken.

„Sieh genau hin, Judas!" Um seinen Worten Nachdruck zu verleihen, trat er hinter die Statue und drückte ihre glatten Schultern wie die einer heiratsfähigen Tochter, die sich nicht richtig zu präsentieren wusste.

„Ja, der Torso ist hervorragend gearbeitet, das ist wahr, jede Gewandfalte einwandfrei." Ich strich mit einem Finger über das kühle Rosa ihrer Hüfte und schaute dann bedauernd auf das Frauengesicht. „Vielleicht ohne Kopf ..."

Amos schlug sich die Hände vors Gesicht.

„Ich hatte bereits deinem Onkel von dieser Lieferung berichtet! Ich sagte ihm, es sei das Abbild Lavernias. Er war sehr interessiert!"

„Glaub mir, meine Tante wäre nicht geschmeichelt, und ihr Blick ist gnadenloser als meiner."

Mein Onkel hatte keinen Sinn für wahrhaft Schönes, ebenso wenig mein Vater. Tiefer als auf die Oberfläche von Ding oder Mensch vermochten sie nicht zu sehen. Lavernia hatte es rasch verstanden, mich für die wirklich wichtigen Verhandlungen einzusetzen, so wie sie von jeher die Geschicke dieser Familie lenkte.

In diesem Moment betrat Titus Flavius Crispus – ein befreundeter Händler – das Lager. Er strich sich über sein ungewöhnlich blondes Haar und sagte: „Ich hatte gehofft, vor dir hier zu sein, Judas! Mit Samuel kann ich es leicht aufnehmen, doch wir zwei werden lang um diese Frau kämpfen müssen."

Er rieb sich lächelnd die Hände. Amos zeigte auf mich und klagte, noch ehe ich Titus begrüßen konnte: „Er will ihr den Kopf abschlagen!"

Ich zuckte mit den Schultern, und Titus lachte. Er näherte sich der Statue und fasste ihr unters Kinn. Eine Weile studierte er das Gesicht, während Amos den Atem anhielt und so geduckt dastand, als erwartete er Schläge.

„Was missfällt dir an ihr, Judas?", fragte er und strich ihr über die glatten Lippen. „Ihre Schönheit ist makellos und wird im Gegensatz zu der meines Eheweibes niemals welken!"

Amos atmete laut auf. Ich trat neben Titus und musterte den rosafarbenen Marmor der Statue.

„Ihr Anblick lädt zu keiner Frage ein und somit nicht zum Verweilen", sagte ich. „Ihr Gesicht verrät dem Betrachter nur eines: dass der Bildhauer ein begnadeter Handwerker, aber kein Künstler ist."

Ich sah, wie Amos seine Hände rang.

„Nun, Amos", sprach Titus, „mir persönlich genügt begnadete Handwerkskunst."

Amos seufzte erleichtert. „Wenigstens einer von euch schätzt ihre Vollkommenheit!"

Ich zwinkerte Titus zu und begann, durch das Lager zu schlendern, während er und Amos miteinander verhandelten. Als ich meine Runde beendet hatte, sahen beide höchst zufrieden aus.

Nach einer Schale Wein und der üblichen Höflichkeitszeremonie verabschiedeten wir uns von Amos und traten durch

die Ladentür auf die dicht bevölkerte Straße. Titus legte kurz seine Hand auf meine Schulter, als ich mich einem weiteren Geschäft zuwenden wollte.
„Ich bin zu einem Essen geladen, bei dem du nicht fehlen solltest“, sagte er. „Die Gäste werden dich vielleicht interessieren, einer kommt geradewegs aus Athen und wird ein würdiger Redner für deine philosophischen Debatten sein. Er hofft, dich zu treffen.“
Ich überlegte einen Augenblick und nickte dann. Wein und Unterhaltung waren vermutlich die richtige Ablenkung, um die Nacht aus den Knochen zu bekommen.
„Die Griechen mögen kluge Männer, die schön sind“, scherzte Titus.
„Die Römer geben sich mit bloßer Schönheit zufrieden“, versetzte ich, und er lachte.
Während wir uns an den Marktbesuchern vorbeischlängelten, ließ ich meinen Blick über die Menschen wandern. Im Gegensatz zu der byzantinischen Statue aus Amos’ Lager trugen diese Gesichter Geschichten in sich, sie erzählten von dem Land, in dem sie lebten. Sowohl der Winter als auch die jährliche Steuer hatte den ein oder anderen Riss in die Haut gezogen und manches Haar geweißt. Zudem kam das Joch hinzu, von Römern und Sadduzäern regiert zu werden. Durch die Heirat meines Onkels mit einer Römerin lebte ich teils in der römischen, teils in der jüdischen Welt, die gegensätzlicher nicht hätten sein können. Es war, als hätte ich mein Leben lang versucht, mich im sandigen Wüstenboden und gleichsam im Wasser zu verwurzeln.
Ich folgte Titus die überdachten Säulengänge entlang bis zu einem der Häuser, die mit Fresken verziert waren und mit

rotem Ziegeldach glänzten. Ein Sklave geleitete uns durch das kühle Innere in einen prächtigen Speiseraum; hier lagen bereits mehrere Männer auf gepolsterten Bänken zu Tisch und begrüßten uns begeistert.
„Freunde!“, rief Titus. „Wer ihn noch nicht kennt: Dies ist Judas Iskarioth, ein erfolgreicher Kunsthändler und äußerst kluger Mann.“
Ich schüttelte den Kopf über diese theatralische Vorstellung. Die Anwesenden nutzten die Gelegenheit und griffen zu ihren Weinschalen, um uns zuzuprosten. Nur wenige vertraute Gesichter waren unter ihnen. Titus und ich suchten uns eine Bank zwischen dem Dutzend Männer und ließen uns nieder. Mir gegenüber lagerte der Philosoph, der ein klassischeres Profil nicht hätte haben können.
„Sei mir gegrüßt“, sprach er freundlich auf Griechisch und hob noch einmal seine Schale. „Ich bin Zenon aus Athen und immer erfreut, mein Wissen gegen ein anderes zu stellen.“
Ich griff ebenfalls zum Wein und hob an.
„Ihr werdet enttäuscht sein, Zenon, denn ich habe nicht vor, gegen euch anzutreten“, sagte ich ebenso freundlich, und die meisten blickten auf. „Mir geht es nicht darum, mein Wissen zu testen, sondern es zu erweitern, und zwar um die eine bedeutende Antwort, die mir fehlt.“
Zenon setzte sich auf und sah mich mit einer Mischung aus Argwohn und Interesse an.
„Wie lautet die Frage?“
„Ich frage mich, warum das Leben so beschissen und Gott so ein quälender Mistkerl ist, der es nicht schafft, dem Menschen eine einfache Antwort zu geben“, sagte ich ernst. Verblüffte Gesichter schauten mich an, dann erfüllte brüllendes Geläch-

ter den Speiseraum; selbst Zenon stimmte mit ein.

Ein Mann mit leicht schräg stehenden Augen grinste mir zu und sprach: „Nun, ich muss zugeben, dass du zu der einzig richtigen Frage gelangt bist!“

Ich lächelte zurück. Er stellte sich als Thomas aus Caesarea Philippi vor. Zenon sah seine ernsthafte Diskussion gefährdet und befragte den Mann, der auf der anderen Seite neben mir lag. Mit seiner makellos weißen Toga und dem großen, muskulösen Körper wirkte er wie die zum Leben erweckte Vorlage des Helden Herakles.

„Ich mache mir nichts aus Philosophie“, antwortete er in gebrochenem Griechisch und ließ seinen Blick über mich wandern.

Zenon – merklich angetan von dem makellosen Hünen – versuchte es weiter und fragte ihn nach seinem Namen. Der Hüne schaute noch immer in meine Richtung, reichte mir eine Platte mit Hummerfleisch herüber und sagte: „Ich bin Marcus Iunius Scipio aus Rom. Ich soll mich einige Zeit in diesem Land aufhalten, um es kennenzulernen.“

Ich lehnte den Hummer ab und nahm mir Brot und gewürzte Feigen.

„Und was hast du bereits gesehen?“, fragte Zenon weiter.

„Sepphoris.“

Ich konnte ein Lachen nicht unterdrücken, und Marcus sah mich erstaunt an.

„Sepphoris“, begann ich, „ist die Nachbildung einer römischen Stadt, erbaut auf den Überresten eines 1000-Seelen-Dorfes, dessen jüdische Einwohner allesamt von den Römern in die Sklaverei verkauft worden sind. Hier gibt es nichts, was du nicht schon kennen dürftest, nicht wahr?“

Marcus riss die Augen auf und sagte rasch: „König Herodes Antipas hat hier seinen Palast!“
Der Philosoph Zenon bewunderte offenkundig Marcus’ Erscheinung, aber schien nun doch froh, einem Gespräch mit ihm entgangen zu sein.
Titus warf ein: „Du bist Römer wie ich, Marcus. Was glaubst du, wer in diesem Land das Sagen hat?“
Marcus schaute verwirrt.
„Es gibt keinen König der Juden mehr, dafür hat euer Kaiser gesorgt. Herodes Antipas ist lediglich Tetrarch von Galiläa und Peräa“, half ich ihm aus der Misere. „Das Herz dieses Landes ist Jerusalem, dort wirst du eindeutig mehr über Israel erfahren.“
Ich biss von dem hellen weichen Brot ab.
„Jerusalem.“ Marcus nickte. „Davon habe ich schon mal gehört.“
„Ach.“ Ich verschluckte mich. Rasch drehte ich meinen Kopf in die andere Richtung und fing das verstehende Grinsen von Thomas auf. Ich verlor mich in einem Hustenanfall. Marcus streckte seinen Arm aus und klopfte mir erschreckend sanft auf den Rücken. Ich trank aus meiner Weinschale und wartete darauf, dass er seine Hand von mir nehmen würde. Damit hatte er es nicht eilig und schob mir stumm einen Delikatessenteller zu.
„Judas“, sprach Thomas mich an, „du musst mir unbedingt mehr von Gott erzählen. Du scheinst ihn gut zu kennen!“
„Oh ja, ich bin ein großer Bewunderer seines Könnens.“ Ich beugte mich absichtlich weit über den Tisch, um nach den Honigmandeln zu greifen, doch Marcus’ Hand rutschte lediglich meinen Rücken herab und blieb unangenehm vertraulich

auf Höhe meiner Nieren liegen. Ich widerstand dem Drang, seine Hand wegzudrücken und bat ihn stattdessen, mir die schwere Platte mit den aufgestapelten Barben herüberzuziehen. Freudig, mir einen Gefallen tun zu können, ließ er mich los und langte mit beiden Händen nach der Silberplatte. Thomas nutzte die Gelegenheit, den Platz zu wechseln und drängte sich zwischen Marcus und mich. Er lächelte den enttäuschten Hünen an und nahm sich von dem Fisch.

„Ah, großartig! Gespräche über Gott machen mir immer Appetit." Er schlang genüsslich das weiße Fleisch herunter und fragte mich: „Ich nehme an, Johannes den Täufer hast du dir schon angehört?"

Ich nickte.

„Und?"

Ich winkte ab. „Zu weltfremd."

„Um Himmels Willen, ja! Sollen wir uns allesamt in die Wüste schlagen und nichts mehr essen?" Allein bei diesem Gedanken schien Thomas noch mehr Appetit zu bekommen, warf sich einige Datteln in den Mund und kaute kopfschüttelnd.

„Wenn Johannes dir zu wenig Unterhaltungswert besitzt, dann müsste dir Simon Magus mit seinen Zauberkunststücken besser gefallen", folgerte ich augenzwinkernd. Thomas lachte laut.

„Ich muss zugeben, er hat mich nicht schlecht unterhalten. Seine Verrenkungen, als er in geistige Ekstase geriet, waren wirklich amüsant!"

„Amüsanter fand ich die Frauen, die zuhauf vor seinen Füßen in Ohnmacht fielen."

„Ja! Ein magischer Wahnsinniger müsste man sein ... ", sprach Thomas und tippte dann an seine Schläfe. „Wo wir gerade von Weibern reden: Hast du vielleicht schon von dem Lehrer gehört, der auch Frauen unterrichtet? Mein Vetter hat mir von ihm erzählt, doch ich erinnere mich nicht mehr an seinen Namen."

„Er unterrichtet Frauen? Von so einem habe ich noch nichts gehört."

Thomas sah von seinem Fisch auf und nickte. Nachdenklich griff ich nach meiner Weinschale.

„Weißt du, wo er anzutreffen ist?", fragte ich nach einem langen Schluck. „Wenn ich in der Gegend sein sollte, würde ich ihn mir anhören."

Thomas zuckte bedauernd mit den Schultern und nickte unauffällig zu Marcus. Er beobachtete mich noch immer. Ihm gegenüber stopfte sich der Philosoph den Bauch mit Hummerfleisch voll und starrte seinerseits Marcus an. Thomas zog vielsagend die Augenbrauen hoch.

Bis zum frühen Abend tranken und redeten wir, dann ermüdete ich und verabschiedete mich von der Tafel.

„Ich breche morgen nach Caesarea Philippi auf, aber möglicherweise sehen wir uns wieder", sagte Thomas zum Abschied.

Ich war mittlerweile angetrunken und folgte bedächtiger als üblich einem Diener zur Tür. Ich bedankte mich und trat nach draußen in die Nacht. Ich drehte mich um, als ich hinter mir Schritte vernahm, und sah mich Marcus – dem Herakles – gegenüber; im Stehen wirkte er noch sehr viel imposanter. Doch offenbar wusste er nicht, was er sagen sollte.

„Willst du auch gerade gehen?", fragte ich in das unangenehme Schweigen.

„Äh, ja." Marcus folgte mir nach draußen auf die belebte

Straße. Ich konnte es kaum glauben, dass er wieder seine Hand auf meinen Rücken legte. Sie war wie ein Tier, das man nicht abschütteln konnte.
„Bist du es gewohnt, immer zu bekommen, was du dir wünschst?"
Überrascht antwortete er: „Ja, meistens."
„Und wie ist das so? Ist das Leben nicht trotzdem in seinem dunklen Innern beängstigend und zutiefst beunruhigend?", fragte ich und starrte in seine hellen Augen. Ich dachte an all die tiefen Stunden, welche einem jeden von uns auflauerten, schwarz und einsam.
„Ja", stammelte Marcus und ließ mich los.
Ich wandte mich ab. „Gute Nacht, Held."
Er folgte mir nicht. Ich suchte mein Zimmer auf und ließ mich erschöpft auf das Lager fallen. Ich sank in einen Halbschlaf voll von Stimmen und Menschen, die mich bedrängten, träumte von einer Verhandlung, die ich über eine unaussprechliche Kostbarkeit führte, ein heiliges Artefakt, das ich schützen musste. Ich verhandelte, versagte. Und dann rannte ich. Ich rannte. Zerbrach.

„Guten Morgen, mein Freund." Im Stall der Herberge zwischen Mauleseln und Kamelen stand mein Hengst David, ein vertrauter Schatten im frühmorgendlichen Zwielicht. Ich streichelte seinen schwarzen Kopf und blieb an seiner Flanke lehnen; er roch beruhigend nach Wärme und Verlässlichkeit. Als die Stille durch das Geschrei der Maulesel so leicht zerriss wie Seide, griff ich nach seinem Zaumzeug. „Lass uns aufbrechen."
Ich sattelte ihn und führte ihn aus der Stadt heraus Richtung

Bet Schean. Ich mied die Hauptstraße, da sich die letzten Passahfestbesucher auf den Heimweg gemacht und Judäa dicht gedrängt verlassen hatten. Sie zogen zu Fuß – oder ritten wie ich – über die staubigen Wege.

Erst gegen Mittag erreichte ich mein erstes Ziel. Ich erledigte meinen Besuch bei einem der ansässigen Händler und verhandelte mit ihm erfolgreich über eine Ladung feiner ägyptischer Stoffe. Schließlich ritt ich den Weg am Jordan entlang.

Auf der Straße war ein Lärm wie auf dem Markt. Tatsächlich hatten sich an den Karawansereien kleine Marktplätze gebildet; an einem von ihnen hatte ich das Bedürfnis, Halt zu machen, obwohl weder mein Pferd noch ich müde waren. Ich versorgte David und band ihn in Sichtweite fest. Manche Händler boten ihre Waren direkt vom Karren feil. Ich erfrischte mich mit einem Schluck Wasser, kaufte bei einem Mädchen, das auf einem verschlissenen Teppich hockte, eine Handvoll Mandeln und studierte das Angebot. Ich verweilte bei einem Händler aus Persien, der interessante Spielereien mit sich führte. Süßlicher Duft entstieg einem Messinggefäß; die rauchigen Schwaden füllten für einen Augenblick meinen Kopf und ließen meine Gedanken langsamer werden. Ich wandte mein Gesicht zur Seite. Ein Goldgebilde glänzte von der Sonne getroffen und zog meinen Blick auf sich, es war rund wie ein Ball und bestand aus dünnen Bögen. Ein Astrolabium?

„Was kann man damit einfangen?“, fragte der Händler mich und lud auch die Umstehenden ein näherzutreten.

„Vielleicht einen Dämon?“, kam eine laute Stimme auf. Ein großer Kerl – rau wirkend wie ein Seemann – drängte sich zu uns und schob dabei einen Jungen mit Locken nach vorn.

„Keinen Dämon, nichts dergleichen!“, wehrte der Perser ab und reichte mir das Goldobjekt. Ich hielt es hoch und betrachtete das windige Blau des Himmels durch die Verstrebungen.
„Die Sterne“, sagte ich. Der Junge fing an zu lachen.
Der Große wandte sich nach hinten und fragte: „Was meinst *du*, Jeshua?“
„Ja, Rabbi“, fiel auch der Junge ein, „was meinst du?“
„Ich denke dasselbe, ich weiß nur nicht, wie man es verwendet.“
Die Stimme, die geantwortet hatte, klang angenehm warm und rief mir die Farbe rötlichen Wüstensandes vor Augen. Ich drehte mich nach diesem Rabbi namens Jeshua um. Es gelang mir aber nicht, mehr als eine Schulter von ihm zu sehen und braunes Haar, das auf sie fiel. Der Große hatte sich wieder vor mich gedrängt und zeigte auf das Astrolabium, das vergessen zwischen meinen Fingern ruhte.
„Weißt du, wie es funktioniert?“, fragte er mich. Ich hob die Kugel mit einer Hand in die Luft, mit der anderen Hand deutete ich auf ihre Verstrebungen.
„Wenn man sich einen festen Punkt aussuchen würde, wie vielleicht diesen spitzen Pfahl auf dem Zelt dort drüben, und es Nacht wäre, könnte man verfolgen, wie die Gestirne sich bewegen.“
„Ach so“, nuschelte der Große. Wie es aussah, hatte er kein Wort verstanden.
„Richtig, richtig!“, rief der Händler aus und riss mir das Gerät aus den Händen, um es für alle Augen sichtbar noch einmal in die Höhe zu halten. „Es ist ein Astrolabium! Mit ihm können die persischen *Magi* Berechnungen über die Himmelsbilder anstellen.“

Wind kam auf und ließ die feinen Glöckchen an einem benachbarten Wagen klingeln.
„Hörte einer unter euch von der ungewöhnlichen Sternkonstellation, welche die *Magi* vor dreißig Jahren errechnet haben?", fuhr der Händler fort.
„Ich hörte davon, denn ich bin unter dieser Konstellation geboren worden." Überraschenderweise war es Rabbi Jeshua, der geantwortet hatte und nun hinter dem Großen hervortrat. Ich konnte ihn nur im Profil sehen. Irritiert runzelte ich die Stirn, denn eine unerklärliche Erleichterung erfasste mich bei seinem Anblick. Kannte ich ihn von irgendwoher?
„Oh, welch glückliches oder unglückliches Omen, mein Herr", sagte der Perser mit dunkler Stimme.
„Vielleicht beides", antwortete Jeshua leichthin und legte den Kopf etwas schief. „Wir würden das Glück ohne das Unglück, die Ordnung ohne die Missordnung nicht erkennen!", sprach er, und ich lauschte aufmerksam, während ich es nicht schaffte, meinen Blick länger auf seinem Gesicht verweilen zu lassen. Mir fiel wohl auf, dass er so groß war wie ich selbst, und dass er schlanke, aber kräftige Hände hatte, denen Arbeit nicht fremd war.
„Welch weise Worte", murmelte der Perser und zog geschäftstüchtig das nächste Objekt aus einem Holzkästchen hervor.
„Darf ich ein weiteres Rätsel vorführen?", wandte der Händler sich damit an mich. Mit einem Mal fühlte ich mich eigenartig benommen, vielleicht von dem süßlichen Rauch, der wieder in meine Richtung trieb. Ich hatte das Bedürfnis, mich zu setzen und schüttelte daher den Kopf.
„Oh, so ein feiner, gebildeter Mann interessiert sich doch ge-

wiss für dieses rätselhafte Amulett!"
„Es ist nicht rätselhaft, es ist ein Kalender", sagte ich kurz angebunden. Ich nickte dem Händler zu und ließ mich von der Menge verschlucken wie einen Bissen Brot.
Einige Schritte von der Straße entfernt setzte ich mich auf den steinigen Boden und schloss die Augen. Doch bereits nach kurzer Zeit packte mich eine schmerzhafte Unruhe wie plötzlicher Schüttelfrost, und ich kehrte zur Straße zurück. Der Stand des Persers war längst von anderen Menschen umringt.

Die Reisenden bewegten sich wie eine Kolonne von Ameisen die Straße hinunter. Plötzlich sah ich Rabbi Jeshua neben dem Großen wandern und presste meine Füße unwillkürlich an den Bauch des Pferdes. David wieherte. Jeshua ging unbeirrt weiter, doch der Große drehte sich um und entdeckte mich.
„Der Mann, der so viel über die Sterne weiß!", rief er und blieb stehen. Eines der Kinder der Familie vor mir wankte gegen ihn und verfing sich kreischend in den Falten seines Gewandes. Ohne mit der Wimper zu zucken, griff er das Kind mit einem Arm und reichte es der Mutter zurück.
„Kennst du vielleicht ein Rätsel, das du mir mit auf den Weg geben kannst?", fragte er mich und klopfte Davids Flanke.
Eine Frau drehte sich zu uns, sie schien nicht älter als Anfang zwanzig zu sein.
„Als wenn du nicht genug zum Nachdenken hättest, Nathanael", neckte sie den Großen. Ihr Haar wellte in der Farbe dunklen Abendrots unter einem Kopftuch hervor. Ich nickte grüßend, und sie hielt meinem Blick stand. Das gefiel mir. Sie erinnerte mich an ein Bildnis der Göttin der Jagd, das ich in Rom bewundert hatte; der Künstler hatte Diana mit einer fri-

schen, kühnen Schönheit dargestellt.
„Pah. Lass mich bloß in Ruhe, Marjam“, antwortete Nathanael und hob beide Hände beschwörend in die Luft.
„Wohin seid ihr unterwegs?“, fragte ich die beiden.
„Wir wollen nach Kefar Nahum“, antwortete Marjam. Mir fiel auf, dass sie für diesen langen Marsch mit nichts weiter als einem Bündel gerüstet waren. Nicht einmal einen Gehstock hatte einer von ihnen zur Hand.
„Ich selbst will nach Tiberias.“
„Dann haben wir ein Stück gemeinsamen Weges“, sagte Nathanael erfreut und ließ gutmütig zu, dass David ihm die Schulter stupste.
Es versprach, ein warmer Nachmittag zu werden. Da ich die Wanderer und Maulesel überragte, stieg ich ab und führte David am Zügel weiter, bis die Menge sich lichten würde.
Nathanael hatte sich nach vorn drängen lassen, so dass sich nun Marjams und meine Schritte aufeinander einstimmten. Ich betrachtete sie immer wieder von der Seite.
„Wenn du müde wirst, kannst du gern mein Pferd reiten“, bot ich ihr an, aber sie winkte ab.
„Ich habe Übung im Wandern“, sprach sie und zeigte auf ihre Füße, die fast gänzlich unter ihrem Rock verborgen waren. Dann wies sie nach vorn und sagte: „Dort neben Nathanael geht Jeshua. Ich folge diesem Mann seit einem halben Jahr. Ich weiß nicht, wie viele Schritte ich schon mit ihm zurückgelegt habe.“
In diesem Moment drehte Jeshua sich um und kratzte sich leicht im Nacken. Er nickte in unsere Richtung. Ehe ich das Nicken erwidern konnte, hatte er sich bereits wieder umgewandt. Ich starrte auf seinen Hinterkopf und fragte Marjam:

„Ist er dein Ehemann?“
„Nein. Er ist mein Lehrer.“
„Dein Lehrer?“ Ich blieb stehen, und David zerrte ungehalten an seinem Zügel. „Er unterrichtet Frauen? Dann habe ich schon von ihm gehört!“
Marjam hielt ebenfalls an und musterte mich. Sie zog ihr Kopftuch etwas höher.
„Ja, Jeshua ist ein außergewöhnlicher Lehrer. Er ist die Antwort auf meine Fragen.“
Überrascht sah ich sie an. „Kann ein Mensch eine Antwort sein?“
„Nicht irgendein Mensch, aber dieser kann.“ Sowohl ihre Worte als auch ihr Blick verrieten tiefe Überzeugung. Schweigend wanderten wir weiter. In Gedanken versunken betrachtete ich Jeshua und schüttelte den Kopf. Der Abstand zwischen uns schien sich auf dem gesamten Weg um keinen Fuß zu verringern.

Als die Sonne langsam über dem Erdboden flimmerte und glühend mit der spröden Umgebung verschmolz, fragte Nathanael, ob ich nicht bei ihnen lagern wollte. Auch Marjam forderte mich auf zu bleiben, und so willigte ich zögernd ein. Ich versorgte David und gesellte mich dann zu Marjam und Nathanael. Er schichtete ein paar dürre Zweige und getrockneten Kameldung auf und entzündete ein Feuer, während Marjam anfing, die Zutaten für einen Brotteig in einer flachen Tonschale zu vermengen. Jeshua hatte sich ein Stück abseits am Rande eines Felsens niedergelassen und blieb unbewegt dort sitzen. Ich betrachtete seinen geraden Rücken.
„Bitte iss mit uns“, bot Marjam an, als der erste Fladen ausge-

backen war. Dankbar nahm ich Brot und Oliven von ihr entgegen. Sie entschuldigte sich bald darauf und verschwand außer Sicht. Nur Nathanael schien froh, sich unterhalten zu können. Er strich durch seinen Bart, wies mit seinem Kinn in Jeshuas Richtung und sagte: „Es soll den Geist befreien. Du weißt schon: von allem, was so stört."

Nathanael langte nach dem nächsten Brot und aß es hungrig.

„Zu welcher Gemeinschaft zählt euer Lehrer sich?", fragte ich und ließ meinen Blick zu Jeshua wandern, der im Rot der Felsen saß und Richtung Westen schaute. Die Sonne ging gerade unter.

„Och", machte Nathanael und rieb sich die Krümel von den Lippen, „zu keiner, er hat seine eigenen Ideen."

Ich runzelte nachdenklich die Stirn und spuckte einen Olivenkern aus.

Nach einiger Zeit kehrte Marjam zurück. Sie drehte sich zu Jeshua, als würde sie sich fragen, warum er nicht ans Feuer kam.

„Euer Lehrer ist nicht sonderlich gesprächig", bemerkte ich.

Marjam schüttelte den Kopf. „Ich weiß auch nicht, was er heute hat. Normalerweise unterhält er sich viel."

Nathanael nickte. „Kann man wohl sagen."

„Ist es sicher, dass ich ihn nicht störe?", fragte ich und überlegte, ob ich nicht doch zur nächsten Herberge reiten sollte.

„Natürlich störst du nicht", antwortete Marjam. „Er hat mir vorhin gesagt, dass er sich über deine Anwesenheit freut."

Nathanael und ich blickten Marjam erstaunt an.

„Rabbis sind eigenartig, kann ich dir sagen", sprach Nathanael zu mir und verdrehte die Augen.

„Nathanael", stöhnte Marjam, „rede nicht so einen Unsinn."

Er machte eine wegwerfende Handbewegung. „Pah! Jeshua *ist* eigenartig. Er weiß Dinge, die nicht normal sind und ..."
„Redet ihr von mir?", fragte Jeshuas gelassene Stimme, und Nathanael wurde rot. Jeshua setzte sich zwischen ihn und Marjam und grinste ein wenig, sagte aber nichts. Ich sah, wie Marjam ihn abwägend anschaute. Er nahm sich von dem Brot und kaute schweigend. So wandte sie sich mir zu und fragte nach meinem weiteren Weg. Ich berichtete von meinen Geschäften in Tiberias. Jeshua hörte still zu, zumeist den Blick in die niedrigen Flammen gerichtet. Ich bemühte mich, ihn nicht anzustarren, denn das war genau das, was ich tun wollte. Weil er mir eigenartig vertraut vorkam, wie ein Traumschatten, an den man sich zu erinnern sucht und der doch im Laufe des Tages in sich selbst versinkt.
Als Nathanael etwas zu erzählen begann, zog es meine Aufmerksamkeit erneut zu Jeshua. Er sah im gleichen Moment zu mir. Sein Blick war unmittelbar und hell, als brannte auch in ihm eine Frage, auf die er keine Antwort fand. Mich ergriff die gleiche Unruhe, die ich auch nach unserer ersten Begegnung am Stand des Persers verspürt hatte. Wir wandten uns beide wieder Nathanael zu, der berichtete, wie er zu viel getrunken hatte und neben einem Ziegenkadaver aufgewacht war. Irgendwann konnte ich dem Drang nicht widerstehen, noch einmal zu Jeshua zu sehen. Genau wie er. Er lächelte überrascht und senkte seinen Blick zurück zu den Flammen.
Schönheit, dachte ich und konnte mich nicht vom Anblick seines Lächelns lösen, *das ist Schönheit.*

Wir legten uns bald darauf zur Ruhe. Alle drei wünschten mir eine gute Nacht. Aber die hatte ich nicht. In Davids Nähe wand ich mich unruhig auf dem steinigen Boden, lauschte den Schreien ferner Schakale und dem Wind, der um die Felsen trieb. Als der Morgen dämmerte, hatte ich die ganze Nacht lang die Dunkelheit durchstarrt.

Ich erhob mich im Zwielicht und schüttelte den Sand aus meinem Umhang. Nathanaels Schnarchen durchbrach die Stille. Jeshua war nirgends zu sehen, aber Marjam begrüßte mich leise. Sie bat mich zum Frühstück zu bleiben, aber der Drang, dieser befremdlichen Situation zu entkommen, ließ mich direkt aufbrechen.

Ich führte David zurück auf den Weg, der noch wunderbar leer war. Ich schwang mich auf seinen Rücken und spornte ihn zum Laufen an. Der beste Ort, an dem ich jemals war, stellte der in Bewegung dar, der, wo ich nicht stehenbleiben musste, wo mich niemand zu fassen bekam, einfach irgendwo zwischen zwei Punkten.

Ich ritt auf den See Tiberias zu und besuchte die gleichnamige Hauptstadt Galiläas. Diese neue Stadt des Herodes Antipas bekam allmählich einen größeren Anteil jüdischer Bevölkerung, trotz der Aussicht, auf alten Gräbern wohnen zu müssen.

Ich pflegte meine Kontakte zu den vorwiegend griechischen Händlern. In den folgenden Tagen nahmen mich Verhandlungen über eine Fracht lybischen Glases in Anspruch. So blieb ich vier Nächte in Tiberias. Träume scharrten an meinem Bewusstsein wie hungrige Katzen, doch ich erinnerte mich an keinen von ihnen.

Am letzten Morgen meinte ich plötzlich, Jeshua inmitten der

Menschen, die auf den Markt drängten, zu sehen. Ohne nachzudenken, stieß ich zwei Männer aus dem Weg und grub mich durch die Menge. Ich konnte Jeshua nirgends finden.
Mittags verließ ich die Stadt und ritt ziellos durch namenlose Dörfer. Misslaunig schöpfte ich in einer dieser Siedlungen Wasser aus einem Brunnen. Auf dem Marktplatz standen nur vereinzelt Händler herum, und ein wenig Fußvolk war unterwegs. David und ich wurden misstrauisch gemustert, wahrscheinlich hielten sie mich für einen Römer. Neben mir am Brunnen standen zwei Frauen mit dunklen Kopftüchern; ich grüßte sie und half ihnen, die Eimer zu füllen.
„Ist das dein Pferd?", fragte die jüngere der beiden mich mit großen Augen, und ich nickte. „Ist dein Name Judas?"
Verwundert schaute ich sie an und nickte abermals. Sie ließ ihren Eimer fallen, und das Wasser spritzte über den Rand auf ihre Füße. „Er hat recht behalten, Mutter, er hat recht! Ein Mann namens Judas mit einem schwarzen Pferd würde kommen!" Sie schaute zwischen ihrer Mutter und mir hin und her.
„Was?", fragte ich zerstreut und wartete ungeduldig, bis sie sich beruhigt hatte.
Sie wiederholte ihre Worte und sagte dann: „Ich soll dir ausrichten, dass er in zwei Tagen in Chorazim sein wird." Sie strahlte und hatte ein hochrotes Gesicht vor Erregung.
Er? Mir wurde flau.
„Jeshua?", fragte ich. Sie nickte wild. „Ja, so hieß er. Nicht wahr, Mutter?"
Die Mutter, eine Frau mit jungem Gesicht und weißen Haaren, nickte ebenfalls. Meine Schultern sackten nach vorn. Fassungslos schaute ich die beiden Frauen an.
„Er *wusste*, dass ich hierherkommen würde?"

„Nein, er sagte ... was sagte er noch genau, Mutter?“
Die Mutter antwortete: „Er hoffte, dass du kommen würdest, um nach ihm zu suchen.“
Ich ließ mich auf einen Stein sinken und schüttelte den Kopf, denn in diesem Moment machte ich mir bewusst, dass ich ihn tatsächlich gesucht hatte. Langsam stand ich auf und griff nach Davids Zügeln.
„In zwei Tagen in Chorazim?“, wiederholte ich, und die Tochter nickte noch einmal heftig. „Zwei Tage von welchem Zeitpunkt aus? War er heute hier gewesen?“
Die Frauen guckten verwirrt und schüttelten die Köpfe. „Gestern war er da.“
„Ich danke euch“, sagte ich und drückte den ungläubigen Frauen ganze zwei Denare in die Hand.
„Von Münzen hat er gar nichts gesagt, Mutter!“
Offenbar weiß er nicht alles, dachte ich erleichtert.

Ich kam bereits am Morgen auf Chorazims belebtem Marktplatz an. Es wehte ein kalter Wind, aber es schien ein sonniger Tag werden zu wollen. Ich ließ meinen Blick von Davids Rücken aus über die Menschen schweifen, aber Jeshua konnte ich nirgends ausmachen und auch keinen seiner Begleiter. Unwillkürlich fuhr ich mit einer Hand über meinen ziehenden Magen, ich hatte heute noch nichts essen können und fragte mich, welchem Spuk oder dummen Scherz ich hier aufsaß. Niemand hatte wissen können, dass ich vor zwei Tagen ausgerechnet in jenem Dorf Halt machen würde; überdies hatte ich selten Grund, mich in kleineren Gemeinden aufzuhalten.
Ich schaute immer wieder von einem Ende des Marktes zum anderen, studierte die Gesichter der beschäftigten Hausfrauen

und arbeitenden Männer. Vornehmlich wurde mit Fisch gehandelt; an mehreren Ständen riefen die Fischer ihre frisch gefangenen Barben aus.
Wieso wollte Jeshua mich wiedersehen? Wir hatten nicht ein Wort miteinander gewechselt.
Der Mittag verging, und mein Verstand sagte mir, ich solle aufbrechen, meine Zeit nicht mit diesem Hirngespinst verschwenden. Zwar füllte ich bereits am Brunnen meinen Wasserbeutel für den Weiterritt, aber konnte mich einfach nicht dazu entschließen, Chorazim zu verlassen. Zwischendrin kaufte ich dieses und jenes, um nicht beständig die Blicke der Dorfbewohner auf mir zu spüren. Das Brot und die Oliven, die ich erstanden hatte, reichte ich an einen dürren Mann weiter, der zu alt für die Arbeit war und bettelnd am Rande des Marktes saß. Ihn fragte ich auch, ob er in den letzten Tagen einen Mann namens Jeshua hatte reden hören.
„Hier reden genug", sagte er resigniert und biss dankbar in das Brot. „Und bei dem, was sie reden, wünschte man, man wäre beizeiten schon taub geworden. Sie alle versprechen Wunder, Junge. So viele, dass die Luft schon ganz bunt sein müsste von ihren gefärbten Worten."
„Ich weiß, was du meinst", sagte ich und setzte mich neben ihn auf meinen Umhang. „Ich habe Jeshua noch nicht reden hören, so kann ich also nicht sagen, ob er Wunder verspricht. Ein Wunder wäre es allerdings, wenn er heute hier erscheinen würde."
Ich seufzte leise und fragte den Alten nach seinem Namen.
„Wieso erniedrigst du dich, neben mir zu sitzen? Du bist vornehm und reich, du hast es nicht nötig, bei mir im Dreck zu sitzen. Und was nutzt dir schon mein Name?", fragte er mit Misstrauen.

„Ich habe mehr Zeit im niedersten Dreck verbracht, als du je sinken könntest“, sprach ich gleichmütig. „Verrate mir deinen Namen, wenn *du* noch *meine* Gesellschaft willst.“
Der Alte brummte wegwerfend.
„Ich habe gelernt, was ein Name wert sein kann“, fuhr ich fort und starrte von meinem Platz am Boden aus auf die Dorfbewohner, die ohne Gesicht an mir vorübergingen.
„Ich kannte mal jemanden, der konnte mir seinen Namen nicht sagen. Vielleicht hat er ihn auch selbst nicht mehr gewusst.“ Mit einem Mal zu bitter erinnert, langte ich nach meinem Wasserschlauch und trank einen Schluck.
„Jonachaan heiße ich“, kam es von der Seite und riss mich aus meinen Gedanken.
„Ich bin Judas.“
Belustigt sah ich zu, wie Jonachaan seine Wasserschale hob und auf mich trank.
„Dieser redende Mann ... wie sieht er aus?“, fragte er mich dann. „Ist es einer von diesen heuschreckenfressenden Lümmeln aus Judäa?“
„Es gibt Hoffnung: Ich habe ihn Brot essen sehen“, antwortete ich lächelnd. „Jeshua ist in meinem Alter, so groß wie ich und von schlanker Statur. Er hat braunes Haar und ein schönes Gesicht.“
„Schön?“, fragte Jonachaan verdutzt. Er legte sich bedächtig eine Olive in den Mund und kaute nachdenklich. „Schön war keiner von den letzten Quacksalbern, Junge. Sie konnten nur schön reden ... Falls er hier erscheint, will ich mir den Burschen mal anschauen.“
„Ich werde es dich wissen lassen“, sagte ich und stand auf. Wieder ließ ich meinen Blick über die Menschenmenge

schweifen, und mein Puls hämmerte plötzlich wie die Hufe der Pferde auf der Jerusalemer Rennbahn.

„Er ist hier“, flüsterte ich erschüttert. Jeshua hatte den Marktplatz betreten. Der Alte griff nach meinem Arm, ich zog ihn von seiner Matte und wies auf die kleine Gruppe, in der auch Marjam wanderte.

„Schön ist übertrieben, Junge, er sieht vielleicht nicht übel aus. Aber wenn das alles ist, was er zu bieten hat ... Die Frau gefällt mir besser!“

„Und sie hat sogar großen Verstand, sag ich dir.“

„Ei, da lässt man besser die Finger von!“, warnte er ernst.

In diesem Moment erblickte Jeshua mich. Ein erstauntes Lächeln hellte sein Gesicht, ganz so, als wäre er es, der nicht damit gerechnet hatte, *mich* hier anzutreffen. Verlegen lächelte auch ich. Nathanael winkte mir zu, während Jeshua auf den Brunnen zuhielt. Jonachaan hatte seine Bettelschale gesichert, und wir folgten ihm. Am Brunnen angelangt, erfrischten er und seine Begleiter sich mit Wasser, und dann begann Jeshua, von Durst zu erzählen. Er sah dabei zunächst seine Begleiter an, als wäre er zu schüchtern, um das Wort an Fremde zu richten. Ich war noch nicht nahe genug, um jedes Wort zu verstehen und zog Jonachaan mit mir nach vorn. Vor Jeshuas Augen stolperte gerade ein Kind über einen Stein und fing an zu weinen und zu humpeln.

„Ein jeder von euch ist wie dieses Kind“, sprach er jetzt lauter, so dass alle, die wollten, ihn verstehen konnten. „Ihr weint über etwas, das euer Nachbar nicht versteht. Ihr fürchtet euch vor etwas, worüber der Nächste nur lacht. Wir alle tun gut daran, unseren Platz bisweilen zu verlassen, uns auf den Platz unseres Nächsten zu stellen, um ihn und seine Nöte – und

auch seine Freuden – besser verstehen zu können.“
Jeshua zeigte mit seiner Hand auf das Kind, das auf dem Arm der Mutter noch leise schluchzte. „Wir belächeln dieses Kind, weil wir wissen, dass sein Schrecken nur vorübergehend ist. Gott weiß auch, dass unsere Schrecken nicht andauern und schenkt uns Verständnis. Und eben dies sollten wir jedem Menschen zuteilwerden lassen.“
Ich stutzte bei diesem Beispiel. Von welchem Gott sprach er? Jeshua schnitt dem Kind eine Grimasse, so dass es beirrt aufsah und vergaß, weiterzulamentieren. Ein, zwei alberne Gesten später und das Kind lachte schon wieder.
„Seht ihr, wie leicht sich dieses Kind von seinem Schmerz abwendet und ihn völlig vergisst? Es erinnert sich nicht ständig daran zurück, wie die Erwachsenen es tun. Wir selbst berauben dieses Kind seines göttlichen Erbes, indem wir zurückblicken und auch die allerpeinigendsten Momente nicht loslassen“, sprach er und hatte an Eindringlichkeit gewonnen. Ich hörte ihm gebannt zu. „So tut es auch das Volk Israel. Es bewahrt die Pein und die Unterdrückung, anstatt sich auf die Befreiung zu konzentrieren.“
Diese Worte ließen mich an die Freiheitskämpfer denken. Gehörte Jeshua den Zeloten an? Ihnen würden seine Worte gefallen, vielleicht auch den Sicarii, aber nur wenn blutige Taten auf die Worte folgten.
Die Dorfbewohner waren nur zögernd nähergetreten, doch Jeshua störte sich nicht daran und erzählte weiter. Jonachaan neben mir brummte, und ich beugte mich zu ihm.
„Enttäuscht, dass er dir kein Wunder aufdrängen will?“, fragte ich ihn gedämpft.
„Ich frage mich, was genau er überhaupt sagen wollte“, erwi-

derte er missvergnügt.
„Vielleicht das, was ich vorhin in deinen Augen getan habe: Ich habe mich auf deinen Platz gesetzt."
Jonachaan schaute mich zweifelnd an.
„Komm, lass uns zu meinem Pferd gehen."
Stirnrunzelnd schlurfte der Alte hinter mir her.
„Steig auf!"
„Was?"
„Na los! Viel anderes zu tun hast du ja nicht. Lass dir auf mein Pferd helfen. Von dort aus starrst du dann nicht mehr die Füße der Menschen an, sondern könntest ihnen sogar auf den Kopf spucken, zudem siehst du hervorragend, welchem Mann die Haare ausgehen. Willst du dir dieses Vergnügen entgehen lassen?"
Jonachaan murrte, ließ sich aber von mir auf Davids Rücken helfen. Ich nahm ihm seine Bettelschale ab.
„Und wie ist die Sicht da oben?"
„Nichts, woran ich mich gewöhnen sollte! Hilf mir wieder runter!"
„Vielleicht solltest du deine Ziele höherstecken", sprach eine vertraut gewordene Stimme hinter mir. Jonachaan und ich drehten uns beide zu Jeshua um, der zu dem Alten aufschaute. Der schnaubte: „Wie sollte ich meine Ziele höherstecken? Aus mir ist nichts mehr rauszubringen als die Bettelei."
Jeshua nickte sogleich. „Wenn du das glaubst, wird es so sein. Aber du hast doch sicherlich genügend Zeit dort unten im Staub, um dir etwas Besseres auszumalen."
„Na, siehst du, Judas, da kommt dein schöner Mann ja endlich mit den Wundern an", wandte sich Jonachaan an mich, und mir wurde Jeshuas überraschter Blick gewahr.

„Ich biete keine Wunder an“, sprach Jeshua zu dem Alten. „Dafür musst du schon selbst sorgen. Wunder fühlen sich nur zu demjenigen hingezogen, der willens ist, an sie zu glauben. Doch ich kann dir anbieten, deinen Glauben zu stärken.“

Jonachaan hoch zu Ross musterte Jeshua von oben bis unten. Mürrisch streckte er seine Hand nach ihm aus, damit er ihm herunterhalf. Wortlos nahm Jeshua den Alten am Arm und setzte sich etwas abseits mit ihm hin. Ich stellte mich zu David und rieb ihm den Hals, während ich immer wieder zu den beiden blickte. Jeshuas Gesichtsausdruck war schwer zu beschreiben. Er kannte Jonachaan nicht und dennoch schaute er ihn an wie einen Freund, dessen Wohlergehen ihm am Herzen lag.

Jeshua streckte seine Hände aus und nahm Jonachaans in seine. Verwundert sah ich mit an, wie der zynische Alte anfing zu weinen. Leise sprach Jeshua, und Jonachaan nickte immer wieder. Nach einer Weile standen die beiden auf und kamen zu mir herüber.

„Heute haben sich große Männer zu mir in den Staub gesetzt“, sagte Jonachaan und bückte sich zu seiner Matte, um sie zusammenzurollen. „Will mal sehen, wie der Boden woanders so beschaffen ist.“

Verblüfft sah ich zu, wie er seine Habseligkeiten zusammenpackte und sich ohne große Worte von uns verabschiedete. Jeshua blieb neben mir stehen und schaute, so wie ich, dem Alten hinterher, der Teil der Menge wurde. Ich hielt meine Fragen zurück, sie waren zu zahlreich, um mit einer zu beginnen.

„Komm doch ein Stück mit uns, wenn deine Zeit es erlaubt“, sprach Jeshua. Ich spürte seinen Blick auf mir ruhen und nickte.

Auf dem Weg zum nächsten Fischerdorf kam er an meine Seite. Es war, als müssten unsere Schritte sich erst aufeinander einstellen, und so schwiegen wir. Die Welt schien mir in seiner Gegenwart nicht länger fest genug. Was hatte er nur an sich?

Als es dunkelte, suchten wir uns einen Schlafplatz nahe Bethzaida, es bildete zusammen mit Chorazim und Kefar Nahum ein Dreieck. Zwei neue Männer stellten sich mir vor. Es waren Brüder namens Simon und Andreas aus Kefar Nahum und beide eher wortkarg. Simon erschien mir sehr kantig, warf mir immer wieder prüfende Blicke zu. Bei ihnen war der Junge mit den Locken, den ich am Stand des Persers mit Jeshua gesehen hatte; er hieß Johannes und war vielleicht sechzehn Jahre alt.

Ich hörte zu, wie sie mit Jeshua über den vergangenen Tag redeten und sich schließlich nach einer gemeinsamen Mahlzeit still zurückzogen. Nur Nathanael nutzte die Gelegenheit, den Gastgeber zu spielen und streckte sich behaglich neben den Flammen aus. Wir lagerten in den grünen Hügeln nahe des Tiberias und spürten einen kalten Wind aufkommen.

„Da bist du also wieder zu uns gestoßen“, sprach Nathanael zufrieden. „Finde ich gut.“

Ich nickte.

„Übrigens hast du recht“, begann ich, und er blickte verwundert auf. „Jeshua *ist* eigenartig.“

Nathanael sah sich um, ehe er tonlos kicherte.

„Er wusste, wo ich Halt machen würde, ohne dass ich es selbst vorher gewusst habe“, sagte ich leise und schüttelte den Kopf. „Wie kann das sein?“

„Ha, *das* kann ich dir immerhin verraten!“

„Ja?"
Nathanael schien meine Überraschung zu genießen, denn er machte eine lange Pause und rieb sich die Hände. Ich beugte mich unwillkürlich vor.
„Die letzten Tage hat Jeshua an jedem verflixten Dorf Halt gemacht, dich und dein Pferd beschrieben und gesagt, wann wir in Chorazim sein würden."
„Was?" Ich ließ mir Nathanaels Worte durch den Kopf gehen. Die Wahrscheinlichkeit, Jeshuas Botschaft zu bekommen, war dennoch gering gewesen. Warum hatte er sich solche Mühe gemacht?
„Als ich auf ihn getroffen bin, lungerte ich gerade unter einem Baum rum, habe auf Arbeit gewartet", bekannte Nathanael und kratzte sich die Schulter. „Er kam zu mir und sprach von all diesen Dingen, die er nicht wissen konnte." Er schaute betreten. „Na ja, hatte grad nichts anderes zu tun, da habe ich beschlossen, ihm zu folgen. "
Nathanael griff nach einem Weinschlauch und berichtete mir von seinem Leben in Sepphoris; er hatte seine Frau verlassen, um Jeshua zu folgen.
„Du hast sie zurückgelassen?", fragte ich bestürzt.
Er zuckte mit den Schultern. „Sie ist gut versorgt und lebt bei meiner Familie."
Kopfschüttelnd hatte ich Nathanaels Erzählung gelauscht. Nach und nach kamen Jeshua und die anderen ans Feuer zurück und blieben noch etwas bei der Wärme sitzen, bevor sie sich schlafen legten.
Und als auch Nathanael müde wurde, waren Jeshua und ich zum ersten Mal miteinander allein. Eine Spannung wuchs zwischen uns – einem lodernden Feuer gleich, dessen Flammen

wild schwankend nach Nahrung suchten. Ich wollte mich erheben, um dem zu entfliehen, da sagte er: „Frag mich ruhig."
Seine Stimme löste jäh das angespannte Schweigen, und die Luft schien meinen Lungen ruckartig zu entweichen.
„Gut", sagte ich und blickte ihn über den Feuerschein hinweg an. Er betrachtete mich aufmerksam.
„Jeshua, du bist zu der Zeit geboren, als die seltene astrologische Konstellation sich am Himmel gezeigt hat. Sag mir bitte, was du beim persischen Straßenhändler meintest, dass dies vielleicht ein glückliches *und* unglückliches Omen sein könnte."
Meine Frage schien ihn zu überraschen, denn er zog erstaunt die Augenbrauen hoch und öffnete den Mund, ohne etwas zu sagen.
„Ich habe mir Gedanken über dieses Ereignis gemacht", fuhr ich fort. „In Persien habe ich eine Schriftrolle erstanden, auf der ein *Mago* das Himmelzeichen festgehalten hat. Die *Magi* werden zu Unrecht als Zauberer oder Scharlatane geschimpft, denn sie berechnen den Himmel streng mathematisch", sprach ich weiter. „Glaubst du, für den einen könnte es ein gutes und gleichzeitig für den nächsten ein schlechtes Omen sein?"
Jeshua nickte verstehend. Wind streifte uns kühl von der Seite, und die Flammen duckten sich unter seiner Kraft.
„Mit dieser Frage kommen wir zunächst zu Grundfragen: Was ist gut, und was ist schlecht?", fragte er. „Ich habe auf die Frage des Händlers so zweideutig geantwortet, weil ein Ereignis erst einmal weder gut noch schlecht ist, es *ist* einfach, verstehst du? Erst der einzelne Mensch verleiht diesen Ereignissen eine ganz eigene Bedeutung von gut oder schlecht", sagte

er und hob beide Hände an, als wollte er etwas auffangen.
„Nehmen wir den Regen: Ein Bauer, der gerade sein Feld bestellt hat und dringend auf Regen hofft, damit seine Ernte gedeiht, wird sich über den Regen freuen. Der Regen ist für ihn in diesem Moment so etwas wie ein göttlicher Segen, er nimmt den Regen *persönlich*."
Jeshuas Augen ließen mich kaum wegsehen, in ihnen flackerte es mit einer Intensität, die der des Feuers zwischen uns glich.
„Der gleiche Regen könnte wenige Schritte weiter einen Tischler ärgern, der gerade seine Handwerksstücke zum Nachbearbeiten nach draußen gestellt hat und das Holz seiner Möbel verunreinigt sieht, weil es sich durch die Nässe und die anschließende Trocknung verziehen wird."
Jeshua nahm einen Stock und stocherte in der Glut; er gab mir Zeit, seine Worte zu überdenken.
„Ein paar Tage später kann es schon wieder anders sein", fuhr er dann fort. „Den Tischler dürstet, und er freut sich über den anhaltenden Regen, während der Bauer schimpft, weil zu viel Regen seine Ernte ebenfalls ruinieren könnte. Wie du siehst, kann der gleiche unschuldige Regen auf verschiedene Weise gedeutet werden. So ähnlich ist es mit diesem Sternbild. Wenn ich es für ein gutes Omen halten will, so kann ich dies tun, es wird mir vielleicht sogar in manchen Momenten Kraft geben, weil ich denken könnte, meine Geburt war von diesem seltenen Himmelsereignis begleitet oder ..."
„Oder man könnte annehmen, es ist ein Fluch, der einen seit der Geburt verfolgt", sagte ich dunkel und starrte ins Feuer. „Kann dieses Ereignis bedeutungslos sein? Einfach ein astronomischer Zufall?"
„Natürlich kann es das. Doch eines verrät der Kosmos: Es

herrscht eine perfekte Ordnung. Nichts geschieht einfach so, aber die Bedeutung eines Ereignisses mag uns erst spät zuteilwerden. Siehst du?“

Jeshua erhob sich und zeigte auf das Firmament.

„Komm, lass uns eine Weile die Sterne beobachten. Das gelingt auch ohne Astrolabium.“

Er entfernte sich vom Feuer und legte sich in eine Senke. Ich folgte ihm und ließ mich mit meiner Decke in seiner Nähe nieder; wir lagerten etwas abseits der anderen. Die Dunkelheit strich plötzlich kalt über meine Haut; einen Augenblick lang roch ich den Rauch, der sich in den Falten unserer Gewänder verfangen hatte.

Als ich nach oben blickte, zog ein feines Gleißen über den Himmel.

„Vielleicht ist es Zufall“, sagte Jeshua leise, „vielleicht aber ist diese Sternenspur eine Begrüßung für zwei Menschen, die unter dem gleichen Himmelsbild geboren worden sind. Zwei Menschen, die dreißig Jahre später zusammentreffen und gemeinsam die Sterne beobachten.“

Vor Verblüffung stockte mir der Atem. Ich lag da wie auf einem Nagelbett, starrte zwischen die hellen Punkte am Himmel, nur nicht zu ihm, und meine Gedanken fanden so wenig Halt wie Wüstensand auf seiner ewigen Wanderschaft.

Ein bekanntes Gefühl klammerte sich an meinen Knochen fest. Ich starrte hoch, versuchte, das Gefühl meiner Kindheit loszuwerden und unterdrückte ein Stöhnen, weil mein ganzer Körper plötzlich giftig schmerzte. Ich wollte nicht, dass Jeshua meinen Aufruhr bemerkte und wandte mein Gesicht zur Seite. Im selben Moment spürte ich eine Bewegung neben mir. Jeshuas Hand legte sich nah an meine und berührte nur leicht meine Handkante mit seiner, so unmerklich, als hätte sich an dieser Stelle der Wind zu Wärme verdichtet. Ich zitterte plötzlich heftig, und mich durchströmte eine unerwartete Gefühlsregung, ähnlich wie die Kraft einer Welle, die meinen Körper von Wasser zu Land drängte: Ich war vergessen, erinnert, mir selbst zu nah. Erschüttert lag ich da. Und zum ersten Mal seit einer Ewigkeit fühlte ich eine Antwort nahen.

Ich hatte die Augen noch geschlossen, da spürte ich eine Berührung an meiner Schulter. Meine Hand ruckte hervor, bekam eine andere Hand zu fassen und drückte sie von mir, gleichzeitig richtete ich mich auf.

Jeshua schaute mich durch die Dämmerung ernst an. Ich ließ seine Hand los und war froh, dass er nichts sagte.

„Ich wollte fragen, ob du mit mir den Morgen begrüßen willst“, sprach er. Ich rieb mir über das Gesicht und blickte auf den noch fast dunklen Himmel. Ich zog die Brauen hoch.

„Wie tust du das? Und warum tust du das?“

Er lachte leise, es klang warm wie der erste Sonnenstrahl des Tages.

„Viele Fragen für diese stille Stunde. Lass mich sie später beantworten, wenn es dann noch nötig ist. Begrüßt du manchmal den Tag?“

„Gezwungenermaßen“, murmelte ich.

Er setzte sich vor mich.

„Hast du den Morgen jemals einfach begrüßt?“

„Was meinst du damit?“

„Ohne persönliche Gefühle?“

Ich dachte über die ungewohnte Frage nach.

„Selten. Vielleicht noch nie.“

„Warum?“

„Meistens habe ich den Morgen herbeigesehnt, und dann gab es Zeiten, in denen ich wünschte, er würde nicht einsetzen.“

„Siehst du? Der Morgen ist auch hier etwas sehr Persönliches geworden. Vielleicht versuchst du ihn heute als etwas zu sehen, was einfach *ist*, weder gut noch schlecht. Einfach der erhabene Wechsel vom Dunkel zur Helligkeit.“

Mit diesen Worten drehte Jeshua sich in die Richtung, in der sich der Wechsel vollziehen würde. Und ich war nicht in der Lage, gerade diesen Morgen ohne Regung zu betrachten. Er spiegelte all meine Verwirrung, Unruhe und Ungewissheit wider. Ich sehnte den Tag herbei und wünschte gleichsam, die Nacht würde bleiben. Kurz gesagt: Es war *mein* Morgen, so wie viele andere nach ihm.

In Bethzaida sprach Jeshua wieder auf dem Marktplatz. Ich musste bald aufbrechen, um meinen Geschäften nachzugehen, dennoch folgte ich mit David der Gruppe auf ihrem Weg zum nächsten Dorf. Wir wanderten durch die grünen behäbigen Hügel auf Kefar Nahum zu, und Jeshuas und meine Schritte fanden sich nebeneinander ein. Der See Tiberias glänzte träge neben unserem Fußweg; Seevögel stiegen vom Ufer auf.

Wir hatten das Dorf beinahe erreicht, da fragte ich Jeshua, was sie dort tun und wie lange sie bleiben würden.

„Wir treffen hier auf Freunde von uns. Gemeinsam werden wir weiter durch die Dörfer gehen und mit den Menschen sprechen.“

„So wie in Chorazim und Bethzaida?“

„Ja. Wir nehmen auch Menschen mit, die sich uns anschlie-

ßen wollen.“
„Was heißt das? Sie gehen eine Weile mit euch, so wie ich?“
Er schüttelte den Kopf. „Sie bleiben.“ Die Sonne schien ihm von der Seite ins Gesicht; seine Augenfarbe war ein dunkles Blaugrün, vermischt mit Braun, als hätte sie sich den Farben Galiläas angepasst.
„Sie folgen dir nach?“, fragte ich wieder konzentriert auf unser Gespräch.
„Sie folgen der Wahrheit.“
Ich stutzte. David zerrte an seinem Zügel.
„Du bist also die Wahrheit?“, fragte ich herausfordernd.
„Zumindest so lange, bis du mir das Gegenteil beweisen kannst“, gab Jeshua zurück.
Ich hob belustigt die Augenbrauen. „Wo sind deine anderen Anhänger, wenn du sagst, dass sie dir folgen?“
„Sie gehen meiner Bitte nach, auch woanders etwas für die Wahrheit zu tun.“
„Aha. Wovon lebt ihr, Jeshua? Die Wahrheit ist sicherlich nicht essbar genug.“
„Oh doch! Wir leben von dem, was Gott uns zuteilwerden lässt.“
Gott. Ich merkte, wie ich mich anspannte. Ich schaute auf Jeshuas Füße, die über das grüne Gras wanderten.
„Und was lässt Gott euch zuteilwerden?“, sprach ich. „Ist er nicht derjenige, der beständig durch die Hände seiner Priester einfordert?“
„Wir bekommen alles, was wir brauchen“, antwortete Jeshua. „Gott ist nicht der Feind, Judas, nur wenn du ihn weiterhin dafür hältst.“
Ich forschte in seinen Augen.

„Manchmal“, sagte Jeshua leiser als zuvor, „halten wir Gott für unseren Feind, obwohl wir selbst uns an den Schmerz des Lebens binden.“

Ich sah kaum noch, wo ich herging.

„Sie alle haben gegen das Gesetz der Priester ihre Familien verlassen, um der Wahrheit zu folgen und die Wahrheit über sich selbst zu erfahren“, fuhr er fort, unbeirrt wie seine Schritte.

Ich blieb stumm, und er sagte: „Wir haben immer die Wahl.“

„Ach ja?“, schnaubte ich und dachte unwillkürlich an meine Channah; ihr blasses Gesicht blickte mich aus meinem Inneren an. Ich hätte sie niemals allein gelassen.

„Ja“, sagte er so ruhig, als würde er nicht spüren, wie erregt ich war. „Wir wählen immer selbst.“

Ich war aufgewühlt wie ein sandiges Wasserloch und rieb Davids schwarzen Hals. Jeshua ließ mich.

Nach einiger Zeit konnte ich mich ihm wieder zuwenden.

„Wie ernährt Gott euch alle, wenn ihr nicht arbeitet?“, fragte ich barsch, aber Jeshua schien nicht verärgert.

„Wir arbeiten, Judas, wir arbeiten *mit* ihm.“

„*Wie?!*“, forderte ich so hart, dass Marjam und der junge Johannes sich umdrehten und uns mit gerunzelter Stirn beobachteten.

„Ich biete meine Hilfe als Handwerker oder Heiler an. Oftmals bekommen wir im Austausch ein Lager oder eine Mahlzeit.“

„Du bist ein Heiler?“, fragte ich beklommen, und er nickte. Ich konnte nichts mehr sagen. Als Jeshua zu sprechen ansetzte, hob ich eine Hand.

„Wo wir gerade von Arbeit reden ...“, begann ich rasch. „Ich

muss jetzt aufbrechen, um meiner eigenen nachzugehen."
Ich schwang mich auf mein Pferd und wandte Jeshua schweigend den Rücken zu.

Fallen

Ich galoppierte in die entgegengesetzte Richtung davon und erklomm mit David einen der grünen Hügel; Weitsicht konnte ich gut gebrauchen. Ich setzte mich ins Gras und schaute über die glatte Fläche des Sees Tiberias. Frieden. Unerreichbar. Familie verlassen. Channah, die unlängst mich verlassen hatte. Im vergangenen halben Jahr hatte ich des Öfteren in Caesarea am Hafen gestanden, bereit zu gehen. Etwas hielt mich davon ab, eines der einfahrenden Schiffe zu besteigen, deren Segel prall gebläht waren von all der unbekannten Freiheit. Hatte ich zu lange verharrt, so dass ich mich nicht mehr zu bewegen wusste? Wenn die Schiffe ausliefen, folgte nur eine einzige Frage ihrer gischtweißen Spur: Konnte man sich selbst jemals entkommen?

Mit Channahs Tod hatte ich die Unabhängigkeit erhalten, mein Elternhaus zu meiden und nur noch geschäftlich mit Vater und Onkel zu verkehren. Doch meine Familie würde diesen Eigensinn nicht viel länger dulden. Meiner Schwester wegen hatte ich ausgehalten.

Jeshua kann heilen, stieg der ungebetene Gedanke in mir auf. Hätte er Channah heilen können? Als ich noch weiter zurückdachte, krampfte sich alles in mir zusammen. Wie konnte es einen gütigen Gott geben?

David spürte meine Unruhe und schob seinen warmen Kopf an meinen Hals. Nur ein Mal, ein einziges Mal, hatte ich mich einem Menschen anvertraut. Vertrauen schafft Wunden.

David wieherte unversehens wild und riss den Kopf hoch.

„Ja, weiter! Lass uns verschwinden“, murmelte ich.

Mit einem heftigen Grollen schüttelte ich die Gedanken ab

und sprang auf die Füße. Ich war in der Stimmung für eine Prügelei, für einen Wettkampf, für Wein, für irgendetwas, um das Leben auszuhöhlen. Und wo gab es mehr Möglichkeiten des Verfalls als in Sepphoris?

Mit der Abenddämmerung traf ich in der Stadt ein und brachte David unter. Direkten Weges suchte ich Titus Flavius auf, und damit begann eine Woche im Delirium. Tagelang hielt ich mir die Geschäfte vom Leib und schloss mich den sinnlosen Zerstreuungen der reichen Bürger an. Ich spielte um Geld, trank viel und ließ mich auf endlose Streitgespräche politischer und philosophischer Natur ein. Selbst Zenon aus Athen, der noch immer in Sepphoris weilte, bekam seine Debatte mit mir.

Er traf mich auf der Straße an und lud mich in das Haus eines Freundes ein. Die Anwesenden wurden unseres Gesprächs schnell überdrüssig und wandten sich der leichten Unterhaltung eines Possenreißers zu.

„Wahrheit und Erkenntnis sind nicht erlernbar", sagte Zenon versonnen und sah den anderen bei ihren Spielereien zu. Wir lagen uns auf bequemen Polstern gegenüber, zwischen uns eine Tafel mit kunstvoll arrangierten Schlemmereien.

„Demnach sind Wahrheit und Erkenntnis das Privileg der Klugen?", fragte ich.

„So ist es."

Ich versuchte, mich nicht von dem Geschrei der anderen ablenken zu lassen, die einen Pfau im Zimmer freigelassen hatten; sie wetteiferten darum, wer ihn dazu bringen konnte, ein Rad zu schlagen.

„Also dürfen nur die Klugen regieren? Und das Volk fällt von einer Entmündigung in die nächste! Die sogenannten Klugen sind ihrer Selbstbestimmung würdig, der Rest ist auf der Stufe mit jeglichem Vieh“, sagte ich verächtlich.

„Das gemeine Volk ist nicht wie Vieh! Welch würdeloser Vergleich!“ Zenon trank aus seinem Weinkelch und speiste von seinem Delikatessenteller, ehe er fortfuhr: „Sie sind wie Kinder, die an die Hand genommen werden müssen. Sie brauchen Regeln, weil sie es nicht besser wissen.“

„Spräche es nicht für die Klugheit eines Lehrers, diese auch aus einem Schüler hervorzubringen?“

„Die Klugheit, von der wir hier reden, ist nicht hervorzubringen, sie ist bereits vorhanden oder nicht.“

Der Pfau hatte mittlerweile Reißaus genommen, er hüpfte aufgeregt über den Tisch und stieß die Weinschalen um. Zenon sicherte sich rasch die in Honig ertränkten Vogelhälse. Ein Jüngling warf sich neben uns auf den Pfau und zerdrückte unter dem Gelächter der Umstehenden einige Pasteten.

„Und reicht diese Klugheit allein aus, um zur Erkenntnis zu führen?“, fragte ich weiter, als wir wieder Ruhe hatten.

„Oh nein, wie schon Sokrates sagt, gehört die Tugend ebenso dazu und der Sinn für das Schöne“, sprach Zenon.

„Bist du im Besitz von all dem?“

Er setzte sich bedächtig auf und blickte mich an.

„Gewiss.“

Ich atmete tief durch und trank selbst einen Schluck Wein. Dies war ein Gespräch von vielen, die mich nicht weiterbrachten. Zenon bediente sich wahlloser Aussagen anderer Philosophen, dennoch wollte ich sehen, wohin er mich führen würde.

„Und wenn die Tugend fehlt, aber der Wunsch nach Erkenntnis da ist? Wird man sie jemals erreichen können?“, fragte ich.

„Gewiss nicht“, entgegnete er scharf. „Dieser Mensch wird Schaden anrichten durch sein Bestreben; dieser Mensch wird für andere eine Gefahr darstellen, weil er keine Moral kennt, mit der sein wacher Geist zu bändigen wäre.“

Jetzt richtete ich mich ebenfalls auf. „Und wo wäre dann für diese Menschen Platz in der Gesellschaft?“

„Sie wären der Feind, sie gilt es auszumerzen. Zum Wohle aller, versteht sich.“

Ich spürte Aufregung in mir wachsen. „Wenn nun aber solch ein Mensch Kenntnis über sich besitzt, wenn er sich erkannt hat mit allem Schaden, den er anzurichten vermag? Kann ihn das nicht retten? Kann ihn das nicht auf den rechten Weg führen? Durch einen Lehrer?“

Zenons Gesicht verschwand für einen langen Schluck in seiner Weinschale. Ich nahm den Blick nicht von ihm.

„Nun, wenn die Erkenntnis ihm aber nicht hilft, den rechten Weg zu erkennen, dann sehe ich nicht, wie ein Lehrer ihn retten soll. Ein wahrer Lehrer wird sich nur zu denen hingezogen fühlen, die der Wahrheit würdig sind.“

Ich lachte trocken. „Dann“, schloss ich das Gespräch und stand auf, „sollten wir beide unsere Zeit nicht länger miteinander verschwenden.“

Zenon war entweder nicht klug oder schnell genug, um etwas auf meine Worte zu entgegnen.

Ich warf dem wieder eingesperrten Pfau einen bedauernden Blick zu und floh zurück in das Treiben der Stadt.

Gab es einen Lehrer, der eine wahrhafte Antwort gefunden hatte? Und der sich dazu entschied, sie auch aus jedem anderen hervorzubringen? Meine Kehle schnürte sich zu, als drückten mir viele Hände die Luft ab. Gab es jemals Aussicht auf Freiheit?

Am letzten Abend der Woche besuchte ich Titus. Er und seine Freunde wollten gerade das Theater besuchen und waren hocherfreut, als ich mich ihnen anschloss. Zu Titus' Erheiterung griff ich nach einem Weinkrug, um ihn mitzunehmen. In dem großen Theater trafen wir zu meinem grimmigen Vergnügen auch auf den hübschen Marcus Iunius, der mich erschrocken ansah. Ja, er wäre heute der Richtige für eine Prügelei. Ein paar Schläge von ihm würden vermutlich ausreichen, um eher *mir* eine behagliche Ohnmacht zu bescheren.

Ich blickte über die Ränge und sah auf den Ehrenplätzen unseren gelangweilten Tetrarchen Herodes Antipas mit seiner ihm angeheirateten Schwägerin Herodias. Etwas weiter links gab sich der Präfekt von Judäa die Ehre. Pontius Pilatus saß neben seiner Frau Claudia Procula auf gepolsterten Plätzen und harrte des Spiels. Meine Tante Lavernia, die in den besten römischen Kreisen verkehrte, konnte ich gottlob nirgends ausmachen.

Der Wein tat seine Wirkung, und ich genoss das alte Schaustück des Plautus namens *Menaechmi*. Zwillingsbrüder erkennen sich nach Jahren der Irrungen wieder. Ich griff nach dem Weinkrug, als das Publikum schallend lachte, aber ich an den seltsamen Zufall denken musste, dass Rabbi Jeshua und ich im gleichen Jahr und Monat geboren worden waren. Benommen ließ ich den Krug sinken; das Publikum bedrängte mich plötzlich wie ein Schwarm kreischender Möwen.

„Verdammt", murmelte ich, weil ich nicht an ihn und seine Worte denken wollte. Ich schaute zur Seite und sah, wie Marcus mich mit neuem Mut musterte.

Danke, Herr!, betete ich, drückte meinen Sitznachbarn Titus

nach hinten und rammte Marcus meine Faust in das wohlgeformte Gesicht. Er stöhnte auf. Titus ergriff meinen Arm und zog mich auf die Füße. Ich wehrte mich, als er mich unsanft aus dem Theater schob. Auf der Straße kam eine römische Wache auf uns zu.
„Was ist los?“, herrschte der Mann mit dem Speer uns an.
„Ich bin ein elender Jude, der einem angesehenen Römer eine verpasst hat“, gab ich kund und bekam von der Seite einen Schubs. Der Speer richtete sich auf mich.
„Ist das wahr?“, fragte der Wachmann mit verengten Augen.
Ich riss gerade den Mund auf, um meine Wahrheit noch zu vertiefen, als ich ausgerechnet Marcus hinter mir sagen hörte: „Ich bin Marcus Iunius Scipio. Es war alles ein Versehen, er ist ein Freund von mir und sehr betrunken.“
Der Wachmann beäugte uns noch eine Weile misstrauisch, ehe er etwas brummte und uns ziehen ließ.
Ich wurde von Titus und Marcus gestützt, die mich trotz meiner Proteste durch die Straßen zu einem Haus brachten; dort wurde ich durch kühle Korridore geführt. Schließlich presste Titus mich in einem dämmrigen Raum auf ein Polster, brachte mir einen Krug Wasser und verschwand. Marcus hockte sich vor mich.
„Es war kein Versehen“, sagte ich. „Ich suche Streit.“
Marcus fuhr sich mit einer Hand über seine geschwollene Wange.
„Das habe ich gemerkt“, erwiderte er und lächelte schwach. Er setzte sich neben mich, nahm mir den Wasserkrug ab und trank einen Schluck. Mit dem, was als nächstes geschah, hätte ich am wenigsten gerechnet. Statt mir einen Rückschlag zu verpassen, ließ Marcus den Kopf auf seine angewinkelten Knie

sinken und flüsterte: „Ich will wieder nach Rom zurück."

„Was?" Ich richtete meinen Oberkörper auf und starrte zu dem zusammengekauerten Hünen. Er legte seinen Kopf schräg und blickte mich trostlos an.

„Mein Vater hat mich gegen meinen Willen hierher geschickt", seufzte er und schloss einen Moment lang die Augen.

„Warum?"

Er blieb stumm und sah elend aus.

„Warum, Marcus?", fragte ich noch einmal, diesmal etwas entgegenkommender.

„Weil ich nicht heiraten will."

„Aha? Verlangt es bei euch auch das Gesetz?"

Er schüttelte den Kopf. „Politik."

„Ist die Frau so schlimm, die er dir gewählt hat?"

Marcus zuckte mit den Schultern. Er seufzte tief, ehe er sagte: „Ich liebe keine Frauen. Ich liebe Männer."

Das war keine Überraschung. „Ich verstehe", murmelte ich.

„Und du?", flüsterte er.

Ich schnaubte leicht. „Weder noch."

„Weder Mann noch Frau?", rekapitulierte er langsam und sah mich verwirrt an. „Also Tiere?"

„Äh ... nein. Auch nicht", fügte ich deutlich hinzu.

„Also gar nicht?", fragte er erschüttert, und jetzt war es an mir den Kopf zu senken. Als ich ihn wieder aufrichtete, war mir schwindelig.

„Jedenfalls meistenteils nicht freiwillig", entkam es mir. Was ließ ich mir von diesem Römer meine Geheimnisse entlocken? Ich schüttelte den Kopf.

„Vergiss es bitte", sagte ich und wollte aufstehen. „Der Wein ..."

„Es tut mir sehr leid“, sagte Marcus aufrichtig.
„Schon gut.“ Ich trat bei dem Versuch aufzustehen auf den Saum meines Gewandes und stolperte auf meine Knie zurück.
„Dreck!“, zischte ich und blieb knien. „Ich verabscheue mein Leben“, sprach ich tonlos. „Wirklich, ich verabscheue es. Ich sehe keinen verdammten Sinn in all dem hier, und ich bin nicht gut genug für etwas anderes ...“
Und die Hand, die sich auf meinen Rücken legte, war seltsam tröstlich in ihrer Unbewegtheit. Sie forderte gerade nichts.
Ich sackte zusammen. Verflucht war ich, und daran würde sich nichts ändern; ich hatte kein Recht, meinen Erinnerungen zu entkommen.
Die fremde Hand zog mich vorsichtig näher, und ich fiel seitlich gegen Marcus' festen Körper. Ich blieb einfach an dieser Wärme lehnen und wehrte mich gegen den Wunsch, jemandem nahe zu sein. Die großen Hände hielten mich, streichelten dann und wann über meinen Rücken.
Oh Gott, dachte ich, *dies muss die Unterwelt sein.*
Ich liege in Herakles' Armen ...
Ich fühlte mich umschlossen von einem engen Kosmos, der dank des Weines den Großteil der Welt in dunkle Winkel drängte, entschärfte. Ich fand keine Kraft, mich von dem Menschen neben mir zu lösen, schien mit einem Mal süchtig nach ehrlicher Nähe. Marcus spürte das. Er küsste mich aufs Haar und streichelte behutsam meinen Nacken. Ich rührte mich nicht. Als seine Finger in den Ausschnitt meines Gewandes gleiten wollten, zuckte ich aus dem roten Weinnebel und spannte mich an. Sofort hielt Marcus inne und nahm seine Hand zurück. Dennoch war der alte Drang zu entkommen stärker, und ich mühte mich, Abstand zwischen unsere beiden

Körper zu bringen.

„Es tut mir leid, Judas", flehte Marcus, während ich durch die Dämmerung starrte. „Ich habe einen Moment geglaubt, du würdest es mögen. Bitte bleib hier und schlaf einfach, ja? Ich möchte dich so nicht in die Stadt schicken."

Ich schwankte in meiner Hocke und ließ mich wieder auf das Polster fallen. Marcus rührte sich nicht, und ich war sicher, dass er es nicht noch einmal versuchen würde. Und so machte ich ihm ein großes Kompliment dadurch, dass ich einfach neben ihm einschlief.

Im Morgengrauen kam ich zu mir und bemerkte unwohl, wie nah ich bei Marcus gelegen hatte. Ich stöhnte leise, weil mein Kopf schmerzte und der saure Geschmack von zu viel Wein meinen Mund ausfüllte. Ich richtete mich langsam auf, und Marcus erwachte. Stumm erhob auch er sich und stand harrend da, als wartete er auf eine Bestrafung.

„Danke", sprach ich und nahm Marcus' Überraschung wahr. „Und verzeih, dass ich dich geschlagen habe. Das ist ganz und gar nicht meine Art."

Er strich sich mit einem Finger über die Schwellung seiner Wange. „Das wird mich ein paar Tage an dich erinnern." Hoffnungsvoll fügte er hinzu: „Werde ich dich wiedersehen?"

„Mir wäre es lieber, wenn du dich trauen würdest, nach Rom zurückzukehren, um das Leben zu führen, das du führen willst."

„Wir werden sehen", wich er aus. „Aber du weißt, wo du mich finden kannst?"

Ich nickte. Es war an der Zeit aufzubrechen. Trotz des pochenden Schwindels im Kopf verließ ich raschen Schrittes das Haus, um zu meiner Unterkunft zu gehen. Dort wusch ich mich, packte meine Habseligkeiten zusammen und holte David aus dem Stall. Auch diesen Ort verließ ich im Galopp.

Um ein Haar hätte ich vor dem Stadttor einen Reiter vom Weg abgedrängt.
„Hoppla“, rief er und zügelte seine kleine Stute. „Judas aus Judäa, richtig? Der Mann, der Gott so überaus gut kennt! Ich habe dich nicht vergessen.“ Er grinste mich ungezwungen an und zwinkerte.
Ich brauchte einen Moment, ehe ich ihn erkannte. Es war der Mann, der mich bei meinem letzten Besuch in Sepphoris vor Marcus’ Annäherung gerettet hatte.
„Thomas, entschuldige.“
„Mal wieder auf der Flucht vor stumpfsinnigen Römern?“, fragte er.
„Das könnte man tatsächlich so sagen“, bekannte ich und hatte das Gefühl zu erröten.
„Das gefällt mir“, sagte er und grinste wieder. Ich lachte dumpf und brachte David dazu, im Schritttempo neben Thomas’ Stute zu gehen.
„Übrigens habe ich den Wanderprediger gesehen, von dem du erzählt hast. Er heißt Jeshua.“
„Ah!“, rief Thomas erfreut. „Was für ein Zufall! Wenn es stimmt, was ich gehört habe, soll er heute in einem Dorf hinter Tiberias sein.“
„Wirklich?“, fragte ich erschüttert.
Thomas sah mich neugierig an und antwortete: „Ich hatte vor, ihn sprechen zu hören, bevor ich mich auf meinen Weg nach Caesarea Philippi mache. Willst du mich nicht begleiten?“
Ich senkte einen Augenblick den Kopf.

„Ja", sagte ich dann und wich zwei römischen Fußsoldaten aus. „Ja, ich will ihn sehen."
Thomas nickte zufrieden und warf mir ein kleines weißes Brot zu. Genüsslich biss er in seins und ritt neben mir weiter. Ich atmete tief durch und nahm ebenfalls einen Bissen Brot.

Der Tag war mild, der Himmel hing blau über uns. Wir rasteten unterwegs einmal, und Thomas erzählte mir von seinen Geschäften in Caesarea Philippi. Er war ähnlich wie ich als Einkäufer tätig, doch handelte seine Familie mit Speisen und Gewürzen. Seine Vorfahren waren von der Insel Paros nach Israel gekommen. Da Thomas eine hervorragende griechische Bildung genossen hatte, disputierten wir den Rest des Weges über die Komödien von Menander und Aristophanes.
Kurz vor dem Dorf wurde ich langsamer.
„Und du bist sicher, dass es heute ist?", fragte ich nervös.
„Natürlich nicht!" Thomas lachte. „Aber das werden wir ja gleich feststellen. Dort vorn ist schon der Markt."
Wir ritten im Schritttempo auf den kleinen Platz. Mit rasch klopfendem Puls suchte ich die Menge nach einem bekannten Gesicht ab, doch fand keines.
Thomas wurde bald unruhig und wollte nicht länger warten, so ritt ich feige mit ihm. Auf der Straße zum Dorf kam uns eine Schar Wanderer entgegen. Ich erkannte Jeshua sofort. Die Art, wie er sich bewegte – aufrecht und gelassen –, war mir bereits vertraut. Wir winkten einander im gleichen Moment zu.
„Das ist er, nicht wahr? Großartig!", rief Thomas und hielt sein Pferd an. Auch Marjam, die neben dem jungen Johannes ging, hatte mich entdeckt und hob ihre Hand zum Gruß.

„Seht euch diese Frau an!", sprach Thomas ehrfürchtig.
Wir stiegen von unseren Pferden und erwarteten die Wanderer. Jeshua war als erster bei uns und lächelte vermutlich genauso zurückhaltend wie ich selbst. Ich stellte ihm Thomas vor. Jeshuas ehrliche Freundlichkeit erreichte auch ihn, und so gingen wir alle gemeinsam zurück zum Markt.
Wie ich es schon zweimal gesehen hatte, hielt Jeshua auf den Brunnen zu und begann einfach zu reden.
„Es ist wichtig, etwas benennen zu können. Bekommt eine verschwommene Angst einen konkreten Namen, muss sie weichen. Ansonsten hält sie uns in ihren Klauen, und wir erleiden sie in jeder Hinsicht. Ähnlich ist es mit verschiedenen Schmerzen. Beginnen wir unseren Schmerz anzuhören, muss auch er weichen, und die Heilung kann einsetzen, manchmal augenblicklich."
Unauffällig schaute ich zu Thomas, er lauschte zunächst stumm, nickte ab und an oder hob abwartend die Augenbrauen.
Nach seiner Rede kam Jeshua zu uns, begleitet von Nathanael und Johannes. Wir begaben uns an den Rand des Marktes, und Thomas und ich banden unsere Pferde an.
„Das, was du über die Angst gesagt hast, widerspricht nicht dem, was Plato meint", sprach Thomas und tippte sich dann gegen die Stirn. „Wie drückte er es noch gleich aus?"
„Angst ist Ausdruck einer Schlechtigkeit der Seele, die leidvoll ist und weiteres Leid gebiert", half ich aus. Thomas nickte sogleich.
Jeshuas Augenmerk ruhte nicht auf Thomas, sondern auf mir, als er sagte: „Ich denke auch, dass jeglicher Zustand immer mehr desgleichen anzieht. Doch gefällt mir Platos Aussage

besser, dass Angst Ausdruck einer unvollkommenen Erkenntnis ist. Denn damit kommen wir wieder zu einer Lösung. Was nützt uns die Umschreibung der Angst, wenn wir kein Werkzeug erhalten, um sie aufzulösen?“

Thomas und ich nickten beide, während Nathanael und Johannes Jeshuas Ausflug in die griechische Philosophie eher stirnrunzelnd folgten.

Nach einer Weile blickte Thomas prüfend zum Himmel.

„Ich muss mich auf den Weg machen. Aber ich werde nach dir Ausschau halten“, sagte er zu Jeshua. „Und auch nach dir, Judas. Das Gespräch ist gerade erst auf die Beine gekommen, wollen mal sehen, ob es noch weitere Schritte zu gehen vermag.“

Er schwang sich auf seine Stute.

„Außerdem hoffe ich, Jeshua, dass du Judas seine besondere Frage beantworten kannst!“, sagte er augenzwinkernd. Ich schnaubte.

„Welche Frage?“, wandte Jeshua sich neugierig an mich.

Thomas kam mir zuvor: „Ein Philosoph hat ihn zu einer Diskussion herausgefordert, aber Judas hat deutlich gemacht, dass er nur die Antwort auf die einzig bedeutende Frage haben will.“

Jeshua sah mich erwartungsvoll an, und ich sprach ohne Umschweife: „Ich will wissen, warum das Leben so beschissen und warum Gott so ein quälender Mistkerl ist, der es nicht schafft, dem Menschen eine einfache Antwort zu geben.“

Jeshua lachte mit gesenktem Kopf. Das war auch die Sprache, die Nathanael verstand, denn der lachte am lautesten und schenkte mir ein anerkennendes Augenzwinkern. Jeshua sagte zu mir: „Das sind zwei Fragen, Judas. Und beide werde ich dir

beantworten, aber dazu brauche ich etwas deiner Zeit."
Ich hob meine Augenbrauen. „Bedeutet das nicht, dass es keine einfache Antwort gibt?"
„Nein, das bedeutet es keineswegs. Es braucht nur Zeit, Gottes Einfachheit zu akzeptieren", sagte er ernst.
„Tja, Zeit ist leider das, was ich gerade nicht mehr habe", sprach Thomas von seinem Pferd aus. „Aber ich bin gespannt auf mehr!"
Ich verspürte Bedauern, als er davonritt, und bemerkte den verunsicherten Blick, den Johannes mir zuwarf.
Jeshua war des öffentlichen Redens noch nicht müde, und ich folgte ihm in das Marktgedränge zurück. Er sprach darüber, dass wir nicht über andere richten sollten.
„Ihr wollt doch auch nicht, dass jemand über euch richtet, nicht wahr?"
Manche Dorfbewohner hatten mit ihrer Arbeit aufgehört. Eine grauhaarige Matrone stützte sich auf einen Karren voller Fisch, den ihr Mann geschoben hatte, und stierte Jeshua an. Sie trat einen Schritt vor und spuckte deutlich vor ihm aus. Ich hielt die Luft an.
„Richte nicht über mich, Mutter", sprach Jeshua leise und blickte sie geradeheraus an, „so will ich nicht über dich richten." Sie starrte zurück. Ihre Augen verengten sich, fast so etwas wie Furcht schien aufzuflackern und sich in Wut zu wandeln. Sie spuckte noch einmal vor ihm aus, aber es schien Jeshua nichts auszumachen. Er sprach einfach weiter, und ich sah zu, wie die Alte mit ihrem Karren voll stinkender Fische an mir vorbeischlurfte, meinen Blick bemerkte. Sie blieb stehen, ein boshaftes Grinsen verformte ihr runzliges Gesicht und zeigte ihre wenigen verbliebenen Zahnstumpen. Sie

schob sich um den Karren herum und kam auf mich zu. Ich konnte meinen Blick nicht von ihr abwenden. Sie griff zur Seite in den stinkenden Fischabfall, der neben den stumpf glänzenden Fischleibern lag, und warf ihn mit einer Handbewegung vor meine Füße. Jeshua hörte auf zu reden. Die Alte schob sich noch näher und spuckte dann auch vor mir aus. Ich blieb erstarrt stehen, der Gestank des Abfalls stieg vom Boden auf. Plötzlich war Jeshua an meiner Seite.

„Richte nicht über ihn!“, sprach er dermaßen achtunggebietend zu der Alten, dass sie jäh zitterte. Sie wich einen Schritt zurück. Ihr Mann hatte ängstlich den Karren losgelassen, es rumpelte, und die Fischleiber und ihre Überreste verteilten sich um die Beine der Alten. Sie fing an zu schreien. Eine römische Wache kam hinzu und bahnte sich einen Weg zu dem Fischweib. Sie zeigte keifend auf den Karren, dann auf Jeshua.

„Ich habe dir kein Leid zugefügt, Weib. Dein Mann hat den Karren losgelassen.“

Die Wache musterte den ruhigen Jeshua und stach abschätzig mit seinem Speer in einen der Fische.

„Die stinken, als wären sie schon seit Tagen tot. Bring die Schweinerei wieder in Ordnung“, sagte er zu dem Weib, das daraufhin weiterschrie. „Und zetere nicht so, sondern sorge besser dafür, dass du mit diesem Unrat niemanden vergiftest!“

Er schüttelte sich angewidert und nickte Jeshua zu. Dieser zog mich von der Alten weg.

„Kümmere dich nicht um sie“, sagte er zu mir. „Sie ist seit einer langen Zeit fauliger als ihre Fische.“

Mit gesenktem Kopf ging ich mit ihm an den Marktbesuchern vorbei zu David.

„Nur ein Stück weiter hat man uns eine Unterkunft angebo-

ten, dort werde ich im kleinen Kreis noch mehr erzählen. Schließe dich uns für heute an, Judas", drängte Jeshua sachte.
Ich nickte, mied aber den Blick in seine Augen. Eine eigenartige Schwäche machte mich benommen, vielleicht forderte die vergangene Woche ihren Tribut, ich wollte allein sein, war jedoch nicht in der Lage, jetzt fortzureiten. Schweigend band ich David los und folgte den anderen mit Schritten wie im Schlaf zu einem schiefen Häuschen am Rande des Dorfes.
Ich stieg hinter Jeshua und Johannes die kurze Treppe zum Dach hinauf. Ich stand dort verloren und schaute über die Landschaft, die Menschen, so fernstehend, fremd. Plötzlich erfasste mich ein bekanntes Gefühl. Mitten auf diesem Dach stockte mir der Atem, Schwindel lähmte mich und meine Gliedmaßen begannen zu zucken. *Nein, nicht hier, nicht jetzt!* Ich versuchte, noch ein paar Schritte zu gehen, und während ich fiel, hörte ich Jeshuas Stimme „Nathanael!" rufen.
Jemand fing meinen Sturz ab, und wir gingen beide zu Boden. Doch mein Fall nahm kein Ende, drängte mich tiefer und tiefer in dunkles Vergessen. Weg von mir. Weg von ihm.
Das Nächste, das ich dumpf wahrnahm, war eine junge Stimme, die fragte: „Wieso heilst du ihn nicht, Rabbi?"
„Weißt du noch, was ich euch gestern erzählt habe? Jeder von uns hat einen freien Willen und entscheidet selbst. Auch ob er Heilung zulassen will", erklärte Jeshua.
Die Worte hatten einen trüben Klang, als befände ich mich hinter einer Wand aus schlammigem Wasser. Unbeteiligt hörte ich zu, als ginge es um einen anderen, fühlte nichts.
„Aber Rabbi", begann Johannes verständnislos, „wieso will sich einer so quälen?" Seine Stimme klang aufgeregt. „Können wir gar nichts tun?"

„Wir können etwas tun und ihn lassen. Wir können bei ihm bleiben und da sein, wenn er uns braucht."
Ich spürte, dass Jeshua beharrlich in meiner Nähe blieb, während ich fort war, fern in einem Versteck, das ich seit meiner Kindheit kannte.
Irgendwann hörte ich jemanden in die Stube treten. Ich konnte nicht sagen, wie viel Zeit vergangen war.
„Jeshua, wieso kannst du ihm nicht helfen?", fragte eine weibliche Stimme beunruhigt. Marjam.
„Er möchte meine Hilfe nicht", sagte er leise, und sie fragte nicht weiter.
„Jeshua, ich kann dich ablösen und bei ihm bleiben."
„Nein."
Wenig später hörte ich ihre leichten Schritte und das schwere Schleifen des Türleders. Störrisch blieb Jeshua bei mir, tropfte mir immer wieder Wasser in den Mund und rieb mir das Gesicht mit einem feuchten Tuch ab. Mir war, als sagte er: *Ich lasse dich in Ruhe, aber ich lasse dich nicht allein.*
Ich sank tiefer in mich hinab durch die Räume eines Traumes; Zimmer für Zimmer vollkommene Leere.

Ich erwachte in ferner Ahnung eines Albtraums. Schwer atmend schlug ich mit einem Arm um mich und hob den Kopf. Wo war ich?
Jeshua saß keine zwei Schritte von mir entfernt, und ich starrte ihn beklommen an. In diesem Moment schob jemand den Türvorhang beiseite, und Licht drang in die Stube – rotes Dämmerlicht.
„Ah", sagte Simon mit einem erfreuten Blick auf mich und schaute dann zu Jeshua. „Du hast ihn geheilt, Rabbi!"
„Nein, Simon", erwiderte Jeshua nur und stand auf, um mir

eine Schale Wasser zu reichen.
Simon zog die Brauen zusammen. Ich trank von dem Wasser und versuchte, wacher zu werden, die Situation und den Tag zu verstehen. Als hätte Jeshua meine Frage vernommen, sagte er wie nebenbei: „Es ist der nächste Morgen, Judas. Du hast die ganze Nacht geschlafen."
Er selbst sah aus, als hätte er die ganze Nacht nicht geschlafen.
„Wir werden noch hierbleiben, bis Judas sich vollständig erholt hat, Simon. Sag Marjam, dass wir ihr jetzt dankbar für ein gutes Essen wären."
Simon nickte wieder und ging.
Jeshua sagte zu mir: „Du hast solche Anfälle schon öfter durchgemacht, nicht wahr?"
„Ja", murmelte ich.
„Waren sie jedes Mal gleicher Art?"
Weil mir die Kehle unter seiner freundlichen Anteilnahme eng wurde, schüttelte ich nur mit dem Kopf und schloss die Augen. Seine Nähe war schwer zu ertragen und schön zugleich.
Nach einer Weile flüsterte er: „Was immer in deinem Leben geschehen ist, es hat dich hierher gebracht. Und was immer mir widerfahren ist, hat mich an genau die gleiche Stelle geführt, Judas. Hier stehen wir nun beide, geführt von demselben Stern. Glaubst du nicht, dass wir einander helfen sollten zu verstehen?"
Ich öffnete wieder meine Augen.
„Was ist es, dass *du* verstehen müsstest?", flüsterte ich zurück und rieb meine rissigen Lippen aneinander. Er lächelte ein bisschen, wirkte einen Moment lang wie ein verlegenes Kind, ehe er sagte: „Wie ich deine Freundschaft gewinnen kann."

Am Nachmittag ging es mir gut genug, um aufbrechen zu können.
„Bei Neumond werden wir in Kefar Nahum sein, wenn du mich ... *uns* ... wiedersehen willst“, sprach Jeshua. „Wir haben immer einen Platz für dich, vergiss das nicht.“
Ich nickte stumm, konnte und wollte kein Wort des Abschieds finden.
Dennoch musste ich gehen. Zurück in die tiefsten Schatten.

IM LABYRINTH

Ich machte mich in Richtung Sepphoris auf, und zwar, um offenstehende Geschäfte abzuschließen. So ritt ich zunächst ins syrische Damaskus, das nicht weit vom See Tiberias entfernt war, und arbeitete mich durch die großen Städte Galiläas und Judäas. Nur Jerusalem mied ich. Ich weiß nicht wieso, aber ich konnte diese Stadt jetzt nicht ertragen. Zumeist lagerte ich im Freien und ließ mich auf keine Verhandlungen ein, die mich länger als einen Tag irgendwo hätten halten können. Schließlich machte ich mich auf den Weg nach Iskarioth. Das Stadthaus meiner Familie glich einer Festung. Aus Angst vor den Sicarii, die ihn wegen seiner Verbindungen zu den Römern jederzeit meucheln konnten, hatte mein Vater sich hinter imposanten Mauern verschanzt. Ich hatte David und mein Bündel am Morgen in einer nahegelegenen Herberge zurückgelassen, bereit für einen baldigen Aufbruch.
Ich sammelte mich, bevor ich an das hohe Tor klopfte. Es öffnete mir ein unbekannter Diener und fragte mich nach Namen und Ansinnen. Mein Vater wollte mir bereits an der Tür vermitteln, dass ich das Recht auf familiäre Behandlung verwirkt hatte, denn der Diener ließ mich auf der Straße warten. Kurz darauf geleitete er mich in das Haus und forderte mich auf, im Atrium Platz zu nehmen. Ich setzte mich neben den gurgelnden Marmorbrunnen. Die Zeit verkürzte ich mir mit Platons *Phaidon*, über den Tod und die Unsterblichkeit der Seele. Ich las immer nur ein paar Zeilen, ehe ich wieder meinen Kopf hob und mich im halbdunklen Innenhof umblickte. Die Schatten bargen noch die eigentliche Kälte dieser Jahreszeit und ließen mich frösteln.

Als ich Schritte hörte, atmete ich tief ein und erhob mich. Mein Vater trat aus dem Säulengang. Stumm, ohne mich zu begrüßen, ließ er seinen Blick über mein weißes Gewand schweifen, das mit einem einfachen Lederstreifen gegürtet war. Er selbst präsentierte sich in einer aufwändig verzierten Tunika und mit reich geschmückten Handgelenken; in dem einzigen Sonnenflecken des Innenhofs blieb er stehen. Ich versuchte gewappnet zu sein für das, was nun folgen würde und zog den prallen Beutel mit den Gewinnen der letzten Tage aus meinem Umhang. Die Geldstücke klirrten leise aneinander, als ich den Beutel auf einem Marmorsockel ablegte. Ich straffte meine Schultern und durchbrach das uralte Schweigen.

„Meine Geschäfte für diese Familie sind abgeschlossen." Meine Worte verdichteten sich wie Morgennebel, hingen sichtbar zwischen uns. Der Blick meines Vaters veränderte sich, Wut wilderte in seinen Augen. Ich schaute nicht weg, dachte an Jeshua und die Freiheit, die er mir in Aussicht gestellt hatte, und fuhr entschlossen fort: „Ich werde gehen und nicht zurückkehren."

Mein Vater vereinnahmte jäh den gesamten Schatten um uns herum, schien mit ihm zu wachsen. Mein Herz begann unwillkürlich zu klopfen, wie das des kleinen Jungen, der ihn fürchten gelernt hatte.

„Wage es nicht, so mit mir zu sprechen!" Seine Stimme erhob sich gleichsam mit seiner Hand, als wären beide durch einen Faden miteinander vernäht.

Trotz des Dranges zu fliehen, blieb ich fest stehen. Ich war kein Junge mehr und sagte so ruhig wie möglich: „Ja, das ist die einzige Waffe, die dir zur Verfügung steht, nicht wahr?"

Seine Hand ballte sich zu einer Faust, doch er benutzte sie nicht. Einen Moment blieb er still, dann rief er nach dem eigentlichen Wächter dieser Festung. Dem Minotaurus. Mein Herzschlag dröhnte mir plötzlich in den Ohren, schlug von innen angstvoll gegen meine Haut. Er war hier. War ich verrückt, noch einmal diese Mauern zu betreten? Mich fangen zu lassen. Stampfende Schritte bewegten sich auf uns zu.
Drohend.
Der Minotaurus.
Er kommt.

Eine schmale Mondsichel spiegelt sich in der Wasserschale am Fenster. Sie verschwimmt, als hätte Wind das Wasser bewegt, doch ich bin es, der sich auflöst. Verloren blicke ich auf den Marmor, auf dem ich knie. Das verwischte, verschmierte Rot ist Teil der Marmorierung geworden.
Die Stille um mich brennt ahnungsvoll, spannt sich durch meinen gesamten Körper. Jedes Härchen stellt sich schmerzhaft auf. Ich krümme mich unwillkürlich nach vorn. Zum ersten Mal habe ich mich dem Ausgang dieses düsteren Labyrinths genähert, doch der Minotaurus lauert hinter mir, bereit, mich aufzuhalten. Die Spannung steigert sich ins Unerträgliche. Ein Sirren bringt mich dazu, den Atem einzusaugen. Die Peitsche zerteilt mit ihrer Schärfe erst die Stille, dann die Haut in meinem Nacken. Einen Moment lang droht der Schmerz mich aufzuspalten. Ich beiße die Zähne fest zusammen, lasse kein Stöhnen entweichen. Schwärze zieht sich um mich herum zusammen. Ich dränge die Schatten mit aller Kraft von mir und versuche, den Kopf zu heben, ich muss bei mir bleiben. Mein Vater hat seinen Teil getan, er hat die Peitsche an

Onkel Johab weitergereicht. Der lässt sie pendeln. Ihn so zu sehen, weckt meine schlimmste Erinnerung. Schwarz schwingt die Peitsche durch mein Herz, ehe sie meinen Rücken trifft und mir den Atem nimmt. Ein weiterer Schlag zischt über mich. War die Welt jemals sanft, das Leben jemals sicher? Die Schläge kommen schneller, heftiger. Ich kann das Stöhnen nicht mehr zurückhalten. Ich brauche einen Gedanken, etwas, das mich zusammenhält. An die, die gegangen sind, kann ich mich nicht länger lehnen. Ich bekomme einen Tritt auf den Rücken und werde auf den Marmor gedrückt. Ich bin ganz unten angelangt.

„Hier gehörst du hin", raunt der Minotaurus. Onkel Johab verliert die Kontrolle, so wie damals. Ich sehe noch immer vor mir, wie es vor dreizehn Jahren geendet hat. Die Schatten kommen wieder näher, sind wie freundliche, weiche Schwingen. Und wäre es nicht gut, wenn auch ich endlich ende? Nichts mehr aushalten müssen. So viele Schmerzen, Schmerz, zu viel, zu viel. Wieso bin ich nicht längst gebrochen? Wieso nicht? Wie eine Stichflamme durchzuckt mich mein vertrauter Albtraum, und absurderweise ist dies der Gedanke, den ich brauche, um auf die Knie zurückzukommen. Es gibt immer noch etwas zu beschützen, auch wenn ich nicht weiß, was es ist.

Onkel Johab ist abgelenkt, mein Vater hat ihm in die Peitsche gegriffen. Er will nicht mit meinem Tod befleckt sein. Ich nutze diesen Moment. Mühsam richte ich meinen Oberkörper auf und gebrauche die Waffe, die *ich* am besten beherrsche.

„Vater", flüstere ich eindringlich und erringe seine Aufmerksamkeit, „du wirst nachts aus deinen Albträumen erwachen und feststellen, dass sie nicht gegangen sind. Deine Tochter

Channah wird dich verfolgen; deine Ehefrau Judith verfolgt dich. Sie warten und beobachten dich."
Ich sehe, wie Furcht ihn fesselt, obwohl er sich dagegen wehrt. Er war schon immer zutiefst abergläubisch und feige.
„Ja, Vater, denn du hast ihren Tod verschuldet, nicht wahr? Du wirst Channah nachts an deinem Bett atmen hören. Du hast sie verabscheut und versteckt, doch sie hat sich nichts mehr gewünscht, als ein gütiges Wort von dir zu hören. Sie hat es niemals bekommen, wartet noch immer."
Ich beobachte, wie der Gesichtsausdruck meines Vaters zwischen Wut und Angst wechselt.
„Und auch das Blut ihrer Mutter lässt sich nicht von deinen Händen waschen, das weißt du nur allzu genau", fahre ich fort. „Judith hat sich das Leben genommen, weil sie nicht mehr ertragen konnte, dass du die Frau deines Bruders immer und immer wieder genommen hast", ende ich.
Mein Vater erstarrt augenblicklich, doch Johabs Körper beginnt zu beben, und seine Augen blicken irr. Der Minotaurus brüllt. Ein Kampf entsteht zwischen den beiden Brüdern. Ich krieche vorwärts, immer weiter. Ich schaffe es, auf die Beine zu kommen und erreiche den Ausgang des Labyrinths, in dem ich mein gesamtes Leben umhergeirrt bin.
In der Herberge ist alles still. Im Dunkeln der Nacht wasche ich mir mühsam die Wunden und ziehe ein neues Gewand aus dem bereitgelegten Gepäck über. David wartet im Stall und schnaubt nervös, als er das Blut an mir riecht. Ich muss all meine Kraft aufbieten, um mich auf seinen Körper zu hieven und festzuhalten, vertraue mich seinen Instinkten an.
Von Iskarioth aus dränge ich durch die Wüste, auf der Spur des abnehmenden Mondes.

Ich blicke nicht zurück, es ist ohnehin nichts mehr geblieben. Außer mir selbst, einem Gefäß voller Risse.

TEIL II

In Scherben

Kefar Nahum war von hohen Eukalyptusbäumen umgeben und lag direkt am Tiberias. Beim Anblick des friedlichen Gewässers überkam mich Erleichterung. Ich hatte tatsächlich meine Familie verlassen und eine Rückkehr unmöglich gemacht.

Langsam ritt ich an der Zollstation vorbei, und ein paar Kinder liefen neben David und mir her bis auf den bevölkerten Markt. Die Bauern hatten die erste Ernte eingebracht und boten sie neben dem typischen Fisch in aufgestellten Bretterbuden feil. Kefar Nahum war ein aufblühendes Handelszentrum und befand sich nahe der Via Maris, die es mit Damaskus verband. Simon hatte erzählt, dass hier eine römische Truppenabteilung stationiert sei. Neugierige Blicke und auch einige der Kinder folgten mir und dem Hengst, als ich mich zu Simons Haus durchfragte. Simon war Fischer und schien gut genug zu verdienen, er besaß ein Steinhaus nahe am Wasser. Seine Frau Naamit zeigte Gastfreundschaft und bot mir ein Lager an, nachdem sie mich ausgiebig gemustert hatte. Vermutlich sah ich erschöpft aus, aber ansonsten konnte man nichts von den Peitschenhieben erkennen. Ich hatte mein Gesicht am Ufer des Jordans betrachtet, die Wunde am Kopf wurde von den Haaren verdeckt, alles andere verbarg das Gewand; so wie immer. Meine Familie hatte stets darauf geachtet, dass nach außen nichts zu erkennen war.

Naamit war eine mütterlich aussehende Frau mit rundlichen Hüften und starken Armen.

„So, du willst dich also auch Jeshua anschließen", stellte sie fest. Was sie davon hielt, war nicht zu deuten. Von ihrer Art glich sie ihrem Mann, sie strahlten beide sowohl Verlässlichkeit als auch Unnachgiebigkeit aus. Sie bot mir einen Becher Wasser an und bereitete eine tiefe Schüssel zum Waschen meiner Füße vor. Ich nahm diese Willkommensgaben an, ebenso etwas zu Essen. Befangen aß ich von dem Brot und dem Joghurt.

Es war dunkel in der Stube, beklemmend, als wäre ich im Halbschlaf. Dazu passte das drückende Summen hinter meiner Stirn, das mich seit Tagen verfolgte; es rührte von Johabs Tritten gegen meinen Kopf. Die Ecken der Stube lagen im Dunkeln, die wenigen Möbel waren nur als Schemen zu erkennen. Ich lenkte meine Aufmerksamkeit auf das Brodeln des Topfes über der Feuerstelle und den Anblick der Tonkrüge, die sorgfältig in einem Regal aufgestellt waren. Eine sanfte Schärfe stieg mir in die Nase, als Naamit begann, einige Lauchstangen zu schneiden.

Was tat ich hier nur? Ich saß bei einer Fremden, nunmehr ohne Familie, ohne Habe, ohne Arbeit. Das einzig Vertraute in all dem Ungewiss war der dumpfe Schmerz, der meinen Körper umgab und mich zusammenhielt.

Naamit stand auf, um den Lauch in den Eintopf zu geben. Sie bückte sich zu einem Wasserkrug. Sogleich erhob ich mich und nahm ihn ihr ab.

„Da hinein", sagte sie und zeigte auf den brodelnden Topf über dem Feuer. Ich beugte mich vor und goss etwas Wasser ein. Würzig riechender Dampf strich heiß über mein Gesicht.

„Du hast Blut an deinem Gewand!", stieß Naamit überrascht aus. Abrupt richtete ich mich auf und wandte meinen Rücken von ihr ab.

„Ich habe mich vor meiner Abreise verletzt“, bekannte ich zögernd. „Ich dachte, es wäre verheilt. Ich habe bereits mein anderes Gewand mit dieser Verletzung ruiniert.“ Iskarioth hatte ich ohne Geld verlassen, wollte nichts mitnehmen, worauf meine Familie hätte Anspruch erheben können. Jetzt war ich nicht mal mehr in der Lage, mir ein neues Gewand zuzulegen. Naamit musterte mich, als hätte sie meinen Gedanken nachvollzogen.

„Wir werden es einen halben Tag in Wasser einweichen lassen und sehen, ob die Flecken rausgehen“, nahm sie sich der Sache an. „Ich werde dir eines von Simons Gewändern geben. Er hätte nichts dagegen, und wenn doch, dann soll er sich auf der Stelle beschweren, und das kann er nicht. Also!“ Sie senkte ihre Mundwinkel und warf ihren dicken braunen Zopf nach hinten. Das Angebot konnte ich kaum ablehnen.

Sie verschwand nach hinten und kam einen Augenblick später mit einem hellen Stoffbündel zurück. Sie drückte es mir in die Hand und schickte mich damit in einen angrenzenden Raum. Es war eine kleine Kammer mit einem Lager am Boden, einer Truhe aus Holz und einer Waschschüssel. Ich entkleidete mich vorsichtig. Die Wunden schienen nicht wieder aufgegangen zu sein, und so faltete ich das Gewand zusammen und legte es für Naamit auf die Truhe. Ich zog mir den frischen, rauen Stoff über, der meine Haut brennen ließ. Ich hörte das Zischen der Peitsche, erinnerte mich an die brutale Kraft, die in mein Fleisch geschnitten hatte. Ich biss die Zähne zusammen und blickte an mir herunter. Konnte man so einfach ein anderer werden? Konnte man die Vergangenheit mit all ihren Fesseln gegen eine neue Gegenwart eintauschen?

Trotz Naamits Freundlichkeit fühlte ich mich wie ein Eindringling. Ermüdet fiel ich früh auf mein Lager in der Kammer nahe der Stube. Ich konnte nicht einschlafen, betrachtete die zarte Mondsichel durch die Fensterluke, bis das Bild mit einem Mal kippte und der Mond verschwamm. Ich erschrak. Ich stand in einer Halle, doch das Licht schwand, die Fackeln an den Wänden erloschen nach und nach, bis nur noch eine Flamme übrig blieb. Der Rauch, gemischt mit Parfümöl, drang mir beißend in die Nase.

Sie war hier.

Ich hatte es nicht geschafft, hatte den Ausgang nie passiert, war noch immer im Labyrinth gefangen! Ich wimmerte, wurde kleiner, ängstlich. Die Nacht löste sich aus dem Fensterrahmen, floss mir als bitterer Wein in den Mund. Ich ertrank fast daran, und der leere Schwindel der Droge erfasste mich. Aber nicht einmal ein ‚Nein' kam über meine Lippen.

Dann trat *sie* in den Fackelschein. Die Goldbänder an ihren Handgelenken, über ihren Brüsten und an den Hüften klirrten leise. Sie stand niemals ruhig da, immer wellte eine unmerkliche Bewegung durch ihren Körper, zart und geübt wie bei einer Schlange. Ich fühlte die alte Ohnmacht durch mich kriechen wie Gift.

„Glaubst du wirklich, du könntest mir entkommen, mein Schöner?"

Sie griff nach der Mondsichel, die sich noch immer im Ausschnitt des Fensters zeigte, und hielt sie einen Moment später in der Hand.

„Wem gehörst du?" Sie kam näher.

Mir, wollte ich schreien, aber meine Zunge gehorchte mir nicht. Sie streckte die Mondsichel nach mir aus und schnitt ihren Namen in die nackte Haut meiner Brust.

Lavernia.

Ich konnte nur willenlos zusehen, bis ich ein Geräusch von außerhalb der Mauern vernahm. Ein Rascheln, Schritte. Und es war nicht mehr meine Tante, die vor mir kniete. Es war Jeshua. Die winzige Flamme einer Öllampe erhellte sein besorgtes Gesicht.

Bist du hier? Wo bin ich? Der Mond, ich ...

Ich kämpfte um Klarheit. Vielleicht war Jeshuas Anwesenheit nur die Wirkung von Lavernias Halluzinogen. Er redete mit mir, aber ich verstand nicht, was er sagte. Das Summen in meinem Kopf war unerträglich laut geworden. Ich schlug mir hilflos auf die Ohren.

Ich bin nicht hier, ich bin nicht hier.

Mein Mund konnte nicht sprechen, war zu lange stumm gehalten worden, die Worte, die ich fühlte, hatten niemals das Tor meiner Lippen passiert. Sie formten sich an jeder einzelnen Stelle in mir, brachen aus der Knochentiefe hervor, drückten durch meine Adern und gegen meine Haut, um zu entkommen, doch dem Mund entwichen sie nicht.

HILF MIR!

Risse, Risse, in dem Gefäß, das ich war.

Als hätte Jeshua mich gehört, erreichte mich durch die Dunkelheit nur ein Wort.

Ja.

Er legte seine Hände fest auf meine Schultern. Die Risse brannten, vertieften sich. Das alte Gefäß knackte. Helligkeit trat jäh vor meine Augen und blendete jeden Muskel in mir. Ich brach endgültig auseinander, und alles Wasser strömte mit einem Mal hervor. Hustend, schluchzend. Die hässlichen Ge-

räusche bahnten sich ihren Weg. Verzweifelt. Alt. Einsam.
Ich sackte zusammen, unfähig eine eigene Bewegung zu bestimmen.
„Ich werde dir helfen, wenn du mich lässt“, flüsterte Jeshua. Seine Arme und Worte hielten den wunden Rest von mir, so dass ich nicht verloren ging.
Er war hier.
Ich war aufgewacht.

Laute Stimmen aus der Stube weckten mich. Benommen schaute ich mich um. Ich war allein, nur ein Umhang am Boden zeigte mir, dass Jeshua tatsächlich hier gewesen war. Mit beiden Händen bedeckte ich meine entzündeten Augen. Aller Schutz war fort, ich fühlte mich wie gehäutet, erinnerte mich, wie diese sonnenhafte Helligkeit durch meinen Körper gedrungen war und an das Gefühl flammender Reinigung.
Im Zimmer war es stickig, deshalb stand ich auf, trank etwas und wusch mich mit dem Wasser aus der bereitstehenden Schüssel. Dann schlug ich zögernd den schweren Türvorhang zur Seite und fühlte eine grenzenlose Verlegenheit, als ich aus der Kammer in die Stube trat. Sechs Menschen saßen um den niedrigen Tisch herum und drehten sich zu mir. Ich verschränkte unwillkürlich die Arme vor der Brust, kam mir in dem neuen Gewand wie ein verkleidetes Kind vor.
„Judas“, rief Marjam erfreut, „du hast dich uns angeschlossen!“
Ich erwiderte ihr Lächeln mit einem Nicken. Als nächstes wurde mir Simons unbestimmter Gesichtsausdruck gewahr. Er blickte an mir herunter und dann zu Naamit.
„Da ist also mein gutes Gewand, du treuloses Weibsstück,

und ich kann weiterhin den alten Flicken hier anziehen." Er klopfte ihr im Vorbeigehen auf die Hüfte und lächelte mich grimmig an.
„Ich danke euch für eure Gastfreundschaft, aber ich werde sie nicht weiter in Anspruch nehmen müssen", sagte ich und wandte mich in Richtung Tür. Ich wollte aus diesem Haus hinaus, mich an den Tag gewöhnen.
„Kommt gar nicht in Frage", sagte Naamit, und Simon brummte. Es war schwer zu sagen, ob es Zustimmung oder Missbilligung ausdrücken sollte.
„Sicherlich will euer Rabbi es bewohnen", erwiderte ich fahrig.
In diesem Moment duckte sich jemand durch den niedrigen Hauseingang; mit ihm floss die Sonne herein. Jeshua. Er schien froh, wieder in Kefar Nahum zu sein, denn er lächelte gelöst.
„Der Rabbi teilt es gern mit dir, wenn du magst", sagte er und schob sich an Nathanael vorbei. Alle Augenpaare sahen zu mir, schienen mich zu bedrängen. Jeshua war plötzlich nur noch Teil dieser Gemeinschaft, die mir fremd war. Ich schüttelte den Kopf.
Sein Lächeln verlor sich. Er blieb stehen, nickte still und griff nach einem Stück Brot auf dem Tisch. Er wirkte mit einem Mal so unsicher wie ich, obwohl er sich hier offensichtlich zuhause fühlte.
„Ich gehe hinaus."
Meinen Blick auf den Ausgang gerichtet, bahnte ich mir einen Weg an dem vollbesetzten Tisch vorbei.

Die Nachmittagssonne brannte heiß auf mein unbedecktes

Haupt. *Wasser.* Es zog mich zum See. Ich rannte die letzten Schritte hinunter an den klaren Ufersaum. Ich ließ mich auf die Knie fallen, tauchte meinen Kopf in das Wasser und zog ihn erst wieder heraus, als mir die Luft ausging. Zu meinem Unwillen spürte ich schon wieder Tränen nahen und drückte meinen Kopf erneut in das kühle Nass. *Reiß dich zusammen, Judas!* Ich fühlte mich nicht mehr wie ich selbst, war nur noch Scherben.

Erst am frühen Abend kehrte ich zurück, um nach David zu sehen und mein Bündel aus Simons Haus zu holen. Zum Glück hatte die Stube sich geleert. Lediglich Naamit stand bei der Feuerstelle und trat auf mich zu.

„Judas, ich habe dein Gewand gewaschen, aber ich konnte die Flecken nicht entfernen." Ehe ich etwas erwidern konnte, sprach sie weiter. „Darum schlage ich dir einen Tausch vor: Du behältst das Gewand, das du gerade trägst. Ich kann dir auch noch ein weiteres zum Wechseln überlassen, dafür behalte ich deines. Aus dem Tuch werde ich etwas anderes nähen. Bist du einverstanden?"

Ich runzelte die Stirn. „Das ist kein fairer Handel."

„Und ob! Ich weiß, wie teuer so ein edler Stoff ist. Was sagst du?"

Ich nickte überfordert. „Dann danke ich dir."

„Warte einen Augenblick."

Sie nahm die Stiege zur zweiten Ebene des Hauses. Allein stand ich in der jetzt so stillen Stube. Der Duft des Brotes, das auf dem Ofen buk, erfüllte den Raum, und mein Magen zog sich vor Hunger schmerzhaft zusammen. Ich versuchte, ihn nicht zu beachten. Die Holzleiter knarrte, und Naamit kam

mit einem Gewand für mich zurück. Sie überreichte es mir und wandte sich wieder ihrer Arbeit zu.
Ich ging weiter zu der Kammer, in der ich übernachtet hatte, und traf dort Johannes an. Der Junge saß auf einer Matte am Boden und putzte seine Sandalen. Freundlich begrüßte er mich. In plötzlicher Eile nahm ich mein Bündel von der Holztruhe und legte das Gewand hinein. Dann langte ich nach meinem Umhang und verließ die Kammer. In der dämmrigen Stube lief ich beinahe in Jeshua hinein. Stumm sah ich ihn an und wusste nichts zu sagen. Dunkle Furcht wuchs in mir, hielt die Schatten meines Labyrinths aufrecht. Vielleicht um das Zwielicht zu überwinden, fragte er „Geht es dir gut, Judas?“ und fasste mich am Arm. Ich zuckte zurück. Er hatte eine der Wunden getroffen. Oder meine Angst. Seine Hand fiel von mir. Ich schüttelte den Kopf, konnte es ihm nicht erklären. In diesem Moment trat Johannes aus der Kammer, und ich nutzte die Gelegenheit, aus Jeshuas Gegenwart zu flüchten, obwohl er der Grund meines Hierseins war.

Für die Nacht streckte ich mich am Seeufer aus und lauschte dem Plätschern der trägen Wellen, die ans Ufer schwappten. Ich fürchtete den Schlaf, dachte an Jeshua, den Talisman gegen böse Träume. Der Nachthimmel über mir wurde mir zu weit, und wie ich so kämpfte, trat jemand zu mir.
„Judas?“, fragte eine laute Stimme.
„Ja?“ Ich setzte mich auf.
„Ich bin es, Nathanael. Jeshua hat mir gesagt, dass ich dich hier draußen finden würde. Darf ich mich zu dir setzen?“
„Ja, natürlich.“ Tatsächlich war ich gerade froh über diese Ablenkung. Ich hörte, wie sich Nathanael auf den Boden fal-

len ließ. Eine Woge Weingeruch wehte mir entgegen.
„Du wirst dich uns also dauerhaft anschließen?"
„Das hatte ich so geplant, ja", murmelte ich.
„Gefällt mir! Hier ist übrigens Brot – und ein Tuch voll Feigen für dich."
Mein Magen knurrte augenblicklich, und Nathanael lachte. Das Essen landete in meinem Schoß.
„Danke." Ich schlug das Tuch auseinander und spürte die rissige Haut der Trockenfeigen unter meinen Fingern. Hungrig biss ich von einer ab, eine körnige Süße füllte meinen Mund.
„Ich soll dir von Jeshua etwas ausrichten", sagte Nathanael, und ich hörte auf zu kauen.
„Ja?", fragte ich unwohl.
„Wir leben hier als Gemeinschaft. Das heißt, du bekommst einen Schlafplatz, wenn du ihn brauchst, ebenso Essen und Kleidung. Jeder trägt auf seine Weise etwas bei, mach dir also keine Gedanken. Wir alle freuen uns, dass du hier bist." Mir war, als vernähme ich Jeshuas Stimme hinter diesen Worten. Er, der nichts einforderte. Mich erreichte seine ungewöhnliche Güte, und ich wurde augenblicklich ruhiger.
Nathanael ließ mich eine Weile essen, dann fragte er: „Und? Wie fühlst du dich?"
„Hm, kann ich nicht genau sagen."
„Weißt du", sagte Nathanael leiser, „als ich damals mit ihm gegangen bin, ist es mir auch nicht leichtgefallen. Alle dachten, ich sei verrückt."
Ich brummte.
„Als der Rabbi mir die Hände aufgelegt hat, hab ich geheult wie 'ne Katze, die ersäuft werden soll."

Ich sagte nichts, dachte an die gestrige Nacht, an das Gefühl, zwischen Albtraum und Wirklichkeit zu schwimmen.
„Ich weiß nicht, wie es dir ergangen ist, Judas, wollte dir nur sagen, wie es bei mir war ..."
„Das weiß ich zu schätzen."
Ich betrachtete die winzigen Lichtpunkte der Sterne, die sich im Seewasser spiegelten.
„Nathanael?", fragte ich. „Wieso will Jeshua ausgerechnet *mich* dabeihaben? Ich weiß gar nicht, ob ich mich eigne ... ich meine ... ich weiß auch nicht." Meine Hand grub sich tief in den Sandboden neben mir.
Nathanael schwieg kurz. „Jeshua braucht jeden von uns für eine Aufgabe. Außerdem scheint er dich zu mögen. Als du letztens davongeritten bist, hat er abends am Feuer zu Marjam gesagt, dass es ganz schön still ohne dich sei. Da war er ebenfalls still. Ich fand es mit dir auch unterhaltsamer, ehrlich."
Ein Trinkschlauch schlug leicht gegen mein Bein, und ich nahm ihn an. Der rote Wein schmeckte herb und benebelte mir bereits nach ein paar Schlucken die Sinne. Ich legte mich zurück auf den weichen Sand und ließ ihn die Wunden an meinem Rücken kühlen.
„Ach ja", sagte Nathanael, „das wird dich freuen: Der Freund von dir, dieser Thomas, wird nach Kefar Nahum kommen."
„*Was?*", fragte ich ungläubig und setzte mich wieder auf.
„Ja, wir haben ihn bei Bethzaida getroffen, und Jeshua hat zu ihm gesprochen. Danach sind wir weitergezogen, und Jeshua meinte, Thomas würde in Kefar Nahum zu uns stoßen. Bislang hat er immer recht behalten."
„Ach?" Wie machte Jeshua das nur? Nach ein paar Worten wollte Thomas ihm folgen?

„Hatte er auch was über mich prophezeit?“
„Nein“, antwortete Nathanael, „über dich nicht.“

Der mit dem Pferd

Am nächsten Morgen weckte mich die erbarmungslose Sonne. Ich stöhnte leise und blickte auf Nathanael neben mir, der alle Viere von sich gestreckt hatte und laut schnarchte. Der Mund stand ihm weit offen. Ich widerstand der Versuchung, ihm etwas Sand hineinzustopfen, damit er Ruhe gab. Trotz allem hatte die gestrige Nacht mir gutgetan, ich fühlte mich wieder vertrauter an. Ich kroch zum Wasser und versenkte meinen heißen Schädel darin. Prustend tauchte ich auf, und Nathanael erwachte. Auch er stöhnte – nur um einiges lauter als ich – und stemmte sich hoch.

„Aus dem Weg“, krächzte er und wankte auf das Wasser zu. Vollständig angezogen platschte er in den See, um sich dem neuen Tag zu stellen.

Als er sich ins Dorf aufmachte, blieb ich an seiner Seite. Er versorgte uns mit Frühstück und etlichen Gelegenheiten, der Arbeit aus dem Weg zu gehen. So war es leicht, den Alltag der anderen zu beobachten und mich einzugewöhnen.

Jeshua sah ich erst am Nachmittag wieder. Wir versammelten uns im Schatten mehrerer Bäume, um einem seiner Vorträge zu lauschen. Unsicher näherte ich mich der Gruppe und hockte mich etwas abseits zu Nathanael. Jeshua saß gegen eine Zeder gelehnt und redete mit uns über die Auswirkung der Erziehung und der Religion.

„Eine Glaubensgemeinschaft kann uns Sicherheit und Kraft geben, sie verbindet uns mit denjenigen, die vor uns lebten, und jenen, die nach uns kommen werden. Religiöse Rituale können uns helfen, uns zu sammeln und zu reinigen. Doch wir sollten keine Sklaven der Schrift sein!“

Aufmerksam hörte ich ihm zu, ich war nicht nur von seinen Worten gebannt, sondern auch von ihm selbst. Jeshuas Blick war offen und fesselnd, seine Gesten stark und klar. Die Art, wie er sprach, glich einer Flamme, die unauslöschlich loderte und Licht in seinen Zuhörern entfachte. Zugleich war ihm eine Unergründlichkeit zu eigen, als wäre er ein Brunnen, aus dessen Tiefe er Wahrheit schöpfte, um uns Durstige zu stillen. Während ich dasaß und ihm lauschte, glätteten sich die Kanten der Scherben, zu denen ich geworden war; ich musste mich nicht länger an mir selbst schneiden.

„Rituale können zu leeren Pflichten werden, die uns vergessen lassen, wahrhaftig zu leben. Religion darf uns nicht aufhalten, nach eigenen Antworten zu streben, sie sollte uns dazu ermutigen, diejenigen zu werden, die wir sein können!", fuhr er eindringlich fort. „Deshalb müsst ihr alles, was ihr gesagt bekommt, in Frage stellen."

„Auch deine Worte?", fragte ich ungewollt. Einige wandten mir unfreundliche Blicke zu, aber Jeshua lächelte anerkennend.

„Ja, Judas, auch meine Worte. Nehmt nicht fraglos hin, was ich oder ein anderer euch über die Wahrheiten der Welt erzählen will. Ihr müsst alles in euren eigenen Herzen prüfen."

Er nickte mir zu und sagte: „Judas, komm bitte zu mir."

Langsam erhob ich mich, nicht wissend, was er von mir wollte.

„Setz dich", bot er an, und ich ließ mich zögernd zu seiner Linken nieder. Er hob seine Hand. Einen Moment schwebte sie über meiner Schulter, ehe er sie gelassen wieder zurücknahm. Es war, als würde er sich meines gestrigen Zurückzuckens entsinnen. Ich schaute zur Seite.

„Wer ihn noch nicht kennt“, sprach Jeshua, „dies ist Judas Iskarioth, mittlerweile auch bekannt unter dem Namen ‚Der mit dem Pferd‘.“
Gutmütiges Lachen schlug mir entgegen. Jeshua schickte mich nicht zurück, sondern erzählte weiter. Ich nutzte die Gelegenheit, die Gesichter der Lauschenden zu betrachten. Manche waren vollkommen versunken in sein Wort, so wie Marjam und Johannes. Ein Blick auf Nathanael verriet mir, dass er eher in seinem Kater versunken war. Simon lauschte mit ernster Miene und stets gerunzelter Stirn, als wollte er sich alles genauestens einprägen. Jeshua überforderte seine Zuhörer nicht, zwischendrin wurde immer wieder gelacht und geredet.
Nach einer Weile gingen zwei römische Wachen dicht neben mir her und beäugten Jeshua.
„Sollten wir nicht Versammlungen im Auge behalten?“, hörte ich einen von ihnen fragen. Er war zwar von schmächtiger Statur, doch hatte eine Stimme tief wie Donnergrollen. Unwillkürlich setzte ich mich aufrechter hin, in Erwartung einer Auseinandersetzung.
„Quintus Publius meint, er sei ein harmloser Spinner, der von Frieden redet und Bauchschmerzen heilt“, erwiderte der andere. Er bemerkte meinen Blick und sagte großspurig: „Der wird keinen Volksaufstand verursachen.“ Er klopfte gegen seinen Brustpanzer und zog Jeshuas Aufmerksamkeit auf sich. An die beiden gewandt sprach er: „Bei der Versammlung hier geht es sogar um noch weniger als ein Volk. Es geht um den einzelnen Menschen.“
Die Römer blieben stehen und gafften Jeshua an. Der machte eine einladende Geste mit der Hand.
„Setzt euch, wenn ihr wollt. Ich hörte, ihr Wachen sollt unter

eurer Rüstung auch Menschen sein."
Der Großspurige spuckte gelangweilt aus, doch Jeshua ließ sich nicht beirren.
„Obwohl jeder einzelne von uns eingebettet in einem Volk lebt, bleiben wir allein und machtlos." Der Schmächtige schaute wie benommen zu Jeshua, gefangen von dessen Eindringlichkeit.
„Und auch, wenn wir uns mit einer Rüstung schützen, sind wir trotz aller Waffen niemals sicher."
Der andere stieß seinen Kameraden an und sagte: „Siehst du? Ein Spinner!"
Der Schmächtige verzog ertappt das Gesicht. Er rammte unvermittelt seinen Speer in den Boden und donnerte mit seiner tiefen Stimme: „Wir behalten euch im Auge!"
Davon unbeeindruckt fuhr Jeshua mit seiner Rede fort. Ich bewunderte, wie gelassen er die Begegnung an sich vorüberziehen ließ.
Als die Menge sich zu zerstreuen begann, suchte Jeshua meinen Blick, aber ich konnte ihn nicht erwidern. Vielleicht würde er mir Fragen stellen, auf die ich nicht antworten wollte.

Aus Unsicherheit schloss ich mich wieder Nathanael an. Er half hier und da etwas zu tragen und ließ mich mit anpacken. Später fütterte ich David und berechnete, wie viel Futter es brauchte, um ihn stark zu halten. Es fiel mir schwer genug, Essen für mich selbst anzunehmen, ich konnte nicht erwarten, dass sie auch noch David versorgten. Ich band ihn los, schwang mich auf seinen Rücken und genoss das vertraute Gefühl, leicht und schnell zu sein. Jederzeit hatte er mir zur Flucht bereitgestanden. Ich seufzte schwer und durchritt die

Abendröte. Ein paar Kinder rannten neben mir her, aber ich war nicht in der Stimmung, eins von ihnen aufsitzen zu lassen. Ich würde David bei nächster Gelegenheit verkaufen; das war etwas, das ich zur Gemeinschaft beitragen konnte.

Am Abend aß und trank ich still mit den anderen, saß zwischen ihnen und blieb doch fremd. Außer, dass wir demselben Mann folgten, hatten wir nicht viel miteinander gemein; sie schienen Vertrauen zu haben, und ich rang jeden Atemzug mit Gott. Auch Jeshua schwieg. Er wirkte, als dächte er über ein Rätsel nach, dessen Antwort sich ihm entzog. Mein Blick wanderte immer wieder zu ihm, und während ich ihn verstohlen musterte, wurde mir eines bewusst: Er war der Rabbi, den ich mein Leben lang hatte finden wollen. Und der eines Tages erkennen würde, dass er sich in mir getäuscht hatte.

Früh suchte ich mir eine entlegene Stelle am See. Ich wusste, dass Nathanael und einige andere ebenfalls draußen schliefen – und zwar im Innenhof, der zwischen Simons und Andreas' Haus zusammenlief –, aber ich wollte allein sein. In dieser Nacht schmerzten die alten und neuen Wunden.

Ich wachte zeitig auf, wusch mich gründlich im Seewasser, rasierte mich und zog dann das neue Gewand an, das über meine Haut kratzte und mich daran erinnerte, ein anderer werden zu müssen. Entschlossen lenkte ich meine Schritte zu Simons Haus.

Jeshua und seine Begleiter teilten sich bereits ein Frühstück, das Naamit und zwei andere Frauen aus ihren Häusern herbeigeschafft hatten. Nathanael winkte mir mit einem zerrissenen Fladenbrot zu, und ich kam dankbar an seine Seite.

„Wieso hast du nicht hier bei uns gelagert, Judas?", fragte

Nathanael laut.

„Ich hatte über einiges nachzudenken“, sagte ich und nahm eine Schale Wasser von Simon an. Nathanael grunzte verständnislos.

„Das solltest du auch öfter versuchen, mein Freund“, sprach Jeshua, der aus dem Schatten des Hauses trat. Wieder grunzte Nathanael, aber etwas leiser, und nickte verhalten. Jeshua zögerte etwas, bevor er sich zwischen Nathanael und mir niederließ. Ich spürte, wie ich mich unwillkürlich anspannte, in Erwartung einiger wohlmeinender Ratschläge, wie ich mich ihm und der Gruppe gegenüber benehmen sollte. Doch Jeshua machte lediglich eine Bemerkung über das Wetter. Er verlangte auch keine Erklärung für meinen Rückzug. Verwirrt setzte ich mich mit dem unbekannten Gefühl auseinander, dass niemand mir sagte, was ich zu tun und wer ich zu sein hatte. Als Naamit mir ein heißes Fladenbrot reichte, rief Nathanael plötzlich: „Seht nur!“

Mit einem Bündel in der Hand schlenderte Thomas auf uns zu. Er war tatsächlich gekommen! Erleichtert ihn zu sehen, sprang ich auf und eilte ihm entgegen. Thomas zog die Brauen hoch und grinste spöttisch. Ich klopfte ihm auf die Schulter und sagte: „Et tu, Brute.“

„Judäer“, sagte er forsch, ehe Jeshua an unsere Seite trat und ihn mit einer kurzen Umarmung begrüßte. Thomas versuchte, sein spöttisches Grinsen wiederzufinden, aber blickte wie festgebrannt in Jeshuas Gesicht, dann senkte er den Kopf und sagte: „Ja, ich bin hier.“

„Thomas hat sich uns angeschlossen“, sprach Jeshua zu den anderen. „Zeigen wir ihm die Gastfreundschaft Kefar Nahums!“

Mit beifälligen Begrüßungsgemurmel und einem lauten „Na also!“ von Nathanael wurde Thomas in die Mitte gelenkt und mit Brot und getrockneten Früchten versorgt. Ich konnte nicht glauben, dass wir uns vor Wochen in Sepphoris auf einem römischen Gelage kennengelernt und nun beide aus freien Stücken ein vollkommen gegenteiliges Leben gewählt hatten! Ich wollte ihn fragen, aus welchem Grund er bereit war, Jeshua zu folgen, doch nach dem Essen nahm Jeshua Thomas mit sich.
„Jetzt ist er dran“, sagte Nathanael und schaute den beiden hinterher, als würde er Thomas nicht beneiden.
„Was meinst du damit?“, fragte ich.
„Na, er macht das, was er auch mit uns gemacht hat“, sprach er verschwörerisch und dann leiser: „Das mit dem Licht, von dem man heulen muss.“
Wie es aussah, gönnte er Thomas diese Erfahrung von ganzem Herzen. Er rieb sich die Hände. „Man merkt genau, ob es einer zu spüren bekommen hat oder nicht. Die schauen hinterher alle aus wie aufgeweichte Trockenfeigen. Du hättest dich mal sehen sollen!“, sagte er und lachte rau.
Er wurde wieder ernster und fragte: „Hat er dir eigentlich schon gezeigt, wie man Leute heilt?“
„Was?! *Leute heilen*? “ Ich schüttelte irritiert den Kopf.
„Wieso sollte Jeshua es mir zeigen?“, fragte ich verständnislos. „Ich wäre wohl kaum dazu fähig!“
„Aaach!“, machte Nathanael. „Er sagt, jeder kann es lernen, der dieses Licht gespürt hat.“
„Wirklich?“, fragte ich entgeistert. „Kannst du es?“
„Och, weiß nicht, so’n bisschen schon. Habe auf jeden Fall noch keinen Lahmen gehend gemacht, aber bei einem alten

Kauz haben sich die Blähungen gelöst." Er wackelte erwägend mit dem Kopf. Das war absurd!

Als Nathanael so tat, als würde er in sich gehen, um noch unbehelligt zu schlafen, suchte ich nach Marjam. Ich musste sie fragen, ob es wahr sein konnte, dass Jeshua uns das Heilen lehrte.

Marjam und Naamit hatten die Reste des Frühstücks weggeräumt, standen nun beieinander und redeten vor dem Haus. Während ich wartete, dass sie ihr Gespräch beendeten, betrachtete ich Marjam eingehend. Sie war eine selbstbewusste Frau, ihr Auftreten zeigte eine Stärke und Präsenz, die den anderen Frauen des Dorfes fehlte. Es musste sie viel Mut gekostet haben, ihre Familie zu verlassen; mehr Mut als jeden Mann. Sie war nun geächtet, ohne Ehemann und Aussicht auf anständige Arbeit. Als Marjam meine Aufmerksamkeit bemerkte, lächelte ich sie an. Sie verabschiedete sich von Naamit und kam zu mir herüber.

„Marjam, ich würde dich gern etwas fragen", sprach ich. Ihre Augen weiteten sich kurz.

„Natürlich, Judas."

„Vielleicht gehen wir ein Stück?"

Sie nickte, und wir machten uns auf den Weg zum Seeufer. Ich bemerkte, wie sie mir hin und wieder einen Seitenblick zuwarf, doch ich begann das Gespräch erst, als wir am Wasser entlangspazierten.

„Nathanael hat mir erzählt, dass alle, die Jeshuas Licht zu spüren bekommen haben, in der Lage sind zu heilen. Stimmt das?", fragte ich sie direkt.

„Ja", sagte sie und sah mich überrascht an. „Hat Jeshua es dir noch nicht gezeigt?"

Eine Schwere drängte sich hinab in meinen Magen. Ich schüttelte den Kopf.
„Dann wird er noch keine Gelegenheit dazu gehabt haben", sprach Marjam bestimmt. Ich sagte nichts. Ja, ich war ihm aus dem Weg gegangen, doch er würde eh merken, dass ich zu solch einer Arbeit nichts taugte. Marjam machte keine Anstalten weiterzugehen, sondern zeigte auf eine Wiese und fragte mich, ob wir uns setzen könnten. Ich nickte und sank schließlich neben ihr auf die duftenden Kräuter.
„Judas", sagte sie ernst, „Jeshua wird dir erklären, dass jeder von uns für eine Aufgabe bestimmt ist und den Weg seiner Wahrheit anders beschreiten wird. Und was Nathanael betrifft ..." Sie ließ den Satz unvollendet und grinste mich schief von der Seite an.
„Wenn er Vertrauen in diesen rohen Kerl hat, dann musst du einfach glauben, dass er dies Vertrauen auch in dich hat."
Es war nur halb scherzhaft gemeint.
„Nichts gegen Nathanael, aber du weißt, wie er ist. Auf den ersten Blick versteht keiner, warum Jeshua ihn in seine engste Mitte gewählt hat. Er sieht Dinge in uns, die wir selbst nicht sehen." Sie schüttelte leicht den Kopf, als erkannte auch sie nicht, was Jeshua in ihr sah.
Marjams Worte stimmten mich nachdenklich. Wir saßen eine Weile da und beobachteten die Fischerboote auf dem See. Ich dachte an Channah und daran, dass Jeshua heilen konnte; ich ertrug still den Schmerz, ihm ein halbes Jahr zu spät begegnet zu sein.
Irgendwann stand ich auf und reichte Marjam die Hand. Sie ergriff sie und ließ sich von mir hochziehen.
„Danke", sprach ich, als wir voreinander standen. „Ich weiß

nicht, mit wem ich sonst hätte reden sollen."

„Du könntest dich an jeden von uns wenden, keiner würde dir Hilfe verweigern."

„Nun, ich bin es nicht gewohnt, andere Menschen um etwas zu bitten", gestand ich ihr. „Aber bei dir fällt es mir nicht schwer."

Marjam senkte ihren Blick und lächelte scheu. Verlegen lächelte auch ich.

Wir gingen schweigend ins Dorf zurück und trafen vor Simons Haus auf Thomas. Jetzt wusste ich, was Nathanael mit der aufgeweichten Trockenfeige gemeint hatte. Thomas' Augen waren leicht geschwollen und sein Blick weich wie nach langem Schlaf. Seine sonst so spöttischen Gesichtszüge wirkten jungenhaft und ebenfalls weich. Er nickte mir verhalten zu und schlürfte weiter aus einer Wasserschale. Er schien dankbar, dass ich ihm kein Gespräch aufnötigte und zog sich früh zurück; Simons Bruder Andreas hatte ihm einen Schlafplatz angeboten.

Ich selbst suchte mir am Abend eine stille Bucht am See. Dort lag ich und fragte mich, was Jeshua wohl in *mir* sehen mochte.

„Da kommt der Mann mit dem Pferd!", begrüßte Thomas mich am nächsten Morgen. Er fühlte sich bereits wie ein alter Freund an, und ich setzte mich zu ihm auf eine Matte vor Simons Haus. Die Sonne hatte unseren Sitzplatz noch nicht erreicht, es war angenehm kühl.

„Thomas, ich kann kaum glauben, dass wir uns hier wiederbegegnen!"

„Ebenso wenig wie ich!", sprach er kopfschüttelnd und schob mir einen Wasserkrug zu. „Wie lange bist du schon hier?"

„Seit Neumond.“ Ich hob den tönernen Krug und trank ein paar Schlucke. Thomas wirkte, als wollte er mich fragen, was mich dazu bewogen hatte, Jeshua zu folgen. Aber er tat es nicht, und ich wusste genau warum. Er wollte nicht, dass ich ihm dieselbe Frage stellte.

Einen Moment später trat Marjam aus der Tür. Sie trug einige Fladenbrote und eine Schale mit getrockneten Feigen und setzte sich zu uns. Sie stellte das Essen in unsere Mitte, und wir frühstückten gemeinsam. Ich freute mich, sie zu sehen. Thomas erging es ebenso, denn er fand in ihrer Gegenwart rasch zu seinem alten Plauderton zurück und erzählte Marjam von unserer ersten Begegnung in Sepphoris und den Delikatessen, die wir auf jenem Gelage verspeist hatten.

„Aber Judas hatte wenig Appetit“, erzählte er mit schelmischem Lächeln.

„Wieso das?“, fragte Marjam, doch ich verdrehte die Augen.

„Nun, er hatte genug damit zu tun, einen Römer abzuwehren, der *ihn* am liebsten verspeist hätte!“

Marjam sah ihn fragend an. „Wollte er ihn verprügeln?“

Jetzt grinste Thomas schadenfroh und sagte: „Nein, das Gegenteil war der Fall!“

Marjam runzelte kurz die Stirn, errötete dann und sagte „Oh!“

Kurz darauf erschien Jeshua, um einige Aufgaben zu verteilen. Ich betrachtete ihn von der Seite, als er mit Thomas sprach. Wie die meisten hier hielt Jeshua sich an die Anweisung, sich die fünfzig Tage zwischen Passah und Schawuot nicht die Haare zu schneiden, denn sein Bart wurde immer dichter und seine Haare ringelten sich dunkel auf dem hellen Gewand. Thomas rasierte sich wie ich nach römischer Sitte, ebenso Philippus – ein schmaler, hochgewachsener Mann, der wie

Thomas aus Caesarea Philippi stammte. Jeshua nahm keinen Anstoß daran. Selbst bei dem Gebot, am Sabbat nicht zu arbeiten, ließ er Freiheiten zu, wie Nathanael mir erzählt hatte. Ein Pharisäer namens Nikodemus war hart mit Jeshua ins Gericht gegangen, weil er am Sabbat eine Heilung durchgeführt hatte, bei jemandem, der sich nicht in Lebensgefahr befand.

„Stell dir vor, Judas, als Nikodemus vor einigen Wochen vom Dach seines Hauses gefallen war und eins seiner Beine nicht mehr bewegen konnte, hat er Jeshua um Hilfe angefleht. Der hat aber nur zu ihm gesagt: ‚Heute ist Sabbat, Nikodemus, und dein Leben nicht in Gefahr. Weil ich weiß, wie wichtig dir die religiösen Vorschriften sind, komme ich morgen früh zurück, um dir zu helfen.' Du glaubst gar nicht, wie schnell er plötzlich bereit war, eine Ausnahme zuzulassen!"

Meine Bewunderung für Jeshua und seine Art, anderen zu helfen, wuchs mit jedem Tag. Wie konnte ich ihm von Nutzen sein?

An diesem Morgen bat er uns um praktische Hilfe. Thomas schickte er zu dem ansässigen Steinmetz, Marjam und mich fragte er, ob wir auf den Markt gehen würden. Er reichte uns ein paar Münzen und zählte auf, was benötigt wurde und wohin wir die Waren zur Weiterverarbeitung bringen konnten. Erfreut, etwas zu tun, worauf ich mich verstand, machte ich mich mit Marjam auf den Weg. Kefar Nahums Marktplatz war größer, als man es von so einem kleinen Dorf erwarten konnte. Zusätzlich zu dem Geschrei der Händler zeterten unzählige Möwen über unseren Köpfen und stießen immer wieder in die Menge hinab, angelockt von den Fischen. Die meisten Verkäufer standen geschützt in einfachen Bretterbu-

den. Auch Andreas hielt seinen morgenfrischen Fang feil und behielt die Seevögel im Auge.
Wie sich herausstellte, tat es mir gut, die Stände abzugehen und sowohl den Duft nach Backwaren und Gewürzen einzuatmen als auch den Gestank nach Fischabfall und gegerbtem Leder. Wir prüften die Qualität der Angebote und versuchten, für das Geld so viel wie möglich zu erstehen. Gern überließ ich Marjam einige Verhandlungen und genoss es mit anzusehen, wie geschickt sie mit den Händlern spielte und feilschte.
Auf dem Rückweg fragte ich sie, auf welche Weise sich die Gruppe mit dem Nötigsten versorgte.
„Wir legen alles zusammen. Das meiste wird fair getauscht, so umgehen wir oft die erhöhten Preise auf dem Markt. Manchmal bekommen wir auch Geld für unsere Dienste als Heiler. Außerdem hat Jeshua lange Zeit in Sepphoris als Zimmermann gearbeitet und kann bei der Ausbesserung eines Hauses oder eines Karrens helfen. Nur mit Geld, muss ich sagen, kann er nicht so gut umgehen. Ihm fehlt einfach der Geschäftssinn."
Ich lachte erstaunt.
„Nun ja", sagte ich. „Er hat andere Talente."

Am Nachmittag schwang ich mich auf Davids Rücken, um ihm Bewegung zu verschaffen, und lenkte ihn am See entlang. Als ich den Strand verließ und in eine Gasse einbog, kam mir eine römische Wache entgegen.
„He", rief der behelmte Mann mit den groben Gesichtszügen und richtete seinen Speer leicht auf mich.
„Ja?", fragte ich und ließ David halten.
„Gib mir dein Pferd, ich habe etwas zu tragen!", befahl er und

zeigte auf einen Sack am Wegesrand. Ich starrte ihn entgeistert an. Ich war noch niemals zuvor zu einem Frondienst aufgefordert worden.
„Mein Pferd bekommst du nicht", sagte ich so ruhig wie möglich und rieb unauffällig Davids Flanke. „Aber ich lade gern den Sack hinter mir auf."
Ich konnte mir gut vorstellen, dass es für den Römer keinen besonderen Reiz hatte, David zurückzubringen. Der Speer richtete sich jetzt drohend auf mich.
„Ich habe gesagt, dass ich dein Pferd will, Jude!", sprach er und berührte David mit der Spitze des Speers. David tänzelte unruhig.
„Und ich sagte, dass ich dir helfen werde, Römer. Aber du hast kein Anrecht auf mein Pferd. Ich kenne die Gesetze gut genug."
Der Speer richtete sich auf meine Brust.
„Bringe mir eine schriftliche Verfügung über das, was du in Bezug auf meine Habe wünschst", sprach ich auf Latein zu ihm, und seine Augen verzogen sich ärgerlich. „Ansonsten muss ich dich warnen, denn dieser Jude hat hervorragende Verbindung zu deinen Vorgesetzten. Pilatus selbst ist mit meiner Familie befreundet, wir genießen sein Vertrauen. Lass dich von meiner Kleidung nicht täuschen."
Die kleinen Wachen in den Dörfern waren nicht unbedingt für ihre Intelligenz bekannt.
„Soll ich nun diesen Sack für dich tragen, oder nicht?", fragte ich. Er wog seine Möglichkeiten und gab schließlich nach. So ritt ich neben ihm her bis ins römische Lager am Dorfrand. Dort stierten auch seine Kameraden geradezu gierig auf mein Pferd. Rasch lud ich ab und verschwand mit David zu Simons

Haus. Mir wurde kalt ums Herz, noch einmal hatte ich vielleicht nicht so viel Glück. Ich musste endlich handeln und für David einen neuen Besitzer finden. Hilflosigkeit bedrängte mich, vertraut wie die ewige Einsamkeit. Die ganze Nacht über blieb ich bei David, erwog mit jedem kürzer werdenden Schatten, ihn einfach zu behalten. Doch eigentlich schmerzte es nur so sehr, weil ich mich bereits entschieden hatte.

Die nächsten Tage waren damit angefüllt, dass Jeshua zu uns sprach und mit uns über seine Lehre diskutierte. Neu war mir der Gedanke, nicht nur für andere Mitgefühl aufzubringen, sondern ebenfalls für mich selbst. Er sagte uns, welche Art der Opfer uns stärkten und mit welchen wir sinnlos unsere Kraft aufgaben.

„Wenn wir uns selbst verlieren – im Dienste anderer –, verlieren wir auch die Verbindung zu Gott, denn wenn wir unser Herz und die Kraft darin nicht mehr fühlen, opfern wir uns sinnlos auf. In dieser Art von Opfer liegt sehr viel mehr Schaden als Nutzen", sprach Jeshua, und nicht nur mich, auch Thomas erstaunten diese Sätze. Die Religion, die wir kannten, baute auf geforderten Opfern auf. Gebannt lauschte ich ihm.

„Was wir mit Liebe und echter Bereitschaft geben, heilt. Was wir nicht freiwillig geben wollen und es doch tun, lässt unsere eigene Kraft allmählich versiegen. Und auch der Nutzen für den anderen ist nicht von tiefer Dauer, ganz im Gegenteil, er spürt die leere Geste und wird mehr verlangen." Jeshua ließ uns einen Moment mit diesen Worten ruhen, ehe er fortfuhr: „Keiner von uns ist dazu da, einem anderen zu dienen. Verpflichtet sind wir einzig uns selbst – und Gott, der uns als Richtwert ein Herz geschenkt hat, an dessen Gefühlen wir ablesen können, wie weit wir uns von der Liebe entfernt haben."

Jeshuas Wahrheit brachte mich an diesem Tag dazu, mich still meiner eigenen Opfer zu erinnern. Sie waren schmerzhaft gewesen, und doch ganz vom Herzen entschieden. Es gab anderes, für das ich mich verurteilte.

Als die Getreideernte begann, plante Jeshua eine mehrtägige Reise durch Galiläa; er wollte den Bauern helfen und gleichzeitig sein Wort verbreiten.
Thomas sagte: „Er will, dass wir heilen gehen."
„Was?", fragte ich erstaunt.
„Ja", sagte Marjam, „wir gehen in die umliegenden Dörfer und bieten unsere Hilfe an."
Thomas nickte.
„Ich verstehe nicht ... du kannst *heilen*?", wandte ich mich bestürzt an ihn, und seine Augen wurden groß.
„Na ja, das weiß ich noch nicht. Jeshua sagt, es solle Linderung bringen. Wir gehen immer zu zweit oder zu dritt, also kann ich nicht sagen, ob meine Anwesenheit dabei irgendeine Rolle spielen wird", meinte er verlegen.
Als Jeshua uns tatsächlich in kleine Gruppen einteilte, sprach ich zu ihm, auch wenn die anderen dies hörten:
„Jeshua, du sagst, ich solle mitgehen, aber du hast mir noch nicht gezeigt, wie man heilt." Wir saßen in Simons Innenhof, und eine Ziege meckerte anklagend aus dem Dunkel des angrenzenden Stalls.
Simon und Johannes, die nebeneinander auf der Treppe zum Hausdach im frischen Morgenlicht saßen, warfen sich einen Blick zu, der ihren Unglauben zum Ausdruck brachte. Hatte der Rabbi etwa vergessen, jemanden in seine Heilkunst einzuführen? Oder war Judas für diese Arbeit ungeeignet?
„Mach dir keine Gedanken, Judas, es ist alles in bester Ordnung", sagte Jeshua lediglich dazu. Ich schaute mit gerunzelter Stirn zu Thomas, der mit den Schultern zuckte.
Alle erhoben sich, um für die anstehende Reise ihre Bündel zu packen, nur ich stand unschlüssig herum. Einer Eingebung

folgend ging ich zu Jeshua herüber.
„Ist es dir recht, wenn ich nicht mit euch gehe, sondern nach Sepphoris aufbreche? Ich würde dort gern eine Angelegenheit regeln, die vielleicht Geld einbringt."
Jeshua betrachtete mich mit nachdenklichem Blick, aber nickte dann sogleich.
„Natürlich, Judas, du kannst hingehen, wohin du möchtest. Das weißt du doch, oder?"
Seine Augen leuchteten heute wie ein wildes Meer in der Sonne.
„Hm", machte ich, „ich würde mich nicht gegen deinen Vorschlag stellen, wenn es nicht wichtig wäre."
„Natürlich", sagte er wieder und fuhr sich mit einer Hand flüchtig über seinen dunklen Bart. „Aber vielleicht gehst du nicht allein. Nimm einen von ihnen mit. Nathanael hat dort Familie. Außerdem tut es ihm immer wieder gut, diesem Leben und mir eine Weile zu entfliehen." Er grinste leicht und sah mich forschend an. Womöglich fragte er sich, ob es mir ebenso wohltun würde. Jeshuas Blick ließ mich nicht los, als er sprach: „Judas, ich möchte dir noch etwas zu deiner Frage von vorhin sagen."
Unruhig wartete ich seine Worte ab.
„Du findest deinen eigenen Weg, das ist wichtig für dich", begann er mit Nachdruck. „Dieser Weg ist nicht mein Weg, aber führt direkt neben ihm her. Verstehst du?" Stirnrunzelnd sah ich ihn an. Jeshua schaute einen Moment zu Boden, ehe er etwas leiser sagte: „Ich will nicht, dass du mir folgst, ich will, dass du neben mir gehst."

Nathanael nickte angetan von dem Vorschlag, mich zu begleiten. Da Jeshua und die anderen insgesamt eine Woche unterwegs sein würden, konnten wir uns Zeit lassen, bevor wir nach Sepphoris aufbrechen mussten. Es war ein seltsames Gefühl, sie alle loswandern zu sehen, während ich zurückblieb. Jeshua drehte sich noch ein paar Mal auf dem Weg zum Dorf hinaus zu uns um. Nathanael hatte sich längst wieder hingesetzt, als ich immer noch stand und ihnen nachschaute.

Unter der glutvollen Sonne ritten Nathanael und ich in Sepphoris ein. Es war befremdlich diese durch und durch römische Metropole in meiner neuen Gewandung zu betreten. Ich war nicht länger der reiche Kaufmann, der sich nach Kostbarkeiten umsah, Verhandlungen führte und zu Gelagen gebeten wurde. Wir ritten über den Cardo Maximus und stiegen kurz vor dem Marktplatz ab. Ich führte David am Zügel weiter. Im Vorbeigehen studierte ich die schlechtgenährten Bestände der Viehhändler und griff Davids Zügel fester. Nathanael ging in der Geschäftigkeit des menschlichen Geschreis vollkommen auf. Er grinste mich an und zeigte hier und da auf Besonderheiten, wie die auffällig gekleideten römischen Damen mit lächerlichem Federschmuck auf ihren Gewändern, der sie aussehen ließ wie das Federvieh in den Käfigen der Geflügelhändler. Nathanaels Magen knurrte, und er feilschte eine Weile mit einem Händler und bekam ein paar Datteln zum Probieren. Zufrieden hielt er mir eine hin, aber ich lehnte ab. Der dürre, kleine Verkäufer wurde wütend, als er merkte, dass Nathanael nichts kaufen würde. Ich warf ihm einen entschuldigenden Blick zu und zog meinen unbekümmerten Begleiter mit mir. Ich empfand das ganze städtische Treiben als zu laut und bedrängend. Zudem war es sehr heiß

geworden. Die Gerüche der unzähligen Menschen, ihrer Ausdünstungen und ihrer Waren legten sich wie erstickender Nebel über die prächtige Stadt.
Als Nathanael sich gerade über eine alte Frau amüsierte, die mich seiner Meinung nach anzüglich angesehen hatte – obwohl sie offensichtlich blind war –, kam mir ein bekanntes Gesicht entgegen. Ich stockte abrupt. Ausgerechnet Titus Flavius war es, der mich schon aus einiger Entfernung mit hochgezogenen Augenbrauen von oben bis unten musterte. Wir standen in der Nähe des Platzes mit der großen Basilika, und David versperrte vielen Menschen den Weg, weshalb sie uns murrend umrundeten. Ich ignorierte Nathanaels Zerren an meinem Arm.
„Judas!", rief Titus pathetisch und hob beide Hände zur Begrüßung. „Du bist wieder in der Stadt! Seit der Prügelei im Theater habe ich dich nicht mehr gesehen. Es hat Gerüchte über dich gegeben und ..."
„Sie sind mit Sicherheit allesamt wahr", vollendete ich seinen Satz und lehnte mich an Davids zuckende Flanke. Das Gezanke der Händler und die ebenso eindringliche Klage der eingesperrten Vögel untermalten meine Worte.
„Ach ja?", fragte Titus interessiert. Ich merkte, wie Nathanael Titus und mich beobachtete, während er genüsslich seine letzte Dattel kaute.
„Ja, natürlich stimmen die Gerüchte", antwortete ich. „Besonders das mit der Gattin des judäischen Statthalters, die ich an die Sicarii verschachert habe."
Titus lachte unwillkürlich, dann sagte er ernst: „Deine Familie sagt, sie hätte dich verstoßen!"
Diese Nachricht überraschte mich nicht.

„Natürlich sagt sie das. Doch tatsächlich habe ich sie aus freien Stücken verlassen, um mich einem Rabbi anzuschließen."

Titus atmete vernehmlich ein und nickte vielsagend. Er beäugte wieder mein grobes Gewand und das meines Begleiters und zog sich seine Tunika zurecht.

„Es geht immer noch um die Antwort?", fragte er kopfschüttelnd. „Ist sie wichtiger als alles andere?"

„Ja", sagte ich einfach.

„Folgst du etwa diesen Leuten von Johannes dem Täufer?"

Ich lachte trocken und wischte mir mit einer Hand über meine feucht gewordenen Schläfen.

„Nein", sagte ich und blickte zu Nathanael, der das Gespräch noch immer gespannt verfolgte. „Ich habe weder dem Wein, dem Leben noch anständiger Nahrung entsagt. Wir leben auch nicht in der Wüste in Höhlen und beklagen den Untergang der Menschheit. Jedenfalls noch nicht."

Nathanael fing an zu lachen, und Titus musterte ihn geringschätzig.

„Johannes ist ein entfernter Verwandter von Jeshua und ein bisschen verrückt, wenn ihr mich fragt", sagte Nathanael.

Diese Nachricht verwunderte mich. Johannes der Täufer war mit Jeshua verwandt?

„Na, ihr wisst, wo Johannes gelandet ist, hockt in Herodes' Kerker rum für sein loses Mundwerk", fuhr Nathanael munter fort und legte dann nachdenklich den Kopf schief. „Aber Heuschrecken mit Honig sind gar nicht so übel."

Titus sah ihn groß an, scheinbar immer noch schockiert über meine freiwillige Abkehr von der gehobenen Gesellschaft.

„Ich bitte dich, Titus", sprach ich zu ihm, „bei den Schweinereien, die der Tisch einer römischen Orgie bietet, sind Heuschrecken vergleichsweise harmlos, findest du nicht?“

Titus nickte mit einem krummen Lächeln, und ich beschloss, unsere zähe Unterhaltung zu beenden, als ich eine Hand leicht an meine Schulter tippen spürte.

Überrascht drehte ich mich um und stand Marcus Iunius gegenüber. Imposant ragte er über mir auf und schaute mich verlegen an. Dann grüßte er Titus, der die Gelegenheit nutzte, sich zu verabschieden. Weil mich unangenehme Gedanken bei seinem Anblick überkamen, brauchte ich einen Moment, ehe ich etwas sagen konnte.

„Ich dachte, du seiest wieder nach Rom abgereist“, sprach ich, mir Nathanaels erwartungsvollen Blicken durchaus bewusst. Marcus war ja auch eine beeindruckende Erscheinung, mit dem muskulösen Körper und der weißen Toga. Allerdings wirkte er bedrückt.

„Ja, aber ich konnte nicht“, sagte Marcus und rieb David ausweichend den Hals. „Wunderschönes Pferd.“ Mit vorsichtigen Fingern tastete er über Davids empfindliches Maul.

„Ja“, seufzte ich und fuhr David ebenfalls über das glänzende Fell. Ich hörte Marcus tief einatmen, ehe er entschlossen fragte: „Judas, wäre es möglich, dich während deines Aufenthaltes in Sepphoris allein zu sprechen?“

„Äh ...“, machte ich und sah zu Nathanael, der die Sache in die Hand nahm.

„Judas, ich will eh los zu meiner Familie, du kannst ja später zum Abendessen vorbeikommen. Allerdings könnte es sein, dass meine Frau kocht und ... na ja ... sie ...“ Nathanael kratzte sich den Bart. „Na, sie kocht halt so schlecht wie sie hässlich ist.“

Verblüfft begannen Marcus und ich zu lachen. Nathanael zuckte ergeben mit den Schultern und beschrieb mir den Weg zu dem Haus seiner Familie im nahegelegenen Kana; ich sah ihm nach, wie er zwischen den Stadtbewohnern verschwand. Dann nickte ich Marcus zu, der sich schweigend in Bewegung setzte. Er ging einen halben Schritt vor und teilte die Menge für mich wie Mose das Meer für das Volk Israel. Ich brachte David in einem Stall unter und folgte Marcus zu dem erhabenen Bau, in dem er residierte. Wie die anderen Häuser war auch dies mit roten Ziegeln gedeckt und mit edlen Fresken verziert.
Marcus geleitete mich durch die angenehm kühlen und stillen Gänge, in den Raum, in dem ich das letzte Mal erwacht war. Doch jetzt war es Tag, und goldenes Licht enthüllte alle Winkel. Prächtige Kostbarkeiten ruhten dezent verteilt in den Ecken wie die marmornen Götterstatuen, die Marcus selbst in nichts nachstanden. Ein schmaler Ausschnitt des Bodens war in seiner ganzen Länge mit klarem Wasser gefüllt und warf wässrige Sonnenkreise auf die weißen Wände. Vor mir warteten die üppigen roten Polster, auf denen ich mit Marcus genächtigt hatte. Ich spürte, wie sich mein Gesicht erhitzte.
Marcus war nicht viel gefasster als ich, doch tapfer fragte er, ob ich mich setzen und etwas trinken wolle. Ich ließ mich auf das weiche Polster sinken und nahm den roten Wein entgegen. Marcus setzte sich mir gegenüber hin. Wir hoben die Becher, als wollten wir auf etwas trinken, aber keinem von uns fiel etwas ein.
„Du bist nicht wiedergekommen“, sagte Marcus leise. Unwohl begann ich meine Hände zu kneten.
„Mein ganzes Leben hat sich verändert“, sprach ich, um eine

Erklärung bemüht. „Ich habe endlich meine Familie verlassen und ihr gesagt, was ich von ihr halte."
„Ja?", fragte er sehnsüchtig. Ich nickte.
Marcus stand auf und schenkte uns nach, obwohl unsere Becher noch unangetastet waren, dann setzte er sich neben mich auf das Polster. Ich rührte den Wein nicht an, sondern zog die Knie an den Oberkörper und schaute über den rauen Stoff, der sie umspannte. Ich fühlte mich eigenartig schutzlos und sagte gedämpft: „Diese ganzen Veränderungen bringen mich durcheinander."
Neben mir hörte ich ein halb gelachtes, halb geseufztes Schnauben.
„Du hast mich auch durcheinandergebracht, Judas! Ich kann seit Wochen nur noch an dich denken."
„Was?" Ich stöhnte ungewollt über dieses überraschende Bekenntnis, und Marcus sah mich gequält an. Großartig!
„Das lag nicht in meiner Absicht. Ich versuche nur, einen Sinn in meinem Leben zu finden", verteidigte ich mich. „Ich habe jetzt einen Lehrer, einen Rabbi. Er bringt mir so vieles bei, gibt mir Antworten. Er kann sogar heilen!"
Ich verschränkte meine Hände ineinander.
„Heilen?", fragte Marcus mich plötzlich aufmerksam. „Er kann heilen?"
„Ich glaube schon", erwiderte ich vorsichtig.
Er sah mich hoffungsvoll an. „Dann kann er vielleicht machen, dass es aufhört. Mein Vater sagt, es sei eine Krankheit."
„Ja?" fragte ich. „Ist es eine Krankheit?" Mein Blick irrte über die flackernden Sonnenmuster an der mir gegenüberliegenden Wand.
Marcus zuckte müde mit den Schultern. „Muss wohl."

Er schaute mich abwartend an, ehe er sagte: „Ich will ihn sehen."
„Wen?"
„Deinen Lehrer!"
Ich schnappte nach Luft.
„Nein!", sagte ich heftig und stand auf.
Marcus schaute mich fragend an und erhob sich ebenfalls.
„Wieso nicht? Du sagst, er kann heilen, und *du* willst mir offenbar nicht helfen! Und ich will, dass es aufhört, ich will normal sein, ich will geheilt sein!"
Er sah mich trotzig an.
„Vielleicht ist es keine Krankheit", wandte ich fahrig ein.
„Es fühlt sich aber so an. Ich kann nur noch an *dich* denken, und ich fühle mich entkräftet und traurig, wenn du nicht da bist."
„Jetzt bin *ich* die Krankheit?", fragte ich entgeistert. Ich konnte Marcus wohl kaum zu Jeshua bringen und sagen: „Dieser Mann ist von einer Krankheit namens Judas befallen. Bitte heile ihn." Wahrscheinlich musste er dann lediglich den Krankheitsherd ausmerzen. Ich lachte dunkel.
„Hör zu, Marcus", sprach ich, um Ruhe bemüht. „Es tut mir sehr leid, dass du dich nicht gut fühlst. Es tut mir ebenfalls leid, dass ich in dein Leben getreten bin und mich so unbeherrscht verhalten habe ..."
Marcus machte wieder ein trotziges Gesicht.
„Es soll dir nicht leidtun!", rief er. „Denn mir tut es nicht leid!"
Himmel! Ich hob beschwichtigend meine Hände.
„Marcus, ich meine damit, dass du vielleicht recht hast. Womöglich bin ich eine Krankheit", sprach ich nachdenklich. „Ich habe bislang keinem Menschen Glück gebracht."

Marcus war nahe daran, mit dem Fuß aufzustampfen. Er wirkte wie ein gereizter Ochse und schien immer mehr Raum einzunehmen.

„Es hat dir doch gefallen, bei mir zu sein! Es war etwas Gutes!“, sagte er verzweifelt. „Oder nicht?“

Ich senkte den Kopf. „Ich schäme mich ehrlich gesagt für diese Nacht. Ich war so betrunken.“

„Das ist alles?“, fragte er wütend und trat einen Schritt näher. Ich fragte mich unwillkürlich, ob ich es mal wieder herausforderte, Schläge einzustreichen, doch Marcus’ Hände legten sich mit festem Griff um meine Schultern. Ich starrte in sein Gesicht, das alle Ruhe verloren hatte.

„Du glaubst vielleicht, dass ich dumm bin, aber nicht so dumm, um nicht zu sehen, dass du dich genauso verloren fühlst wie ich mich“, sagte er eindringlich. Er blickte mich mit zusammengezogenen Augenbrauen finster an und sagte: „Und es war etwas Gutes, weil es ehrlich war!“

Verblüfft sah ich ihn an und murmelte ärgerlich: „Verflixte Römer!“

In letzter Zeit erfuhr ich zu viel über mich selbst, das mir nicht gefiel. Er ließ meine Schultern los, und ich wandte mich ab.

„Marcus, es tut mir leid, doch war es nicht ehrlich genug von mir“, sprach ich, ohne mich umzudrehen. Und weil er eben doch nur ein verflixter Römer war, ließ er mich allein zurück. Seine stampfenden Schritte verhallten. Ich beobachtete den Staub im Sonnenlicht, der unermüdlich aufwärtsstrebte. Nach einer Weile verließ ich ebenfalls das Zimmer und suchte mir meinen Weg durch die kühlen Gänge zur Eingangstür. Was hätte Jeshua getan? Niemanden krank zurückgelassen. Aber konnte die Krankheit den Kranken heilen?

Entmutigt von der Auseinandersetzung trat ich in den nahegelegenen Stall. Ich schlängelte mich an den Pferden, Kamelen und Mauleseln vorbei, bis ich David fand. Groß und schön stand er zwischen den anderen Tieren und kaute Stroh. Lange blieb ich an ihn gelehnt, genoss seinen warmen, beruhigenden Duft, während er leise gegen meinen Nacken schnaubte. Ich streichelte ihm über die Nüstern und wusste, dass es doch etwas gab, das ich hier in Sepphoris tun konnte. Ich verließ den Stall noch einmal und besorgte mir in Amos' Laden alles, um eine Nachricht an Marcus zu verfassen.

Deine Offenheit achte ich, ebenso dein Feingefühl. Wie du nun unschwer erkennen kannst, habe ich mir beides nicht verdient. Möge dein Weg dir bessere Begleiter bescheren.
Für den Weg, den **ich** *jetzt beschreite, gebe ich alle weltlichen Güter auf. Das einzige, das mir mehr bedeutet, als ich sagen kann, ist mein Pferd David, und ich könnte es nicht ertragen, wenn es geschlagen würde.*
Nun hat sich mir die Antwort gerade von selbst gezeigt. Ich möchte David **dir** *geben. Ich will ihn dir schenken. Bitte pass gut auf ihn auf, ja? Und möge er gut auf dich achten. Mir hat er tatsächlich einmal das Leben gerettet.*

Judas

Ich führte David am Zügel zu Marcus' Haus. Ich brachte es nicht über mich, auf ihm zu reiten, denn dann hätte ich womöglich dem Drang nachgegeben, diese Idee zu vergessen und davonzugaloppieren. Ich atmete tief durch und klopfte an das erlesen gearbeitete Holzportal. Ich wartete und ließ immer wieder das Leder des Zügels durch meine schweißfeuchten Hände fahren. Ein ägyptisch aussehender Diener öffnete mir, und ich übergab ihm ohne Umschweife die Zügel und das Pergament. Ich drückte mein Gesicht kurz gegen Davids Kopf, flüsterte ihm meinen Abschied ins Ohr, dann wandte ich mich um und lief die gepflasterte Straße hinauf, so rasch, als hätten hungrige Wüstenleoparden meine Spur aufgenommen. Ich konnte mich nicht umwenden. Nun hatte ich alles für ihn aufgegeben.

„Wie viel hast du für dein Pferd bekommen?", fragte Nathanael. Wir saßen mit seiner Verwandtschaft in ihrer mit Steinkrügen vollgestopften Stube und aßen zu Abend. Nathanaels Familie verkaufte eingelegtes Gemüse auf dem Markt.
Ich schaute verlegen auf und ließ mein Brot sinken.
„Nichts", bekannte ich und mochte nicht an den vergangenen Tag denken.
„Nichts?", fragte Nathanael erstaunt und ließ sich von seiner Frau noch etwas Eintopf geben. Offenbar hatte er Glück gehabt, und seine Mutter hatte das Mahl zubereitet.
„Ich habe selten so ein edles Tier gesehen, das muss doch eine Menge wert sein! Selbst unser Maultier hat schon genug gekostet und ist lahm wie ein Fisch an Land."
Ich zuckte mit den Schultern. „Ich habe ihn an einen Freund verschenkt. Ich hoffe, Jeshua ist nicht enttäuscht."
„Das glaube ich nicht, Judas." Nathanael winkte mit seinem Weinkrug vor mir herum. „Der Rabbi macht immer genau den gleichen Unsinn." Er schüttelte mächtig den Kopf.
„Danke, Nathanael", sagte ich trocken. Er zuckte mit den

Schultern und spülte das Essen mit einem Schluck Wein hinunter. Sein griesgrämig aussehendes Weib warf mir einen Blick zu, der besagte, dass sie sich ärgerte, nicht die Nutznießerin dieses edlen Pferdes zu sein. Selbst wenn ich sie vorher kennengelernt hätte, wäre es mir nicht eingefallen, David hierzulassen. Marcus würde sich hoffentlich um meinetwillen gut um ihn kümmern. Das musste ich einfach glauben.
Als nur noch Nathanael und ich wach in der Stube vor dem leeren Weinkrug saßen, versuchte ich, an das zu denken, was vor mir lag, an die Menschen, für die ich mich entschieden hatte. Jeshua kam mir in den Sinn, Marjam.
„Sind Marjam und Jeshua eigentlich ...“, begann ich unwillkürlich, und Nathanael lachte markerschütternd.
„Die Frage stellt sich jeder!“
„Und? Was vermutest du?“ Es sah aus, als zuckte Nathanael mit den Schultern; die winzige Flamme der Öllampe spendete nur noch wenig Licht und verstärkte die trübende Sicht des Weines.
„Sie umarmen einander viel“, sagte ich nachdenklich.
„Ich denke, der Rabbi ist tabu in dieser Hinsicht“, erwiderte Nathanael und gähnte.
Die Öllampe verlosch und ließ uns in der dunklen Flut der Nacht zurück.
„Deshalb kann sie ihn trotzdem lieben.“ Meine Worte versanken still in ihren Wassern.

Drei Nächte quetschten Nathanael und ich uns in der kleinen Stube zusammen und gingen tagsüber seiner Familie zur Hand. Ich übernahm sogar freiwillig den Dienst, gemeinsam mit Nathanaels Frau Gemüse einzulegen, nur um nicht mehr in die Stadt zurückzumüssen. Die Frau war in der Tat kaum länger zu ertragen; ihre harsche Verdrießlichkeit hatte ihr Haar und Haut ergrauen lassen. Statt sich über meine Hilfe zu freuen, beklagte sie sich allenthalben und ließ meine mühsam erhaltene Fassung ebenfalls grau werden.

Weder Nathanael noch mir fiel der Abschied schwer. Erleichtert machten wir uns auf den Rückweg durch die abgeernteten Weizenfelder Galiläas, begleitet von dem Rauch der verbrennenden Spreu. Ein paar Tage würde die Reise dauern, da wir nun zu Fuß unterwegs waren. Ich fand es schrecklich, David in Sepphoris zurückgelassen zu haben. Mir war, als verkrüppelten meine Beine mit jedem Schritt und verurteilten mich zu qualvoller Langsamkeit.

Am zweiten Tag gingen wir müde und staubig auf die Stadt Tiberias zu und trafen dort am Wegesrand unerwartet auf Jeshua. Er löste sich sogleich aus dem Schatten des Ölbaums, an dem er gelehnt hatte, und kam uns entgegen. Johannes und Simon Zelotes ruhten neben dem Baum im Gras. Ich stellte verwundert fest, dass die anderen offenbar nach Kefar Nahum vorausgegangen waren.

Jeshua umarmte erst Nathanael kurz, dann trat er auf mich zu, aber streifte mit seiner Hand nur flüchtig meinen Arm.

„Ich hatte gehofft, euch abpassen zu können“, sprach er zurückhaltend und kratzte sich über sein rasiertes Kinn. Vielleicht hatte er zu viel Sonne abbekommen, denn es wirkte fast so, als errötete er nach seinen Worten.

Nach einer kurzen Rast für Nathanael und mich machten auch wir uns auf den Weg zurück ins Dorf. Jeshua wanderte an meiner Seite durch die grünen Hügel, die um den See Tiberias lagen wie stumme Schläfer.

„Wo hast du dein Pferd gelassen?“, fragte er mich, als wir zum ersten Mal Sicht auf das Wasser hatten.
„Ich habe mein Pferd einem Freund geschenkt“, begann ich zögernd. „Und ehe du fragst: Ich hatte nicht genügend Vertrauen zu Gott, dass er verhindert, dass David in schlechte Hände gerät, zum Beispiel in die der römischen Wachen; sie hatten ein Auge auf ihn geworfen.“
Jeshua nickte, als wäre es die beste Lösung, kein Vertrauen zu haben, und ging schweigend weiter. Verwirrt von seiner Reaktion schwieg auch ich. Nach einer Weile fragte Jeshua leise: „Und? Hast du die Stadt und ihre Zerstreuungen vermisst?“
Ich blickte ihn überrascht an und sagte ehrlich: „Nein, Jeshua, nicht einen Moment lang habe ich davon etwas vermisst.“
Sein erleichtertes Lächeln glich dem Sonnenlicht auf dem Blau des Tiberias; es war so hell und klar, dass es mein Herz blendete und mich vergessen ließ, was ich aufgegeben hatte.

Jemand, der mich kennt

Es war gut, zurück in Kefar Nahum zu sein, aber auch anders, denn jetzt gab es keine Verbindung mehr zu meinem alten Leben, kein Fluchtross. Bei dem Gedanken überkam mich kurzzeitig Panik. War ich verrückt? Hatte ich tatsächlich alles aufgegeben? Was, wenn er mich irgendwann nicht mehr haben wollte, was, wenn ich etwas Unverzeihliches tat?

Am Mittag begegnete ich Thomas wieder und ergriff die Gelegenheit zu einem Gespräch. Wir waren mit einigen Lebensmitteln unterwegs durch das Dorf, um sie bei verschiedenen Familien abzugeben. Ich beobachtete Thomas, wie er lässig mehrere Bündel trug und zwischendurch pfiff oder eine spöttische Bemerkung in meine Richtung zielte.

„Thomas", begann ich, als wir auf den schmalen Weg abbogen, der uns die Sicht auf den See versperrte. Zwei Ziegen meckerten uns träge an.

„Hast du dich eigentlich entschlossen, ganz bei Jeshua zu bleiben?"

Er sah mich irritiert an.

„Ich bin doch hier", sagte er.

„Ja, das sehe ich, aber ... für wie lange?"

Jetzt atmete er einmal tief ein und verlagerte die Bündel in seinen anderen Arm.

„Das weiß ich nicht", sprach er dann, den Blick auf den Weg gerichtet, „darüber denke ich nicht nach."

„Hm ... glaubst du die Sache ist von ... Dauer? Ich meine ..."

„Ehrlich gesagt, Judas, will ich darüber nicht nachdenken." Er schaute kurz zu mir. „Jeshua sagt, wir sollen uns auf den Moment konzentrieren, und das tue ich auch."

„Ah ja, gut."
Wir wanderten schweigend weiter. Thomas pfiff nicht mehr. Ich war offenbar nicht allein mit meinen Befürchtungen, was die Zukunft anbelangte. Doch auch er hatte, so wie viele der anderen, noch eine Familie, zu der er zurückkehren konnte. Nachdem wir bei dem dritten Haus Halt gemacht hatten und Thomas von zwei hübschen Frauen geneckt wurde, kam das Pfeifen zögernd wieder auf und auch der Spott.
Durften wir denn niemals zu tief graben? Uns niemals fragen? Weil wir dann sehen würden, wie viel Angst jeder von uns hat?

Zwei Tage nach meiner Rückkehr aus Sepphoris erkrankte ein altes Weib, aber Jeshua hatte mit Johannes und Jakobus das Dorf verlassen, um nach Bethzaida zu gehen. Simon schickte seinen Bruder Andreas mit einem Maulesel los, um Jeshua zu holen, und ich folgte seiner Aufforderung, ihn zu der Hütte der Alten zu begleiten; sie lag am Dorfrand und sprach von Armut. Es war stickig im Inneren, Weihrauch durchdrang den kleinen, aber ordentlichen Raum.
Marjam saß am Bett der Kranken und hielt ihr graues Haupt in Händen. Simon kniete zu ihren Füßen nieder. Unschlüssig stand ich neben der alten Frau, aber Simon nickte mir grob zu. *Los, mach deine Arbeit*, schien er sagen zu wollen. Also setzte ich mich neben ihren Oberkörper. Alles an ihr bezeugte ein langes Leben, von der papyrusdünnen Haut, die durchsichtig dünn ihre Knochen umspannte, bis zur Müdigkeit ihres Blutes, die sie hatte fahl werden lassen.
„Wo ist der Engel?", krächzte sie plötzlich. „Ist er noch hier?"
Sie schlug die Augen auf, ihr Blick gedunkelt, als wäre be-

reits Nacht.
„Er kommt zu dir, Mutter, solange wachen Marjam, Simon und ich hier", sprach ich.
Ihre Lider schlossen sich wieder, schwer von all den gelebten Tagen.
Unwillkürlich griff ich nach ihrer Hand und hielt sie vorsichtig. Und in dem Moment wusste ich eines mit Gewissheit: Diese Frau würde Jeshua nicht heilen, der Tod würde sie erlösen von ihrem körperlichen Verfall.
Simon hielt ihre Füße und betete. Marjam kühlte ihr die Stirn mit einem feuchten Tuch und legte ihr dann die Hände auf die Brust. Sie lächelte mich traurig an, ehe sie die Augen schloss; ein dünner Schweißfilm ließ ihre Haut seltsam schön glänzen. Sie sah so stark und jung aus im Gegensatz zu der sterbenden Frau.
„Mutter", flüsterte ich unwillkürlich, „erinnerst du dich noch, als du so jung und hübsch wie Marjam warst?"
Marjam schaute überrascht zu mir. Die Alte stöhnte und öffnete ihre Augen. Sie lächelte zahnlos.
„Ach, das ist lange her ...", seufzte sie schwach, ihre Stimme kratzig wie ein Windstoß durch Wüstensand.
„Nicht so lange", sagte ich sanft. „Erinnere dich daran, wie sich dein Körper angefühlt hat, als du jung warst. Du warst sicherlich eine wunderbare Tänzerin."
Sie atmete schwer. Der Weihrauch zog in grauen Fäden aus der Tonschale.
„Oh, ich hatte aber nie so einen ansehnlichen Mann an meiner Seite, wie du es bist."
„Das können wir ändern", sagte ich. „Nichts würde mir mehr Vergnügen bereiten, als mit dir zu tanzen."

Sie kicherte leise und musste husten.
„Schließ die Augen und stell dir das Fest vor, auf dem wir beide tanzen werden. Marjam, wir brauchen etwas Musik."
Marjam sah erstaunt auf, und ich nickte ihr zu. Zögernd nahm sie das Glöckchen, das neben dem Lager auf einem Schemel stand, und schlug es rhythmisch. Simon zog rügend die Augenbrauen zusammen, aber konzentrierte sich weiterhin auf seine Aufgabe.
„Schneller", flüsterte die Alte, und Marjam erhöhte das Tempo und begann, leise zu singen. Ich schloss die Augen und stellte mir unseren Tanzplatz vor.
„Siehst du, wie ich dich auffordere? Du trägst ein schimmerndes Seidengewand, es ist so klarblau wie der Tiberias im Frühling. Du nimmst meine Hand, und wir bewegen uns zu der Musik ... Es ist eine Freude, mit dir zu tanzen. Du hast einen reizenden Hüftschwung! "
Die Alte kicherte und summte heiser die Melodie mit.
„Ja, ich kann es sehen, ich sehe es ... Da!", rief sie plötzlich glücklich aus. Sie lachte perlend wie ein junges Mädchen. „Der Engel ist da! Er tanzt mit mir. Oh, er ist so schön, er ist ... Oh ..."
Ihr Atem versank still in ihrer Brust, und die Tänzerin verschwand hinter einem Licht, das so unerträglich hell aufblitzte wie ein Sonnenstrahl auf poliertem Gold. Die Jahre, ihre Schwäche, alles fiel von ihr ab; ein Vogel, der seinem Käfig entstieg und sich frei flog. Ich konnte kaum atmen, hätte weinen mögen, weil ein Teil von mir es ihr gleichtun wollte und nicht konnte.
Ich erinnerte mich meiner Hand, die noch immer die greisen Finger hielt, und löste sie langsam. Ich schaute nicht noch

einmal auf den zurückgelassenen Leib, sondern flüchtete aus der heißen Stube hinaus in den Abendwind. Der Tod schien mir zu folgen, so dass ich anfing zu laufen. Ich hielt mir die Hand vor den Mund, bog in eine leere Gasse ab und sank in den Staub, erbrach mich.

Ich stöhnte und wischte mir den Mund. Die Gasse lag im Dunkeln, nur Mondlicht kühlte den vom Tage ausgelaugten Boden. Ich lehnte mich an eine bröckelige Mauer, hinter der eine magere Ziege angepflockt war, und verweilte, bis ich mich wieder beruhigt hatte. Dann erst suchte ich den Lagerplatz derjenigen auf, die heute Nacht am See schlafen würden. Ich wollte jetzt nicht allein sein und legte mich in die Nähe der anderen. Irgendwann hörte ich, dass jemand meinen Namen rief; es klang wie ein Ruf von jenseits des Meeres. Und ich träumte von Sonne, Helligkeit und Wärme, bis eine Erinnerung sich den Traum zu Nutze machte, um sich auszubreiten. Ihr Gesicht formte sich ganz allmählich aus dem Licht heraus, wurde mit vorsichtigen Schatten versehen und verlieh ihr Kontur. Sie war einfach da, acht Jahre alt und würde es bleiben.

Mit einem Ruck erwachte ich in der Dunkelheit. Ich setzte mich auf und zog fröstelnd den Umhang um meine Schultern. Direkt neben mir erkannte ich Jeshuas ruhigen Schatten; er musste nachts zurückgekehrt sein. Vor mir schlief Nathanael, der die Stille immer wieder mit seinem unregelmäßigen Schnarchen durchbrach. Ich hätte gern einen von ihnen geweckt, um mich nicht an den Abschied von meiner Schwester erinnern zu müssen. Aber ich tat es nicht, und die Erinnerung sank in mich ein.

„Komm, Channah“, sprach ich, als ihr so kalt war und ich sie

im Arm hielt. „Stell dir vor, wir laufen so schnell wir können in die Sonne, da wo das Meer beginnt. Erinnerst du dich an meine Erzählungen vom Meer? Erinnerst du dich an das Blau, so tief wie die Blume, die ich dir gezeigt habe?“
„Ja“, wisperte sie. „Ah! Ich kann ihn sehen!“
„Wen kannst du sehen, blaue Blume? Gott?“, fragte ich, bemüht, dass mir die Stimme nicht brach.
„Gott kann man nicht sehen“, hauchte sie. „Er ist viel zu groß. Ich sehe immer nur ein Stückchen von ihm auf einmal.“
„Und was siehst du gerade?“
„Das schönste Stückchen von allen“, flüsterte sie andächtig. „Dich.“
Und da betete ich, und sie starb.

Die Vögel begannen, den neuen Tag herbeizusingen. Ich bemerkte Jeshua erwachen. Als er mich bereits sitzen sah, richtete er sich sogleich auf und ließ sich an meiner Seite nieder.
„Wie geht es dir?“, fragte er leise. „Ich hörte davon, wie du der alten Frau geholfen hast.“
Ich schüttelte den Kopf. „Ich habe ihr nicht helfen können.“
„Und ob du das hast, Judas!“, sprach er, seine Stimme klang warm, zuversichtlich. „Dank dir fiel ihr der Übergang leicht.“
„Ja?“, fragte ich zweifelnd. Ich hatte schließlich nur mit ihr geredet, sie abgelenkt.
„Ja. Ich habe mit Marjam gesprochen. Sie sagt, es hätte sie sehr bewegt, wie du dich um die Frau gekümmert hast.“
„Aber ich ...“
„Das ist deine Gabe, Judas, deine Art zu heilen.“
„Aber die Menschen heilen nicht unter meinen Händen, sie sterben!“, flüsterte ich verzweifelt.

Jeshuas Hand fuhr plötzlich leicht über meine und legte sie dann dicht neben mich. Ein Angebot. Ich nahm es an, konnte nicht anders und legte meine Hand halb auf seine, ankerte dort. Doch seine Wärme ließ auch die Erinnerung an den Traum zurückkehren, und ich klammerte mich unwillkürlich an seine Finger.

„Ich habe heute Nacht meine kleine Schwester gesehen", sprach ich fast tonlos, „so hell und tot wie die alte Frau."

Ich biss mir fest auf die Unterlippe und schmeckte mein Blut. Ich spürte Jeshua näherrücken. Jetzt wärmte mich nicht nur seine Hand, sondern die ganze Seite seines Körpers.

„Glaubst du, ihr geht es gut?", presste ich die Frage aus mir hervor.

„Ja, Judas. Wenn die Seelen es wollen, gehen sie von einem herrlichen Moment in den nächsten. Sie haben immer wieder die Wahl."

Ich drückte seine Hand viel zu fest auf den Boden, doch Jeshua ließ es still geschehen. Ich versuchte, meinen Gefühlsaufruhr niederzuringen.

„Judas, erzählst du mir von ihr?"

Ich brauchte einen Augenblick, ehe ich anfangen konnte, über sie zu sprechen.

„Channah", begann ich unsicher. „Sie hieß Channah und war das einzig Schöne in unserer Familie. Aber schon seit ihrer Geburt war sie sehr schwach, ein kleiner Geist, kaum zu sehen."

Jeshua wandte sanft seine Hand unter meiner. Unsere Hände lagen nun ineinander, während ich in die Vergangenheit blickte.

„Sie liebte Geschichten, so wie ich. Immerzu habe ich ihr welche erzählt, und wir haben gemeinsam neue erfunden ... Channah mochte das Licht, wenn es durch das frische Grün der Ölbäume fiel, doch oft hat sie es nicht sehen können. Am Ende war sie gänzlich erblindet, ich brachte ihr Dinge zum Tasten und immer neue Gerüche, gefangen in Phiolen und Krügen."

Ich sah Channahs zarte Hand vor mir, fast bläulich, wie sie über die Gegenstände strich und unermüdlich über mein Gesicht.

„Ich glaube, Channahs Augen waren von der Gefangenschaft in unserem Haus gedunkelt. Es hatte nach dem Tod unserer Mutter Judith begonnen, dass Channah nach und nach nicht mehr sehen konnte."

Jetzt schluckte ich schwer und sah Jeshuas dunklen Umriss an.

„Judith hat ihren eigenen Tod herbeigezwungen, obwohl sie sah, dass ihr Kind sie brauchte. Sie konnte Channahs Schmerz und noch einiges andere nicht ertragen", flüsterte ich. Mochte Gott ihr das verzeihen. Ich konnte es nicht.

„Jeshua, ich habe getan, was ich konnte, um Channah zu beschützen, aber ..." Mir versagte die Stimme. Das Gefühl der Hilflosigkeit erstach mich.

„Ich habe ihr nicht helfen können, ich bin nicht wie du. Du hättest ..."

Jeshuas Daumen fuhr einmal leicht über meinen Handrücken.

„Nein, Judas", sprach er eindringlich. „Niemand hätte mehr geben können als du. Der Tod ist nicht der Feind und nicht immer aufzuhalten. Hörst du? Ich hätte weniger tun können als du, der du ihr liebster Mensch warst."

„Glaubst ... du das wirklich?", fragte ich so verhalten, als wäre ich selbst ein Kind.

„Das muss ich nicht glauben, das *weiß* ich!"
Noch immer begleiteten uns die tiefen Atemzüge der Schläfer und bildeten eine tröstliche Kulisse. Ich fühlte, wie alles in mir friedlicher wurde.
„Ich bin dankbar, dass du mich hast teilhaben lassen", sagte Jeshua dann leise, während seine linke Hand weiterhin warm meine Finger hielt. „Zu keinem meiner Geschwister habe ich eine so innige Beziehung wie du zu Channah. Das ist ein besonderes Geschenk."
Interessiert blickte ich zu ihm.
„Wie viele Geschwister hast du?"
„Vier. Es sind meine Halbgeschwister."
„Halbgeschwister?"
„Hm", bestätigte er und blieb eine Weile still.
„Sie fanden mich immer seltsam. Meine Mutter – Maria – wollte ihnen und auch mir gar nicht sagen, dass ich einen anderen Vater als Josef habe, aber ..."
„Ja?", fragte ich vorsichtig nach, und er seufzte leise.
„Ich habe meinen leiblichen Vater manchmal nachts an meinem Bett stehen sehen. Wir haben uns im Traum unterhalten ..."
„Ihr habt euch *unterhalten?*", fragte ich so überrascht, dass Nathanael, der vor uns am Boden lag, grunzte, aber dann sofort weiterschlief. Jeshua lachte tonlos.
„Ja, genauso hat auch meine Familie reagiert, als ich ihnen sagte, dass ich einen Vater im Himmel habe. Maria ist in Tränen ausgebrochen. Josef versuchte, streng mit mir zu sein, aber ich wusste, es war die Wahrheit."
„Deine Mutter war vorher schon verheiratet?"
„Nein", antwortete er. „Ich bin unehelich gezeugt worden."
„Ah ..." Das erstaunte mich. Ein unehelich gezeugter Rabbi.

„Maria hat meinen Vater geliebt, aber war bereits für einen anderen Mann ausersehen. Sie hat sich gegen das Gesetz gestellt und ist mit meinem Vater fortgegangen. Unterwegs sind sie mitten in eine Streitigkeit zwischen Römern und Juden geraten. Mein Vater war impulsiv und rasch aufzubringen, also hat er sich hinreißen lassen zu helfen und ist dabei getötet worden. Die beteiligten Juden waren sehr dankbar für die Hilfe, einer von ihnen war Josef. Er nahm Maria bei sich auf und ehelichte sie später, obwohl sie bereits schwanger war." Das Tageslicht setzte ein und blaute das Schwarz der Nacht.
„Josef ist mittlerweile auch schon tot. Ich habe einen ganzen Himmel voller Väter ...", versuchte er zu scherzen und griff mit einem Mal fester nach meiner Hand. Als die Schläfer erwachten, schien er sich leicht zu schütteln. Er drückte noch einmal meine Hand, lächelte mich an und stand auf. Um wieder ein Rabbi zu sein.

Ich bewegte mich seltsam leicht durch den Tag; zwar immer wieder innehaltend bei der Erinnerung an das Sterben der Alten und an Channah, aber auch bei dem Gedanken an die sichere Wärme von Jeshuas Nähe, an seine Worte.
Gemeinsam mit Marjam tätigte ich Einkäufe auf dem Markt. Wir feilschten abwechselnd mit den Händlern um gute Preise und genossen nach der gestrigen Stille den Trubel.
„Marjam, aus dir wäre ein anständiger Kaufmann geworden", sagte ich anerkennend, als wir bepackt mit unseren Waren die laute Menge verlassen hatten. Ihr Gesicht erhellte sich zusehends.
„Glaub mir, wäre ich als Mann geboren worden, hätte ich viele interessante Möglichkeiten gehabt. Ohne Jeshuas Hilfe

würde ich noch immer mit diesem Schicksal hadern“, sprach sie energisch und klemmte einen der Ölkrüge, der drohte herunterzufallen, fester unter ihren Arm.
„Mit dem Schicksal eine Frau zu sein?“
„Ja, ebendieses. Du kannst es nicht verstehen, uns Frauen sind so viele dumme Grenzen auferlegt. Alles wird über unsere Köpfe hinweg bestimmt.“ Sie sprach immer erregter. „Wir werden in jeder Hinsicht unterdrückt!“
Ich blieb stehen. „Marjam“, sagte ich, „ich weiß selbstverständlich nicht, was es heißt, eine Frau zu sein, aber ich verstehe, was es heißt, unterdrückt zu werden.“
Mein ernster Blick ließ sie innehalten.
„Wenn ich eines gelernt habe, dann, dass die Welt niemals einfach ist; ihre Ordnung ist tief und verknotet, und jeder erkennt darin nur das, was er kann oder will. Ich glaube, das Leben ist für jeden von uns auf seine Weise schwierig. Sieh dir Jeshua an, wir bewundern ihn, aber keiner von uns kann auch nur vermuten, womit er zu kämpfen hat.“
Marjam sah mich erstaunt an und schüttelte sich eine Locke aus dem Gesicht.
„Du hast vollkommen recht. So habe ich es noch nie betrachtet“, sagte sie dann. Beim Weitergehen lächelte sie. Verwundert fragte ich nach dem Grund; sie aber schwieg sich aus.

Jeshua schien beschäftigter als je zuvor, er hatte von seiner Reise durch Galiläa weitere Menschen nach Kefar Nahum mitgebracht; sogar einen Zöllner namens Levi, wie Thomas mir erzählte.
Ich begegnete Jeshua erst am Nachmittag wieder, denn er hatte sich heute für Levi Zeit genommen. Auch dem ehemali-

gen Zöllner sah man an, dass er Jeshuas Licht zu spüren bekommen hatte. Levi zog sich gleich benommen in Simons Haus zurück. Jeshua wirkte zufrieden, aber auch erschöpft. Er saß gemeinsam mit Nathanael, dem stillen Jakobus und Thaddäus im Schatten der Hausmauer und aß ein paar Feigen. Ich ahnte, wie viel Kraft ihn seine Aufgabe kostete und hatte das Bedürfnis, für ihn da zu sein.
Ich setzte mich neben ihn an die Mauer, und zwar so dicht, dass meine Schulter leicht die seine berührte. Würde er die Geste verstehen oder sich wegbewegen?
Jeshua lehnte seinen Kopf hinter sich an die steinige Wand, und ich fühlte, wie er den leichten Druck meines Körpers erwiderte; jähe Wärme rann meinen Arm hinunter.
Ich erwartete nicht, Jeshua sprechen zu hören, doch er sagte: „Ich bin in der Stimmung für eine gute Geschichte, Judas." Überrascht schaute ich zu ihm, er hatte die Augen geschlossen. „Tust du uns den Gefallen, ja?"
„Natürlich", antwortete ich und nahm Jeshuas Lächeln und Nathanaels erfreutes „Ja!" zur Kenntnis. Nachdenklich schaute ich auf Jeshuas Wasserschale und mir fiel eine alte Geschichte ein, die ich einst bei dem schwachen Licht einer Öllampe gelesen hatte. Ich begann, sie für ihn zu erzählen. Es war eine Sage von den Göttern Griechenlands, von dem Helden Jason und seinen treuen Anhängern, den Argonauten. Ich fand sie sehr treffend.
Jason wollte gerade das goldene Vlies aus Kolchis stehlen, da kamen unsere Fischer zurück ins Dorf. Sie schauten verwundert auf unsere Runde, aber ließen mich in Ruhe weitererzählen. Johannes sank sogleich zu uns in den Staub und griff nach einem Wasserkrug. Sein erster Blick galt seinem Rabbi. Als er

sah, dass der friedlich lauschte, beschloss er es ihm gleichzutun. Simon war ins Haus gestapft, ich konnte ihn aber wenig später hinter dem niedrigen Türrahmen stehen sehen. Auch Andreas gesellte sich zu uns, um dem großartigen Ende der Geschichte um Jason zu lauschen.

Irgendwann gab es nichts mehr auszuschmücken, und ich griff nach der Wasserschale, die auf Jeshuas Bein ruhte, doch er bewegte sich gleichzeitig und die Schale neigte sich. Das Wasser floss heraus und schlängelte sich wie eine Natter über den ausgetrockneten Boden.

Jeshua zuckte nur lächelnd die Schulter und sagte: „Danke für die Erzählung. Meinst du meine Begleiter sollten sich die Argonauten nennen?“

Johannes lachte.

„Ich hoffe, wir stellen uns als unverwüstlicher für dich heraus, Jason“, erwiderte ich.

Jeshua nickte schmunzelnd und sah der dunklen Wasserlinie nach.

„Komm, Judas, wir holen frisches Wasser vom Brunnen.“ Er begann sich zu bewegen und unseren Verbund aufzulösen.

„Aber Rabbi, ich kann für dich gehen“, bot Johannes eilfertig an.

„Nein danke, Johannes, bleib nur sitzen, mir tut es gut, mich jetzt zu bewegen.“

Johannes nickte und wirkte verdrossen. Nathanael jedoch strahlte mich an.

„Mann, das sollten wir öfter machen! Das war richtig gut.“

Er lag ausgestreckt in der weichen Spätnachmittagssonne und hatte seinen Kopf auf ein Bündel gebettet.

„Schön, Nathanael“, sagte Jeshua und stieg über dessen Beine,

„damit weiß ich jetzt sehr wohl, welche Wirkung *meine* Geschichten auf dich haben müssen."
„Oooch", machte Nathanael nur leise und schaute verlegen in den Himmel. Ich folgte Jeshua und reckte mich nach der langen Sitzerei.
Wir ließen uns von Naamit jeweils zwei leere Eimer geben und machten uns in Richtung Brunnen auf. Es fühlte sich merkwürdig an, wieder einzeln zu sein, denn im Laufe der Erzählung hatten sich unsere Schultern nicht voneinander fortbewegt, schienen zusammengewachsen. So, als hätte Jeshua einen ähnlichen Gedanken verfolgt, lenkte er seine Schritte näher zu mir. Unsere Holzeimer schlugen leicht gegeneinander.
„Danke, Judas", sagte er schlicht, während wir unseres Weges gingen. Am Brunnen füllten wir die Eimer und drängten uns an einigen Frauen vorbei.
„Jeshua", erklang eine brüchige Stimme, „Jeshua, bitte hilf meiner Mutter! Sie ist wieder so von Schmerzen geplagt!"
Wir sahen uns um und entdeckten ein altes Weib, das neben dem Brunnen auf einem Teppich ruhte. Flehend sah sie zu Jeshua auf.
„Natürlich, Mutter", sagte er, „ich helfe dir."
Wir stellten die Eimer ab, und sogleich bildete sich eine Traube um uns. So wie die anderen beobachtete auch ich Jeshua. Er saß dicht vor dem Weib, schaute ihr in die Augen und redete leise mit ihr. Dann tasteten seine Hände vorsichtig über ihre Beine und legten sich auf eine Stelle oberhalb der Knie. Er redete weiter mit ihr und ließ ihren Blick nicht los. Ihre Augen weiteten sich. Es war, als würde sie sich sträuben, und Jeshua flüsterte intensiv weiter. Dann schien es, als wollte er

seine Hände fortnehmen, doch der Alten traten Tränen in die Augen, und sie hielt ihn zurück. So ließ er seine Hände abermals sinken, atmete tief. Nach einiger Zeit breitete sich ein Ausdruck des Friedens auf dem Gesicht der Frau aus. Jetzt weinte sie vor Dankbarkeit. Jeshua strich ihr einmal über die runzlige Wange und sagte noch etwas, woraufhin sie mehrmals nickte. Dann erhob Jeshua sich und half ihr auf die Beine. Die Tochter fiel Jeshua um den Hals, und die Menge begann zu schnattern. Niemandem schien aufzufallen, wie erschöpft Jeshua wirkte. Er trat durch den Pulk von Frauen und ging zum Brunnen, um sein Gesicht und seine Hände mit Wasser zu erfrischen. Gierig trank er ein paar Schlucke und griff dann nach seinen Eimern. Mit gerunzelter Stirn sah ich ihm zu.

Als wir aus dem Trubel heraus in eine ruhige Gasse traten, stellte ich meine Eimer ab und nötigte ihn, dasselbe zu tun.

„Es strengt dich an, was du tust“, stellte ich fest.

„Manchmal“, antwortete er ehrlich. „Es kommt darauf an, wie viel innere Gründe es gibt, sich gegen die Heilung zu wehren.“

Ich erinnerte mich, dass auch ich einmal seine Hilfe verweigert hatte und verstand, wie vielschichtig der Akt der Heilung tatsächlich war.

„Wieso hast du nicht einen der anderen zu der Frau geschickt, um ihr zu helfen?“, fragte ich. „Du hättest sie auch am nächsten Morgen aufsuchen können; dann, wenn du selbst wieder ausgeruht bist.“

Jeshua blickte mich erstaunt an. „Es ist meine Aufgabe.“

„Das glaube ich nicht“, erwiderte ich, und er sah verblüfft aus.

„Was ist, wenn dort dreißig Kranke am Brunnen auf dich gewartet hätten? Wärest du die ganze Nacht auf den Beinen geblieben, um sie zu heilen? Und wie wäre es dir danach ergangen?"

Jetzt schaute er mich zum ersten Mal leicht verärgert an, doch das machte mir nichts. Ich weiß nicht, wieso ich derart mit ihm sprach, die Worte drängten hinaus.

„Rabbi hin oder her, in einer deiner Reden hast du davon erzählt, wie wichtig es sei, die eigenen Grenzen zu achten. Gilt diese Aussage für alle, nur nicht für dich?", sprach ich unbekümmert von seinem Gesichtsausdruck weiter. Einen Moment lang dachte ich, er würde mich treten wollen, doch er stieß mit seinem Fuß nur einen Stein von sich. Dann rieb er seinen Nacken und hockte sich mitten auf dem Weg hin. Der Anflug von Ärger war vollständig verschwunden. Ich hockte mich neben ihn.

„Das, was du tust, ist wichtig, Jeshua. Aber du selbst bist ebenso wichtig. Die Welt mag dich brauchen, aber manchmal wird sie auch einen Tag auf dich warten können", sagte ich sacht. Er schaute mich an und schüttelte leicht den Kopf.

„Ich bin wirklich erschöpft", gestand er, und ich fragte ihn, was er denn an diesem Abend bräuchte. Der Schabbat würde mit dem Zwielicht einsetzen, und sicherlich wurde erwartet, dass Jeshua ihn gemeinsam mit den anderen beging.

„Ruhe", sagte er und lächelte matt, „und einen Freund."

„Wieso gehst du nicht zum See, Jeshua, und legst dich in den Sand", schlug ich vor, denn dieser Freund wollte ich ihm sein. „Ich trage die Eimer zu Simon und bringe dir etwas zu Essen." Ich reichte ihm die Hand, um ihn hochzuziehen. Sein Lächeln vertiefte sich, und er nahm meine Hilfe an.

„Und lass dich von niemandem ansprechen", rief ich ihm hinterher, als er sich auf den Weg zum Tiberias machte. Er lachte.

Ich verschüttete zwar genug Wasser, das einen ganzen Eimer hätte füllen können, trug aber recht umständlich alle vier auf einmal zu Simon zurück.

Sogleich befragte man mich, wo der Rabbi geblieben sei.

„Er hatte eine Heilung am Brunnen und braucht Ruhe. Ich habe angeboten, ihm etwas zu Essen zu bringen."

Johannes und Simon sahen mich wenig begeistert an.

Gönnt ihm etwas Abstand, hätte ich ihnen am liebsten gesagt.

Ich nahm mein Bündel, verstaute das Essen darin, das Naamit mir gegeben hatte, und machte mich auf den Weg zum Seeufer. Tatsächlich hatte Jeshua auf mich gehört und lag ausgestreckt an einer abgelegenen Stelle im Sand. Träge öffnete er die Augen, als er mich kommen hörte.

„Hmmm", seufzte er, „das tat gut. Ich fühle mich schon besser."

„Und trotzdem wirst du hierbleiben", sagte ich und hob kurz meine Augenbrauen.

„Wie du meinst", sagte er amüsiert, legte sich auf die Seite und stützte den Kopf mit seinem Arm ab. Ich setzte mich zu ihm und warf ihm einen Umhang als Unterlage zu. Ich packte vier dünne Fladenbrote, Mandeln und Datteln aus.

„Ich glaube, ich muss erst einmal in den See, bevor ich etwas esse. Kommst du mit?", fragte er und erhob sich. Ich schüttelte den Kopf, obwohl mir ein kaltes Bad gut gefallen hätte.

„Schade", sagte er und zog sich unbekümmert sein Gewand aus. Ich senkte den Blick und griff nach dem Brot, um es in Stücke zu reißen. Erst als ich keine Wasserbewegung mehr vernahm, schaute ich wieder auf. Jeshua befand sich mit dem Rücken zu mir im See. Sein Körper war bis zur Hälfte eingetaucht, stand vollkommen reglos inmitten des flüssigen

Abendrots. Ein seltsam vollendetes Bild: er und das Licht und das Wasser.

Ich schloss die Augen und legte mich in den kühlen Sand. Auf meiner Haut spürte ich die Sonne sinken. Bald darauf hörte ich ein Plätschern, dann das Rascheln von Stoff. Ich blickte ihn an. Jeshua schüttelte seinen Kopf wie ein Hund und regnete mir frische Tropfen aufs Gesicht. Er sah verändert aus, sein Haar wirkte durch die Nässe fast schwarz, verstärkte die Konturen seines Gesichtes.

„Auch das tat gut", sagte er zufrieden lächelnd und setzte sich auf seinen Umhang. „Jetzt fühle ich mich noch besser."

„Sehr gut", sagte ich leiser als gewollt und richtete mich halb auf.

„Ich lasse dich jetzt ausruhen, Jeshua."

„Du willst nicht bleiben?", fragte er überrascht. Mir krampfte sich der Magen zusammen. Er hatte sich die Gesellschaft eines Freundes gewünscht, dennoch schüttelte ich den Kopf.

„Ich bin müde. Wir sehen uns morgen früh", sprach ich entschieden und stand auf. Das Abendlicht schwand, genau wie Jeshuas Lächeln.

Diese Nacht schlief ich schlecht, warf mich hin und her. Angst. Ich hatte plötzlich Angst, dass ich nicht schnell genug gewesen war. Dass der Fluch mich verfolgt und wiedergefunden hatte.

Geschichte auf der Haut

Das Wetter war in der Nacht umgeschlagen, und es wurde für Frühsommer ungewöhnlich kalt. Regen fiel schräg vom Wind gedrückt auf die dürstende Umgebung und weckte mich. Mit einem dumpfen Gefühl in Kopf und Brust erhob ich mich.

Es war Schabbat und der Morgen still. Ich traf auf meinem Weg vom See auf Jakobus und Thomas und folgte ihnen in die Synagoge von Kefar Nahum. Trübes Licht sickerte durch die Fenster des Gemeinschaftsraumes und beleuchtete fahl die wartenden Menschen, die ringsum auf den Steinstufen saßen. Es war kalt hier, mein Gewand lag unangenehm klamm an meiner Haut.

Kurz nach uns betrat Jeshua gemeinsam mit Marjam die Synagoge. Auch in diesen Mauern bestand er auf Gleichheit, denn die Frauen wurden nicht auf einen Platz in der Galerie verwiesen, wenngleich die meisten sich trotzdem dort niederließen. Jeshua ließ seinen Blick über die Menge wandern. Er nickte mehreren Menschen zu, auch Thomas und mir. Ich erwiderte den stummen Gruß und versuchte zu vergessen, dass ich ihn gestern alleingelassen hatte.

Zunächst wurde ein Abschnitt aus der Thora gelesen, dann begann Jeshua frei zu sprechen, war ganz Rabbi. Er erzählte davon, dass wir Menschen uns zu viel sorgten.

„Wer sich sorgt, wird Sorge anziehen. Die Sorge wird gut Freund mit ihm sein und ihn stets begleiten, wohin er auch gehen mag."

Es fiel mir schwer, ihm aufmerksam zuzuhören, da es in meinen Ohren rauschte, als hätte ich die Nacht durchgetrunken.

„Wenn wir in der Sorge verweilen, kann Gott nicht zu uns

durchdringen. Wenn wir die Sorge wählen, so akzeptiert unser Vater dies, denn wir haben stets die freie Wahl. Also lasst uns neu entscheiden, noch in diesem Moment!"

Er schwieg einen Augenblick und sah sich in der Synagoge um.

„Wer von euch möchte an den Sorgen festhalten? Wer von euch, frage ich? Wollt ihr sie nicht loswerden, diese ewigen Nörgler?"

Ein Raunen setzte ein.

„Wer von euch leidet unter Sorgen?", fragte er in die Menge, und das Raunen blieb bestehen. „Hebt die Hand, damit ich euch sehen kann!"

Niemand kam seiner Aufforderung nach.

„Seid ihr alle ohne Sorge? Ist dies wahrhaftig ein seltenes Dorf mit lauter sorglosen Menschen?" Er schaute ernst in die Runde. Sein Blick traf auch mich und versetzte mir einen Stich. Ich hob die Hand. Thomas starrte zu mir und folgte zögernd meinem Beispiel.

„Ah!", sagte Jeshua, als er unsere Hände sah. „Hier sind zwei ehrliche Männer, die zugeben, von Sorgen geplagt zu sein." Er nickte anerkennend. Ich bemerkte, wie Marjams Hand sich auf der gegenüberliegenden Seite hob.

„Und eine ehrliche Frau", lobte Jeshua. Nathanael schloss sich ihr an.

„Seht, Menschen von Kefar Nahum, ausgerechnet diejenigen, die mir am nächsten folgen, scheinen Sorgen zu haben. Entweder mache ich mit meiner Lehre etwas falsch oder sie erkennen, dass sie sich mir in ihrer Bedrängnis anvertrauen können, welcher Art auch immer sie sein mag", sagte er und fand erneut meinen Blick. Das Rauschen in meinen Ohren

gewann an Kraft, als würde ein Sturm aufziehen.
Nach ein paar abschließenden Worten beendete Jeshua seine Rede, und Thomas drängte sich mit mir zusammen aus der Synagoge in den eisengrauen Vormittag.
„Und welche Sorgen plagen dich, Judäer?“, fragte Thomas scherzhaft.
Ich antwortete ihm nicht.

Den Rest des Schabbats verbrachte ich mit Thomas und einigen der anderen in Andreas' geräumiger Stube. Ich mochte die liebevoll angerichtete Mahlzeit seiner Frau Irit kaum anrühren, kämpfte mit Übelkeit. Jeshua hatte sich bei Simon und dem Rest der Gruppe aufgehalten und kam für das Mincha-Gebet und die spätere Weinsegnung zu uns herüber. Stumm lauschte ich ihm, aber die Worte schienen schwer und eckig und verkanteten sich hinter meiner Stirn. Als ich die stickige Hitze in der Stube kaum noch aushielt, drängte ich mich an Levi und einem jungen Mädchen vorbei nach draußen. Einen Moment lang verschaffte mir die klare Luft etwas Kühlung, und ich trank sie geradezu in meine Lungen; den Schmerz in meinem Kopf vermochte sie jedoch nicht zu lindern.
Ich stöhnte leise und hielt mir die Hände an die Schläfen. Kalter Schweiß trieb mir durch die Haut, klebte mir den Stoff des Gewandes an den Leib. Die Sicht verschwamm mir, mein Kopf summte und dröhnte.
„Judas?“, fragte Marjam, die aus Simons Haus getreten war. „Stimmt etwas nicht?“
Ich schüttelte den Kopf, bereute diesen Einsatz aber sofort, da mich Schwindel befiel.
„Ich fühle mich ... nicht gut“, sprach ich und zog am Kragen

meines Gewandes. Marjams Hand fasste sanft und warm an meine Stirn. Ich schloss die Augen. Als ich sie wieder öffnete, stand Jeshua vor mir.

„Ich glaube, er hat Fieber", sprach Marjam zu ihm.

„Dann sollte er nicht draußen schlafen."

Seine Hand tastete nach meiner. „Komm mit mir."

Ich ließ mich zu einem der Häuser führen. Der Wind blies mir in den Rücken, und ich zitterte mit einem Mal haltlos. Ich schwankte neben ihm in die Stube und hörte ihn fragen, ob wir heute Nacht hier schlafen könnten. Rasch wurden vor dem Rest des Kaminfeuers zwei Matten ausgebreitet.

„Dein Gewand ist ganz nass. Du solltest dir etwas anderes anziehen."

„Nein", sagte ich so fest ich konnte und sank auf eine der Matten. Ich fror noch immer und schwitzte gleichzeitig. Jeshua setzte sich mit einer Decke neben mich. Er legte mir den groben Stoff um die Schultern und ließ seine Hände auf meinem Rücken ruhen. Ich spürte sie so deutlich, als brannten kleine Flammen direkt auf meiner Haut. Ein Schauder kroch mir schmerzhaft über den Körper.

„Dich belastet etwas", sagte er.

„Wieso?"

„Sonst wärst du nicht krank", sagte er schlicht.

Ich brummte.

„Wo merkst du es am stärksten? Im Kopf?"

Ich brummte wieder.

„Machst du dir über irgendetwas zu viele Gedanken?"

Diesmal schnaubte ich. „Und das macht mich krank? Na, wunderbar ..."

„Wenn die Gedanken sich in deinen Kopf krallen, sprich sie

aus, lass sie raus."
Wieder schnaubte ich und drückte meine Schläfen, erzeugte Gegendruck zu den Gedanken, die hinauswollten.
„Sprich mit mir", forderte Jeshua sanft.
Der Druck verstärkte sich, wurde unerträglich, so dass ich die Wahrheit schließlich ausstieß.
„Ich mache mir zu viele Gedanken über *dich*. Und über mich. Ob ich gut genug bin, neben dir zu gehen." Eine neue Welle der Kälte schüttelte meinen Körper. „So! Bin ich jetzt geheilt?"
Ich umklammerte meinen Oberkörper mit beiden Händen.
„Über mich?", flüsterte Jeshua betroffen, und seine Finger bewegten sich unstet über meinen Rücken, hinterließen Hitzespuren.
„Was für Gedanken?", fragte er leise.
Ich zitterte heftiger. Plötzlich umgriff Jeshua fest meine Schultern.
„Du weißt, dass du mir wichtig bist, oder? Das weißt du doch, Judas, nicht wahr?"
Als ich still blieb, weil ich seine Eindringlichkeit nicht verstand, sagte er lauter: „Judas, sprich mit mir. Sag, dass du weißt, wie viel mir deine Freundschaft bedeutet."
„Jesh...u...a", stotterte ich, da das Zittern nun meinen Körper schüttelte. „Je...der ... ist ... dir ... wich...tig. Dann ... wohl ... auch ... ich ..."
Der Druck seiner Hände um meine Schultern nahm zu und sagte mir, dass er mit meiner Antwort nicht zufrieden war. Der kalte Schweißfluss verstärkte sich, wollte mich fortschwemmen. Die Gedanken aber krallten sich in mir fest, konnten nicht fort, weil sie wie ein Traum waren, der nicht

noch einmal geträumt werden konnte, wenn man ihn beendete. In diesem Traum, der mich überschwemmt, wärmer werdend, höre ich wieder seine Stimme: „Judas, du bist mir wichtig."
Und er verschwimmt nicht, er bleibt, und weil es der Traum ist, den ich brauche, um zu gesunden, spreche ich zu ihm: „Und du bist *mir* wichtig, Jeshua. Ich *liebe* dich."
„Wieso bist du dann nicht gut genug, um neben mir zu gehen?", fragt die Stimme, die jetzt in mir ist.
„Weil ...", flüstere ich, „weil es ein ‚Zu sehr' gibt ..."
„Zu sehr?", flüstert seine Stimme zurück. „Wie könnte es das geben?"
Mir wird wärmer, ja, ich schlafe in der Wärme. Ich muss es sagen, denn ich weiß es längst.
„Weil ... ich dich ebenso wie mit meiner Seele mit jeder Faser meines Körpers liebe."
Ich atme erleichtert und schwerer zugleich. Die Wärme wird zu einer Hitze, einem Feuer, das alles grell verschlingt.
„Jeshua", versuche ich zu rufen, „verstehst du jetzt, warum ich es nicht sagen darf?"
Fieber, höre ich. Ich fiebere. Es brennt mich, es verschlingt mich. Es ist wahr, ich kranke an *dir*. Du bist es, nach dem ich fiebere. Eine Krankheit, ja. Auch ich bin davon befallen.

Die Welt kam zurück, Wärme und Kälte unterschieden sich wieder, ich spürte mich – elend, aber ich spürte mich. Ich öffnete meine Augen und blickte geradewegs in Marjams. Erleichtert stöhnte ich. Es war nur ein Traum gewesen.
„Habe ich gesprochen?", krächzte ich als erstes. Sie lächelte.
„Ja, aber nichts, was irgendjemand hätte verstehen können. Ich kannte die Sprache jedenfalls nicht."

Ich schloss ermattet die Augen. Nach einer Weile fühlte ich mich stark genug, um mich aufzurichten. Ich lehnte mich an die warme Mauer neben dem ordentlich geschürten Feuer. Bei Marjam saß noch eine ältere Frau namens Mirja in der Stube und nickte mir zu. Sie reichte mir eine Schale Suppe, die ich langsam austrank. Marjam hatte mir ein frisches Gewand gebracht, und ich zog mich hinter einem verschlissenen Vorhang um.
Das Angebot, mich wieder hinzulegen, lehnte ich ab, denn ich wollte Jeshua nicht begegnen. Mein Bekenntnis, das der Fiebertraum mir offenbart hatte, trieb mir die Schamesröte auf die Wangen.
Wie hatte ich es so lange vor mir selbst verbergen können? Wie konnte ich ausgerechnet meinem Rabbi gegenüber solche Gefühle hegen? Sollte Jeshua davon erfahren, würde ich ihn verlassen müssen. Oder sollte ich freiwillig gehen, irgendwo fern von Israel ein neues Leben beginnen, wo niemand mich kannte, wo kein Fluch mir über das Meer folgen konnte?
Es war sinnlos; von nun an, das wusste ich, würde Jeshua mit mir auf einer Höhe bleiben, egal, wie weit ich wandern würde.

Marjam entließ mich nur ungern nach draußen; schwere Wolken hingen über Hügeln und Häusern, verdunkelten den Nachmittag. Ziellos irrte ich durch das Dorf in der Hoffnung, meinem eigenen Bekenntnis zu entkommen, doch es blieb, klammerte sich eisern an mein Herz. Also musste ich eine Entscheidung treffen.
Der Tag neigte sich bereits dem Ende zu, als mir Johannes' Tante Sara entgegenkam und mit den Armen winkte.
„Judas? Der Rabbi sucht dich schon die ganze Zeit!"

Ich atmete heftig ein. Es war so weit, ich musste ihm gegenübertreten.
„Ich bin am See, wenn er mich finden will“, sprach ich, denn mich ihm zu stellen, würde schwer genug für mich sein, ich brauchte keine Zuschauer.
Stirnrunzelnd drehte Sara sich um und verschwand in das tiefer werdende Grau der Abenddämmerung.
Ich hatte Angst, fühlte mich wie vor einer Hinrichtung. Am Seeufer löste ich meinen Umhang, um mich von dem klaren Wind beruhigen zu lassen. Es reichte nicht. Ich ließ mich, ohne nachzudenken, in das Seewasser fallen, sank nach unten. Ich blieb lange unter der Wasseroberfläche wie in einem Versteck.
Als ich aus dem Wasser trat, sah ich Jeshua den einsamen Strand betreten. Die Kälte auf der Haut durchdrang auch mein Inneres.
„Judas!“, rief er erleichtert und lief mir entgegen. Ich hob abwehrend meine Hände; abrupt blieb er stehen.
„Ich muss dir etwas sagen, Jeshua“, sprach ich sogleich zu ihm. „Und zwar, dass ich mich für einige Zeit von dieser Gruppe trennen werde. Ich werde wiederkommen, doch jetzt muss ich wirklich gehen.“
Jeshua stand da wie ein Abdruck seiner selbst, denn weder sein Gesichtsausdruck noch seine Körperhaltung veränderte sich. Ich blieb ebenso unbewegt. Irgendwann rang er nach Atem und lief entschlossen an mir vorbei. Ich hörte hinter mir lautes Geplätscher und wandte mich um. Starr erstaunt sah ich Jeshua im tiefen Wasser stehen und auf die dunkel schwankende Oberfläche einschlagen, so dass sie unter seiner Wut immer wieder in Scherben brach.

Schließlich machte er kehrt und kam auf mich zu. Wassertropfen rannen über sein Gesicht, schwebten an seinen Wimpern, doch konnten den Ärger in seinen Augen nicht löschen.
„So leicht werde ich es dir nicht machen“, sagte er durchdringend und griff nach meinem Arm. Sein Blick brannte Fragen in meine Seele, verlangte Antworten. „Komm mit!“
Überrascht folgte ich ihm. Er ließ meinen Arm nach ein paar Schritten los und stapfte voran. Wir gingen durch die menschenleeren Gassen der Ansiedlung und kehrten in die kleine Hütte ein, die Jeshua – laut dem Wunsch der verstorbenen Alten – bewohnen sollte. Im Kamin brannte der Rest eines Feuers.
Seit meinem letzten Aufenthalt hatte sich einiges verändert; gleich geblieben war, dass hier so wenig Habseligkeiten verteilt waren wie zuvor von der alten Frau, geändert hatte sich die Stimmung des Raumes; das schwere Drücken des Sterbens hatte sich verflüchtigt.
„Hier“, sagte Jeshua alles andere als herzlich und reichte mir eine Decke. Er selbst riss sich die nassen Stoffe vom Leib und schmiss sie auf den Boden vor die Feuerstelle. Ich wandte mich ab.
„Du musst nicht zur Seite schauen, als würde sich Gott persönlich vor dir entkleiden“, rügte Jeshua mich, aber ich ließ meinen Blick zu den niedrigen Flammen schweifen.
„Ich bin ein Mensch, schon gewusst? Ich bin nicht das Allerheiligste, das im Tempel bewacht und mit Tüchern verdeckt werden muss, weil niemand würdig genug ist, es zu betrachten“, sprach er. Unwillkürlich sah ich zu ihm, wie er sich an seine Oberarme griff.
„Ich bin aus Fleisch und Blut, ich verdaue die Nahrung, die

ich esse, und scheiße sie genau wie jeder andere auch wieder aus. Und wenn ich mich in einen scheißkalten See werfe, weil ich so wütend bin, dann friere ich danach, verstanden, Judas? Verstanden?"
Ich nickte beklommen.
„Gut", sagte er milder, atmete tief durch und zog sich ein neues Gewand über seine Nacktheit.
„Und du solltest dich besser auch umziehen, sonst wirst du wieder krank", sagte er streng.
Ich starrte wie innerlich erfroren zu ihm. Erst jetzt fiel mir auf, dass die Kälte meinen Körper beben ließ. Ich drehte mich halb zur Tür, unfähig zu entscheiden, wie ich der Situation entkommen konnte.
„Mach schon, Judas!"
Doch genauso gut hätte er mich auffordern können, ihm meine Seele zu entblößen. Ich schwankte zitternd. Jeshua nahm ein Gewand von einem Holzschemel und hielt es mir entgegen.
„Rasch", sagte er freundlicher. „Ich hole derweil noch etwas Feuerholz."
Auf dem Weg zur Tür drückte er mir das Stoffbündel in die Hände. Ich hätte erleichtert sein sollen, aber selbst als die Tür sich schloss und ich allein in dem Zimmer war, blieb ich unfähig mich zu bewegen.
Die Tür klappte nach einiger Zeit wieder, aber ich konnte mich nicht rühren.
„Judas?", fragte Jeshua nun beunruhigt. Ich schüttelte den Kopf, fühlte mich wie ein verirrtes Tier. Was konnte ich tun? Es war zu schwer zu verstecken, wer ich war. Es war zu schwer geworden.

Mit klammen Fingern zerrte ich das nassklebende Gewand von meiner Haut und zog somit die Tücher von meinem Geheimnis. Jetzt würde er erkennen, dass ich nicht gut genug war, ihm zu folgen, geschweige denn neben ihm zu gehen. Meine Geschichte war auf der Haut lesbar, in mich gebrannt.
Jeshua bemühte sich sichtlich, seine Fassung zu bewahren. Sein Blick senkte sich auf meinen Oberkörper, folgte den feinen Zeichnungen, die Lavernia mir seit frühester Jugend mit einer Sichel in die Haut geritzt hatte, um mich als ihr Eigentum zu markieren. Ich drehte mich um, damit Jeshua meinen Rücken sehen konnte. Dort hatten sich die Streiche meines Vaters und meines Onkels in mich gekerbt; die alten und die neuen.

„Wer?", flüsterte Jeshua so leise hinter mir, dass ich ihn kaum verstehen konnte. Die Antwort würde ihm alles verraten. All die Jahre, die ich für ihn nicht in Worte fassen mochte: die Demütigungen, den Kampf, den Missbrauch.

„Meine Familie." Die Worte kamen hart heraus, verdeckten, wie unendlich ich mich schämte. Ich wandte mich entschlossen zu ihm und sprach: „Das ist, wer ich bin."

Jeshua schüttelte ernst den Kopf und trat einen Schritt vor.

„Wenn du das glaubst, dann hast du deine Familie nicht verlassen, Judas. Gehst du jetzt, wird sie dir folgen und jeden deiner Schritte bestimmen."

Ich drückte meine Finger fester um das nasse Gewand, das ich noch immer umklammerte. Ja, ich hatte die Familie verlassen und jeden Einzelnen von ihnen – meinen gesamten Kerker – mitgenommen.

„Ich kenne nicht deine Vergangenheit, und das muss ich auch nicht, denn ich kenne dich *jetzt*", sprach Jeshua voller Über-

zeugung. Angestrengt bemühte ich mich, seinem Blick standzuhalten.
„Deine Familie hat versucht, dich zu brechen. Was ich von deiner Haut ablese, ist deine innere Kraft. Du bist einer der klügsten, liebevollsten und stärksten Menschen, denen ich je begegnet bin. So stark, dass ich dich an meiner Seite brauche."
Die Wärme des Feuers erreichte mich, schien nun auch meine Brust zu durchflackern.
„Ich will nicht, dass du gehst!"
Seine Worte ließen eine Stichflamme in mir auflodern.
„Das will ich doch auch nicht", entkam es mir.
„Nein?", fragte Jeshua hoffnungsvoll.
„*Nein*", flüsterte ich inbrünstig. „Aber was ist, wenn ich dir Unglück bringe, dich enttäusche, ich ..."
„Judas, ich sehe klar und deutlich, wer du bist. Doch kannst du *mich* sehen?", flüsterte er ebenso eindringlich zurück.
„Das tue ich." Genau deshalb wollte ich ihn schützen.
„Dann gibt es keinen Grund zu gehen."
„Bist du dir ganz sicher?", fragte ich bangend. „Du weißt nicht alles von mir."
„Ich weiß, was ich wissen muss", sprach er so überzeugt, dass ich ihm glauben wollte. Einen Moment kniff ich die Augen gegen die aufsteigenden Tränen fest zusammen. Dann nickte ich.
Jeshua lächelte erleichtert und reichte mir das trockene Gewand. Wacklig auf den Beinen zog ich es an und rieb mir erschöpft über das Gesicht.
„Vielleicht legst du dich hin, Judas. Du kannst gern hier schlafen", schlug er vor.
Übermannt von den Ereignissen des Tages legte ich mich auf

der Matte gegenüber dem Kamin nieder. Ich lauschte dem Wind, dem leisen Knacken des Feuers und Jeshua, der begann, an einem Holzstück zu schnitzen.
Es ist nur eine Krankheit, dachte ich beim Einschlafen. *Und Jeshua ist der beste aller Heiler.*

Als ich erwachte, war es bereits hell. Verschlafen schaute ich mich um und sah Jeshua am Fenster stehen. Er hatte das dunkle Tuch, das den Wind ausgesperrt hatte, zurückgeschlagen. Der Morgen atmete seichtgoldenes Licht herein und ließ Jeshua lächeln. Seine Schönheit schmerzte.
Kann die Krankheit tatsächlich den Kranken heilen?

Marcus Iunius

Ich heilte nicht von meiner Jeshua-Krankheit. Ich liebte ihn. Wenn er zu mir kam, seine Hand auf meinen Rücken legte oder dicht neben mir saß, wusste ich, dass es keine Heilung gab. Damit konnte ich leben, denn mir fehlte nichts. Wenn wir getrennter Wege gingen, hatte ich nach wie vor Schwierigkeiten, meinen Platz in der Gruppe zu finden – einer Gruppe, die sich stetig veränderte, denn Jeshua brachte von seinen Wanderungen in die nahen Ortschaften immer wieder Menschen mit, die ihm nach Kefar Nahum folgten, um seinen Reden zu lauschen oder Heilung zu erbitten; und manch einer blieb. Am wohlsten fühlte ich mich noch immer mit Marjam, Thomas und Nathanael. Auch der ehemalige Zöllner Levi suchte noch nach seinem Platz; er war von angenehm heiterer Natur, sprach aber kaum über das Leben, das er verlassen hatte. Von Jeshua hatte ich erfahren, dass ihm eine der großen Zollstationen auf der Via Maris unterstanden hatte.

Die meisten anderen aus Jeshuas engstem Kreis beobachtete ich insgeheim so ratlos wie sie mich, denn uns trennten tatsächlich Welten, auch wenn wir unter Jeshuas Führung alle gleich lebten. Martha und Rebekka, zwei Schwestern von zarter Statur mit überraschend rauen Stimmen hörten sich verträumt an, wie die reichen Juden und Römer lebten. Ihnen zuliebe schmückte ich die römischen Gelage aus, so dass sie immer wieder erschrocken Luft holten und dann andächtig nickten. Die Vorstellung, dass ich Pilatus' Gattin Claudia Procula vorgestellt worden war, entzückte besonders Martha, denn sie hatte einmal in Jerusalem einen Blick auf sie werfen können und war von ihrer vornehmen Erscheinung und ihrem freundlichen Lächeln angetan gewesen.

„Ja, der Römer an sich mag uns wie der Feind unseres Landes erscheinen, doch jeder Römer ist ein Mensch, mit einer Seele, die genau wie die unsere ist“, sprach Jeshua, als sich Andreas über die Herrschaft der Römer beklagte. „Wenn du einen Römer als Feind betrachtest oder einen aus dem Stamm der Samariter oder deinen Nachbarn, dann schadest du dir nur selbst, denn was du anderen wünschst, wird auch dir geschehen!“ Und als wir in Simons Stube vor dem Feuer redeten, sagte er zu Martha: „Claudia Procula ist ein guter Mensch. Schwärm nur ruhig von ihr, es ist an sie nicht verschwendet.“ Jeshuas Worte erstaunten mich, und ich dachte an meine Begegnung mit Claudia. Lavernia hatte eine Einladung zu einem Gelage bei Pontius Pilatus erhalten und Johab, Jaakov und mich als Begleiter mitgenommen. Schon damals konnte ich den Überfluss und die Vergeudung der zahlreichen Speisen nicht einfach mitansehen. Ich hatte nur Hunger leiden müssen, wenn Lavernia es sich leisten konnte, mich zwei bis drei Tage gefangen zu halten. Dann hatte sie sich immer neue Methoden der Folter ausgedacht, um mich willig zu machen. Mir wurde übel, als die reichen Juden und Römer schlemmten, die Delikatessen halb aufgegessen zur Seite warfen und nach der nächsten griffen. Zwischendurch erbrachen sie sich in silberne Schalen, um weiteressen zu können. Ich hatte daraufhin meinen Platz verlassen und war nach draußen in den kühlen Innenhof getreten. Claudia Procula hatte sich ebenfalls zurückgezogen und stand wie eine hübsche Statue in der Mitte des Hofes. Als sie mich kommen hörte, drehte sie sich um.

„Oh, ist noch jemand vor dem Lärm geflüchtet?“, fragte sie in fast gesungenem Latein. Ich schüttelte den Kopf.

„Es tut mir leid, das sagen zu müssen, doch die Verschwendung der ganzen Nahrung ist kaum mit anzusehen. Nur wenige Fuß von diesem Palast entfernt hungert ein ganzes Volk."
Zunächst schien sie brüskiert, dann strich sie nachdenklich über den feinen Stoff ihres Kleides, das sanft im Wind schwebte.
„Was nutzt es zu herrschen, wenn das Volk ausgehungert wird und niemand mehr lebt, den es zu beherrschen gibt?", fügte ich erklärend hinzu. Sie starrte mich erneut wie eine Geistererscheinung an und nickte.
„Du hast recht", sprach sie ruhig, „gleich morgen lasse ich die Reste unseres Essens an die Armen verteilen."
Erst wollte ich lachen, weil das den Hunger von Tausenden nicht stillte, aber dann kam Lavernia zu uns in den Innenhof, um nach ihrem Neffen zu sehen. Ihr war nicht entgangen, dass die Gattin des Präfekten ebenfalls bei dem Gelage fehlte. Wie eine Katze schlich sie zwischen uns, erkundigte sich nach unserem Gespräch und zog mich wieder in den Palast hinein.
An Lavernia und meine Familie dachte ich in meinem neuen Leben wenig. Nur manchmal entstieg die Vergangenheit dem Vergessen und vereinnahmte meine Träume, dann schreckte ich hoch, mit schmerzendem Körper und ohne Luft in den Lungen. Manchmal schlief Jeshua bei uns draußen. Er spürte immer, wann es wieder so weit war; er setzte sich dann an meine Seite und legte mir, zumeist schweigend, eine Hand beruhigend auf den Rücken. Gelegentlich sprachen wir im Nachtdunkel über unsere Familien. Nach und nach verriet ich ihm die Geschichte hinter meinen Narben, und seltsamerweise befreite es mich, meine Geschichte mit ihm zu teilen. Jetzt gab es jemanden, der mich kannte.

Nach wenigen ruhigen Wochen nahte eine weitere Herausforderung. Ich war mit Marjam, einer Witwe namens Rebekka, Johannes und Simon auf dem Rückweg von Chorazim. In der Ferne zürnte Wetterleuchten, doch der Himmel über uns blieb blau. Allerdings wehte ein staubiger Wind aus Richtung Syrien. Wir stapften in unsere schützenden Umhänge gehüllt durch die Hügellandschaft um den Tiberias, als Johannes plötzlich sagte: „Seht mal, da kommt ein Reiter. Ist das nicht dein Pferd, Judas?"

„Mein ...?", fragte ich irritiert und drehte mich rasch um.

„... Pferd."

Das große Tuch meines Umhangs rutschte mir vom Kopf.

„Das darf nicht wahr sein", murmelte ich; eine böse Ahnung klumpte sich in meinem Magen zusammen. Marjam hielt mit einer Hand ihre Kopfbedeckung fest und sah mich neugierig an. Der große Reiter hatte uns beinahe erreicht. Er hob eine Hand. „Judas!"

Gequält erwiderte ich den Gruß. Es gab mir einen Stich David zu sehen, besonders als er erkennend wieherte. Ich ging ihm unwillkürlich entgegen, rieb ihm über das glänzende Fell und genoss es, seinen warmen Kopf an meinem Gesicht zu spüren. Dann erst sah ich zu Marcus auf. Zum Schutz gegen den sandigen Wind hatte er einen hellen Umhang über seine Toga gezogen. Sein Gesichtsausdruck verriet mir, dass er von seiner Krankheit kein Stück genesen war. Unbehaglich wandte ich meine Aufmerksamkeit David zu, als Marcus plötzlich sagte: „Ich bin gekommen, um deinen Lehrer zu sehen." Er schaute mich flehend an. „Wirklich, ich habe *alles* versucht, aber ich kann immer nur an ..."

„Schon gut", rief ich laut und hob rasch beide Hände, um

seinen Worten Einhalt zu gebieten. Davids Kopf fuhr erschrocken hoch. Ein Blick offenbarte mir die Verwunderung meiner Wegbegleiter. Simon musterte mich prüfend, Rebekka tat das gleiche bei Marcus.
„Marcus, ich weiß nicht, ob es ein guter Zeitpunkt ist", begann ich, doch da trat Johannes neben mich und grüßte Marcus freundlich.
„Natürlich wird unser Rabbi dir helfen. Jeder ist willkommen. Begleite uns!"
Ich hatte nicht übel Lust, dem Kleinen eine zu verpassen. Marcus lächelte erleichtert und ließ David neben uns gehen. Meine durchdringenden Botschaften an David, mit Marcus auf dem Rücken durchzugehen und nach Ägypten zu galoppieren, ignorierte er; vermutlich, weil ich nicht mehr sein Besitzer war.
Vielleicht, so hoffte ich als nächstes, war Jeshua gar nicht im Dorf und ich konnte Marcus allein sprechen und ihn davon überzeugen, wieder heimzureiten. Mein Kopf blieb gesenkt, ich beobachtete jeden meiner Schritte auf dem steinigen Boden. Marcus' Blick glühte den ganzen Weg über in meinem Rücken. Quälend langsam zogen wir in Kefar Nahum ein, während Johannes sich munter mit Marcus über den See Tiberias unterhielt.
Das Glück war mir kein bisschen hold, denn beim Überqueren des Marktplatzes sah ich Jeshua mit einigen seiner Begleiter – unter anderem Thomas – zwischen den Ständen der Händler stehen. Marcus war schlecht zu verstecken, auf David ragte er wie der griechische Göttervater Zeus über allen auf.
Ich bemerkte Jeshuas verdutzten Blick, als er David erkannte. Er schaute zu mir, und ich versuchte ihm zuzulächeln, aber

spürte, wie meine Lippen lediglich eine sinnlose Bewegung machten.
Thomas war schneller bei mir als Jeshua, er stürzte geradezu an meine Seite.
„Judas“, raunte er mir zu, „du siehst aus, als hättest du eine Ladung fauliger Fische verschluckt. Was um Himmels Willen macht der römische Stumpfkopf hier?“
Ich griff Halt suchend nach Thomas’ Arm. „Du wirst es nicht glauben, aber er will mit Jeshua sprechen“, murmelte ich. Thomas schnaubte belustigt.
Marcus war derweil abgestiegen. Vielleicht konnte ich mir mein Pferd zurückstehlen und selbst verschwinden.
Jeshuas Blick war fragend auf mich gerichtet, aber ich konnte mich nicht rühren. Stattdessen sprang Johannes hilfsbereit ein und stellte ihm Marcus vor.
Marcus starrte Jeshua verblüfft an; vermutlich hatte auch er sich einen Rabbi anders vorgestellt.
„Ich ... ich ...“, stammelte Marcus, und Jeshuas Gesicht wurde mit einem Mal weich.
„Ja“, sagte er, und Marcus nickte daraufhin schwach. Jeshua legte eine Hand auf Marcus’ breiten Rücken und führte ihn von dem Trubel fort. Marcus sah mit einem Mal gebückt aus, viel kleiner. Auch meine Schultern sackten ergeben nach unten. Was würde er Jeshua erzählen?
Ich merkte, dass ich noch immer Thomas’ Arm umklammert hielt und ließ ihn los.
„Sollen wir ihnen folgen?“, fragte Thomas und grinste.
„Ich weiß nicht ...“
„Los, komm!“
Ich reichte dem verwunderten Johannes die Zügel und verließ

mit Thomas zusammen von der anderen Seite her den Marktplatz. Auf der unbelebten Straße in Richtung des Sees warf mir Thomas einen langen Seitenblick zu.
„Du hast ihm dein Pferd überlassen?“
„Hm“, brummte ich.
„So, so!“, flachste Thomas anzüglich.
„Na schön“, sprach ich ärgerlich. „Ich habe Marcus kurz nach dem Gelage in Sepphoris wiedergetroffen und verprügelt und ...“
Thomas riss begeistert den Mund auf.
„Aber statt mich ebenfalls zu verprügeln, hat er mir anvertraut, wie unglücklich er in Israel ist und ...“ Ich wusste nicht, was ich alles verraten sollte.
„Und?“, hakte Thomas nach. Ich beobachtete, wie der Wind graue Wolken vor sich hertrieb wie eine Schafherde.
„Als ich David in Sepphoris verkaufen wollte, kam Marcus mir auf dem Markt entgegen und bat um eine Unterredung. Er ... er glaubte von einer Krankheit befallen zu sein.“
„Aha? Hast du versucht, ihn zu heilen und es hat nicht geklappt? Hat er davon vielleicht Warzen auf seinen Muskeln bekommen?“, flachste er und stieß mich dann leicht an. Der Wind erfasste uns kalt, und Thomas zog seinen Umhang enger um sich.
„Ich wünschte, so wäre es gewesen“, murmelte ich. „Ich konnte ihn nicht heilen, weil er behauptete, dass *ich* seine Krankheit sei.“
Erst guckte Thomas verwirrt, dann lachte er so laut, dass vor uns aus dem Gras zwei Tauben aufstiegen.
„Das glaube ich gern! Und als Ersatz hast du ihm dann dein Pferd dagelassen?“
„Thomas!“

„Tut mir leid“, keuchte er, „das ist eine so großartige Geschichte, wie ich sie lange nicht mehr gehört habe!“

Ich schüttelte den Kopf und legte einen Finger an die Lippen, als wir uns dem Pfad zum See näherten. Thomas verstummte und schaute sich so suchend um wie ich.

„Da vorn“, flüsterte er und wies auf den Steinstrand zu unserer Linken. Kleine Wellen schlugen unermüdlich an Land, aufgeraut wie das Meer. Ganz am Rande des Strandes, neben einem schiefen Uferbaum, saßen Jeshua und Marcus auf zwei Steinbrocken voreinander.

„Du meinst also, dass Marcus Jeshua womöglich gerade bittet, ihn von dir zu heilen?“

„Genau das ist meine Befürchtung“, sagte ich, aber Thomas schüttelte den Kopf.

„Das ist eine schöne neue Herausforderung für den Rabbi! Ich schätze, es wird auch ihn amüsieren.“

„Hm.“

„Möglicherweise kann er dich danach von deiner Unwiderstehlichkeit heilen“, spottete er. „Vielleicht habe ich dann sogar Aussichten bei Marjam.“

Ich wandte den Blick von Marcus und Jeshua ab.

„Marjam?“

Thomas zog die Augenbrauen hoch.

„Ja, was meinst du wohl, wem von uns allen sie sich in die Arme werfen würde? Ich bin es nicht.“

„Dem Rabbi selbstverständlich“, sagte ich ernst, „aber der ist tabu.“

„Das glaubst du doch nicht wirklich?“, fragte Thomas und schüttelte den Kopf. Schulterzuckend richtete ich meinen Blick wieder auf den Strand. Dort tat sich nicht viel; irgendwann legte Jeshua seine Hand auf Marcus' Arm, aber ansonsten redeten sie nur. Jeshua schien nicht schockiert zu sein, auch sah es nicht danach aus, als müsste ein Dämon aus Marcus' Leib getrieben werden.

„Hoffentlich will Marcus sich uns nicht plötzlich anschließen“, sinnierte Thomas.

„Keine Sorge, sein angesehener Vater würde sicherlich aus Rom anreisen, ihn verprügeln und hernach nach Hause schwimmen lassen.“

„Beruhigend“, erwiderte Thomas.

Wir mussten beide lachen.

„Komm, wir gehen zurück“, forderte Thomas mich auf.

„Was sind denn eigentlich deine Bedenken?“, fragte er mich nach ein paar Schritten.

„Dass Jeshua erfährt, dass ich Marcus geschlagen habe. Ich habe schon genug Makel an mir, über die er hinwegsehen muss.“

Plötzlich blieb Thomas stehen; wir hatten gerade die ersten Häuser erreicht.

„Weißt du, Judas, ich bin mir sicher, dass du machen könntest, was du wolltest, und der Rabbi würde dich immer noch respektieren. Hier merkt doch jeder, was für große Stücke er auf dich hält. Wenn du allerdings Simon oder Johannes fragen würdest, dann sind diese Stücke viel zu groß, und sie wären sicherlich gern dabei behilflich, dir ein paar Lektionen zu erteilen …“

Ich lachte schwach, aber sagte dann ernst: „Danke, Thomas.“

„Gerne wieder, aber das nächste Mal will ich der Nutznießer sein, wenn du noch mal was zu verschenken hast!“

Stumm gingen wir zurück auf den Marktplatz, den eine Weile

später auch Jeshua und Marcus betraten. Zu meinem Erstaunen steuerte Marcus direkt auf mich zu. Wie ein Berg pflügte er sich durch die Marktlandschaft.

„Oh, es hat vielleicht nicht gewirkt, was?“, flüsterte Thomas.

„Gegen dich ist kein Kraut gewachsen.“

„Judas“, sagte Marcus, der vor mir Halt machte und Thomas einen flüchtigen Blick zuwarf, „kann ich mit dir reden?“

Ich nickte und sah unruhig zu Jeshua, der bei Johannes stehen blieb und anfing, David den Hals zu reiben.

Marcus und ich ließen den enttäuschten Thomas zurück und durchquerten die Menge, um uns am Rande des Platzes auf eine niedrige Steinmauer zu setzen. Von hier aus konnten wir die Geschäfte der Händler beobachten und ihr vom Wind fortgetriebenes Geschrei vernehmen, ohne selbst gehört zu werden.

Mir war die Kehle trocken, aber ich fragte: „Und? Hat Jeshua dich heilen können?“

Marcus holte tief Luft. Sein hübsches Gesicht wirkte offen wie das eines Kindes.

„Er sagt, es ist keine Krankheit.“

„Keine ... Krankheit?“, stammelte ich bestürzt. Er schüttelte den Kopf.

„Er sagt, wenn wir einen Menschen lieben, ist das etwas Gutes, egal, wer es ist. Er ... er sagt, dass die wahre Liebe den Geliebten glücklich sehen will. Die Falsche sucht nur nach dem eigenen Glück.“

Ich runzelte wie er die Stirn.

„Was hat er dir noch gesagt? Hat er nichts für dich tun können?“

Marcus blickte mich verlegen an.

„Er sagt, dass du es wert bist, geliebt zu werden.“
Betroffen wich ich Marcus’ Blick aus und ließ meinen über die Menge schweifen. Jeshua stand noch immer bei David und streichelte ihn. Marjam hatte sich zu ihm gesellt und schaute zu uns herüber.
„Aber geht es dir denn nicht besser? Hat er gar nichts ... Gibt es denn da nichts ...?“
„Doch, Judas“, unterbrach er mich, „es geht mir besser. Und es ist keine Krankheit. Er sagt, die Dummheit der Menschen sei die Krankheit, und dass ich so klug sei, meiner Wahrheit zu folgen.“ Er senkte den Kopf.
Mir wurde ganz weich in der Magengrube bei dem Gedanken an Jeshuas Güte. Vermutlich hatte niemand jemals von Marcus behauptet, dass er klug sei, und ich schämte mich für die Worte, die Thomas und ich miteinander gewechselt hatten.
„Es tut mir so leid“, sprach ich aufrichtig.
„Muss es nicht“, sagte er.
„Jemand wie du ist mir zuvor noch nicht begegnet“, sagte ich verwundert, und ein leichtes Erröten huschte über seine Wangen. „Lass dir das nicht nehmen, hörst du?“
Seine hellen Augen brannten verliebt, und er sprach innig: „Danke für dein Pferd. Es erinnert mich sehr an dich.“
Ich hustete, weil ich an Thomas’ Worte dachte.
„Reitest du zurück nach Sepphoris?“, fragte ich ausweichend.
„Ja, jetzt gleich.“
Wir standen auf, und ich klopfte Marcus zum Abschied auf den Rücken. Er griff überraschend nach meiner Hand, ließ sie aber rasch wieder los, seufzte und drehte sich um. Ich sah ihm nach, wie er zwischen den Menschen Kefar Nahums hindurchwandelte und auf Jeshua und David zuging. Er wechsel-

te noch ein paar Worte mit meinem Rabbi und stieg dann auf. Ich sank zurück auf die Mauer und beobachtete aus der Ferne, wie David aus meiner Sicht verschwand. Dann schaute ich zu Jeshua.

Es ist keine Krankheit. Und jetzt?

Das, was uns stärkt

– Jeshua –

Gedanken kräuselten sich wie Wellen, nur schwer zu beruhigen. Gesichter, Stimmen brachen sich an der Stille. *Rabbi*, riefen sie mich ohne Unterlass. Ich stand am See und schaute von dort auf das gegenüberliegende Ufer. Alles wirkte friedlich, das Wasser, die Hügel ... doch dahinter lauerten die Bedrängnisse, die sich mit jedem Tag tiefer in das Land fraßen, die Menschen schwächten. Unsere eigenen Gesetze konnten das Volk nicht genügend dagegen stärken, der Wandel musste von innen heraus geschehen.

Was schwächt uns?

Ich schloss kurz die Augen und ließ meinen Kopf nach vorn sinken.

Was stärkt mich?

Ich lief los, schlug mich durch die unwegsame, feuchte Uferböschung. Mein Gewand triefte nach einer Weile bis zum Bauch vor Nässe, und ich zog mich hoch auf eine Grasnarbe, um mich in der Sonne trocknen zu lassen. Ich drehte mich auf die Seite und verbarg mein Gesicht in der Armbeuge. Ich wollte nicht daran denken, wovor ich mich fürchtete und sehnte mich nach jemandem, der meine Sorgen mit mir teilte. Ich drückte mein Gesicht fester auf meinen Arm. Mein Gewand lag nass und kühl am Boden, während meine Rückseite in der warmen Sonne trocknete. Langsam setzte ich mich auf, rieb mir die Handgelenke und ließ mich von dem Anblick des Tiberias besänftigen.

In der Ferne glitt ein Boot über das Wasser; die Fischer suchten unter der glitzernden Oberfläche nach Beute. Ich dachte mich in die dunkle Tiefe des Sees hinein, schien seine Kälte auf der Haut zu fühlen und sah, wie die Fische in Schwärmen zur Oberfläche drängten, um sich als Nahrung anzubieten. Ein Opfer für das größere Wohl. Sie schnellten der Sonne entgegen. Was bedeutete ein Leben?

Als der Schwarm sich in einem Netz verfing, schnappte ich nach Luft. Benommen sprang ich auf die Füße. Ich wusste, was als Nächstes zu tun war.

Entschlossen ging ich zu den Häusern zurück. Ich hielt unwillkürlich nach Judas Ausschau und entdeckte ihn in der Nähe von Simons Haus. Er unterhielt sich mit Thomas und Levi. Es zog mich zu ihnen, und ich klopfte Levi leicht auf die Schulter. Er war ein gutes Stück kleiner als ich und hatte wirre schwarze Locken, die ihm vom Kopf abstanden und ihm noch ein wenig zusätzliche Größe verliehen. Er lächelte mich munter an und sagte: „Mann, das ist wirklich mal was anderes hier. Ich wollte Thomas und Judas gerade erzählen, wie ich mich gefühlt habe, als du so plötzlich in der Zollstation auf mich zugekommen bist und gesagt hast: ‚Ich habe eine Arbeit für dich, bei der du deine Talente besser einsetzen kannst. Es ist das Gegenteil von dem, was du jetzt tust. Statt Geld sammelst du Seelen ein. Und statt deiner ständigen Schlaflosigkeit erwarten dich von nun an innerer Frieden *und* Reichtum.‘ Also, da war ich doch gespannt, nicht wahr?“ Levi lachte wieder ohne Scham und reckte die Arme. „Und ich schlafe seit diesem Tag wirklich wie ein von Engeln gewiegter Säugling!“

Judas grinste kopfschüttelnd über diesen Vergleich, dann sah er mich an. Er hatte sich an das Rad eines gebrochenen Karrens gelehnt, der seit dem letzten Sommer an der Hausmauer

ruhte und mit den Jahreszeiten zerfiel.
„Jeshua, kannst du mir von diesem wundersamen Schlaf auch etwas zukommen lassen?“
„Wieso, Judas? Schläfst du schlechter?“, fragte ich besorgt. Er zuckte mit den Schultern. Mir schien es, als wäre er seit Marcus’ Erscheinen ernster, nachdenklicher, auch wenn er es sich nicht anmerken lassen wollte. Ich fragte mich, was ihn beschäftigte.
„Vielleicht gibt dir Levi einen von seinen Engeln ab“, mischte sich Thomas ein.
„Ha, ha“, lachte Levi munter, „gegen einen kleinen Steuerbeitrag lässt sich da bestimmt was machen.“
Wir alle stimmten in sein Lachen mit ein. Judas winkte ab.
„Ich war Kaufmann, Junge, ich würde dich in Grund und Boden handeln“, sprach er trocken. „Am Ende würde ich mit all deinen Engeln dastehen, und du würdest dich bedanken und glauben, du hättest mich übers Ohr gehauen.“
„Ach ja?“, fragte Levi herausfordernd.
Aber Judas hob vielsagend die Augenbrauen, und Levi schüttelte schließlich den Kopf. Ich schmunzelte, weil ich davon überzeugt war, dass Judas nicht im Geringsten übertrieben hatte und außergewöhnliches Verhandlungsgeschick besaß.
Ich nutzte die kurze Stille und sprach zu den dreien: „Wir treffen uns gleich bei Simon, ich habe euch allen etwas mitzuteilen.“ Die Frauen waren heute Morgen mit Marjam unterwegs, um einer jungen Mutter zu helfen; ihr Mann war bei dem Versuch erwischt worden, Essen für seine Familie zu stehlen. Ich würde sie später zusammenrufen.
„Würdet ihr Johannes und Thaddäus Bescheid geben?“, fragte ich. Sie nickten und machten sich sofort auf den Weg. Ich sah,

wie Thomas etwas zu Judas sagte und ihn mit dem Ellbogen anstieß. Judas lachte. Einen Moment lang vergaß ich mein Vorhaben und schaute ihnen nach.

Meine Kunde hatte sich verbreitet, und mehr Menschen, als ich erwartet hatte, waren mir gefolgt; sie schwirrten so zahlreich wie Fliegen über einer Saftlache durch Kefar Nahum. Mit zwölf meiner Begleiter fand ich mich in der Abgeschiedenheit von Simons Hinterhof ein. Wir saßen auf dem Boden, auf der Treppe zum Dach und am Eingang zum Stall in der Morgensonne. Der Geruch von dem Eintopf, den Naamit im Haus kochte, zog zu uns ebenso wie der strenge Geruch der Ziegen, die träge im Stall rumorten. Ich lehnte an der Wand des Hauses und fühlte die sonnengewärmten Steine angenehm im Rücken.

„Jeder Mensch hat seine eigene Bestimmung", eröffnete ich die Zusammenkunft, und zwölf mehr oder minder aufmerksame Gesichter waren auf mich gerichtet. „Wenn wir ihr folgen, folgt uns das Leben selbst."

„Wie bekommen wir heraus, was unsere Bestimmung ist?", fragte Simon Zelotes mich, als ich nicht sogleich fortfuhr. Er war ein breit gebauter Mann mit starken Armen und einem ewig entschlossenen Gesichtsausdruck. Ich lachte über seine Ungeduld. „Im Grunde musst du dich nur beobachten."

Er runzelte die Stirn.

„Du, Simon Zelotes, bist ein Kämpfer."

Die anderen feixten, und auch er grinste.

„Und ich?", fragte Johannes eifrig.

„Du, Johannes", sprach ich den Jüngsten unter uns an, „bist ein Lehrer, noch lernst du, doch bald wirst du lehren."

Er strahlte mich an und suchte rechts Simons Blick und links den seines älteren Bruders Jakobus. Seine Augen waren groß wie Trinkschalen, voller Vertrauen, dass es so sein würde.
„Und wir haben hier noch einen Lehrer unter uns, der vermutlich noch gar nicht an diese Berufung gedacht hat."
Alle sahen mich gespannt an.
„Das bist du, Nathanael", sprach ich sanft, und er legte sich die Hand auf die Brust.
„Ich?"
Ich sah, wie Judas Nathanael zuzwinkerte. Ich überließ Nathanael seiner Verblüffung; meine Worte würden eine Weile in ihm wirken müssen.
„Also beobachtet euch. Bei allem, was wir tun, geht es um die Wahrheit. Wir verteidigen sie, wir leben und lehren sie. Ja, wir beschützen die Wahrheit und auch die Menschen ..."
Ich richtete meinen Blick auf Thomas und Judas. Beide hatten schon Menschen verloren, die sie hatten schützen wollen. In ihren Gesichtern las ich Verstehen.
Ein Milan stieg über uns auf und zog gemächlich seine Kreise, während wir über unsere Bestimmungen nachsannen.
„Ich erzähle euch das alles, weil euer Weg alsbald in eine neue Richtung führen wird. Die Wahrheit zu verbreiten, ist bedeutend, deshalb glaube ich, dass es das Beste wäre, ganz Israel zu bereisen. Ich hatte dabei an euch Zwölf gedacht und noch zwölf Frauen, um die Botschaft zu verkünden. Ich hoffe, ihr seid bereit, schon morgen eure Familien für den Sommer zu verlassen. "
Aufregung breitete sich im Innenhof aus. Judas schaute mich überrascht an. Ebenso überrascht sah sich Levi um, als müsste ich einen anderen meinen. Er erntete verstörte Blicke der an-

deren; einige hatten noch nicht vergessen, dass er als Zöllner gearbeitet hatte.
Jetzt brauchte jeder Zeit, über seinen Weg nachzudenken, und ich wollte zwölf Frauen für meinen Plan gewinnen.

Am Brunnen sprach ich mit Martha und ihrer Schwester Rebekka. Martha wusste erst gar nichts zu sagen, aber Rebekka war begeistert, endlich aus dem Dorf herauszukommen. Am frühen Nachmittag kehrte ich zu den anderen zurück. Gemeinsam mit den beiden Alphäus-Brüdern – dem stillen Jakobus und Thaddäus – sorgte ich für ein ordentliches Lager außerhalb der Wohnhäuser und half, mehrere Feuer für den Abend zu errichten. Judas schien in der Menge verschwunden.
„Rabbi“, rief Andreas, der ein paar dürre Äste und getrockneten Kameldung heranschaffte. Alles an Andreas wirkte immer blank und geordnet, selbst wenn er mit den anderen vom Fischen zurückkam und ein rauer Wind geweht hatte. Im Gegensatz zu seinem Bruder Simon legte er viel Wert auf eine respektable Erscheinung. Jetzt waren seine sonst so glatten schwarzen Haare zerzaust und verrieten seine Aufregung. Er sah mich atemlos an.
„Wir haben nie im Leben genügend Essen, um auch nur die Hälfte von ihnen satt zu bekommen.“ Andreas schüttelte den Kopf und hielt das Feuerholz umklammert.
„Bleib unbekümmert, Andreas“, sprach ich und stellte die beiden Eimer vorsichtig ab. „Es ist bereits für alles gesorgt.“
Seine Augen weiteten sich ungläubig.
„Geh heute Nacht durch die Reihen der Menschen und frag, ob einer von ihnen hungrig geblieben ist. Du wirst sehen, nicht einer wird sich bei dir beklagen.“

Andreas' Augen wurden größer. Ich lachte und stieß ihn leicht mit dem Ellbogen an: „Und auch dein Bauch wird voll sein, Andreas, und der deiner Familie."
Er nickte vorsichtig und machte sich dann davon. Marjam trat von der Seite auf mich zu. Sie sah hübsch aus; ihre Wangen waren ganz rot von der ansteckenden Aufregung im Dorf. Sie hatte sich der Frauen angenommen, die uns zögernd nach Kefar Nahum gefolgt waren: Witwen, einige junge Mädchen und ehemalige Prostituierte.
„Wie willst du es machen?", fragte sie mich und strich sich die schweren Locken nach hinten.
„Nicht ich werde es machen, Marjam", verdeutlichte ich. „Ich vertraue auf den großen Versorger. Was anderes bleibt uns bei dieser Menschenmenge gar nicht übrig."
„Das stimmt allerdings." Sie lächelte schulterzuckend.
„Ich weiß, es ist oft nicht leicht, den Zweifel zu besiegen, doch nur mit der vollständigen Gewissheit, dass es so kommen wird, wie gedacht, können sich gewünschte Ereignisse einstellen. Wir nennen sie Wunder, doch wir sind an ihrer Entstehung beteiligt, und sie brauchen unsere Bereitschaft, an ihr Erscheinen zu glauben."
„Das heißt, du stellst dir vor, wie es sein soll?" fragte Marjam.
„Mehr noch, ich fühle, dass es wahr ist und sich das Leben darum kümmern wird. Wir sind machtvoll, jeder einzelne, sind Teil dieser Lebenskraft, die wir Gott nennen."
„Es ist noch ein weiter Weg, um so glauben zu können, wie du es tust", seufzte sie.
Ich schüttelte den Kopf.
„Siehst du, was du sagst, und was in diesem Moment deine Wahrheit ist?"

Sie überlegte kurz. „Dass es noch ein weiter Weg ist?"
„Richtig", sagte ich. „Aber das muss es nicht. Du schaffst es ja auch zu glauben, dass es ein weiter Weg ist. Sei vom Gegenteil überzeugt, und allmählich – wie Licht eine düstere Stube am Morgen erhellt – zeigt sich die Veränderung in deinem Leben."
Sie nickte und sagte: „Das werde ich tun."
Dann forderte ich Marjam auf zu überlegen, welche Bestimmung sie in ihrem Leben sah.
„He", sagte sie zu mir, „von Johannes habe ich gerade gehört, dass *du* es ihm verraten hast!"
„Tja", sagte ich leichthin und amüsierte mich über ihre Empörung. „Das mag vielleicht daran liegen, dass ich dir zutraue, es selbst herauszufinden."
„Ach, Jeshua", sagte sie rau, und ich legte ihr meinen Arm um die Schulter. Zwei der neu angekommenen Frauen – Esther und Judith aus Betsaida Julias – schauten flüsternd zu uns.
„Wir haben darüber gesprochen, dass ich die Wahrheit noch stärker verbreiten möchte, nicht wahr?"
Sie nickte und schlenderte mit mir Arm in Arm Richtung Hafen. Die Sonne war ein gutes Stück weit gewandert und die Fischer würden bald zurückkehren. Es wurde Zeit, meine Rede zu halten.
„Ich habe mich entschlossen, zwölf Männer und zwölf Frauen in alle Teile des Landes auszuschicken. Einerseits, um die Wahrheit stärker zu verbreiten und andererseits ..."
„Um uns besser allein stehen zu lassen", vollendete sie meinen Satz. „Nicht wahr?"
„So ist es."
„Das ist gut! Werden wir zu zweit gehen?"

Ich nickte. „Je eine Frau und ein Mann. So ergänzt ihr euch am besten. Die Männer hören dem Mann zu, aber sie werden sehen, dass die Frau gleichberechtigt an seiner Seite arbeitet. Und die Frauen werden sich mit *dir* unterhalten wollen."
„Damit hast du wohl recht. Wirst du uns zuteilen?"
„Nein, ihr sollt selbst wählen. Ihr werdet zwei Monate zusammen unterwegs sein, und ich schätze, wenn ich dich beispielsweise mit dem stillen Jakobus losschicke, wirst du nach einer Woche des Schweigens verrückt werden, *ihn* schütteln und *mich* ewig verdammen."
Mit ihrer freien Hand stieß Marjam mich in die Seite.
„Ich kann mir schon denken, mit wem du gehen willst", sagte ich, als wir am Hafen angelangt waren.
Sie löste ihren Arm von mir und sah mich abwägend an, dann wandte sie sich dem See zu.
„Wenn er mich fragt, gehe ich mit ihm", sagte sie bestimmt, und ich spürte, dass sie nicht mehr darüber reden wollte.
„Marjam ..."
Sie schüttelte leicht den Kopf und hielt ihre Aufmerksamkeit auf die Boote gerichtet.

Bis zum späten Nachmittag hatte ich mit den restlichen Frauen sprechen und ihnen von meinem Plan berichten können. Mutig wollten sie sich dieser neuen Aufgabe stellen, obwohl die meisten von ihnen erst in den letzten Wochen zu uns gefunden hatten, wie die Witwe Becca.
Dann teilte ich den zwölf Männern und Frauen gemeinsam mit, dass sie sich jeweils zu Pärchen zusammenfinden sollten. Ich bemerkte, wie Thomas zu Marjam hinüberstarrte. Ich wusste, dass Judas gern mit Marjam gehen wollte, denn er

vertraute ihr; tatsächlich wandte er sich gleich an sie. Marjam nickte und versuchte, ein Lächeln zu unterdrücken. Ich bemerkte, wie Thomas sich bemühte, seine Enttäuschung zu verbergen. Er tat sich mit der jungen Hannah zusammen. Die Aufgabe würde ihm vieles abverlangen, so wie den meisten anderen. Ich schüttelte den Kopf. Aber die Zeit war richtig, es musste jetzt sein, ehe die Botschaft sich verflüchtigen würde wie eine Fußspur im Staub. Dies musste dauerhafter werden, wenn sich wirklich etwas ändern sollte.

Erschöpft setzte ich mich am Wegesrand auf einen Karren. Ich hatte gerade ein Gespräch mit Levi und Jakobus beendet und sah zu Judas, der mit Thomas und Nathanael vor Simons Haus Steine warf. Er zielte so sehr daneben, dass er den Huf einer der angepflockten Ziegen traf. Das Tier machte meckernd einen Satz in die Luft, und Judas warf ihr etwas Brot zu. Ich wollte die Zeit finden, in Ruhe mit ihm zu sprechen, ihn zu fragen, wie es ihm mit dem Wissen um seine lange Wanderung erging.

In diesem Moment trat Simon aus dem Haus; Naamit warf schimpfend etwas hinter ihm her und lachte dann widerwillig. Ich winkte ihn zu mir herüber, er setzte sich neben mich auf das raue Holz.

„Es ist schwer, sich zu trennen, oder?“, fragte ich ihn. Er zuckte mit den Schultern und murmelte ein ‚hm’.

„Erlege ich euch zu viel auf?“, fragte ich ihn und schirmte meine Augen vor dem Sonnenlicht ab. Simon sah erstaunt auf.

„Die Wahrheit zu verbreiten, ist bedeutend“, sagte er einfach.

„Ja“, erwiderte ich tonlos.

Mein Blick wanderte zurück zu Simons Haus. Judas war gegangen.

Wegen des neuerlichen Zulaufs reichte keiner der Plätze im Dorf mehr aus, und ich hielt meine Rede auf einem der Hügel ab. Vor mir verteilt lagerten zahlreiche Menschen auf der Wiese.

Ein seltsamer Druck lastete auf mir, und ich war bemüht, meine Aufregung mit ein paar tiefen Atemzügen zu lindern. Ich hielt nach Judas Ausschau und entdeckte ihn am Rande des Hügels, halb verdeckt von Nathanaels breiten Schultern. Ich atmete noch einmal ruhig aus.

Der frühe Abend war mild. Ich konnte von hier aus über den glatten Tiberias blicken und die grünen Hügel des anderen Ufers behäbig und friedlich in der Sonne ruhen sehen, so als würden auch sie lauschen wollen.

„In euren Herzen seht ihr stets, was Wahrheit ist", begann ich, und meine Stimme schien sich leicht wie der Duft der bunten Wiesenkräuter bis zur letzten Reihe zu bewegen.

„Und doch sind Gebote wichtige Werkzeuge oder Wegmarkierungen. Wir haben stets die freie Wahl, das Land, das als Lebenszeit vor uns liegt, ziellos zu durchqueren. Womöglich werden wir verdursten oder uns verlaufen. Die Markierungen zeigen uns den einfachsten Weg; sie sind wie Oasen inmitten der Wüste."

Ich machte eine kurze Pause und nahm die intensiven Blicke der Anwesenden wahr.

„Alle Gebote, die uns von Mose überbracht worden sind, könnte man auch auf *ein* Gebot bringen. Ein Gebot, das ein hilfreicher Rat sein soll und kein Befehl: Liebt einander! Beginnt bei euch selbst und endet bei nichts und niemandem. Liebt alles, denn alles ist die Schöpfung Gottes und der Liebe wert. Und alles, was ihr als feindselig und hässlich empfindet,

wird sich durch die Liebe wandeln können. Der einzige Gegner, den die Liebe hat, ist die Angst."
Eine Bewegung in der Menge ließ mich aufmerken. Judas verließ den Hügel. Warum ging er gerade jetzt? Ich schüttelte leicht den Kopf und entsann mich meines letzten Satzes, um fortzufahren. *Der einzige Gegner, den die Liebe hat, ist die Angst.*

Nach der Zusammenkunft auf dem Hügel war ich berauscht von der Kraft der Menge. Die Arbeit begann Früchte zu tragen, und ich lächelte zufrieden im letzten Licht des Tages.
Die Zuhörer drängten mich zu einem persönlichen Gespräch oder spezieller Heilung, doch ich sehnte mich nach einem Augenblick der Ruhe. Simon, Johannes und die anderen würden heute Abend mit den Menschen sprechen, für sie da sein und ihnen helfen, einen Schlafplatz zu finden. Das ganze Dorf bebte und summte. Mein Blick schweifte von einem Gesicht zum nächsten. Wo war er?
Meine Füße wollten nach links gehen, so gab ich ihnen nach. Ich schob mich an Andreas vorbei, der mir zunickte, und sah Judas hinter Simon und Marjam in der Nähe der Häuser stehen. Ich musste erst gar nicht winken, denn er kam sofort zu mir, die Brauen tief zusammengezogen.
„Hast du Zeit für eine Unterredung?", fragte er ohne Umschweife.
„Natürlich, komm mit", sagte ich und zog ihn leicht am Ärmel Richtung See. Um uns herum flackerten die ersten Feuer auf, und würziger Rauch drehte sich durch die Luft. Bereits nach ein paar Schritten hofften Thaddäus und seine Base Dina ebenfalls auf ein Gespräch mit mir, aber ich vertröstete sie auf später.

Wir hatten den Hafen erreicht; Boote schaukelten auf dem mondbeschienenen Wasser und knarrten sanft in ihrem Schlaf.

„Jeshua, ich muss dich etwas fragen", sprach Judas.

„Alles, was du willst."

„Marcus Iunius hat mir von seinem Gespräch mit dir erzählt. Du hast ihm gesagt, es wäre etwas Gutes, jemanden ehrlich zu lieben – selbst wenn es gegen das Gesetz verstößt."

„Ja", sagte ich. „Liebe ist eine göttliche Kraft, die nicht durch menschliche Gesetze beschnitten werden sollte."

Eine Weile hielt Judas sein Gesicht dem See zugewandt, ehe er seine Frage stellte. „Gibt es da Ausnahmen?"

„Was meinst du, Judas?"

„Ist es egal, wen wir lieben, oder gibt es letztlich doch so etwas wie ein Tabu?"

„Und wie sollte das aussehen?"

Jetzt blickte Judas mich an, seine Augen ernst und schwarz.

„Was ist, wenn man solche Gefühle für seinen Rabbi empfindet?"

Mir war, als hätte er in fremder Sprache zu mir gesprochen, denn ich verstand kein Wort.

„Wäre es dann besser – *richtiger* – zu gehen und nicht wiederzukommen?", fragte er.

Sprachlos sah ich zu ihm.

„Gib mir eine Antwort, bevor wir morgen aufbrechen", sagte er dann und wandte sich ab. Die Nacht nahm ihn mit jedem Schritt tiefer in sich auf. Endlich löste sich meine Starre.

„Warte!", rief ich jäh und lief ihm so rasch hinterher, als könnte er endgültig verschwinden. Judas blieb stehen und drehte sich zu mir.

„Es gibt keine Ausnahmen“, sprach ich hastig. „Und natürlich sollte er wiederkommen!“

„Wirklich?“, fragte er ungläubig.

„Aber ja!“

Ich hörte Judas laut ausatmen.

„Danke“, murmelte er mit gesenktem Kopf. Eine schwere Last schien ihm genommen, doch fühlte ich sie regelrecht auf meine eigene Brust drücken.

„Auch ich brauche eine Antwort von dir“, sprach ich, ehe der Mut mich verlassen würde.

„Ja?“, fragte er angespannt, und ich versuchte mich zu sammeln.

„Was macht der Rabbi, wenn er diese Gefühle erwidert?“, brachte ich schließlich leise heraus. „Vielleicht erschreckt er den anderen, weil der ja offensichtlich nicht damit gerechnet hat, dass seine Gefühle erwidert werden könnten ... dass es längst so ist ... ich meine, sonst hätte er seine Frage nicht gestellt, oder?“

Ein unruhiger Wind fuhr durch die Blätter der Feigenbäume neben uns. Judas blieb still. Mein Herzschlag dröhnte mir inmitten dieses Schweigens in den Ohren, deshalb sprach ich weiter.

„Der ... der Rabbi braucht die Antwort nicht gleich ... Ich ... *er* ... ich ...“, stammelte ich.

„Was?“, hörte ich Judas verstört fragen. Wir bewegten uns im gleichen Moment und stießen gegeneinander. Wir hielten beide jäh inne, regten uns nicht mehr. Meine rechte Schulter drückte leicht gegen seine.

„Es erschreckt mich mehr, als ich sagen kann“, flüsterte Judas. Meine Schulter sank. Ich nickte mit zusammengeschnürter Kehle. Ich wusste, ich sollte einen Schritt zur Seite tun, ihn lassen, konnte es aber nicht.

„Ich weiß nicht", sprach Judas zögernd, „ob es dir etwas ausmacht, so lange mit mir hier stehen zu bleiben, bis ich mich an den Gedanken ... gewöhnt habe ..."

„Das passt gut", murmelte ich, ganz flau vor Erleichterung, „denn ich kann mich kein bisschen mehr daran erinnern, wie man sich bewegt."

Judas lachte tonlos, und ich fühlte, wie seine Schulter mir entgegensackte. Seine Hand baumelte sacht gegen meine. Es zog mich in seine Richtung, doch die nächste Bewegung musste von ihm ausgehen.

Nach einer stillen Ewigkeit strich sein Handrücken fast unmerklich an meinem entlang. Wie eine Frage. Und ich antwortete. Ich ließ meine Hand in seine gleiten, unsere Finger verwoben sich. Eine lange Zeit spürte ich nur dieser Verbindung nach, bis sein Körper sich zu mir neigte. Zeitgleich lösten wir unsere Hände und umarmten einander; seine Wärme umfing mich, brannte jede Trennung fort. Der Duft seiner Haut erinnerte mich an etwas. Wie gut die Luft in Israel roch, hatte ich immer nur dann festgestellt, wenn ich von einer Reise zurückgekehrt war. Jetzt konnte ich diese Essenz wahrnehmen, obwohl ich das Land seit längerem nicht mehr verlassen hatte: Olivenhaine im Sommerwind, Salz des nahen Ozeans, weiße Mandelblüten.

Ich atmete gegen seine Haut, unaufhaltsam näher, näher. Wie eine Frage. Und er antwortet. Sein Mund trifft sacht auf meinen. Sein Kuss schmeckt süß, rot, tiefvertraut, lässt mich durch Seewasser und Sonnenhitze treiben. Unerträgliche Sinnlichkeit drängt in mein Herz, weitet und erhebt es. Heimat.

Plötzlicher Lärm ertönte aus der Ferne, und Judas zuckte zusammen. Mund und Hände ließen mich abrupt los. Benommen standen wir im Blau des Mondes voreinander; mit einem Mal getrennt, wieder zwei.

Ehe wir etwas sagen konnten, schallte erneut der Tumult aus Richtung Dorfmitte durch die Dunkelheit.

Judas senkte den Kopf, und ich hörte ihn laut ausatmen, um Vernunft bemüht.

„Das hört sich nach einem Streit mit den römischen Wachen an", sagte er dann und straffte unwillkürlich die Schultern. „Wir sollten gehen."

Er hatte recht. Enttäuschung, dumpf und schwer wie mittäglicher Wüstenwind, erfasste mich. Ich fuhr mir mit den Händen über das Gesicht, um sie nicht nach seinen auszustrecken, wusste nicht, wie ich jetzt wieder Jeshua werden sollte, geschweige denn Rabbi. Ich starrte auf den dunklen Boden zu meinen Füßen, bis Judas meinen Namen sprach. Seine Hände fanden zu mir zurück, gaben mir Halt. Und für einen tiefen Moment verlor ich mich in dem Gefühl, dass jemand meine Last mit mir teilte.

Du bist das, was mich stärkt.

Es dauerte nicht lang, bis wir am Lagerplatz ankamen und eine aufgeregte Schar Menschen ausmachten, die um einen umgekippten Karren stand. Simon und Thomas versuchten, die zwei römischen Wachen zu beschwichtigen, die ihre Speere auf die Menschen gerichtet hielten. Simon Zelotes stand etwas gebückt daneben und hielt sich den Arm; er hatte sich ganz offensichtlich den Römern entgegengestellt und war verletzt worden.

Judas legte seine Hand auf meinen Arm und schob sich zu den Wachen vor. In schnellem Latein fing er zu reden an. Ich verstand nur was von friedlicher Absicht, einer Rede, und dass sich das Dorf jetzt wieder leeren würde. Judas deutete kurz auf mich, und der mir unbekannte Wachposten trat mit gezücktem Speer auf mich zu.
„Wieso sollte jemand *ihn* reden hören wollen?", fragte er in Latein an Judas gewandt. Ich trat einen Schritt vor, zuckte mit den Schultern und erwiderte in seiner Sprache: „Wieso ist ein Mann nicht mit *einer* Frau zufrieden?"
Der Wachtposten stierte mich an.
„Oder wieso ist ein Volk nicht mit *einem* Land zufrieden?", fügte ich hinzu, und die Augen des Römers verengten sich. Judas stellte sich plötzlich vor mich und sah mich warnend an, so dass ich meinte, seine Stimme zu hören, die sagte: *Hör auf, sie zu provozieren!* Dann drehte er sich rasch zu den Wachen.
„Wir sorgen dafür, dass die Unruhe in Kefar Nahum sich legt", versicherte er ihnen und betonte noch einmal, dass es im Kern meiner Lehre um Frieden ging. Ich lauschte ihm, voller Bewunderung dafür, wie er genau die richtigen Worte wählte, um die Wachen zu beruhigen, ohne sich ihnen zu beugen. Und er hatte recht damit, dies war nicht der Augenblick, sie zu provozieren. Als ich Judas beobachtete, schlug mein Herz leicht und lebendig inmitten all der Unruhe; ich war nicht mehr allein mit meiner Aufgabe.
Die Wachen nickten schließlich widerwillig und warfen noch einen letzten Blick in die Runde, ehe sie sich ein Stück zurückzogen. Sofort brachte ich Simon Zelotes in Andreas' Haus und sah mir seine Verletzung an. Er war als unser Kämpfer bekannt, und es fiel ihm sichtlich schwer, meine

Hilfe bei einem kleinen Kratzer anzunehmen. Der Speer hatte Gewand und Haut durchschnitten, war aber nicht allzu tief eingedrungen. Andreas' Frau Irit half mir, seine Wunde zu reinigen und zu verbinden.

Die Auseinandersetzung der römischen Wache mit den zahlreichen Besuchern Kefar Nahums zeigte nur, was ich ohnehin schon erwogen hatte: Es war Zeit, die Menschen wieder in ihre Heimat zu schicken. Ich forderte sie noch an diesem Abend dazu auf und bat sie, auch dort zu verbreiten, was sie gehört hatten. Manche von ihnen fragten, ob sie bleiben durften. Es waren vor allem Menschen, die aus ihrem alten Leben ausgebrochen waren wie die beiden Prostituierten. Ich ließ Simon, Andreas und die beiden Alphäus-Brüder, deren Familien in Kefar Nahum respektiert wurden, mit ihren Nachbarn sprechen. Einige wenige erklärten sich bereit, dauerhaft Gäste aufzunehmen, falls sie ihnen zur Hand gingen. Unsere Fischer konnten gerade jetzt noch ein paar weitere Helfer für den Fischfang gebrauchen, wenn sie in meinem Namen für zwei Monate unterwegs sein würden. Niemand jedoch wollte sich der beiden Mädchen annehmen, die der Prostitution entflohen waren – auch die Ehefrauen meiner Begleiter nicht –, und ich wusste, ich würde die Menschen und ihre Herzen nicht in dieser Nacht ändern können. Besonders Marjam traf diese Nachricht hart, da sie die Gabe besaß, sich die entscheidende Frage zu stellen: Was, wenn ich an ihrer Stelle wäre?

Und es gab noch jemanden, der es vermochte, sich in das Leid eines anderen hineinzuversetzen. Judas zweifelte an Gottes Wirken und erkannte es noch nicht als solches, und doch war er an diesem Abend derjenige, durch den Gott antwortete. Nachdem Marjam ihm von dem Los der Mädchen erzählt

hatte, kamen sie beide zu mir ans Feuer.
„Judas weiß Rat!“, rief Marjam mir zu, noch ehe sie mich erreicht hatten. Ich trat zu ihnen, und Marjam griff aufgeregt nach meinem Arm.
„Wir werden die beiden zu Judas’ römischem Freund nach Sepphoris bringen!“
„Du erinnerst dich ja an Marcus Iunius“, sagte Judas.
„Natürlich.“ Ich dachte an seinen Besuch in Kefar Nahum und an das, was er mir anvertraut hatte.
„Marcus untersteht in Sepphoris ein großer Haushalt“, fuhr Judas fort. „Ich glaube, dass er die Mädchen dort unterbringen wird, wenn ich ihn darum bitte.“
„Da bin ich ganz sicher“, erwiderte ich und musste schmunzeln. Judas schlug die Augen nieder, er lachte leise.
Für einen Moment starrte ich auf seine Lippen, erinnerte mich an ihre rot schmeckende Wärme, an die Sehnsucht, die sie gestillt und gleichsam noch heftiger entfacht hatten. Ich atmete die Erinnerung tief ein. Damit etwas blieb, wenn er ging.

Wir fanden uns in dieser Nacht zu einem letzten Lagerfeuer zusammen. Noch immer musste ich Fragen meiner Begleiter beantworten und manchen Mut zusprechen, wie der jungen Hannah, die mit Thomas nach Batanäa wandern würde. Ich versuchte mich auf das Gespräch mit Philippus und Maria Kleophas zu konzentrieren, doch meinen Blick zog es so beständig zu Judas wie Meereswellen Richtung Festland. Er saß mir gegenüber und trank schweigend seinen Wein. Es hätte noch so viel zu sagen gegeben, und es gab gerade so wenig Zeit. Ich konnte die Aussendung nicht einfach verschieben; mit der Morgendämmerung würde Judas aufbrechen.

Ich wünschte, ich müsste dich nicht gehen lassen.

In diesem Moment schaute Judas auf, als hätte er meinen Gedanken vernommen. Ich runzelte fragend die Stirn, doch er starrte mich so bestürzt an, dass ich mein Gespräch beendete und zu ihm herüberging. Ich bat Nathanael mir Platz zu machen und setzte mich an seine Seite.

„Was ist los?", flüsterte ich und widerstand nur schwer dem Drang, seine Hand zu nehmen. Leise sagte er: „Ich hörte dich zu mir sprechen, Jeshua."

Verblüfft von diesen Worten starrte auch ich ihn an. Die Flammen spiegelten sich in dem Schwarz seiner Augen und ließen mich ein.

– *Wie kann das sein*? Seine Worte klangen nun in mir auf – nicht seine Stimme, doch sein Gedanke.

Als ich tiefer in seinen Blick absinken durfte, als er es je erlaubt hatte, verstand ich: Unsere Seelen waren zusammengeflossen wie Wasser, hatten sich ebenso aufeinander zubewegt wie zuvor unsere Körper.

– *Weil wir eins in der Seele sind,* **eine** *Wahrheit.*

Judas schloss die Augen. Und den nächsten Gedanken teilten wir; er war ohne Anfang, ohne Ende, kein Geheimnis mehr.

Teil III

Prüfung in der Wüste

– Judas –

„Marjam?"
Die Dunkelheit war undurchdringlich fest, ohne Umrisse.
„Marjam?"
Es gab kein Geräusch, keinen Atem, und ich tastete mich durch die Schwärze. Ich fuhr mit einer Hand über einen rauen Felsen und ratschte mir die Haut auf.
„Marjam?" Diesmal flüsterte ich den Namen. Die Nacht schien nie so schwarz und undurchdringlich gewesen zu sein; ich hatte keinerlei Orientierung und drehte mich im Kreis. Die Felsen umschlossen mich ringsherum. Für einen Traum brannte meine Hand zu sehr.
Panik stieg in mir auf und ließ meine Haut schwitzend erzittern, deshalb flüsterte ich nun einen anderen Namen.
Ich ließ mich langsam zu Boden sinken, fühlte den sandigen Felsengrund und schloss meine Augen. Es war so düster, dass ich fast nicht spürte, wann meine Lider geschlossen waren. Ich murmelte wieder und wieder seinen Namen. Ich stellte mir vor – so wie Jeshua es mir beim Abschied am Morgen aller Abgesandter gesagt hatte –, dass wir einander trotz jeglicher Entfernung hören konnten.
„Egal wie viele Schritte zwischen uns liegen, so ist die Verbindung um keinen Deut schwächer als jetzt."
Aber das Wunder unserer stummen Kommunikation war für mich eines geblieben: unergründlich. Manchmal, wenn ich in

Schweigen versunken war, glaubte ich ihn zu hören, aber ich vertraute mir nicht und hielt die Worte von ihm für Wunschdenken.

Jeshua hatte es für klug gehalten, mich in meine alte Heimat zu schicken, wo die Menschen mich kannten. Er hatte mich gefragt, ob ich besorgt darüber sei, meiner Familie zu begegnen.

„Dort wohnt keine Familie von mir", hatte ich nur erwidert und beklagte die Route nach Judäa nicht. Und nun saß ich Wochen später im Dunkeln am Boden und wusste nicht mehr, wo ich mich befand. Eingeschlafen war ich in der judäischen Wüste, neben Marjam in einer Höhle, um uns vor Herumtreibern und gefährlichen Tieren zu schützen. Marjams regelmäßiger Atem hatte mich in den Schlaf geführt, doch nun war alles still.

Ich stellte mir Jeshuas Stimme vor und was sie mir raten würde.

„Werde ruhig und aufmerksam. Aus welcher Richtung spürst du Wind?"

Ich streckte sogleich die Hand in die Höhe und spürte der Luftbewegung nach. Tatsächlich bemerkte ich an meiner Handkante eine zarte Strömung. Ich wandte mich in diese Richtung, stand auf und tastete mich vorwärts. Nach kurzer Zeit schon wurde der Wind spürbarer und berührte mein Gesicht, dann sah ich auch ein leichtes Funkeln, das ich als einen Stern erkannte. Ich war am Ausgang. Ich trat hinaus in die Wüste und flüsterte noch einmal Marjams Namen.

„Judas?", hörte ich eine verzagte Stimme rechts von mir. „Beweg dich nicht! Raubtiere belauern uns."

Meine Gedanken überschlugen sich. Wüstenleoparden? Wir

brauchten Feuer und Lärm. Beides würde die Katzen verscheuchen, aber aller Gefahr von menschlicher Seite her zeigen, wo wir zu finden waren. Wir hatten keine Wahl.
Rückwärts tastete ich mich in die Höhle. Meine Hände suchten am Boden nach unserer verloschenen Feuerstelle und den Holzresten. Ich fand einen kleinen Ast, entzündete ihn mit Hilfe meiner Feuersteine und verband seine Flamme mit anderen dürren Holzstreifen. Eilig ging ich zum Höhleneingang, sprang mit der kleinen Fackel vorwärts und brüllte aus Leibeskräften. Marjam schrie vor Schreck mit, sprang auf und rannte in die Höhle zurück. Vier leuchtende Augen hatte ich auf dem Felsen vor uns ausgemacht. Zwei Leoparden.
„Sammle das letzte Holz zusammen, Marjam", rief ich hinter mich. „Wir machen ein Feuer direkt im Eingang, falls sie uns noch weiter belauern sollten."
Vorsichtig bewegte ich mich nach draußen, um dort nach trockenen Pflanzen zu suchen, die wir verbrennen konnten. Ich bückte mich nach einem Distelbusch, als ich eine Warnung aus meinem Innern hörte und im selben Moment etwas auf mich zuflog. Etwas Schweres, Kraftvolles drückte mich in den Sand und riss mir den Rücken auf. Mir blieb die Luft weg. Panisch wollte ich mich herumrollen, da vernahm ich Jeshuas Stimme in mir. „Rühr dich nicht. Sie verhalten sich ungewohnt, sie jagen nicht in der Nacht. Vertrau mir und bleib ruhig liegen. Dies ist deine Prüfung in der Wüste."
Ich blieb liegen und konnte regelrecht sehen, wie beide bedrohlich um mich herumschlichen; ihr Atem wehte faulig an meinem Kopf vorbei. Sie rochen das Blut auf meinem Rücken. Eine Prüfung? Meine Sinne waren unmenschlich geschärft. Dämonen?

„Was denken sie? Was wollen sie?“, fragte die Stimme in meinem Innern. „Wer verfolgt dich?“
Ich versuchte, mein Stöhnen zu unterdrücken. Wer verfolgt mich, wer hält mich am Boden, so dass ich mich nicht rühren kann? Was hat mich ein Leben lang gefangen gehalten? Der Klang der Stimme veränderte sich und sprach: „Und was willst du tun? Aufstehen und gehen? So einfach wirst du uns nicht los! Wir haben dein Blut gekostet. Du gehörst uns, egal, wie weit du läufst, wir finden dich, egal, wohin du flüchtest. Ich kann dich töten, mein Schöner ...“
Es waren Lavernias Worte geworden.
„Meine Seele gehört mir allein, das kann der Tod nicht ändern“, flüsterte ich den lauernden Schatten zu. „Du kannst mein Fleisch besitzen, aber niemals meine Seele. Das ist es, was dich die ganze Zeit über hat wahnsinnig werden lassen. Du hast es nicht geschafft, mich wirklich zu besitzen. Nicht ein einziges Mal. Du hast dein Siegel auf meine Haut gebrannt, aber ich gehöre dir nicht, verstehst du? Ich fürchte keinen von euch länger!“
Meine Stimme war lauter geworden, so wie das faulig stinkende Fauchen um mich herum.
„Dein Tod macht dir nichts, aber was ist mit der Frau, die du beschützen willst? Ist das nicht deine größte Schwäche, andere schützen zu wollen?“
Mein Herz krampfte sich zusammen. Channah ... Lucius ... Ich sog den Atem schmerzvoll ein.
„Wenn du dich dem Tod ergibst und flüchtest, müssen andere leiden ...“, schnitt die Stimme mich kalt. „Die anderen Menschen sind deine größte Schwäche ...“
Der Satz hallte in mir nach. Channah, Lucius, Jeshua, ja, sie

alle waren meine größte Schwäche ... und meine noch größere Stärke. Sie hatten meine Seele beschützt, als ich es nicht konnte. Ich sprang auf, ich war bereit. Mit konzentriertem Blick suchte ich die Nacht ab, aber nichts schien dort noch länger auf mich zu lauern. Marjam hockte wie eine Statue am Boden und hielt eine winzige Flamme in der Hand.

„Judas", flüsterte sie. Ich schüttelte mich benommen und schaute noch einmal in alle Richtungen. Wie eigenartig! Hatte ich geträumt?

„Lass uns ein Feuer machen", sagte ich, und meine Stimme klang seltsam tief in der Dunkelheit. Marjam nickte verhalten, noch immer ihre Flamme umklammernd, und rupfte wahllos an den trockenen Disteln herum. Wir warfen alles auf einen Haufen und entzündeten ein Feuer. Erst als es brannte, kniete sich Marjam neben mich und begann zu weinen.

„Was war das, Judas? Was ist dort draußen geschehen? Ich hatte solche Angst um dich."

„Ich bin ...", begann ich zögernd, „meinen Verfolgern begegnet."

Ich wollte mich an die rissige Felsenwand lehnen, zuckte aber zurück.

„Bist du verletzt?" Marjam drehte vorsichtig meinen Rücken zum Licht. Kurz presste sie ihre Finger in meinen Arm und sagte: „Wir müssen das behandeln, Judas, zieh dein Gewand aus."

Ausziehen, die Welt sehen lassen. Zögernd entfernte ich den rauen Stoff von meiner Haut und hörte Marjam hell ausatmen, als sie meinen Rücken im Feuerschein vor sich hatte. Viele alte, grobe Narben und die neue Wunde. Sie sagte kein Wort; einen Moment später fühlte ich einen feuchten Lappen über meinen Rücken tupfen. Meine Haut brannte, aber das war ich gewohnt, und so zuckte ich nicht zusammen. Mit zarten Fingern rieb sie die Wunde mit einer Salbe ein. Dann hörte ich Stoff reißen und fühlte, wie sie die brennenden Schnitte abdeckte.

„Ich bin fertig. Du kannst dich wieder anziehen."

„Nein", sagte ich, „wir sind noch nicht fertig. Ich will, dass du auch die andere Seite von mir siehst."

Ich schluckte einmal unruhig und drehte mich zu ihr. Blass starrte sie mir in die Augen. Ich senkte meinen Blick auf meinen Oberkörper und spürte ihren folgen. Als ich wieder aufsah, bebten ihre Nasenflügel, und sie hatte die Lippen fest aufeinandergepresst.

„Was ist das?", fragte sie mit heiser klingender Stimme.

„Das war die Frau meines Onkels, eine Römerin. Seit ich ein Kind war, hat sie mich betäubt und sich an mir vergriffen. Mein Rücken gehörte ihrem Mann und meinem Vater."

Marjam legte ihre Hand auf den Mund, und ihr Gesicht verzog sich gequält.

„Nein ...", sagte sie leise.

Sie streckte ihre zitternde Hand aus und ließ sie vor meinen Narben Halt machen.

„Marjam, es geht mir jetzt gut, wirklich."

Marjam warf sich gegen meinen Oberkörper und fing heftig an zu schluchzen, ihr Gesicht an meiner nackten Brust. Ihre warmen Tränen rannen über Lavernias Muster. Es war ein befremdendes Gefühl, wie die Tränen einer Frau versuchten, die Tat einer anderen ungeschehen zu machen. Ich schlang meine Arme um Marjam; ihre erwiderten sogleich die Geste, und wir hielten uns fest. Ich versteckte mein Gesicht in ihrem

Haar, es roch warm nach Rauch und Wüste. Lange saßen wir dort, dann lösten wir uns stumm voneinander. Ich zog mir mein Gewand über und legte mich neben sie vor das kleine Feuer, das fast heruntergebrannt war. Wir konnten jetzt schlafen. Ich war gewiss, dass die Verfolger nicht wiederkehren würden.

Als der Eingang der Höhle bläulich leuchtete, standen wir schweigend auf und ließen diesen Ort entschlossen hinter uns. Marjam und ich sprachen nicht mehr über die gestrige Nacht, aber wir hatten eine neue Nähe entwickelt. Wir wanderten mit frischem Schwung weiter in Richtung der Städte Judäas. So wie alle anderen Tage boten wir unsere Hilfe an und erzählten von Jeshuas Botschaft. Manche hatten schon von ihm gehört und erwarteten auch von uns wundersame Heilungen ohne ihr eigenes Zutun. Einigen konnten wir tatsächlich helfen. Einem Kind in Channahs Alter ging es nach unseren täglichen Besuchen besser. Das Mädchen hatte hohes Fieber gehabt. Während Marjam der Kleinen die Hände aufgelegt hatte, sprach ich viel mit ihr, half ihr sich vorzustellen, sie bade von innen in kühlem Wasser, hell wie Sonnenlicht, das alles Kranke aus ihr herauswüsche. Zu sehen, wie sie stärker wurde, und ihre kleine Hand in meiner zu fühlen, die meine Finger mit immer mehr Kraft umklammerten, brachte auch mir Heilung.

Sieben Tage nach meiner Prüfung in der Wüste gelangten wir in meine ehemalige Heimatstadt Iskarioth. Meine Wunde hatte sich nicht entzündet und heilte gut. So besann ich mich, ohne zu zögern, auf meine Aufgabe, und zwei alte Frauen nahmen auf dem belebten Marktplatz unsere Hilfe an. Sie brauchten jemanden, der ihre Güter, die sie auf dem Markt angeboten hatten, auf ihren Maulesel hob. Marjam und ich waren fast mit dem Bepacken des Tieres fertig, da hielt ich inne, denn ich bemerkte etwas in der heißen Mittagsluft, das mir den Magen umdrehte. Über den üblichen Gerüchen der Stadt, ihrer Bewohner und der Marktwaren wehte eine Parfümnote, die mich an den fauligen Atem der Raubtiere in der Wüste erinnerte.

Sie war hier. Übelkeit pulste in mir hoch, doch es gelang mir, sie wieder hinunterzudrängen. Ich drehte mich um und stand tatsächlich Lavernia gegenüber. Wie immer war sie spärlich an Stoff und üppig an Kostbarkeiten gekleidet. Ihr eisgrüner Blick stach zu, schmerzhaft spitz wie ihre Sichel; sie ließ ihn ungeniert über meinen Körper gleiten, während ein hellhäutiger Sklavenjunge einen Sonnenschirm aus Seide für sie trug. Sie hatte nie einen Hehl aus ihrem exotischen Geschmack gemacht, und das Bild von Lucius neben ihr stieg vom Boden auf wie eine Säule aus Staub. Obwohl ich mich seltsamerweise wie ein Zuschauer fühlte, zuckte ein vergrabener Teil in mir bei der Erinnerung bitter zusammen.

„Oh Gott, Judas“, gurrte ihre Stimme abfällig. „Sieh dich an! Wie kannst du dich nur selbst so erniedrigen und in dieser Aufmachung erscheinen, um Sklavendienste auf der Straße anzubieten!“

Erhaben wie eine Göttin starrte sie die beiden alten Frauen an. Misstrauisch duckten sie sich unter Lavernias Arroganz und machten sich mit ihrem Maulesel eilig auf den Heimweg.

Lavernia kicherte träge und wedelte eine Fliege mit ihrem Perlmuttfächer fort. Mir fiel auf, dass der Sklave an ihrer Seite die ganze Zeit über den Kopf höflich gesenkt hielt. Er war höchstens siebzehn und vermutlich nicht hübsch genug, um ihr zu gefallen; ich hätte ihn dennoch am liebsten von Lavernia weggezerrt. Plötzlich trat Marjam dicht neben mich und legte ihre Hand auf meinen Arm. An dem leichten Zittern ihrer Finger merkte ich, dass sie wusste, wer vor uns stand.

„Ohhh", säuselte Lavernia obszön und wiegte sich, so dass ihre Geschmeide leise klirrten. „Ist das reizend! Sag bloß, du hast endlich eine kleine Frau gefunden?"

Ihr Blick durchbohrte Marjam mit aller Kälte, die sie aufbringen konnte. Marjam rührte sich nicht und starrte zurück.

„Versteckst du dich während eurer süßen Liebe in der Dunkelheit, Judas? Sie wird dein Geheimnis wohl kaum kennen, nicht wahr?"

Marjam schlang mit einem Mal ihren Arm um meinen Nacken und schmiegte sich an mich.

„Es gibt keine Geheimnisse zwischen uns", sprach sie in ungewohnter Tonlage. „Und immerhin sind seine Arme und Beine unberührt und bieten genügend Platz für *meine* Handschrift. Wir sind zufrieden. Ist es nicht so, Liebster?"

Verblüfft sah ich Marjam an, die unschuldig lächelte. Meine Kehle quälte unvermittelt ein Hustenreiz, doch schließlich war es ein Lachen, das aus mir hervorbrach. Diese Reaktion war Lavernia nicht gewohnt. Sie zeigte mit dem Fächer in meine Richtung und drohte: „Das wirst du büßen, Judas! Hörst du? Eines Tages wirst du dafür büßen!"

Ich schüttelte nur leicht den Kopf und hielt ihrem Blick stand. Mir war, als löste sich die letzte Fessel, die mich an sie gebunden hatte.

„Lavernia, verschwende nicht so viele Gedanken an mich. Umgekehrt tue ich es auch nicht."

Ihr Fächer schnappte auf. Sie wandte sich so heftig ab, dass sie gegen ihren Sklaven stieß. Der Schirm geriet ins Schwanken, und sie verpasste dem Kopf des Jungen einen kräftigen Schlag. Besorgt beobachtete ich ihn, doch sie scheuchte ihn bereits vorwärts, und bald verschwanden sie beide im Markttreiben. Was blieb, war lediglich ihr Parfüm.
Ohne nachzudenken, riss ich Marjam in meine Arme und drückte ihr einen festen Kuss auf die Lippen. Sie hatte meine Seele beschützt. Ich spürte, wie sie meinen Kuss erwiderte. Verwirrt nahm ich meine Lippen zurück.
„Marjam", sagte ich ausweichend, „ich habe dich nie zuvor derart reden hören!"
Sie löste sich leicht aus meinem Arm und sagte: „Ich habe oft genug zwischen Thomas und dir gesessen. Du unterschätzt euren schlechten Einfluss gewaltig."
Ich lachte leise und ließ sie dann los. Jetzt erst bemerkte ich, dass uns einige der Marktbesucher unverhohlen anstarrten. Wir scherten uns nicht darum und boten weiter unsere Hilfe an. Zwischendrin zitterten mir mit einem Mal die Hände so sehr, dass ich mich zu einer Pause zurückzog. Lange saß ich am Rande des Marktes, um die Begegnung mit Lavernia zu verdauen und vorsichtig das fremde Gefühl der Freiheit zu kosten.

Am Abend lagerten wir vor der Stadt unter zwei dichtbelaubten Ölbäumen.
„Ich bin sehr froh, dass du zugestimmt hast, mit mir auf diese Wanderung zu gehen", bekannte ich Marjam und reichte ihr den Wasserschlauch. Sie trank einen Schluck und sagte: „Ich bin froh, dass du mich gefragt hast."

Ich sah sie nachdenklich an.
„Vermisst du Jeshua sehr?"
Sie sah einen Augenblick überrascht aus, überlegte kurz und nickte.
„Ja schon, du nicht?"
Auch ich nickte. „Aber es war richtig von ihm, uns diese Gelegenheit zu geben, allein zu stehen. Es hat sich bereits viel für mich geändert", sinnierte ich und warf noch ein paar kleinere Äste auf die Kamelfladen in unserem Feuer. Die Sterne funkelten klar am dunkelblauen Himmel, das Universum schien im ruhigen Gleichgewicht.
„Für mich auch", stimmte Marjam mir zu und schob ihre Haare über ihre Schultern nach hinten. Ihr Gesicht leuchtete schön im Feuerglanz. Plötzlich vermisste ich Jeshua sehr. Die unwirklichen Küsse kamen mir wieder in den Sinn. Wieso hatten wir nicht mehr Zeit miteinander haben können? So natürlich, wie ich sie hier gerade mit Marjam teilen durfte. Vielleicht dachte sie auch gerade an ihn, denn ihr Gesichtsausdruck hatte sich verändert und war wehmütig geworden. Oh Gott, hatte ich etwa *ihren* Jeshua geküsst? Dieser Gedanke zog einen Knoten in die Einfachheit, die gerade zum ersten Mal in meinem Leben herrschte.
„Marjam, ich hoffe, ich habe dich nicht gekränkt, als ich dich heute küsste. Es war nur so wundervoll, was du gemacht hast. Ich weiß das mit Jeshua ..."
„Jeshua?" Irritiert sah mich an. „Was meinst du?"
„Ich ... bin mir bewusst, dass du Jeshua liebst. Ich wollte dir mit meinem Kuss nichts anderes zu verstehen geben."
Sie runzelte die Stirn.
„Was anderes? Ich verstehe nicht. Selbstverständlich liebe ich

Jeshua. So wie du auch ..."
Ja.
„Glaubst du etwa, ich würde ihn als Ehemann begehren?", fragte sie ungläubig.
„Das ist, was ich denke."
Sie sah mich einen langen Moment an und schüttelte dann den Kopf.
„Dann nimmst du etwas Falsches an."
„Ah, gut", sagte ich leise und nickte ihr erleichtert zu. Sie aber schien noch nicht zu Ende gesprochen zu haben und setzte sich aufrechter hin.
„Ich möchte dir etwas sagen, Judas. Jeshua weiß es längst." Ihr Mienenspiel verriet inneren Aufruhr.
„Was auch immer es ist, du kannst es mir anvertrauen, Marjam", ermunterte ich sie, und sie straffte die Schultern noch mehr.
„Judas ... du bist es, den ich liebe", sprach sie dann ernst. Ich spürte die Kühle des Abends meinen Rücken erreichen.
„Marjam", stammelte ich.
„Du sollst nichts dazu sagen. Ich erwarte nichts. Ich will es nur nicht vor dir verbergen, ja? Weil wir Freunde sind und du mir vertrauen darfst. Ich will immer deine Freundin bleiben, verstehst du? Das bedeutet mir mehr, als ich sagen kann."
Ich nickte wieder, weil ich nicht wusste, wie ich mich auf dieses Bekenntnis hin verhalten sollte. Ein staubiger, träger Wind spielte mit den gekrümmten Blättern der Ölbäume neben uns und ließ die Flammen unseres Feuers tanzen.
„Jeshua hat es gewusst?", fragte ich. Und er hatte uns dennoch zusammen gehen lassen?
Marjam senkte errötet den Blick. „Ja. Er hat es von Anfang

an bemerkt."

„Im Gegensatz zu mir", murmelte ich. „Es tut mir leid, aber ich bin durcheinander. Ich war mir sicher, dass du ..."

„Natürlich", sagte sie. Wir blieben still, bis Marjam sich auf ihre Matte legte und sagte: „Gute Nacht, Judas, ich muss jetzt schlafen, wenn ich morgen den langen Weg nach Jericho mit dir Schritt halten will."

„Pah", erwiderte ich, „du weißt so gut wie ich, dass du zäher wanderst als ich. Ein Pferd zu haben, hatte nicht nur Vorteile."

Sie lachte tonlos, und auch ich legte mich neben das Feuer auf meine Matte. Verwirrt lauschte ich Marjams Atemzügen. Sie liebte *mich*?

Am nächsten Tag bemühte sich Marjam, durch ihr gewohntes Verhalten klarzustellen, dass sich nichts würde ändern müssen. Doch ich beobachtete mich in ihrer Nähe. Und es gab eine besondere Frage, die mich einfach nicht verließ.

Nachdem wir auf den Weg nach Jericho im Hause von Freunden Jeshuas aufgenommen worden waren und allein durch die Abenddämmerung gingen, wagte ich sie zu stellen. Die Gastgeber hatten uns viel starken Wein aufgeschwatzt. Marjam hielt sich kichernd an mir fest, als eine Ziege an uns vorbeistürmte, gefolgt von einem kleinen Jungen, der wiederum von zwei fluchenden Männern verfolgt wurde.

„Ja, Judas?" Ihre Augen leuchteten heiter.

„Hast du gesehen, wie unsere Gastgeber strahlten, während sie von Jeshua sprachen?"

„Natürlich, das tun sie fast alle, oder?"

„Ja, das tun sie. Ist dir aufgefallen, dass ihre jüngste Tochter bei seiner Erwähnung und seinen Grüßen so rot angelaufen

ist wie der Wein, den wir tranken?“
„Auch das ist mir nicht entgangen“, sagte Marjam und hob wissend eine Augenbraue.
Ich blieb stehen und fasste sie am Unterarm, ihre Haut war kühl trotz der sommerlichen Wärme.
„Marjam, verzeih, ich muss dich das fragen: Wie kannst du nur jemanden wie mich lieben, wenn jemand wie er neben dir steht?“
„Judas“, sagte sie, verstört von meiner Ernsthaftigkeit. Ihr Arm zuckte unter meiner Hand, als wollte sie ihn mir entziehen. Dann richtete sie ihr Augenmerk auf mein Gesicht.
„Als ich Jeshua das erste Mal traf, wusste ich gleich, dass er ein außergewöhnlicher Mensch ist. Ich war noch sehr jung, er kam meine Verwandten besuchen. Von dem Moment an, als er mich ansah, wusste ich, dass ich ihm folgen würde“, sprach sie fest und nickte bei der Erinnerung. Marjam machte keine Anstalten weiterzugehen, und so blieben wir mitten auf dem Weg stehen. Ich ließ ihren Arm sacht los.
„Zuerst hielt ich dieses überwältigende Gefühl für Verliebtsein, und das war es auch, er machte mich verliebt in die Welt. Und ich weiß, er hört erst damit auf, wenn ich verliebt in mich selbst bin.“
Marjam lächelte gedankenvoll und schaute an mir vorbei, als läge dort ihr bisheriger Weg mit Jeshua. Aufmerksam lauschte ich ihr.
„Jeshua hat mich oft damit geneckt, dass ich versuchte, wie ein Mann zu sein, weil ich die Welt der Frauen als langsam und quälend empfunden habe. Er hat mir gezeigt, wie die Frauen in dieser Welt ihre Kraft unterdrücken müssen, um dem Gesetz und dem Mann zu dienen.“ Marjam verschränkte

ihre Hände ineinander und dachte einen Augenblick lang nach, ehe sie weitersprach: „Ich befreite mich von der Familie und folgte ihm. Ich ließ zu, dass er mich kennenlernte, um mich selbst zu erkennen. Vor kurzem sprachen wir einmal über die Grundlagen der Ehe oder einer guten Beziehung, und ich fragte ihn, warum er keine Frau wählen würde, und er sagte: ‚Das brauche ich nicht. Es gibt einen Menschen, der mir mein bestes Gegenüber ist.'"
Einen Moment lang bekam ich keine Luft.
„Glaub mir, ich hatte nie gehofft, dieser Mensch für ihn zu sein, dafür sehe ich ihn zu sehr wie einen Bruder und einen Freund. Für seine Befreiung bin ich unendlich dankbar." Marjams Blick überwand die Dämmerung zwischen uns.
„Lass ab von diesen Fragen. Selbst für Jeshua bist du, Judas, sein besonderer Mensch. Glaubst du, er könnte so irren? Lass zu, dass dich Menschen lieben, die nichts weiter von dir wollen als dein eigenes Glück, ja?"
Mein eigenes Glück ... Ich fuhr mir mit einer Hand über die Brust, konnte nichts mehr sagen. Wir gingen weiter.
„Glaubst du, jeder Mensch hat eigenes Glück verdient?", flüsterte ich mit einem Mal sehr leise. Wind hatte eingesetzt und meiner Frage die Stimme genommen.

Was Gott nicht kann

– Judas –

Der Sommer verblasste, die Sonne brannte in der Wüste nicht mehr gar so bitter; es wurde angenehmer, unter ihr zu gehen, und doch war jeder Schritt eine Prüfung meiner Geduld. Unsere zweimonatige Wanderung würde sich in Samaria dem Ende nähern. Dort würden wir auf Jeshua treffen und nach Galiläa ziehen.

Zwei Tage, nachdem Marjam und ich Judäa verlassen hatten, sahen wir in der Ferne die Silhouetten mehrerer Wanderer auf uns zu kommen.

„Judas! Marjam!“, hallte es durch die einsamen Sanddünen. Ja, er war es! Jeshua winkte und eilte uns entgegen. Mir zitterten die Knie vor Erleichterung. Nicht mehr lang, nur noch wenige Augenblicke, und ich würde wieder zuhause sein. Ich sah Jeshuas sommergedunkeltes Gesicht und sein Lächeln. Marjam ließ mir den Vortritt, und ich fiel in seine geöffneten Arme wie ein Kind, das die letzten Schritte bis zum Vater geschafft hatte. Er fing mich auf. *Jeshua.* Jeder andere Gedanke war aus mir gelöscht. Seine Arme hielten mich kräftig umschlungen und lösten sich nach einer Weile, um Marjam nicht warten zu lassen. Es war schwer, ihn loszulassen und zurückzutreten. Benommen begrüßte ich Johannes und Maria Kleophas, Jakobus den Stillen und seine Begleiterin Martha.

Gemeinsam wanderten wir weiter und tauschten uns über unsere Reisen aus. Mein Herz schlug zum Bersten laut. Ich versuchte, an Jeshuas Seite zu gehen, aber die Gelegenheit bot sich nicht. Ich übte mich weiterhin in Geduld, schließlich war

nicht der geeignete Moment, um allein sein zu können. Irgendwann drehte er sich zu mir und lächelte; einen Gedanken vernahm ich nicht. Ich nickte wehmütig.
Am Abend, als wir rasteten, fanden weitere der Ausgesandten zu uns. Still hörte ich, was jeder zu berichten hatte, und beobachtete Jeshua in seinem Bemühen, seine Aufmerksamkeit gleichmäßig zu verteilen. Nur zu mir kam er nicht. Obwohl Jeshua sich ganz in meiner Nähe befand, ich sein Gesicht wieder sehen, seine Stimme wieder hören konnte, erschien er mir mit jedem vergehenden Tag mehr wie eine Erinnerung, nicht greifbar. Jeshua wartete nicht wie ich. Er war als Rabbi unter uns, lehrte und redete, wie ich es von ihm kannte, wenn er vollkommen in seiner Rolle aufging. Er war der Rabbi, ich war einer seiner Schüler.
Dennoch harrte ich des Augenblicks, der mir wieder zeigen würde, was wir waren, wie wir miteinander waren. Nicht nur Marjam beobachtete uns mit gerunzelter Stirn, auch Thomas, obwohl er noch keinen Tag bei uns war. Ich hätte niemals gewagt, mit einem von ihnen darüber zu sprechen.
Nach einer Woche schließlich erreichten wir eine verlassene Oase. Hier war der Treffpunkt, an dem wir auf den Rest von Jeshuas Anhängern warten würden. Nachdem alle ihren Durst am Brunnen gestillt hatten, richteten die Frauen das Lager ein, die Männer sammelten Feuerholz. Jeshua suchte ganz in meiner Nähe und gesellte sich erstmals zu mir. Schweigend schritten wir den warmbraunen Wüstensand ab und ließen die anderen hinter uns. Ich versuchte, Freude zu empfinden, als Jeshua seine Hand auf meinen Arm legte, doch es fühlte sich fremd an, so wie alles zwischen uns.
„Schick mich nie wieder so lange fort, hörst du?“, sprach ich

unvermittelt. Seine Hand löste sich. Ich musste mich zum Atmen zwingen.
„Judas“, sagte er nachsichtig, „versteh doch, wie wichtig es war, alle zwölf Stämme Israels zu bereisen und sie mit der Wahrheit zu einen. Dich ließ ich gehen, weil du meine Lehre verstanden hast und in der Lage bist, sie in meinem Sinne weiterzugeben! Natürlich hast du mir gefehlt, es ist mir auch lieber, dich an meiner Seite zu wissen.“
Jeshua sah mich mit einem Blick an, den ich nicht kannte, er war nicht mehr derjenige, den ich am Sommeranfang verlassen hatte. Wo war das Lächeln in seinen Augen? Und wo der Freund, der mich vermisst hatte?
„Gut, Jeshua“, sagte ich fest und blickte ihn ebenso fest an, „dann erfüllen wir deine Wahrheit, Rabbi, du weißt, du kannst auf mich zählen.“ Ich musste mich abwenden.
Die Sonne glühte rot über den schroffen Felslinien im Westen; es sah aus, als hätten sich die Lichtstrahlen rücksichtslos ihren Weg über das Gestein gebahnt und es zerklüftet hinterlassen.
„Wir gehen am besten zu den anderen zurück, das ist leichter für mich.“
„Aber Judas“, begann Jeshua sacht, und ich schaute wieder zu ihm. Die Sonne ließ sein Gesicht so rötlich glühen wie die Umgebung.
„So sei doch ...“
„Jeshua“, unterbrach ich ihn, „du und ich empfinden offensichtlich unterschiedlich füreinander. Nicht, dass ich deine Liebe für mich in Frage stelle, das werde ich nicht tun, aber es waren schwere Monate für mich. Ich habe mir Sorgen um dich gemacht, mich gefragt, wer dir den Rücken stärkt und

dich dazu bringt, innezuhalten und dich auszuruhen. Doch ich sehe, das war absolut unnötig."
„Du bist wütend", stellte Jeshua mit nachdenklichem Blick fest. *Das* machte mich wütend. Meine Selbstbeherrschung zerfiel, als hätte sie nur aus losem Sand bestanden.
„Sieh mal an", sagte ich mit verbogenem Lächeln, „Jeshua weiß wirklich, wirklich alles. Natürlich bin ich wütend. Und ich bin enttäuscht. Hast du nicht mal gesagt, dass beides Hand in Hand gehen kann?"
„Du hörst mir zu", sagte er nur und strich sich eine dunkle Haarsträhne aus den Augen.
„Ja, ich erinnere mich an jedes einzelne Wort. Und erinnerst du dich auch noch an jedes Wort, das du zu mir gesprochen hast?"
„Natürlich."
„Auch daran, dass wir uns küssten?"
„Ja", sagte er ruhig.
„Du Arsch von einem Rabbi", erwiderte ich ebenfalls ruhig, und er schaute ungläubig.
„Ehe wir mit unserer Freundschaft fortfahren können, Jeshua, solltest du die Frage beantworten, ob du mich noch länger an deinem Leben teilhaben lassen willst, und ob du überhaupt noch ein persönliches Leben brauchst."
Seine Reaktion sah ich nicht mehr und ging voran durch die Landschaft, die so wüst war, wie ich mich fühlte.

Wir durchquerten Galiläa in Richtung des Sees Tiberias. Manchmal spürte ich, wie Jeshua mich beobachtete. Was er fühlte, vermochte ich nicht zu sagen. Die Atmosphäre wurde unaufhaltsam von seinem strengen Verhalten geprägt. Fort

war das häufige Lächeln; das Lächeln, das ihn glücklich aussehen ließ. Übrig blieb das begütigende Lächeln, das mit den Tagen ebenfalls schwand.
Als Nathanael, wie gewohnt, seine ihm auferlegte Innenschau vernachlässigte, bekam er von Jeshua abends eine dermaßen strenge Rüge, dass selbst ich erschreckte.
„Wie kannst du es wagen, Nathanael, Sohn eines Tölpels, dich der Wahrheit und ihrem Weg verschworen zu haben und jede nur denkbare Gelegenheit zu nutzen, um aus mir einen Narren zu machen?", rief Jeshua übers Feuer hinweg. Nathanael fuhr zusammen. „Glaubst du, ich sehe nicht, womit deine Gedanken sich tagein tagaus beschäftigen.? Willst du Gott ebenfalls zum Narren halten mit diesen kindischen Nachlässigkeiten? Solltest du es nicht besser wissen? Und was, glaubst du, kannst du den Menschen mit dieser Zurschaustellung von Faulheit und Unwissenheit vermitteln?"
Nathanael erstarrte, sein Gesicht sah mit einem Mal vollkommen verändert aus. Die Gelassenheit, die ich so an ihm schätzte, war durch den Ausdruck von Schmerz abgelöst. Sein Anblick traf mich; er sah hilflos aus wie ein Junge, so dass ich nicht länger schweigen mochte.
„Und Rabbi", begann ich, und Jeshua wandte sich mir zu, „was vermittelst du uns mit dieser Zurschaustellung von Strenge und Demütigung?"
„Willst du behaupten die Wahrheit würde demütigen?", fragte er. Ich schüttelte den Kopf.
„Nein, aber die Art, wie sie vermittelt wird, kann es", sprach ich. Jetzt flackerte in mir die Enttäuschung über das Warten der vergangenen Monate auf und ließ mich sagen: „Gut, Jeshua, ich will dich nicht in Frage stellen. Deshalb fahre nun

fort. Ich bitte dich jetzt um die Wahrheit über mich. Wenn du glaubst, öffentlicher Tadel könnte eine Änderung bewirken, dann bedenke auch mich mit diesem Segen, denn ich habe wahrlich ebenso viel zu lernen wie Nathanael."

Alle Augen waren auf uns gerichtet, aber das war mir gleich. Jeshuas Blick schwankte plötzlich.

„Die Wahrheit über dich, Judas", sprach er leise und zögernd, „ist, dass du die Wahrheit gnadenloser einzusetzen vermagst als ich."

Er schaute fort und wandte sich dann an Nathanael.

„Judas hat recht, Nathanael", begann er freundlicher, „nimm dir die Wahrheit meiner Worte zu Herzen, aber nicht die Art, wie ich sie zu dir gesprochen habe. Ich habe dich unter die zwölf Männer gewählt, weil ich große Stücke auf dich halte, dennoch solltest du nicht nachlassen in deinem Bemühen, derjenige zu werden, der du sein kannst."

Nathanael senkte eindeutig verwirrt den Kopf.

„Damit wir uns richtig verstehen, Nathanael, dies ist eine Entschuldigung. Ich habe mich hinreißen lassen", sagte Jeshua. Nathanael schaute auf und schenkte seinem Rabbi ein vorsichtiges Lächeln. Dieses Eingeständnis von Menschlichkeit würde Nathanael sicherlich mehr bringen als jeder strenge Tadel. Doch ich selbst konnte Jeshua nicht so einfach wieder näher lassen, nicht, solange er keine Antwort auf meine Frage gefunden hatte.

Jeshua wurde nach diesem Abend sanfter, aber er quälte sich an etwas. Ich weiß nicht warum, aber ich sehnte Kefar Nahum herbei, den alten Rhythmus unserer Spuren dort. Als wir den Tiberias erreichten, stürzten alle nach dem Staub der langen Reise erfreut auf das Wasser zu. Manche warfen sich gleich mit Gewand in die kühlende Nässe, doch die meisten von ihnen zogen sich ihre Kleider aus und platschten in das flache Uferwasser.

Und heute war es soweit, denn es bedeutete mir nichts mehr. Ich streifte mein Gewand ab, spürte, wie die Sonne gnadenlos meine Narben erleuchtete und die einzelnen Linien grausam hervorhob. Ich hörte, wie hinter mir die Männer die Luft einsogen, die vor mir im Wasser Badenden hatten den vollen Ausblick auf Lavernias geritzte Muster. Still betrachteten sie mich. Ich schritt ins Wasser und ließ mich in sein schützendes Blau fallen. Jakobus und Andreas starrten mich an, als ich meinen Kopf aus dem See hob. Was sie dachten, wusste ich nicht, vermutlich, dass ich perversen Vergnügungen nachgegangen bin. Es war egal, vieles schien mir gleichgültig, da ich etwas verloren hatte, das der Atem in meiner Mitte war. Verloren. Unbeantwortet.

Nachdem ich mich wieder bekleidet hatte, ignorierte ich die verstörten Blicke der anderen Männer. Die Frauen hatten davon nichts mitbekommen, da sie sich an einer abgelegenen Stelle des Sees erfrischten. Thomas allerdings blieb reglos vor mir stehen und wusste offensichtlich nicht, wie man sich in solch einer Situation als Freund verhalten sollte.

„Komm, wir laufen etwas“, forderte ich ihn auf. So mussten wir einander nicht ansehen. Wir entfernten uns von der Gruppe und wanderten einen der kleinen Hügel hinauf.

„Du fragst dich natürlich, woher die Narben auf meinem Körper stammen. Ich wette Johannes und Simon haben da ganz eigene Theorien, und vielleicht würden sie gar nicht so falsch mit ihren Vermutungen liegen." Ich strich mir das nasse Haar aus dem Gesicht und erzählte ihm ebenso knapp wie Marjam von der Entstehung meiner Narben. Thomas machte ein Geräusch, als hätte er Staub eingeatmet. Ich schaute an ihm vorbei auf eine einsame Pflanze, deren violette Blüte im dichten Gras schaukelte. Ich war froh, die Kargheit der Wüste verlassen zu haben, aber das üppige Grün Galiläas tröstete mich nur wenig.

„Judas", stammelte Thomas.

„Schon gut", sagte ich. „Jeshua hat es letztendlich doch geschafft, diese Geschichte aus mir herauszubringen. Unterwegs habe ich sie Marjam anvertraut. Es hat sie zutiefst erschüttert, dass eine Frau in der Lage zu derartiger Grausamkeit ist."

Wir waren auf der Hügelkuppe angekommen und überblickten ein gutes Stück des Tiberias, aber ich fühlte mich nicht zuhause.

Thomas blieb stumm.

„Ich hatte meine Gründe auszuharren", fügte ich hinzu, als wir uns wieder an den Abstieg machten. Thomas seufzte und sprach rau: „Sag mir nichts. Du wolltest irgendwen beschützen, nicht wahr?"

Ich lachte erstickt und sagte: „Das ist der Punkt, der uns gleich macht, Thomas. Das ist doch so, oder?"

Thomas blickte in die Ferne und nickte.

„Hast du durch dein Opfer denn etwas erreichen können?", fragte er mit ungewohnt rissiger Stimme und fest zusammengezogenen Augenbrauen.

„Ich weiß nicht", murmelte ich und blieb stehen, „und das ist das Schlimmste daran."

„Ja", bestätigte Thomas leise, „das ist das Schlimmste."

Wir sahen einander nicht an und setzten schweigend unseren Weg fort.

Am Ende des Tages lagerten wir am Ufer des Tiberias. Dort hatte Jeshua sich zur Stille zurückgezogen, war aber nicht wieder zurückgekehrt. Simon, der sich in Jeshuas Nähe einen Rückzugsplatz gesucht hatte, kam irgendwann ans Feuer und berichtete Johannes mit gesenkter Stimme, dass der Rabbi sich anhörte, als würde er weinen. Johannes sprang auf und ebenso Marjam, die diesen Satz genau wie ich gehört hatte. Sie schaute mich auffordernd an, aber ich blieb sitzen. Der Rabbi war gerade jemand, dessen Wahrheit ich kein bisschen verstand.
Marjam zog die Augenbrauen dunkel zusammen und eilte Johannes und Simon hinterher. Thomas setzte sich an meine Seite.
„Was hetzen die drei so aufgeregt zum See? Wartet dort eine himmlische Nachricht auf sie?“, flachste er und stieß mich mit seiner Schulter an. Ich aber blieb ernst.
„Was ist?“, fragte er. Wir saßen ungestört an einem der Feuer; neben uns brannten noch weitere, an denen vereinzelt Männer und Frauen saßen, sich unterhielten und aßen.
„Simon meint, er hätte Jeshua weinen gehört. Jetzt rennen sie alle zu ihm“, sagte ich teilnahmslos.
„Aha?“
„Ja. Ich wusste auch nicht, dass er so was kann.“
Thomas riss die Augen auf und sagte: „Ich weiß, es hat keinen Sinn zu fragen, aber dennoch: Was ist eigentlich mit Jeshua los? Seit ich wieder auf ihn getroffen bin, kommt er mir sehr verändert vor. Und nach deinem Verhalten zu urteilen, geht es

dir ebenso.“
Ich blickte missmutig ins Feuer.
„Ich verstehe ihn zurzeit an nicht. Ich stelle ihn in Frage“, sagte ich.
„Das ist mir aufgefallen“, erwiderte Thomas vorsichtig. „Aber was glaubst du, ist mit Jeshua geschehen?“
Ich seufzte und suchte nach passenden Worten.
„Die neue Größenordnung seiner Rolle als Verkünder der Wahrheit mag ihn verändert haben ...“, begann ich nachdenklich, „doch mir kommt es vor, als würde diese Verantwortung ihn ... wie soll ich es beschreiben?“
„Weniger menschlich machen?“, fragte Thomas sacht.
Ich seufzte wieder. „Ja.“
In diesem Moment lief Marjam zu uns und hockte sich zwischen Thomas und mich.
„Judas, er weint wirklich!“, klagte sie. Der Flammenschein ließ die Besorgnis in ihren Augen flackern wie ein Unwetter.
„Gut“, sagte ich, „das beweist, dass er noch ein Mensch ist.“
„Judas!“
„Marjam“, sagte ich, „so lass ihn weinen. Es lastet eine große Verantwortung auf ihm.“
Thomas schüttelte leicht den Kopf und sagte: „Mir kommt es vor, als wärst du der Einzige, der versteht, was in dem Rabbi vorgeht.“
„So ist es“, mischte sich Marjam ein, „deshalb wirst du mitkommen und ihm helfen!“
„Nein“, sagte ich schlicht, „lass ihn in Ruhe, und lass mich in Ruhe.“
Ärgerlich erhob Marjam sich. „Ist das deine Dankbarkeit für alles, was er für dich getan hat?“, rief sie aufgebracht. „Warum

quälst du ihn so?“

Ich starrte sie fassungslos an, und ehe ich etwas hätte erwidern können, stand Thomas ebenfalls auf und sagte: „Es reicht, Marjam, vielleicht hat Judas recht, vielleicht braucht Jeshua einfach mal Ruhe. Und warum regst du dich so auf? Hat der Rabbi keinen Trost von *dir* angenommen?“

Der Hieb traf Marjam vollkommen. Sie drehte sich um und ging. Thomas setzte sich zurück ans Feuer und reichte mir schweigend einen Weinschlauch.

Die Stimmung wurde nicht besser, ganz im Gegenteil, immer mehr von der Gruppe bekamen mit, dass irgendetwas mit dem Rabbi nicht stimmte. Langsam glaubte ich es auch, weil er eine ganze Zeit später seinen Platz immer noch nicht verlassen hatte, mit niemandem sprach und weinte. Mein Herz krampfte sich zusammen, ich versuchte es mit jedem Schluck Wein zu missachten. Thomas bemerkte meine Unruhe und nahm mir den Weinschlauch weg.

„In einem Punkt hat Marjam recht. Jeshua hat uns noch nie im Stich gelassen. Vielleicht braucht er jetzt jemanden. Außer dir und mir sind alle einmal zu ihm gerannt.“

Als ich stumm blieb, meinte er vielsagend: „Ich glaube nicht, dass ich es bin, der ihm helfen könnte ...“

„Ich glaube ebenfalls nicht, dass ich es bin, der ihm helfen könnte. Kennt der Mann nicht so was wie Engel und sogar Gott persönlich? Da wird sich doch sicherlich jemand finden lassen, der in der Lage ist, ihm Trost zu spenden.“

Thomas ließ die Augenbrauen hochgezogen und spitzte kurz die Lippen. Ich bemühte mich, nicht an Jeshua zu denken, und doch dachte ich an all die Male, die er mir zu Hilfe geeilt war. Jetzt hatte er mich einmal enttäuscht, und ich zahlte es ihm gleich heim, indem ich ihm Hilfe verweigerte? Plötzlich empfand ich die warme Nachtluft als erdrückend und rückte vom Feuer ab. Tief in meinem Innern lauerte Angst, dass auch ich nicht derjenige war, den er bei sich haben wollte in seiner Not, Angst, er könnte mich wieder von sich stoßen, die Nähe verändern durch ein neues Wort. Ich stöhnte.

„Judas?" Thomas stupste mich mit einem Finger an.

„Wieso kann ein Rabbi nicht einfach ein Rabbi sein?", fragte ich wütend, um nicht verzweifelt zu klingen.

„Aber ich schätze, genau das passiert Jeshua gerade", sagte Thomas prompt. „Er wird ganz zu einem Rabbi. Vorhin erst wolltest du ihn wieder menschlicher haben. Wenn ich diesen Widerspruch lösen müsste, würde ich auch stöhnen, Judäer."

Ich wandte mich dem Feuer zu.

„Dein Scharfsinn ist unerträglich."

„So wie deiner", erwiderte er freundlich. „Wenn du dieses Problem schon zum Stöhnen findest, wie sieht es beim Rabbi selbst aus? Wenn ihn genau dieser Widerspruch beschäftigt, dann hat er noch einige Tage des Heulens vor sich, und dann kann ihm auch kein Engel, vielleicht nicht einmal Gott helfen, denn die wissen nichts vom Menschlichsein ..."

Ich schaute Thomas nach diesen Worten überrascht an.

„Du hast heute nicht nur Scharf- sondern auch Tiefsinn", bemerkte ich und sprang auf. Und Gott ließ Jeshua nicht im Stich. Er hatte Thomas seine Worte geschenkt, die mich dazu brachten, das zu tun, was er vielleicht nicht konnte. Ich rannte zum Seeufer.

In einigem Abstand von Jeshuas zusammengekrümmter Gestalt saßen Marjam, Simon und Johannes an einem niedrigen Feuer. Jeshua kauerte neben einem Uferbusch in Richtung des stillen Wassers. Er hatte die Beine angewinkelt und seinen Kopf zwischen den Armen versteckt. Sein Rücken bebte, und eine Woge von Mitgefühl überkam mich so haltlos, dass ich auf ihn zulaufen und ihn umarmen wollte. Durch die anderen gehemmt, näherte ich mich nur langsam. Marjam richtete sich sofort auf. Sie schien erleichtert, mich zu sehen.

Johannes und Simon machten keine Anstalten, sich zu erheben, und ich spürte ein nervöses Ziehen im Bauch. Ich schaute mich um und entdeckte ein kleines Boot, das am Ufer taumelte. Ich wollte nicht unter fremden Augen mit Jeshua reden. Ich ging entschlossen zu ihm und bückte mich; meinen linken Arm schob ich unter seinen Knien durch, umfasste mit dem rechten im gleichen Moment seinen Rücken und hob ihn auf. Er bewegte seinen Kopf nicht, sondern blieb fast genauso in meinen Armen zusammengekrümmt. Es war tröstlich ihn zu tragen, zu versuchen, seine Last zu übernehmen.

Johannes und Simon starrten mich empört an. Sollten sie doch! Eine bessere Idee hatten sie offensichtlich auch nicht gehabt. Ich trat mit Jeshua auf dem Arm ans Ufer. Einen Moment lang erwog ich es, ihn einfach ins kalte Seewasser zu schmeißen, stattdessen half ich ihm in das Boot hinein.

„Was hast du vor?“, flüsterte Marjam hinter mir.

Ich drehte mich zu ihr und zuckte mit den Schultern. Sie lächelte mich schief an. Simon sah aus, als wollte er etwas sagen, aber ließ mich dann klaglos mit seinem unpässlichen Rabbi ziehen. Plötzlich war Nathanael an meiner Seite und hielt das Boot fest, damit ich einsteigen konnte.

Sein Blick sagte: *viel Glück!* Ich nickte und bestieg das schaukelnde Holz. Ich setzte mich Jeshua gegenüber hin, legte die Ruder über den Rand und bewegte das Boot auf die schützende Dunkelheit des Sees. Was ich mir dabei dachte, wusste ich nicht, ich wusste nur, hier würde uns niemand hin folgen, hier würden wir uns der Wahrheit aussetzen, wie immer sie auch aussehen mochte.

Der Mond hielt sein Gesicht der Welt abgewandt, und ich konnte Jeshua vor mir schon nicht mehr erkennen, ich konnte seine Anwesenheit nur durch die nachtschwarze Luft spüren. Sein Atem verriet kein Weinen. Als ich glaubte, weit genug gerudert zu sein, ließ ich das Boot ausgleiten und über das Wasser treiben. Die Stille war lang und dicht. Ich brauchte eine Weile, um den eisernen Griff von meiner Kehle zu lösen.

„Jeshua“, flüsterte ich und streckte unsicher eine Hand aus, um ihn zu erreichen; meine Finger streiften einen seiner Arme und fühlten den rauen Stoff seines Gewands. Der Atem vor mir wurde schwerer, Jeshua fing an zu schluchzen, so dringlich und tief, dass ich mich behutsam zu ihm beugte und seine Schulter berührte. Ich flüsterte weiter seinen Namen, weil ich nichts anderes wollte, als mein Flüstern einen Anker sein zu lassen, an dem sein Schmerz sich hochwinden konnte. Ich rutschte vorwärts und spürte, wie er mich nah an sich herankommen ließ. Ich umarmte ihn vorsichtig, brauchte diese Nähe. Ich tat es vielleicht nicht für ihn, denn ich erkannte seine Wahrheit nicht; nicht in dieser Dunkelheit.

Jetzt nahm ich seinen unregelmäßigen Atem an meinem Hals wahr, hörte das Schluchzen an meinem Ohr leise werden. Dann wurde es so lautlos und heftig, dass er in meinen Armen zuckte. Es tat weh. Er war das Leben, mein Weg. Ich umgriff ihn fester, mit einem Mal voller Furcht, ihm nicht helfen zu können, im Dunkeln zu bleiben. Ich fühlte mich mit jeder Faser schrecklich lebendig und war vollkommen auf ihn konzentriert. Es dauerte lange, bis er ruhiger wurde und seinen Kopf von meiner Schulter hob.

„Judas", sprach er; seine Stimme war wie ein Kratzen in der Stille. „Ich weiß nicht, ob ich dich bitten darf, mir all das zu verzeihen. Wie kannst du mir all das verzeihen?" Seine Stimme brach ab, traf mich tief.

„Was verzeihen?"

„Oh Judas, wie ich dich behandelt habe. Wie ich ... was ich versucht habe, nur weil ..."

Er konnte nicht weitersprechen und rang nach Luft. Ich hielt ihn weiter im Arm.

„Jeshua, was immer es sein mag, ich habe es dir bereits verziehen. Weißt du das denn nicht?", fragte ich ernst. „Und du musst mir ebenso verzeihen. Ich habe dich heute im Stich gelassen."

„Nein, nein, Judas! Das ist nicht wahr!", presste er aufgeregt hervor. „Du hast doch mit allem recht ... ich ..."

„Scht, scht, komm her." Wir rückten wieder näher aufeinander zu, bis sich unsere Oberkörper fest berührten. Das Boot schaukelte beruhigend. Meine Hand strich über sein Haar, seinen Nacken, und ich konnte nicht anders, als ihm den Hals zu küssen. Er erschauerte merklich, so dass meine Lippen sich zu seinem Mund vortasteten. Etliche Wochen hatte ich mich nach dieser Berührung gesehnt. Ich küsste seine Lippen, und er fing erneut an zu weinen. Erschrocken nahm ich meinen Mund zurück. Doch der seine drängte mir nach, und so begann ich, seine zitternden Lippen ruhig zu küssen. Irgendwann klangen die Laute, die seinem Mund entwichen, nicht

mehr nach Schluchzern, sondern nach Wohlbefinden. Hinfort waren die Trennung und die Sehnsucht jedes einzelnen Tages. Nach einer Weile legte er seine Stirn an meine Schulter und flüsterte heiser:
„Ich möchte dir so vieles erklären, Judas. Ich habe auf meiner Reise ...“
„Nicht jetzt, Jeshua.“ Ich tauchte den Ärmeln meines Gewandes in den See und wischte ihm das heiße Gesicht kühl. Still saßen wir da. Der Himmel über uns glühte mit kalten schönen Sternenpunkten.
Ich lehnte mich gegen Jeshua; allmählich entspannten wir beide uns durch die Nähe des anderen, und ich atmete sie mehr und mehr in mich hinein. Als ich das Gefühl hatte, in den Schlaf zu gleiten, hörte ich Jeshua in meinen beginnenden Traum flüstern: „Danke, dass du für mich da bist.“
Ich bewegte mich durch seine Worte wie durch warmes Wasser. Ein Gedanke schwamm durch mein Bewusstsein, bevor ich einschlief: Vielleicht war es so, und ich hatte das getan, was Gott nicht konnte.

Ich erwachte früh; das Boot trieb durch die sich auflösende Nacht. Jeshua schlief noch und atmete mit leicht geöffneten Lippen. Sein Kopf lag friedlich an meiner Schulter, ein paar braune Haarsträhnen waren ihm über das Gesicht gefallen. Ich beugte mich vor, um sacht seinen Mund zu küssen. Er lächelte im Schlaf.

Als der Morgen dunstig anbrach, beschlossen wir zum Ufer zurückzukehren, jedoch nicht zu unserem Lagerplatz, denn wir hatten uns noch einiges zu sagen. Ich steuerte eine entlegene Stelle an, zu der uns der Wind Dreiviertel des Weges in der Nacht getrieben hatte. Die Helligkeit des Tages enttarnte Jeshuas verquollenes Gesicht; ein bislang unbekannter Anblick. Er kniff die Augen gegen die aufgehende Sonne zusammen und strich sich über die gerötete Haut.

Ich lenkte das Boot ans Ufer, und wir stiegen durch das Schilf die Böschung hinauf. Ein zarter Schleier aus Insekten umgab unseren Weg.

„Ich bekomme meine Augen kaum auf", murmelte Jeshua und beschloss, sich den angestrengten Kopf im Wasser zu kühlen. Sein Gewand warf er zu Boden, und nach ein paar Schritten hatte der Tiberias ihn wieder.

Ich setzte mich in das Meer aus wilden Gräsern und schloss die Augen. Eine eigenartige Nacht lag hinter uns. Ich war gespannt darauf, wie sich all dies im Tageslicht bewähren würde, in der sichtbaren Welt, die wiederhergestellt war.

Ich hörte, wie Jeshua aus dem Wasser stieg. Als ich die Augen öffnete, zog er sich gerade sein Gewand über den Körper. Es klebte feucht an seiner Haut, die Wassertropfen rannen aus seinen dunklen Haarsträhnen und verschwanden in seinem Halsausschnitt. Wir hatten ein wichtiges Gespräch vor uns, und doch kam ich nicht von der Vorstellung los, wie es sein musste, ein Wassertropfen auf Jeshuas Haut zu sein. Er setzte sich vor mich und blickte mich an. Er lächelte nicht, sprach nicht.

„Jeshua?", fragte ich unruhig. Er blieb stumm, seine Augen dunkelten sich. Von plötzlicher Furcht erfasst, flüsterte ich eindringlich: „Jeshua, bitte, sprich mit mir ..."

Es dauerte einen Moment, ehe er den Kopf senkte und dann leicht nickte.

„Ach, Judas", begann er schließlich aufgewühlt. „Ich weiß gar nicht, wie ich anfangen soll. Ich hätte mich mit diesem Rückzug von dir beinahe selbst verraten. Doch du weißt nicht wieso, du weißt nicht ...!" Er sprang so plötzlich wieder auf, als hätte er eine Giftschlange im Gras entdeckt. Erschrocken sprang ich ebenfalls auf die Füße. Jeshua fuhr sich mit einer Hand über die nassen Haare, mit der anderen machte er eine undeutliche Geste in die Luft, die eigenartig hilflos wirkte. Dann schien er sich zu sammeln, trat auf mich zu und legte mir die Hände fest um die Schultern; sein Blick war ebenso fest.

„Judas." Seine Stimme klang ernst und tief. Ich erstarrte, konnte den Blick nicht abwenden.

„Dein und mein Schicksal scheint untrennbar miteinander verbunden, und das ist gut und soll so sein. Doch als du fort warst, kamen Visionen über mich, von dem, was sein könnte, und da, Judas, wünschte ich nichts mehr, als dass du dies niemals für mich tun wirst." Seine Stimme war wieder weicher geworden.

„Ich dachte, wenn ich ... ich könnte dich ... Ich dachte, ich würde dich und mich davor bewahren, wenn ich versuchte, noch stärker zu sein, dich nicht so sehr zu brauchen ..."

Angespannt blieb ich stehen. „Ich weiß nicht, was du gesehen hast, und ich will es auch nicht wissen, aber über mein Schicksal, Jeshua, lass mich selbst entscheiden", flüsterte ich tonlos, „das ist das einzige, das wirklich *mir* gehört."

„Ja", sagte er und nahm seine Hände von mir. Er ließ sich kraftlos wieder ins Gras sinken.

„Es war schwer ohne dich", seufzte er. „Alle meine Vertrauten habe ich ausgeschickt und stand da mit so vielen fremden

Seelen, die sich von mir führen lassen wollten. Ich dachte ‚Was tue ich hier? Was denke ich mir dabei? Wie kann ich die Verantwortung für all diese Menschen auf mich nehmen? Wie will ich ihnen zu jeder Zeit gerecht werden?'"
Er machte eine kurze Pause, und ich ließ mich ebenfalls nieder. „Da war niemand – außer meiner Mutter Maria –, der mir gesagt hat, ich solle mich ausruhen. Niemand, der von mir erwartet hat, ein Mensch zu sein. Ihr alle folgt mir, Judas, ihr alle habt damit euer Schicksal bestimmt, das ihr in meine Hände legt. Was wird auf euch warten? Wie kann ich euch darauf vorbereiten? Wie kann ich dies von euch verlangen?", endete er heiser und legte seinen Kopf auf seine Knie. Ich rückte vorsichtig näher.
„Was ist mit deinem Schicksal, Jeshua? Wer bereitet dich darauf vor? Was wird alles auf dich warten? Ist es nicht allein deine Entscheidung?" Ich legte bei meinen Worten eine Hand auf seinen Rücken.
„Und so entscheiden auch wir selbst, Jeshua. Du wählst nicht für uns, du stehst uns bei. Wir können gar nicht anders, als den Pfad weiterzuwandern, denn wir sind längst zu diesem Weg geworden. Du hast uns die Wahrheit gezeigt. Jeder von uns wird dir ewig dafür danken ...", sagte ich.
Er war bei meinem letzten Satz kurz zusammengezuckt.
„Das kannst du nicht wissen, Judas!", erwiderte er erregt.
„Doch, das weiß ich!", sprach ich mit großer Klarheit.
„Ich habe bereits entschieden, dass du mein Schicksal sein wirst, und daran wird nichts, was du versuchst zu tun, etwas ändern. Nichts, Jeshua!"
Meine Hände übten sanften Druck aus, und Jeshua gab nach und ließ sich gegen mich sinken. Ich spürte, wie die Luft aus

ihm wich, und wir fielen gemeinsam ins dichte Gras. Ich schloss die Augen und hielt ihn so fest, wie ich nur konnte.
„Und du wirst *mein* Schicksal sein“, sprach er.
„Dann sollten wir einander beistehen“, sagte ich, „mit allem, was wir aufbringen können.“
Wir lagen schweigend und unbewegt da, lauschten unseren Herzschlägen, die versuchten, sich an einen gemeinsamen Rhythmus anzupassen.
Es fiel mir schwer, an die Rückkehr zum Lagerplatz zu denken, dennoch sagte ich: „Wir sollten zu den anderen zurückkehren. Sie werden durcheinander sein.“
Jeshua seufzte. „Wir werden heute in Kefar Nahum eintreffen“, begann er leise, „und ich möchte dich bitten, dort bei mir zu wohnen. Ich brauche dich in meiner Nähe.“
Freude rann warm durch meine Adern. Ich küsste ihm die Stirn.
„Ja?“, fragte er zögernd, als könnte ich ihm diese Bitte abschlagen.
– *Ja, Rabbi.*
Er hatte meinen Gedanken vernommen, es gab wieder Wahrheit zwischen uns. Und endlich lächelte er.

Vom Boot aus sahen wir mehrere von Jeshuas Anhängern am Ufer warten. Schweigend legten wir an. Ich wusste nicht, was ich Angemessenes hätte sagen können, spürte aber, dass dies nicht meine Aufgabe war. Ich trat stumm aus dem Boot und nickte den Anwesenden zu. Ich gesellte mich unter den verunsicherten Blicken rasch zu Nathanael und Thomas; beide schauten mich beifällig an. Jeshua erklärte, dass es ihm wieder gut gehe und er mit einigem zu kämpfen hatte, was er im Laufe des Sommers erfahren hatte. Er ließ sie daran teilhaben, dass auch seine Aufgabe ihm nicht immer leichtfiel. Sie alle lächelten ihn erleichtert an.

„Jetzt würden Judas und ich uns sehr über etwas zu Essen freuen. Und dann lasst uns endlich nach Kefar Nahum aufbrechen!“

Eilfertig wurden uns Brot, Nüsse und Wasser angeboten. Wir aßen hungrig, während letzte fragende Blicke auf uns ruhten. Dann packten wir unsere Bündel zusammen und machten uns auf die Wanderung nach Kefar Nahum. Simon lächelte freudvoll bei dem Gedanken, seine Frau wieder in die Arme nehmen und in seinem eigenen Bett schlafen zu können. Für die meisten von uns war Kefar Nahum zu einem heimatlichen Ort geworden. Zwischendrin suchte Jeshua immer wieder meine Nähe und ging eine Weile neben mir. Marjam drückte mir schweigend die Hand, und nur Thomas war taktlos genug, um nach der letzten Nacht zu fragen.

„Also, Judäer!“, begann er, als wir weit genug hinter den anderen zurücklagen. „Wie hast du es geschafft, dass Jeshua wieder Jeshua ist, hm?“

Er sah mich gespannt an.

„Man erzählt sich, du hast ihn dir einfach geschnappt und in ein Boot gesteckt!“, sagte er mit beeindrucktem Unterton.

„Tja“, sagte ich unsicher, „mir ist tatsächlich nichts Besseres eingefallen. Erst wollte ich ihn in den See werfen, damit er wieder zur Besinnung kommt.“

Thomas kicherte.

„Ich kann dir gar nicht genau sagen, was ich getan habe. Ich habe einfach versucht, ihm beizustehen. Es ist bestimmt nicht leicht, ein Rabbi zu sein.“

„Das denke ich auch", sprach Thomas und senkte die Stimme. „Es hat viel Gemunkel gegeben, weil Simon meinte, du würdest den Rabbi respektlos behandeln. Ich muss sagen, Nathanael hat dich doch gewandt verteidigt."

„Ach ja?"

„Ja! Nathanael sagte – und ich zitiere wörtlich – ‚Judas ist der Einzige, der klug genug ist, den Rabbi zu verstehen.'"

Ich riss stumm den Mund auf, und Thomas lachte angetan.

„Ja, dem Argument hatte niemand etwas entgegenzusetzen, nicht mal ich."

„Guter Nathanael", murmelte ich.

„Der Bursche ist klüger, als er aussieht."

„Danke, Thomas. Für alles", sagte ich ehrlich. Er winkte grummelnd ab, grinste aber.

Plötzlich freute ich mich. Ein Freund an meiner Seite. Kefar Nahum. Und Jeshua.

Wo ein Rabbi ist, da ist Rechthaberei

– Judas –

Die Dorfgemeinschaft begrüßte uns aufgeregt bei unserer Rückkehr. Lächelnd sah ich zu, wie Naamit ihrem Mann Simon um den Hals flog, nachdem sie ihm einen Klapps auf den Hinterkopf gegeben hatte, weil sein Gewand geflickt werden musste.

Die Gruppe zerstreute sich in alle Richtungen. Jeshua wurde sogleich zu einer Heilung gerufen, die meisten anderen suchten ihre Familien auf.

Ich wusste mich kaum wieder in diesen Alltag einzufügen, deshalb fragte ich Simon und Johannes, die auf den See fahren wollten, ob sie mich mitnehmen würden. Vielleicht war es eine Gelegenheit, um der Nacht mit Jeshua und dem Boot ein wenig die Zweifelhaftigkeit zu nehmen. Die beiden schauten mich verwundert an.

„Natürlich kannst du mitfahren“, sagte Simon dann und nickte mir zu.

Ich bestieg zusammen mit Andreas das dunkle Boot, in dem bestimmt zehn Mann hätten Platz finden können. Da es windstill war, half ich beim Rudern aus. Die Bewegung tat mir gut und hielt mich vom Nachdenken ab.

Zwischen den beiden Ufern angelangt, wurden die Netze ausgeworfen. Wie sollte ich das Gespräch beginnen? Hier draußen schien nicht viel geredet zu werden.

„Fischer zu sein, ist ein guter Beruf, nicht wahr? Auf dem Wasser ist es herrlich.“

Simon schaute nur kurz auf und brummte, sein Gesicht so verschlossen wie immer.
„Hier hat man Abstand zu allem und kann gut nachdenken."
Dieser Satz schien nicht mal ein Brummen wert zu sein. Ich ließ nicht locker. „Das hat wohl auch Jeshua geholfen, als es ihm vorletzte Nacht so schlecht gegangen ist."
Aha. Johannes und Simon hielten inne. Andreas hing gerade über dem Bootsrand, um an dem Netz herumzuziehen. Ihre Blicke waren aufmerksam, aber sie ließen sich weder Neugier noch Verärgerung anmerken. Das musste reichen, ich hatte keine Lust mehr, mich mit ihnen zu unterhalten. Ich setzte mich nach hinten und geriet durch die Sonne und das flaue Plätschern der Wellen in einen träumerischen Zustand. Ich schaute auf das Ufer Kefar Nahums und die kleinen Punkte, die am Hafen gingen. Vielleicht war einer davon Jeshua. Meine Wangen wurden heiß. Und ich dachte an die Küsse, die wir vor der Aussendung am Tiberias und auch gestern Nacht auf dem Wasser getauscht hatten. Diese Art der Nähe, von der ich nicht wusste, wie eng sie werden durfte. Ich musste mich dem Gedanken stellen, weil die Aussicht auf weitere Nächte allein mit ihm Raum dafür ließ. Ich schloss die Augen. Meine Gedanken bekamen Tiefe wie der Tiberias unter mir. Nächte, Wärme, Jeshua küssen. Ich schnellte unerwartet aus den Tiefen empor, denn ich spürte, wie mein Körper auf diese Fantasien reagierte. Ich riss meine Augen auf, dachte nicht lang nach, sondern federte von meinem Platz hoch und sprang über den Bootsrand in den See. Kalt klatschte das Wasser über meinen Kopf zusammen. Ich sank ein Stück nach unten, ehe ich mich hochstrampelte. Drei Gesichter starrten entsetzt zu mir. Simon hielt mir ein Ruder entgegen. Die Kälte hatte

ihre Wirkung getan, und ich ergriff das Holz. Andreas und Simon halfen mir, mich hochzuziehen. Nass ließ ich mich wieder auf meinen Platz fallen und rieb mir das Wasser aus dem Gesicht.

„Äh“, machte ich, weil mich drei Augenpaare ansahen, als hätte ich den Verstand verloren, „mir war nur heiß, ich dachte, ich bekomme vielleicht einen Sonnenstich.“

Simon und Johannes tauschten einen Blick, der besagte, dass sie glaubten, dass ich seit jeher unter einem Sonnenstich oder Schlimmerem litt.

Der Rest der fröhlichen Fischerfahrt bestand aus Schweigen. Als wir den Hafen wieder erreichten, war ich fast getrocknet. Ich bot an, ihnen mit ihrem Fang zu helfen, aber davon wollten sie nichts wissen; sie schienen glücklich, mich los zu sein. Thomas schlenderte mir mit Marjam entgegen.

„Wer von euch ist ins Wasser gefallen?“, fragte sie.

„Niemand“, sagte ich wahrheitsgemäß. „Aber einer ist gesprungen.“

Thomas betrachtete vielsagend den nassen Saum meines Gewandes. Marjam bemühte sich, ein Lachen zu unterdrücken und ging weiter zu Simon.

„Wieso bist du von Bord gesprungen?“

„Ich habe ihre öde Gesellschaft nicht mehr ertragen.“

Thomas prustete. „Du bist verrückt! Und genau das werden Simon und Johannes genüsslich weitererzählen. Schön, dass du es nicht lassen kannst, für permanenten Aufruhr zu sorgen.“

Er klopfte mir auf den Rücken. Ja, sehr schön.

Am Strand des Tiberias traf ich Jeshua wieder. In unserer Nä-

he wuschen einige Frauen Wäsche, und hinter uns hämmerten zwei Burschen auf einem Steinblock herum und sahen dabei erschreckend ungeschickt aus.
„Du versuchst, Fische mit der Hand zu fangen?", fragte Jeshua.
Ich schüttelte den Kopf, offenbar wusste schon jeder Bescheid.
„Warum nur wolltest du so viel Wasser um dich haben?"
„Ehrlich?"
„Natürlich!"
– *Ich habe mir vorgestellt, dich zu küssen.*
Er musste sich zur Seite drehen und lachte leise. Zu meiner Verwunderung sah ich, dass er errötet war.

Als wir am frühen Abend am Feuer lagerten, saßen diejenigen, die ihre Familien lange nicht gesehen hatten, engumschlungen mit ihnen beisammen, aßen und lachten. Auch ich konnte essen und lachen, aber ohne Jeshua an meiner Seite. Ich sah zu, wie er zwischen den Lagerfeuern wechselte, nicht ohne immer wieder meinen Blick zu suchen.
Hannah, die Tochter eines Verwandten von Naamit, war den Sommer über mit Thomas gewandert. Jetzt saß sie neben mir und fragte mich schüchtern nach meiner Reise mit Marjam. Sie war ein zartes Mädchen mit runden Wangen. Ich erzählte ihr von den Heilungen und den Übergriffen der Römer, die wir beobachtet hatten.
Ein besonderes Erlebnis kam mir wieder in den Sinn, das ich versucht hatte zu vergessen. Aus der Ferne hatte ich mitansehen müssen, wie ein Mann gesteinigt worden war. Marjam hatte gerade ein Gespräch mit drei Schwestern geführt, die

unter ihrem gewalttätigen Bruder litten. Als ich bei der Steinigung angekommen war, hatte der Mann schon zerschmettert und blutig im Staub gelegen. Das Bild von dem Toten ließ auch jetzt noch mein Herz schmerzhaft zusammenkrampfen, so sehr hatte es mich an Lucius erinnert; an das letzte Mal, das ich ihn gesehen hatte, an das Gesicht, das ihm genommen worden war, unkenntlich gerissen von den Peitschenhieben.
Ein römischer Soldat war neben mich getreten, und ich hatte ihn gefragt, was der Mann denn verbrochen hätte.
„Er ist mit einem anderen Mann erwischt worden."
Der Soldat hatte mich aufmerksam angesehen.
„Was ist mit dem anderen Mann geschehen?", fragte ich bemüht ruhig. „Hier wurde nur ein Mensch gesteinigt."
„Nun, seine Götter waren gnädiger. Sie haben den hübschen Jungen verschont," sagte der Soldat und musterte mich von oben bis unten.
„Ihr Juden scheint streng, kompliziert und rachsüchtig zu sein. Das sind wir Römer nicht."
Nach diesen bedeutsam ausgesprochenen letzten Worten hatte er mich kurz am Arm gegriffen und folgende Worte in mein Ohr geflüstert: „Pass auf dich auf, Jude."
Mir wurde plötzlich kalt. Hannah blickte mich mit ihren hellbraunen Augen besorgt an.
„Ist alles in Ordnung?", fragte sie freundlich und reichte mir eine Schale Wein herüber. Simon schaute mich von jenseits des Feuers an, und mir war, als hörte ich die Frage aus ihm hallen, wie ich es geschafft hatte, den Rabbi zu trösten, und warum ich dazu eine ganze Nacht gebraucht hatte.
Als ich das nächste Mal Jeshuas Blick auf mir spürte, konnte ich ihn nicht erwidern. Ich begann mich zu fragen, ob ich Je-

shua nicht unnötiger Gefahr aussetzte. War es der bessere Weg, so wie er ihn die letzten Tage hatte gehen wollen? Meine Gefühle wurden wild in mir.
„Hannah, wir sehen uns später wieder. Ich will kurz zu Jeshua gehen."
Sie nickte scheu. Ich stand auf, aber Jeshua saß nicht mehr an seinem Platz, stattdessen stolperte ich über Thomas.
„Flüchtest du vor deiner nächsten Verehrerin, Judäer?", spöttelte er und nickte zu der von mir verlassenen Feuerstelle.
„Du sagst mir viele Verehrerinnen nach", erwiderte ich.
„Du bemerkst keine von ihnen?", fragte er mit hochgezogenen Augenbrauen. „Das ist äußerst blind für einen so scharfsichtigen Mann wie dich."
Panik kam in mir auf. Verriet mich mein Verhalten?
„Ich bemerke sie durchaus, Thomas", sagte ich und betrachtete Marjam, die zufällig gerade laut lachte. Thomas folgte meinem Blick und fragte: „Hat sich eigentlich auf eurer gemeinsamen Reise etwas zwischen euch geändert? Ich meine, siehst du nun, dass ich recht habe?"
„Ja", sagte ich zögernd, und er machte daraufhin nur ein undeutliches Geräusch.
„Aber ich bin nicht bereit, mich auf diese Weise auf sie einzulassen. Ich nehme meine derzeitigen Aufgaben sehr ernst", fügte ich deutlich hinzu.
„Tut mir leid, ich wollte dir nicht zu nahetreten, wirklich nicht."
Ich runzelte die Stirn über Thomas' plötzliche Befangenheit und erinnerte mich an unser Gespräch über meine Narben.
„Oh", sagte ich erleichtert, „du bist mir nicht zu nahegetreten. Es strengt nur an, etwas verbergen zu müssen."

Er nickte.
„Vielleicht sollte ich zu meinen Verehrerinnen zurückkehren, bevor sie sich andere Männer suchen.“
Wir traten gerade zurück in den Flammenschein, da kam uns Jeshua entgegen. Thomas verabschiedete sich murmelnd und verschwand zu Nathanael und Levi.
„Ich habe dich gesucht“, sprach Jeshua und legte eine Hand auf meinen Arm. Ich fühlte mich beobachtet und bewegte mich leicht, so dass seine Hand von meinem Ärmel rutschte. Ernst sah er mich an.
„Was ist los?“, fragte er leise und legte seine Hand auf meinen Arm zurück.
– Jeshua, können wir heute noch reden? Allein?
Er nickte.
„Ich dachte, du schläfst heute Nacht bei mir“, sagte er und blickte mich fragend an. Ich schaute hinter Jeshua zu dem Feuer, an dem Simon und Johannes saßen.
„Was ist los, Judas?“, fragte Jeshua noch einmal. „Warum kommst du nicht mit mir in die Hütte?“
„Nein!“, sagte ich so energisch, dass rechts neben uns Simon Zelotes und Martha aufblickten.
„Gut“, sagte Jeshua überrascht, „dann lass uns zum See gehen.“
Stumm drehte ich mich um und spürte Jeshuas Hand wie ein Bleigewicht auf meinem Körper.
Am See angelangt, verlor sich meine Anspannung etwas. Hier waren wir ungestört. Die Sonne war fast untergegangen und nahm alle Farben mit sich.
„Du hast meine Frage nicht beantwortet“, erinnerte mich Jeshua. Er strich mit seiner Hand meinen Ärmel hinunter und

fasste nach meinen Fingern. „Wieso willst du nicht länger bei mir übernachten?"
„Weißt du denn nicht, wie das aussieht?", fragte ich heftig und drückte seine Hand zu fest. „Weißt du, was mit Menschen wie uns gemacht wird? Jeshua, ich habe es in Judäa mitansehen müssen!"
„Was wird denn mit Menschen in Judäa gemacht, die sich lieben?", fragte er ganz ruhig.
Ich stieß die Luft aus. „Versteh doch!"
„Ja", sagte Jeshua. „Ich verstehe, dass du Angst hast."
„Ja!", rief ich kopfschüttelnd und ließ seine Hand dabei los. „Aber nicht um mich!"
„Aha?", machte Jeshua. „Also um mich?"
Ich nickte verhalten.
„Wie war noch deine Rede von heute Morgen davon, dass jeder seine eigenen Entscheidungen treffen muss?", fragte er mich. „Natürlich kannst du dich für Angst um mich entscheiden. Aber wisse, dass dies nicht noch einmal meine Entscheidung sein wird. Aus Angst heraus, Judas, ist noch nie etwas Gutes entstanden."
Die Sätze trafen mich.
„Wie soll ich mich nicht um dich sorgen?", fragte ich leise. „Ich will dich beschützen."
„Vor was denn?"
„Vor Gefahr, vor Schmerz, vor dummen Menschen!"
Jeshua schüttelte leicht den Kopf.
„Dann willst du mich vor dem Leben selbst schützen."
Ich stieß laut den Atem aus.
„Und was heißt das nun?", fragte ich verzweifelt.
„Dass wir uns lieben und keine Angst haben sollten. Ja?

Komm wieder auf meine Seite, hier ist es viel schöner, heller, wärmer und es gibt viel mehr Küsse ... Wie kannst du dich dagegen entscheiden wollen?"
Er lächelte so schön, dass ich schlucken musste.
„Wo ein Rabbi ist, da ist Rechthaberei", versuchte ich zu spotten.
Er lachte nur. „Ja, genau. Und jetzt vertrau mir, sonst fange ich womöglich wieder an zu heulen ..."
„Gott behüte uns davor!"
Er griff erneut nach meinen Fingern und zog mich sanft mit sich. Nach einer Weile sagte er: „Wenn wir beide es nicht akzeptieren, wie sollen es irgendwann andere können?"
Ich schwieg.
„Komm, wir gehen zurück zum Feuer", sagte Jeshua.
„Gib mir noch einen Moment, ja?", erwiderte ich. „Geh schon voraus."
Jeshua seufzte und löste seine Hand aus meiner. Es gab mir einen überraschenden Stich, als er meiner Aufforderung nachkam und sich abwandte.

Ich machte mich auf den Weg zum Hafen. Dort stieß ich auf Jakobus, der zwei Fischkörbe trug. Ohne große Worte nahm ich ihm einen ab und schleppte ihn ins Dorf.
Vor Simons Haus sah ich, wie Jeshua jemanden in den Armen hielt. Verwundert starrte ich über meinen Korb hinweg zu der Frau, von der Jeshua sich langsam löste. Marjam stand neben ihnen, und Jeshua winkte uns herbei.
„Meine Mutter ist zu Besuch gekommen", sagte er und lächelte in die Runde. Sein Blick blieb einen Moment auf mir haften. Verhalten und doch neugierig besah ich mir die Frau, die

Jeshua geboren hatte. Sie ging ihm bis zur Schulter und hatte ihre Haare unter einem Kopftuch versteckt, das ihr zu beiden Seiten um das Gesicht floss. Sie hatte ein hübsches rundliches Gesicht mit hellen Augen und Jeshuas Mund. Obwohl ihre Haut Risse gelebter Zeit offenbarte und unter ihrem Kopftuch eine graue Strähne zu sehen war, wirkte sie jung, vor allem wegen des Lächelns, mit dem sie ihren Sohn bedachte. Jeshua stellte uns Maria vor. Simon und Johannes hatten sie genau wie Marjam schon einmal kennengelernt. So richtete sie ihr Augenmerk schließlich auf mich; ihr Gesichtsausdruck veränderte sich leicht, wirkte argwöhnisch, und sie sah rasch zur Seite. Ich runzelte die Stirn, nahm meinen Fischkorb wieder auf und folgte Jakobus durch Simons Haus in den mittlerweile schattigen Innenhof. Naamit trat zu uns und begann, einige der Fische für das Abendessen auszunehmen. Schweigend ging ich ihr zur Hand und überließ Jeshua seinem Wiedersehen; ich wusste, dass er Maria vermisst hatte.

Als wir zu den anderen zurückgekehrt waren und die Fische über den Flammen brieten, forderte Jeshua Thomas, Levi und mich auf, sich zu ihm und Maria ans Feuer zu setzen.

„Hübsch", raunte Thomas. Ich tat, als hätte ich ihn nicht gehört und setzte mich zurückhaltend neben ihn und Levi auf eine der Strohmatten. Jeshua legte seinen Kopf schräg und lächelte mich an.

„Du siehst glücklich aus", bemerkte Maria mit einem langen Blick auf ihren Sohn, und er nickte nachdrücklich.

„Das bin ich auch."

„Du bist nicht allzu glücklich in diesem Sommer aus Nazareth fortgegangen", sprach sie etwas gedämpfter weiter und forschte in seinem Gesicht. Es verdüsterte sich sogleich.

„Sie kannten mich zu lang, um wirklich zuhören zu können. Ich bin der Sohn des Zimmermanns von nebenan und habe keine rebellischen Reden zu schwingen. Es wundert mich nicht, dass nur du hergekommen bist."

Jeshua schaute in die Runde und erzählte ein bisschen von dem, was er in diesem Sommer in seinem Heimatdorf erlebt hatte.

„Lass mich raten, Jeshua", sprach ich, „du bist wütend geworden, nicht wahr?"

Jeshua senkte gespielt beschämt den Kopf. Maria betrachtete mich abschätzend, deshalb sah ich ihr geradewegs in die Augen. Sie wandte den Blick ab, und ich fragte mich, was sie über mich denken mochte. Ich hatte lebenslange Erfahrung darin, undurchdringlich zu sein, aber jetzt gerade zweifelte ich erstmals an dieser Fähigkeit.

– Judas, ist alles in Ordnung?

Ich versuchte, nicht aufzublicken.

„Woher kommst du, Judas?", fragte Maria mich.

„Judäa, Iskarioth."

Sie nickte und wandte sich dann mit derselben Frage an Thomas.

Als Naamit in den Fischen stocherte, kam ich ihr zur Hilfe, und wir verteilten die leblosen Leiber, die noch an diesem Tage nichtsahnend durch dunkelblaue Stille geglitten waren, auf den Tellern. Während ich das helle Fleisch aß, stellte ich mir vor, wie die Stille des Tiberias mich ausfüllte.

„Jeshua, wo wird deine Mutter schlafen?", fragte Naamit und reichte zum Nachtisch ein paar getrocknete Früchte herum. „Ist in deiner Hütte noch genug Platz?"

„Natürlich", sagte er zögernd.

„Wo schläfst du eigentlich, Judas“, fragte Thomas mit einem Mal rätselnd, und ich verstand ihn absichtlich miss.
„Am See“, antwortete ich.
„Bei Andreas ist noch Platz“, sagte er sogleich und wies mit seinem Kinn in Richtung des Hauses. „Es wird langsam kälter draußen.“
„Das macht mir nichts aus.“
„Du weißt“, mischte sich Jeshua ein, „dass ich auch einen Platz für dich habe, Judas.“
Ich nickte. „Ja, danke, ich weiß.“ Ich lächelte ihm zu. Zufrieden schien er nicht zu sein. Es wurde Zeit, sich zu verabschieden, ehe es noch schwerer werden würde. Ich ließ die Feuerstellen hinter mir, holte mein Bündel, das ich mittags in Jeshuas Hütte abgelegt hatte, und lief ans dunkle Seeufer. Ich legte mich in den Sand, eine Hand auf meinem Bauch, in dem der Fisch tot durch meinen Körper schwamm.

Im Gewand eines anderen

– Jeshua –

In dieser Nacht betrat ich gemeinsam mit Maria meine Hütte. Ich entzündete die Öllampe und sah gleich, dass Judas sein Bündel mitgenommen hatte; ich seufzte.

„Was ist, mein Sohn?“, fragte Maria. Sie schaute sich mütterlich in der Hütte um, begann, einen Krug gerade zu rücken und griff nach dem Besen.

„Wärst du nicht doch lieber mit einer hübschen Frau wie Marjam zur Nacht in diesem Raum? Sie würde es hier drinnen sicherlich sehr viel wohnlicher machen, als es jetzt ist.“

„Ich werde darauf nicht antworten“, sagte ich. Sie hielt in ihrer Geschäftigkeit inne und suchte meinen Blick.

„Was ist an ihr auszusetzen? Sie wandert doch sogar an deiner Seite!“

„Ich liebe sie, das ist wahr, aber nicht auf diese Weise. Ich habe nicht vor zu heiraten.“

Maria schüttelte missbilligend den Kopf. „Wenn du sie doch liebst!“

Sie fuhr ein paar Mal mit dem Grasbesen über den festgestampften Lehmboden.

„Lass ab von dieser Idee. Zudem liebt Marjam einen anderen.“

Sie runzelte die Stirn wie eine Mutter, die ihren Sohn für besser geeignet hält und fragte: „Wen liebt sie? Ist er auch hier bei dir?“

„Judas Iskarioth.“

„Oh", machte sie und stellte den Besen weg.
„Was ist?", fragte ich. Sie griff nach dem Umhang, der auf einem Schemel lag, um ihn auszuschütteln. Er gehörte Judas.
„Nichts. Ich halte Judas Iskarioth nur für keine gute Wahl."
„Warum?", begehrte ich auf. Maria hielt mit dem Stoff im Arm inne. Ich entzog ihn unwillkürlich ihren Händen.
„Was kannst du gegen ihn haben?", fragte ich erregt. „Du kennst ihn doch gar nicht!"
Ich hielt Judas' Umhang umklammert. Sie zuckte mit der Schulter, und ich grollte: „Judas Iskarioth ist der Mensch, dem ich am rückhaltlosesten vertraue, verstehst du? Er ist der einzige unter all meinen Begleitern, der mich kennt!"
Maria musterte mich ernst und stemmte ihre Hände in die Hüften.
„Er ist keiner von den Menschen, die Glück bringen", sprach sie. Ich musste kurz die Luft anhalten, um meine Mutter nicht anzuschreien. Die Lampe flackerte auf dem Tischchen und ließ unsere Schatten an den Wänden zucken.
„Er ist für mich da!"
„Aber er ist niemand, der dich davon abhalten wird, dich eines Tages umbringen zu lassen!", sagte sie lauter als gewöhnlich und ließ die Hände von ihrem Körper gleiten. Ich atmete tief ein, um mich zu beruhigen.
„Das ist es also wieder", sagte ich und trat vor, um meine Hand auf ihre Schulter zu legen; sie wehrte sie ab und machte einen Schritt zur Seite.
„Du kannst es nicht begreifen", sagte sie kopfschüttelnd. „Du bist nicht verheiratet, du hast keine Kinder, mein Sohn. Wie sollst du also begreifen, wovor ich mich fürchte!"
Sie fuhr sich mit einer Hand über das Gesicht und sprach mit

bebender Stimme: „Heirate Marjam, gründe eine Familie, dann wirst du verstehen ...“

Ich schaute Maria an, aber sie wollte mir nicht in die Augen sehen.

„Du glaubst, eine Ehefrau würde mich davon abhalten, weiter meinen Weg zu gehen, richtig?“

Sie sagte nichts und hielt ihren Blick abgewandt.

„Das ist die Liebe, die du mir wünschst? Die mich davon abhält, derjenige zu sein, der ich sein soll? Die Liebe, die mich die Augen vor dem Leid der anderen verschließen lässt? Mutter, das ist das Gegenteil von Liebe! Das ist Angst, und ich habe kurzzeitig versucht, in ihr zu wandern, aber glaube mir, das ist nicht das Leben, das du deinem Sohn wirklich wünschst!“

Sie schlug sich beide Hände vors Gesicht.

„Aber du würdest leben!“

„Weißt du, was verrückt ist? Dass ausgerechnet Judas derjenige ist, der mich, genau wie du, um jeden Preis beschützen will! Mit ihm müsstest du dich eigentlich am besten verstehen!“

Ihr Weinen wurde leiser. Ich legte ihr meine Hand auf den Rücken. Sie krümmte sich nach vorn, so dass ich sie in meine Arme ziehen konnte.

„Ich ängstige mich um dich, mein Jeshua. Du hast diese Gewissheit in den Augen, dass du für das, woran du glaubst, alles auf dich nehmen wirst.“ Sie senkte ihren Kopf. „So wie dein Vater. Und so wie Judas Iskarioth.“

„Mutter, versuche, mich einmal nicht als deinen Jungen zu sehen, sondern als einen Mann, der seine eigenen Entscheidungen treffen kann. Und die kann ich nur aus dem Grunde treffen, weil Menschen wie du hinter mir stehen und mich lieben.“

„Oh Jeshua", schluchzte sie und gab ihren Halt auf. Ich ließ sie weinen, weil ich sie eben doch verstand.

Ich starrte in die Schatten und vermisste Judas. Maria schlief seit geraumer Zeit, ich hörte ihren leisen Atem. Es war nicht mehr weit bis zum Morgen, so stand ich auf, um hinaus in die Nacht zu treten. Der Mond zeigte nur eine schmale Sichel, und ich ging durch die Dunkelheit zum Tiberias. Es dauerte eine Weile, ehe ich einen Umriss am Boden ausmachte. Ich hockte mich neben ihn, und als ich sicher war, dass es sich um Judas handelte, legte ich mich dicht neben ihn. Er zuckte zusammen.

„Jeshua?"

„Hast du jemand anderen erwartet?", flüsterte ich zurück.

„Ja. Simon."

Ich stieß ihn in die Seite und sprach leise: „Es tut mir leid, wie alles gekommen ist."

„Du bist hier", murmelte er mit rauer Stimme. Er drehte sich zu mir und zog mich in die Arme. Ich sog seinen Duft tief in mich, als würde ich durstig aus einer Quelle trinken. *Heimat, Heimat, du hast mir so gefehlt. Wie habe ich auch nur einen Tag ohne dich sein können?* Seine Wärme sickerte sacht durch den Stoff meines Gewandes. Mein Mund suchte nach seinem, dem Geschmack seiner Lippen, verlangte so sehnsüchtig nach seinem Kuss, dass sich alles in mir zusammenzog. Seine Nähe überspülte mich, riss mich süß, tief, drängend mit sich, brachte meine Hände dazu, über seinen Rücken zu fahren, um ihn enger an mich zu ziehen. Nicht auszuhalten, nicht aufzuhalten, alles strebte nach Verbindung.

Judas war es, der es schaffte, sich aus diesem Strudel zu be-

freien. Es war die Angst, die ihn vernünftiger sein ließ als mich.
„Jeshua“, presste er mühsam hervor, „es beginnt zu dämmern.“
Leise stöhnend drückte ich mein Gesicht an seine Schulter und vermochte kaum, mich von ihm zu lösen.
„Lass uns aufstehen. Wir kühlen uns im See ab.“
Er stemmte sich vorsichtig hoch und zog mich mit auf die Beine.
„Los!“, forderte er mich auf, doch ich blieb reglos stehen und beobachtete, wie sein Schatten das Gewand abstreifte. Es verlangte mich danach zu erfahren, wie sich seine Haut auf meiner anfühlte. Judas spürte meinen Blick, er zögerte einen kurzen Moment, ehe er entschlossen in den See trat. Ich warf mein eigenes Gewand auf den Sand und genoss den Wind, der mir die erhitzte Haut kühlte, dann erst folgte ich ihm in das dunkle Wasser. Der Himmel wurde zu einem tiefen Blau, als mich die Kälte zu ernüchtern suchte. Judas verließ den See bald wieder; ich tat es ihm gleich und las das Gewand vom Boden auf.
Schließlich standen wir uns unbewegt gegenüber. Judas' Gesicht war allmählich deutlicher zu erkennen und auch sein bedauerndes Lächeln darüber, dass der Tag begann.

Das Dorf wachte murmelnd auf, ein kleiner Junge grummelte auf dem Weg zum Brunnen, ein Karren knarrte an mir vorüber und rumpelte über den steinigen Boden auf den Marktplatz zu, der Duft des ersten gebackenen Brotes am Morgen wehte mir entgegen. Und wie ich so da stand, meine Freunde, ein Teil meiner Familie in der Nähe, das Lächeln des Gelieb-

ten noch auf den Lippen, da war ich vollends eins mit dem Dasein.
Marjam trat mit langsamen Schritten ins Bild, sie trug eine Schale mit ungemahlenem Getreide unter ihrem Arm.
„Guten Morgen, Jeshua“, begrüßte sie mich freundlich. „Wo ist denn Maria?“
Ich drehte mich und zeigte in Richtung meiner Hütte. Marjam blickte mich irritiert an.
„Was ist?“, fragte ich. Sie schüttelte den Kopf und sah dem kleinen Jungen zu, der seinen Wassereimer zum Haus seiner Familie zurücktrug.
„Marjam?
„Oh nichts, Jeshua, du trägst nur Judas’ Gewand.“
Überrascht schaute ich erst sie an und dann an mir herunter.
„Wahrhaftig!“
„Ich habe es erkannt, weil ich es auf unserer Reise auf dem Rücken geflickt habe.“
Ich nickte verstehend.
„Vor Sonnenaufgang haben Judas und ich ein Morgenbad im See genommen und haben dann offenbar nach dem falschen Gewand gegriffen“, sagte ich und strich nachdenklich über den Stoff. „Es ist seltsam, im Gewand eines anderen zu gehen.“
Marjam fuhr geistesabwesend mit der Hand durch die kleinen Getreidekörner in ihrer Schale. „Er weiß es jetzt. Ich habe auf unserem Weg mit ihm gesprochen.“
„Ja?“
Sie lächelte ein wenig erleichtert, ein wenig traurig.
„Er konnte es nicht glauben“, sprach sie achselzuckend. „Er konnte nicht glauben, dass ich ihn liebe, wenn es doch einen

Menschen wie dich gibt, Jeshua."
Ich nickte seufzend. „Judas fällt es schwer, sich so zu sehen, wie wir beide es tun."
„Er hat mir erzählt, was er durchgemacht hat", sprach sie leiser weiter. „Und ich bin dankbar, dass er dich für ihn da sein lässt."
„So wie dich", erwiderte ich sanft. „Manche Wunden vermögen nur die Frauen zu versorgen."
Sie schaute zum See und nickte mir zu.
„Naamit wartet auf mich."
Im Vorbeigehen sagte sie noch: „Mal sehen, ob Judas *dein* Gewand tragen kann."
Wie sich im Laufe des Tages herausstellte, hatte er es nicht gekonnt. Gegen Mittag sah ich ihn wieder, er trug sein anderes Gewand, ergänzend dazu eine undurchdringliche Miene. Er schüttelte ärgerlich den Kopf, als er mich in seiner Kleidung erblickte. Er kam auch nicht näher, um ein Wort mit mir zu wechseln. Verbissen wandte er sich seinen Aufgaben zu und schien froh, sich körperlich betätigen zu können.
Am Nachmittag sah ich ihn und Thomas Säcke schleppen und wollte ihnen zu Hilfe kommen, da hörte ich von Thomas den Satz: „Ich verstehe nicht, wie Gott diese Folter zulassen konnte."
Die beiden nahmen meine Anwesenheit gar nicht zur Kenntnis, so sehr waren sie in ihr Gespräch vertieft.
„Aber ich werde über deine Worte nachdenken, Judas. Und du sollst wissen, dass ich dich bewundere."
„Das musst du nicht", antwortete Judas. „Ich laufe Tag für Tag gegen eine Wand, die ich Gott nenne ..."
„Aber du stehst wieder auf", merkte Thomas an.

„Meinst du, so etwas bezeichnet man als hartnäckige Dummheit?"
Thomas grinste. „Ich hörte, man nennt es Glauben."
Sie lachten beide tonlos, ehe sie sich gleichzeitig zurück an ihre Arbeit machten. Ich schloss für einen langen Moment die Augen und griff mit beiden Händen den Stoff von Judas' Gewand, als wäre er es selbst, sein Leben, seine Lasten.

Ich machte mich auf, um meine Mutter zu suchen; ich fand sie im Gespräch mit Martha und Naamit. Sie saßen im Innenhof von Simons und Andreas' Haus, entkernten Oliven und schwatzten dabei lachend. Die Sonne beleuchtete nur einen kleinen Ausschnitt ihrer Arbeit, wie Marthas hellen festen Unterarm, der gerade in das dichte Gemenge aus grünen Oliven fuhr. Maria hob ihren Kopf.
„Jeshua, mein Sohn."
Zweifelsohne sah sie mir meinen inneren Aufruhr an, denn sie stand sogleich auf. Sie lächelte Martha und Naamit zu und führte mich in Simons Haus hinein, in dem es dämmrig und kühl war.
„Mutter", begann ich und schaute kurz durch die Stube, „es geht um Judas und mich."
„Was ist mit euch?", hakte sie nach, als ich keine Worte fand.
„Wir ... Judas und ich ... sind gerade in unserer Verbindung an einer wichtigen Stelle angelangt. Ich meine ..." Ich spürte, wie die Aufregung mir die geraden Sätze stahl.
Maria sah mich verständnislos an, und ich versuchte, ruhiger zu werden.
„Judas hat einen schweren Weg hinter sich. Seine eigene Familie hat ihm so grauenvolle Dinge angetan, dass ich sie dir

nicht erzählen möchte. Es hat unendlich lang gedauert, bis er Vertrauen zu mir gefasst hat. Ein paar Tage bevor du zu uns nach Kefar Nahum gekommen bist, habe ich ihn gebeten, bei mir in der Hütte zu wohnen, um ..."

Maria ersparte mir weitere Worte, hob eine Hand an und nickte.

„Ich verstehe", sagte sie freundlich.

„Tust du das?", fragte ich hoffnungsvoll. „Ich würde dich wirklich nicht bitten, wenn nicht ..."

Wieder hob sie ihre Hand und legte sie diesmal sanft auf meine Brust.

„Du bittest nicht oft um etwas, Jeshua. Ich werde gern bei einer der Frauen übernachten. Sie haben es mir schon zahlreich angeboten, und in ihren Häusern gibt es für mich mehr zu tun als in deinem kargen Heim."

Ich verdrehte die Augen, griff nach ihrer Hand und gab einen Kuss auf ihre nach Oliven duftenden Finger.

„Fang nicht an, das Dorf nach einer Braut für mich abzusuchen, ja?"

Sie lachte unwillig und entzog mir ihre Hand, um mir auf den Arm zu klapsen, wie sie es schon getan hatte, als ich noch ihr kleiner Jeshu war.

„Eine Mutter tut, was eine Mutter tun muss", sagte sie lediglich.

„Und dein Sohn tut, was er tun muss. Nicht alle Gesetze passen auf jeden. Das ist es, was mir am Herzen liegt. Jeder sollte frei Entscheidungen treffen dürfen, und wenn diese Entscheidungen die Traditionen brechen, dann muss es so sein. Das eigene Herz sollte man nicht aufhalten."

Maria legte eine Hand an ihre Wange und schüttelte den Kopf.

„Und was sagt dein Herz dir gerade?", fragte sie.
„Dass ich Judas an meiner Seite brauche."
Schweigend zog sie ihr Kopftuch zurecht und sprach: „Ich habe Marjam beobachtet, du hast recht, sie liebt Judas. Aber er scheint sie genauso wenig ehelichen zu wollen wie du."
Ich zuckte die Schultern.
„Aus Naamits Worten hörte ich heraus, dass Simon Judas nicht so hochschätzt wie manch anderen."
Jetzt seufzte ich. „Er versteht ihn nicht."
„Mir scheint, nur wenige verstehen ihn, oder? Was ist an ihm so besonders?", fragte sie kopfschüttelnd. Dann lachte sie abfällig und sagte: „Was die jungen Mädchen an ihm besonders finden, kann ich mir denken."
Die Art ihrer Rede verärgerte mich wieder ungewollt. Doch ruhig sagte ich: „Dann sollte ich Judas beizeiten bitten, vor ihren Augen sein Gewand abzulegen. Sie werden ihn dann gewiss anders sehen. Oder glaubst du, sie werden auch für die zahllosen Narben jahrzehntelanger Folter schwärmen?"
Marias Gesichtsausdruck blieb unbestimmt.
„Und was ich so besonders an ihm finde?", fragte ich sie daraufhin. „Finde es selbst heraus, wenn du kannst."
Ich hatte nicht unfreundlich gesprochen, sie aber drehte den Kopf weg und sagte nichts mehr.
„Ich hole deine Sachen aus der Hütte und bringe sie dir. Lass mich wissen, wo du unterkommen willst, ja?"
Sie nickte, ohne mich anzusehen, und ich verließ das Dunkel des Hauses, um Judas zu finden.
Er saß nach beendeter Arbeit mit Thomas im Schatten einer Mauer und trank Wasser. Sein Gesicht war von der Schlepperei der Säcke unter der Sonne gerötet, und seine Haare glänz-

ten feucht. Die beiden blickten auf, als ich zu ihnen trat. Ich ließ mich ihnen gegenüber in der Sonne nieder, weil ich das Gespräch mit Maria in der dämmrigen Stube abschütteln wollte.

„Ich möchte dich etwas fragen, Judas", sagte ich. Er neigte den Kopf leicht.

„Dann werde ich mal ...", begann Thomas, aber ich schüttelte den Kopf.

„Bleib nur, Thomas."

Er zuckte die Schultern und sackte zurück gegen die kleine Steinmauer.

„Maria wird ab heute bei einer der Frauen schlafen, deshalb wollte ich dir anbieten, zu mir zu kommen."

Judas hielt sein Mienenspiel unter Kontrolle und strich sich die Haare auf einer Seite hinter das Ohr.

„Sollte die Familie nicht zusammenwohnen?", fragte er.

Ich nickte. „Nimmst du das Angebot also an?"

Judas' Augen verengten sich etwas, während Thomas lächelte.

„Ich denke darüber nach, danke", sagte Judas und stand auf. „Ich werde mich jetzt waschen gehen."

Und mit wenigen Schritten verschwand er aus meiner Sicht.

Unbefriedigt brachte ich zunächst Marias Bündel in Simons Haus, ehe ich zu meiner eigenen Arbeit zurückkehrte. Ich half Nathanael, der sich um einen der bettlägerigen Alten des Dorfes kümmerte. Gemeinsam verschafften wir ihm Linderung bei seinen Brustschmerzen, aber heilen würde er körperlich nicht mehr. Er wollte seinen beiden Söhnen folgen, die es bereits zu Gott gezogen hatte. Nathanael machte seine Sache gut, und ich lobte ihn aufrichtig. Verlegen stieß er einen Wasserkrug um. Danach traf ich auf Philippus, er beschäftigte sich hingebungsvoll mit einem Säugling, der schlecht Luft bekam. Die Mutter saß händeringend neben ihm in der düsteren Stube. Ein Kessel mit Suppe brodelte vor sich hin, während die angestrengten Atemzüge des kleinen Jungen sich einen Weg durch den Raum suchten. Ich trat neben Philippus und schloss die Augen. Ja, der Junge suchte etwas. Ich sah vor meinem inneren Auge, wie er die Händchen reckte und nahm Philippus sanft das Kind aus dem Arm.

„Ich weiß jetzt, wonach es sucht", sprach ich leise, und Philippus sah mich neugierig an. Die Mutter sprang auf, als ich zu dem Vorhang ging, der nach draußen führte.

„Was macht er?", fragte sie hinter mir, aber ich folgte rasch den Wünschen des Kleinen und brachte ihn ans Tageslicht. Kaum, dass der Junge die Wärme der Sonne auf dem Gesichtchen spürte, öffnete er blinzelnd die Augen und streckte seine Fäuste dem blauen Himmel entgegen. Der Atem begann sich bereits zu verändern. Ich wandte mich zur Mutter, die mit dem Tuch tief im Gesicht neben mir stand.

„Es ist ihm zu dunkel da drin, Rhea. Er braucht Licht. Siehst du, wie er es genießt? Nimm ihn öfter mit raus, solange der Sommer noch anhält."

„Er wird sich verbrennen!", protestierte sie.

„Dann lass ihn im Schatten, aber nimm ihm nicht gänzlich die Sonne. Hörst du nicht, wie sein Atem leichter wird? Nach ein paar Tagen schon wird er viel kräftiger sein."

Ich strich dem Jungen, der sich unter den Sonnenstrahlen öffnete wie eine Blüte, über das zarte Gesicht und übergab ihn dann wieder der Mutter.

„Er war so schwach nach der Geburt, da habe ich ihn im

Haus behalten", murmelte sie und runzelte die Stirn.
Philippus und ich verabschiedeten uns.
„Wie hast du es gemerkt, Rabbi?", fragte Philippus, als wir gemeinsam den Weg durch das Dorf nahmen.
„Er hat es mir gezeigt. Du hast es auch gemerkt und versucht, ihm die Wärme durch deine Hände zu geben."
Philippus nickte erstaunt.
„Siehst du?", sagte ich lächelnd. Philippus ragte groß und dünn neben mir auf. Sein Gewand schwankte mit tiefen Falten um ihn herum. Es hätte gut und gern zwei Männer seiner Statur fassen können.
„Die Mutter schien nicht sehr dankbar", sagte er dann.
„Das sollte uns nichts ausmachen. Es ist für sie schwer zu verstehen. Sie hat schon einige Kinder großgezogen, aber noch keines hat sich so verhalten wie dieses. Dadurch, dass es von Anfang an schwächer war als die anderen, hat sie es anders behandelt, mehr im Haus gelassen, aber es wenig gehalten. Ihm fehlte tatsächlich die Wärme. Es wäre schön, wenn du morgen mal nachsehen gehst, ob sie den Kleinen auch an die Sonne lässt, ja?"
Philippus versprach es.
Wir kehrten zu Simons Haus zurück; dort hatten sich ein paar von uns zum Abendessen versammelt. Judas befand sich nicht unter ihnen. Ich fragte Thomas, ob er ihn gesehen habe, aber er schüttelte nur den Kopf. Besorgt aß ich mit den anderen zu Abend.
Maria saß mit Naamit und Marjam zusammen und ließ sich zu unserem Gespräch am Mittag nichts anmerken. Sie teilte mir mit, dass sie in Simons Haus mit Marjam eine Kammer teilen würde.

Marjam setzte sich zwischendurch zu mir und fragte mich, wo Judas sei.
„Ich weiß es nicht“, sagte ich.
„Hm“, machte sie, „vielleicht braucht er Zeit für sich.“
Ich schaute ins Feuer und dachte über Licht und Schatten nach und darüber, wie es war, das Gewand eines anderen zu tragen. Mir fielen Judas’ Worte ein, die er heute mit Thomas gewechselt hatte. Ja, Gott war die Wand und gleichzeitig derjenige, der gegen sie lief. Es war schwer zu erkennen, dass man selbst die Frage war und auch die Antwort.

Als ich mich auf den Weg zu meiner Hütte machen wollte, brach Sara, die Tante des kleinen Johannes, plötzlich am Feuer zusammen. Ihr Mann Josua kniete hinter ihr. Sara krümmte ihren Leib und rief: „Jeshua!“
Ich eilte zu ihr. „Was fehlt dir, Sara?“
„Heile mich, Jeshua!“
„Was fehlt dir?“, fragte ich noch einmal, aber sie rief wieder nur nach Heilung. Einen Moment hielt ich inne, beschäftigt mit Saras Reaktion. Wie ein Vogel, der zum Flug ansetzte, verlangte ein Gefühl in mir, sich erheben zu wollen: Verärgerung.
Ich winkte Johannes zu uns. Becca und Maria Kleophas wichen von Saras Linker zurück, und Johannes ließ sich mit großen Augen dort nieder, bereit zu tun, was immer ich ihm auftragen würde.
„Leg deiner Tante die Hände auf den Bauch“, sprach ich, und Johannes nickte. Er nahm sich einen Augenblick Zeit, in sich zu gehen, bevor er seine Hände hob. Doch da hatte ihn längst Saras Schrei erreicht: „Jeshua soll mich heilen!“

Als Johannes ihr dennoch tapfer die Hände auflegte, wand sie sich und stieß ihn von sich. Geschlagen legte Johannes seine Hände in den Schoß und blickte hilfesuchend zu mir. Saras Verweigerung blies Wind unter die Schwingen meines Ärgers und ließ ihn aufsteigen.

„Sara“, sprach ich, „willst du nun Heilung erfahren oder nicht? Dein Neffe ist mit dieser Kunst seit langem vertraut.“

Wieder wimmerte Sara meinen Namen.

„Hör mir zu, Weib! Und auch ihr anderen höret!“, sprach ich mit lauter Stimme. „Wie oft habe ich es euch erklärt: Nicht der Heiler lässt die Heilung geschehen, sondern der Kranke selbst, indem er sich mit seinem Glauben auf seine Gesundung ausrichtet. Der Heiler ist dazu da, dem Kranken den Glauben an die Heilung zu stärken.“

Ich machte Anstalten, mich an Saras Seite zu setzen. Eilfertig wollte Johannes Platz machen, aber ich hielt ihn stumm am Arm und gebot ihm, sitzen zu bleiben.

Ohne Sara zu berühren, beugte ich mich zu ihr vor und sagte: „Du wirst jetzt Heilung erfahren, Sara, schließ deine Augen.“

Wie ich erwartet hatte, wurde sie augenblicklich ruhiger. Mit einem Kopfnicken forderte ich Johannes auf, seine Hände auf ihren Bauch zu legen. Diesmal hielt Johannes stirnrunzelnd inne, aber auf mein zweites Nicken hin hob er seine Hände wieder an und senkte sie langsam auf Saras Oberkörper. Ich nickte ein drittes Mal, jetzt sanfter, und Johannes wandte sein Gesicht ab und schloss die Augen. Er konzentrierte sich auf das, was er gelernt und unzählige Male angewandt hatte.

Ich selbst stand sofort auf und trat einen Schritt zurück. Ich sah, wie Thomas gespannt eine Augenbraue hochzog und Sara beobachtete.

Sara seufzte nach einiger Zeit erleichtert. Ich trat hinter Johannes und drückte ihm die Schulter. Er verstand den Wink, nahm seine Hände von ihrem Bauch und erhob sich sogleich.
„Geht es dir besser, Sara?“, fragte ich.
Sie nickte.
„Gut, dann bringt sie nun in ihre Hütte und lasst sie schlafen!“
Sofort hob sie ihr Mann Josua in seine kräftigen Arme, um sie nach Hause zu tragen.
„Ihr seht“, begann ich, „was der Glaube vermag? Nicht ich habe sie geheilt, sondern Johannes hat ihr dabei geholfen, sich selbst zu heilen. Doch er hat es in meinem Namen getan. Das ist nicht gut!“
Johannes legte unsicher den Kopf schief, so dass seine Locken seine Schulter berührten. Thomas stand nachdenklich neben ihm.
„Im Namen Gottes sollte dies geschehen, im Namen der einen Quelle! Die Kraft, die durch uns alle fließt, ist dieselbe und immer im selben Maße vorhanden. Wir müssen nur lernen, sie uns zu Nutze zu machen, versteht ihr? Ich bin nur einer unter euch, nur ein Mensch! Mein Name ist es nicht, den ihr auf den Lippen tragen sollt!“
Auf meine Worte folgte dichtes Schweigen.
„Vergesst nicht, was ihr hier heute Abend gesehen habt!“ Mit diesen Worten wandte ich mich ab und suchte die Stille der Dunkelheit.

Ungetrennt

– Judas –

Unruhig hatte ich vor Jeshuas Tür ausgeharrt, den Abend genutzt, um meine Ängste abzustreifen wie den Tag selbst.

Der anwachsende Mond zeigte mir endlich Jeshuas Silhouette. Ich sprang auf und eilte ihm entgegen.

– Ich bleibe bei dir.

Er hatte meinen Gedanken vernommen, nahm meine Hand und drückte sie fest. Dann sagte er seltsam ernst: „Lass uns für diese Nacht Kefar Nahum verlassen."

Fragend schaute ich ihn an, doch seine schattenhaften Augen gewährten keinen Einblick.

„Wenn du das willst."

Schweigend gingen wir nebeneinander zum Seeufer. Jeshua zeigte auf ein Boot; ich band das Tau los und schob es auf die Seefläche. Als Jeshua eingestiegen war, watete ich durch das kühle Wasser und schwang mich ebenfalls in das schaukelnde Boot. Ich ließ Jeshua seinen Gedanken nachhängen, ruderte ein Stück auf den See und richtete mich danach an der Uferlinie aus.

Nach einer ganzen Weile griff Jeshuas Hand zu mir herüber, drückte mein Bein und sagte: „Hier!"

Wortlos steuerte ich unser Boot auf das Land zu. Mühselig manövrierte ich es durch das dichte Schilf und brachte uns ans Ufer. Wir bahnten uns einen Weg durch die hohen Gräser, bis wir eine flache Mulde erreichten, an deren Rücken man sich bequem anlehnen konnte. Jeshua setzte sich mir gegenüber hin. Der Mondschein beleuchtete kaltblau sein Ge-

sicht und zeigte seine ernste Miene.
„Was beschäftigt dich so?“, fragte ich vorsichtig. Jeshua seufzte schwer und erzählte mir von Saras Heilung.
„Wie sollen die Menschen Vertrauen in ihre eigene Kraft finden, wenn sie nur an meine glauben?“
„Du bist greifbar für uns, Jeshua“, sagte ich. „Gott nicht.“
Jeshua seufzte wieder schwer. „Aber wie soll sich dann jemals etwas ändern?“
„Es braucht Zeit“, sagte ich und fügte halb scherzhaft hinzu: „Wo bleibt dein eigenes Vertrauen?“
Jeshua wirkte überrascht. Lange Zeit sagte er nichts und zog die Schultern immer wieder hoch.
„Frierst du?“
„Ich weiß nicht.“
„Komm her“, sagte ich und öffnete einladend meine Arme.
Lautlos kam Jeshua zu mir herüber, und ich zog ihn unter meinen Umhang. Er ließ sich gegen mich fallen. Sein Kopf rutschte auf meine Brust, und er atmete so tief aus, als hätte er ein Schaf einmal quer durch Kefar Nahum getragen.
„Du hast recht, Judas.“ Ich spürte, wie er den Kopf schüttelte. „Manchmal vergesse ich, an meine eigenen Worte zu glauben!“
„Darf ich das jetzt überall herumerzählen?“, fragte ich sanft in sein Ohr. Er blickte zu mir hoch und schmunzelte.
„Kann ich dich mit irgendetwas bestechen, damit du es nicht tust?“
„Aber ja“, flüsterte ich und küsste seinen Hals. Jeshua vermochte das Kaltblau dieser Nacht nicht länger aufrechtzuerhalten. Er war wieder derjenige, den ich zum Erröten und Seufzen bringen konnte.

„Jeshua, meinst du hier sind Menschen in der Nähe oder können wir Feuer machen?"

„Feuer?", fragte er wirr, ihm schien es in meinen Arm warm genug geworden zu sein.

„Ja, Feuer. Ich will dich sehen."

Dies entlockte ihm ein leichtes „Oh".

„Bleib sitzen, ich suche ein paar trockene Zweige zusammen", sprach ich und löste mich von ihm.

„Nein, nein", murmelte er und erhob sich ebenfalls. „Ich helfe dir."

– *Damit du schneller zu deinen Küssen kommst*, neckte ich ihn, reizenderweise stolperte Jeshua und suchte dann wortlos den Boden nach Ästen ab.

Als wir genug aufgestapelt hatten, entfachte ich ein Feuer und verscheuchte die kühlen Schatten dieser Nacht. Dicht kniete ich mich vor Jeshua hin. Ich streckte meine Hand aus und berührte so behutsam sein Gesicht, als könnte es wie Wasser zerlaufen. Jeshua versuchte, die Augen geöffnet zu halten, aber die Berührung ließ ihn immer wieder die Lider schließen. Meine Hand verließ sein Gesicht, stattdessen nahmen meine Lippen die Berührung auf. War ich Gebender oder Nehmender in diesem Moment? Denn Jeshuas Bereitschaft, vollkommen mit mir zu fallen, sein Atem, sein leises, seelentiefes Seufzen, der Duft seiner Haut erfüllten mich mit fast schmerzend schöner Sinnlichkeit. *Veränderst du mich?* Mein Mund tastete sich über seinen Hals, meine Zunge suchte den Geschmack seiner Haut. Mir war, als säßen wir in der Mitte unseres Feuers und waren nicht mehr als sich verschlingende Flammen, die vor und zurück flackerten, sich mischten, weil sie doch eines Körpers waren. Der raue Stoff zwischen uns störte die Empfindung, und ich zog an Jeshuas Gewand. Als hätte er nur auf einen Wink gewartet, der bedeutender war als der seine, schob er sich etwas zurück und befreite sich von dem Stoff, der ihn verborgen gehalten hatte. Ich tat dasselbe und rutschte wieder auf ihn zu, legte meine nackten Beine über seine. Schon diese Berührung war kaum zu ertragen. Als unsere Oberkörper sich näherten und unsere Arme einander umrundeten, musste ich innehalten, denn es war zu viel. Er, zu viel und zu schnell, versinken in Gewässern, die keinen Grund erkennen lassen. Aber wir sind es, wir. Wir sind einander das Gewässer; wenn wir fallen, dann gemeinsam. Einer für den anderen. Ich kenne weder die Tiefe von mir noch von ihm, ich weiß nur, wir werden einander halten, während wir sinken, und es gibt keinen Grund, auf den wir stoßen werden. Es gibt kein Land, kein Wasser, vielleicht nicht mal mehr Feuer. Es ist, als erweitere ich mich um ihn. *Verändere ich dich?*

Es zieht unsere Körper nach hinten, wir liegen ineinander verschlungen. Er allein gibt mir noch Form, hält mich zusammen mit seiner Umarmung und löst mich auf durch seine Bewegungen. Ich spüre seine Erregung gegen meine drücken. Ich spüre meine Lippen auf seinen, sie lassen einander nicht los, atmen Mund an Mund. Die Hände gleiten, greifen, treiben, versinken, vergessen.

Ich will einen Schrei ausstoßen, denn sonst ersticke ich vielleicht an all den Strömen, all dem Wasser, das ich nicht kannte. Und ich tue es einfach, vielleicht laut, vielleicht leise, ich weiß nicht, ich weiß nichts mehr, ich spüre nur ihn, nur mich als ihn.

Verändern wir einander?

Auch wenn ich es verhindern wollte, so schlief ich doch ein, dicht an Jeshua gedrängt. Er war es wohl, der uns zudeckte. Als ich aufwachte, lag ich noch immer nackt verschlungen mit ihm. Nackt verschlungen, festgefügt, ineinander gefunden, die andere Form, die hält, mich vervollständigt, so dass ich derjenige bin, der ich sein kann.
Ach, wären wir eins, wünschte ich, *wir könnten uns im Tageslicht als Einer erheben. Für immer ungetrennt.*

Das Feuer war längst heruntergebrannt. Doch noch war es dunkel, noch zog der Tag uns nicht grell an den neugefügten Knochen, noch war er unser, dieser Augenblick. Wir genossen stumm die pure Nähe und blieben umschlungen liegen.
– Jeshua, hast du die Macht, die Sonne heute Morgen aufzuhalten?
Er regte sich kaum, seufzte nur wohlig.
– Mir kommt es vor, als hätte ich jetzt und immer die Macht für ALLES!
Ich lächelte ungesehen.
– Dann halte den Tag auf.
Er seufzte gegen meine Haut.
– Aber dann blieben alle anderen auch im Dunkeln. Es wäre sehr egoistisch von uns.
Jetzt seufzte ich, und mein Kopfschütteln war nur eine seichte Bewegung meiner Stirn an seiner warmen Schulter.
– Du bist ein Retter der Menschen durch und durch, das lässt sich nicht mehr austreiben ...
Er blieb still; so bewegte ich meine Hand und strubbelte ihm durch die Haare.
„Glaub nicht, dass mir alle anderen wichtiger sind als du, Judas. Das darfst du nicht glauben“, flüsterte Jeshua unerwartet

aufgewühlt.
„Keine Sorge, Jeshua, ich bitte dich nicht wirklich, mir die Sonne aufzuhalten“, erwiderte ich ernst. „Ich werde niemals etwas von dir fordern. Ich weiß, wer du bist.“
Er sagte daraufhin nichts mehr, aber die Dunkelheit hatte die Gegenwart verlassen, und mir schien es, Jeshua eilte in die Zukunft. Plötzlich fragte er leise: „Was ist, wenn ich eines Tages etwas von *dir* fordern werde?“
Seine Worte erreichten mich an tiefster Stelle meiner Seele.
„Wenn du weißt, wer *ich* bin, dann brauche ich dir diese Frage nicht zu beantworten ...“, entgegnete ich sicher, und gleichzeitig wurde der Druck unserer Hände, Arme und Beine fester. Eine Woge Wirklichkeit überspülte uns, aber noch war es dunkel, noch hatten wir Zeit. Warum sie vertun, warum nicht gegen eine Zukunft angehen, die uns trennen könnte? Unsere Lippen treffen dicht aufeinander, die Körper suchen immer neuen Halt, immer engeres Untrennbar. Das, was uns verbindet, zirkelt zwischen uns, erregt uns bis in jede Faser. Und noch einmal verlieren wir und fallen, diesmal so tief, dass mir scheint, das Fleisch reißt unter meinen Fingern, diesmal so stark, dass wir spüren, wie wir auf Grund stoßen, wie wir aufkommen, dass jetzt der Tag beginnt und wir als zwei Körper gehen müssen.

TEIL IV

VERBOTEN

– Jeshua –

„Erzählst du uns heute gar nichts, Rabbi?“, fragte Johannes und sah mich erwartungsvoll an, ebenso Jakobus, Andreas und Marjam, die sich vor Simons Haus versammelt hatten. Nur Nathanael schnitt unverdrossen mit einem Messer an seinen Fingernägeln herum und beachtete mich nicht.

Ich schüttelte den Kopf, fand an diesem Morgen keine klaren Worte; sie wollten sich einfach nicht bilden lassen. Immer wieder stürzte die Erinnerung an Judas auf mich ein – an die tiefste Nähe, in der wir uns verloren und gefunden hatten.

Judas hatte mir gesagt, dass er heute nicht neben mir gehen könne. Und ich verstand ihn. Dennoch hielt ich nach ihm Ausschau, als ich meine Zeit damit verbrachte, den Türrahmen von Andreas’ Haus zu reparieren.

Gegen Mittag traf überraschender Besuch in Kefar Nahum ein. Es war Jonachaan, der Alte, den Judas in Chorazim kennengelernt hatte. Er kam in Begleitung von fünfzehn Menschen, die sich uns für eine Weile anschließen wollten.

Erfreut ihn wiederzusehen, unterhielt ich mich mit ihm, bis meine Mutter zu uns trat.

„Oh!“, rief Jonachaan, und sein Gesichtsausdruck veränderte sich jäh. Mit einem gefälligen Lächeln stellte er sich bei Maria vor und sagte: „Nun weiß ich auch, woher dieser Junge sein gutaussehendes Profil hat.“

Maria sah ihn verdutzt an und nickte dann gutmütig. Jonachaan holte zu anderen Nettigkeiten aus. Ich zog belustigt die Augenbrauen hoch, und Marjam neben mir kicherte. Maria sagte plötzlich: „Du wirst diesen neuen Gästen doch sicherlich eine Unterkunft anbieten wollen, nicht wahr, Jeshua?“ Es schwang mehr in ihren Worten mit, als ein anderer hätte heraushören können.
„Meine Hütte, natürlich“, antwortete ich, obwohl sich dumpfe Enttäuschung durch mein Herz schlich wie ein Dieb. Maria wandte sich Jonachaan zu, um ihn zu der besagten Unterkunft zu geleiten. Schweigend sah ich ihr nach. War es ihr wirklich nur um die Gastfreundschaft gegangen?
Auch Marjam schaute den beiden nach. „Meinst du, es steht eine Hochzeit ins Haus?“
Ich konnte ihr Lächeln nicht erwidern und fragte: „Marjam, würdest du mich ein Stück begleiten?“
„Selbstverständlich“, sagte sie, verwundert über meine Ernsthaftigkeit. So nahm ich Marjams Arm und führte sie aus der Gasse in Richtung des Sees. Wir gingen am Strand entlang zu den abgeschliffenen Steinblöcken, auf denen ich gern saß. Keine zwei Fuß von uns entfernt stritten sich Möwen um einen Fisch; ich wartete ihr Gezeter ab, ehe ich Marjam fragte: „Hat meine Mutter mit dir über Judas gesprochen?“
Sie sah verlegen zu mir und strich sich eine Haarsträhne aus dem Gesicht.
„Es war erst gestern Abend“, begann sie zögernd. „Sie hat mich zur Seite genommen und mich gefragt ...“ Sie stockte und schaute fort.
„Was hat sie dich gefragt, Marjam?“
Jetzt wurde sie rot.

„Ach, Jeshua, sie hat mich gefragt, ob du und ich nicht heiraten wollen."
Ich presste meine Handfläche auf den Felsen unter meinem Körper und spürte seine Unnachgiebigkeit.
„Was hast du ihr geantwortet?", fragte ich so ruhig wie möglich.
„Du weißt, was ich geantwortet habe! Dass mich ihre Frage ehrt, aber dass du mein Freund und Lehrer bist und es bleiben wirst. Daraufhin hat sie mich prüfend angesehen und gefragt, ob da ein anderer ist, mit dem ich die Ehe eingehen würde."
„Hast du es ihr gesagt?"
„Ja."
„Und?"
„Sie wollte wissen, ob Judas bereit ist, mich zur Frau zu nehmen."
Marjam nahm eine Handvoll Sand vom Boden auf und ließ die Körner gedankenverloren durch ihre Finger rieseln.
„Du musst nicht davon sprechen."
„Nein, es macht mir nichts. Ich habe ihr gesagt, dass es Judas mit mir so geht, wie es mir mit dir ergeht, Jeshua. Dass er mich als Freund ansieht."
„Und was meinte Maria dazu?"
„Sie hat gesagt ... ach, Jeshua ..."
„Du kannst es mir erzählen. Wenn ich es von dir nicht erfahre, werde ich sie selbst fragen."
Marjam seufzte leise und sagte: „Sie findet, dass die Menschen, die dir folgen, auf unnatürliche Weise zusammenleben. Sie glaubt, du würdest zu wenig auf die Tradition und unsere Ehre achten."
Ich musste mich zwingen, nicht aufzuspringen. Stattdessen

wandte ich einen Moment mein Gesicht ab und biss die Zähne fest zusammen. *Auf unnatürliche Weise!*
„Du denkst hoffentlich nicht dasselbe."
„Nein, Jeshua, sonst würde ich wohl kaum mit euch gehen. Du bist der Erste, der mir erlaubt, jemand eigenes zu sein. Ich bin nicht nur dann etwas wert, wenn ich einem Mann gehöre." Sie lächelte. „Und genau das habe ich deiner Mutter gesagt."
Überrascht musste auch ich lächeln. „Wirklich?"
Sie nickte.
„Nun, dieser ebenso unnatürliche Ungehorsam wird ihr nicht gefallen haben."
Marjam schmunzelte hübsch. „Ich habe mich vorsichtig ausgedrückt."
Ich lachte, wurde dann aber wieder ernster.
„Maria kann unsere gute Meinung von Judas nicht teilen."
„Das ist mir aufgefallen. Was mag der Grund dafür sein?"
Ich ließ meine Schultern sinken.
„Maria hat behauptet, dass Judas keiner von den Menschen ist, die Glück bringen", sprach ich leise und betrachtete die kleinen Wellen des Sees, die gegen den Strand schwappten.
„Ihre Worte hätten mich ebenso getroffen. Ich weiß, wie viel Judas dir bedeutet."
„Ja, du bist eine der Wenigen. Und du bist auch eine der Wenigen, die Judas verstehen. Ich bemerke, dass es seinetwegen Spannungen in der Gruppe gibt ..."
Mit einem Mal hatte ich das Gefühl, es endlich aussprechen zu müssen.
„Sie wissen überhaupt nicht, wie viel Judas mitträgt! Ihre Ablehnung ihm gegenüber trifft mich. Es scheint ihm nichts aus-

zumachen, aber das schmerzt mich noch mehr."

„Ich verstehe, was du meinst", sprach Marjam. „Du weißt, dass sie eifersüchtig sind, oder?"

Ich stieß lang den Atem aus, überwältigt von dem Verlangen, Judas vor dem Gerede anderer zu schützen, ihn sicher in mir zu wahren. Und doch ging es nicht.

„Behandle ich denn Judas so viel anders als den Rest der Gruppe?"

Ich suchte ihren Blick.

„Ich weiß, dass du dich bemühst, Jeshua. Es fällt mir sogar schwer mitanzusehen, wenn du Judas manchmal weniger Aufmerksamkeit schenkst als den anderen. Nach unserer Reise habe ich bemerkt, dass irgendetwas mit euch beiden nicht stimmte, und du weißt, wohin das geführt hat."

„Ja", sagte ich leise, erinnert an das Gefühl der Trennung – der Trennung von mir selbst.

„Je mehr du versuchst, alle gleich zu behandeln, desto schwerer machst du es dir und vielleicht auch den anderen."

„Was meinst du?"

„Für mich ist offensichtlich, dass Judas dein innigster Freund ist, und dass er tatsächlich der Einzige zu sein scheint, der dir helfen kann, wenn du selbst in Not bist. Und vielleicht ist er auch der Einzige, der dich an deine Grenzen bringt."

Jetzt sah ich erstaunt auf.

„Simon, Johannes und die anderen merken es; natürlich merken sie es, aber es bleibt für sie unklar." Marjam wandte für eine Weile ihr Gesicht in Richtung des windstillen Wassers.

„Und für dich? Bleibt es für dich auch unklar?"

Ich würde nicht verschweigen, was sie zu wissen benötigte.

„Nein", sprach sie entschieden. „Es ist wichtig für Judas, dass er dich hat. Dass ihr einander habt."

„Ja."

„Es wird schon alles gut werden, Jeshua. Irgendwann werden auch die anderen erkennen, was wir in Judas sehen."

Wir schwiegen. Und in dieses Schweigen hinein wuchs die Erkenntnis, dass es eine unendlich lange Zeit dauern würde, bis alle Welt verstehen würde, was ich verstand: dass Judas den schwersten Teil mit mir trug und tragen würde.

Ich war an diesem Tage nicht fähig, mich in Judas' Nähe zu beobachten, dazu lagen zu viele Eindrücke hinter mir, die ich noch nicht hatte auskosten können.

Abends am Feuer merkte ich, wie sehr Judas sich bemühte, nichts von mir zu verlangen. Ich spürte all das, was er zurückhielt. Wir mussten etwas in uns behalten, das eigentlich hinausströmen wollte. Wenn es hinausströmte, dann müsste es doch für alle gut sein! Die einzige Frage war: Wie konnte ich etwas teilen, an dem ich bislang selbst kaum Anteil hatte nehmen dürfen?

Maria beobachtete mich, ab und an spürte ich auch Marjams Blick auf mir, und zum ersten Mal wusste ich nicht mehr, wie es noch länger gehen sollte, dass wir zwei waren, aber diese Aufgabe nur wie *Einer* würden schaffen können.

Ich weiß nicht, ob Judas etwas von dem Durcheinander in meinem Kopf auffing, aber an diesem Abend, umrundet von so vielen Menschen, die ich liebte, fühlte ich mich einsam und ... entzwei.

Ich sah keine Möglichkeit, mit Judas allein zu sprechen. Wir lagerten mit einigen anderen zur Nacht in Simons Innenhof, drei Körper zwischen uns. Ich fragte mich, ob diese drei Menschen nicht von den Gedanken heimgesucht wurden, die zwischen Judas und mir hin und her wogten wie Meereswellen, von unseren Erinnerungen engster Nähe. Es war schön. Und es war schwer.

Am nächsten Morgen erwachte ich früh. Es war noch dunkel, und in der Ferne schien Donner zu grollen. Ich zog meinen Umhang um die Schultern und wartete still bis zur Morgendämmerung.

Als sich im Osten der schwarze Schleier hob, sah ich Simon in den Innenhof treten. Ich erhob mich und sprach leise mit ihm über das Wetter.

„Naamits Hüfte schmerzt", sagte er. „Es wird regnen."

Ich musste lächeln, denn die meisten Fischer fragten, was denn Naamits Hüfte sagte. Sowohl Simon als auch ich hatten versucht, sie zu heilen, doch sie hatte sich gewehrt und gesagt, es wäre unbezahlbar für die Frau eines Fischers, das Wetter voraussagen zu können.

Simon zog mich ins Haus, und Naamit bereitete uns ein kleines Frühstück.

„Ja", sagte sie, „es wird Regen geben, und das schon ziemlich früh."

Ich widersprach nicht und ging in den Hof zurück, um die anderen zu wecken. Der Himmel hatte ein neues Dunkel angenommen, das Dunkel eines Unwetters.

Ich sah nachdenklich auf Judas' schlafende Gestalt. Bilder drängten sich in meinen Kopf, von einem Reiter, der durch den Regen jagte.

Ich durchquerte das Dämmerlicht und hockte mich neben Judas, der sich von rechts nach links drehte. Ich strich ihm die

Haare aus dem Gesicht, und er erwachte.

„Ein Traum“, flüsterte ich und dachte an die Bilder, die der warnende Donner heraufbeschworen hatte. Er nickte. Ich ließ meine Hand auf seiner Stirn, die sich leicht verschwitzt anfühlte.

„Geht es dir gut?“, fragte ich. Er nickte noch einmal.

„Sieht so aus, als würden wir heute Besuch bekommen“, sagte ich, und Judas schaute erstaunt zu mir auf.

„Du meinst ...?“

„Ja.“

Nathanael neben uns bewegte sich, Thomas auf der anderen Seite ebenfalls.

– Jeshua, empfängst du deine Botschaften auf diese Weise?

– Manchmal ja. Es ist immer anders.

– Also nicht Gottes hallende Stimme in dir, die verkündet, was du wissen musst?

Ich schmunzelte.

– Doch, auch.

Jetzt hörte ich Judas leise lachen. Nathanael brummte und hob unwillig den Kopf.

„Ist es schon Zeit aufzustehen?“, murmelte er.

„Für dich, Nathanael“, sagte ich, „ist es immer Zeit aufzustehen.“

Judas lachte lauter, Nathanael grummelte, und Thomas schlug die Augen auf.

„Gilt das auch für mich?“, fragte er verschlafen.

„Natürlich“, kam Judas mir zuvor. Thomas stieß ihn mit dem Ellenbogen in die Seite und legte sich eine Hand über das Gesicht. In diesem Moment begann es zu regnen, weshalb es niemandem mehr schwerfiel, sich zu erheben.

Judas schaute belustigt in den dunklen Himmel und dann zu mir. Ich zuckte mit den Schultern. Wir lachten.

Da ein leichter Sturm aufgekommen war, verbrachten wir den Großteil des Vormittags bei Simon im Haus. Die Frauen halfen Naamit bei der Arbeit; ich flickte gemeinsam mit Simon eines seiner Netze und spürte Judas' Unruhe wachsen. Ich freute mich auf den Augenblick, wenn er bemerkte, dass jeder von uns Botschaften empfangen konnte, nicht nur ich.

Erst gegen Nachmittag hörten wir vor dem Haus Geräusche. Judas sprang als Erster auf. Er spähte hinaus und sah mich schließlich verblüfft an. Er griff nach seinem Umhang. Ich folgte ihm nach draußen, ebenso Johannes. Die anderen scharten sich im Türrahmen und hatten keine Lust, in den Regen zu treten.

Vor dem Haus thronte auf Davids schwarzem Körper kein anderer als Marcus Iunius. Judas lief ihm entgegen und ergriff wie gewohnt Davids Zügel. Er lehnte seinen Kopf an den des Pferdes, erst dann war er höflich genug, Marcus willkommen zu heißen. Ich ging zu ihnen. Die regenfrische Luft war eine Wohltat nach der Zeit im Haus, kühlte angenehm mein Gesicht.

„Marcus!", begrüßte ich ihn. „Wenn du dich bei diesem Wetter zu uns aufgemacht hast, bringst du sicherlich eine dringende Nachricht."

Er blickte mich mit kindlichem Unglauben an.

„Komm", sagte ich zu ihm und rieb über die nasse Flanke des Pferdes, „wir können uns drinnen unterhalten."

Er stieg ab, und Judas sprach: „Ich werde David versorgen." Ohne ein weiteres Wort zog er ihn in Richtung Stall.

Marcus folgte mir zu Simons Haus und duckte sich tief, um durch die Tür zu gelangen. Er sah sich zurückhaltend in der Stube um, in der Nathanael, Thomas, jetzt auch wieder Johannes, Simon, Naamit und Marjam saßen.
„Wer ihn noch nicht kennt", sagte ich und legte ihm eine Hand auf den Rücken, „dies ist Marcus Iunius, ein Freund aus Sepphoris."
Simon zeigte sofort Gastfreundschaft. Er nahm Marcus den Umhang ab und hängte ihn ans Feuer. Dann bat er ihn, Platz zu nehmen, um ihm die Füße in warmem Wasser zu waschen. Marcus wirkte, als hätte man ihn in eine zu kleine Umgebung versetzt. Er saß etwas geduckt auf einem Schemel und schaute sich scheu um. Als er schließlich mit Essen und Wein versorgt war, erschien auch Judas. Er entledigte sich seines nassen Umhangs und warf ihn neben die Tür. Er stellte sich neben mich und sah Marcus fragend an.
„Äh ...", begann Marcus, sich der Aufmerksamkeit aller Anwesenden bewusst, und ließ seinen Weinbecher sinken; das Tongefäß verschwand fast in seiner großen Hand.
„Sprich nur!", forderte ich ihn auf. „Was du zu sagen hast, können alle hören."
„Äh, in Sepphoris war ich auf einem Gelage ..." Marcus schluckte, ehe er fortfuhr. „Und mir ist einiges zu Ohren gekommen, was dich betrifft, Jeshua."
Ich nickte ihm aufmunternd zu.
„Ich hörte von Herodes Antipas ... Also nein, ich hörte es vom Statthalter ..."
„Pilatus?", warf Judas ungeduldig ein. Marcus nickte.
„Er sagt, du rufst die Leute zum Aufstand auf."
Gemurmel erhob sich im Raum.

„Ist das die Nachricht, die du mir zukommen lassen wolltest?“, fragte ich. Marcus straffte die Schultern, schüttelte den Kopf und sprach: „Sie haben ein Verbot erlassen: Du wirst verfolgt werden, wenn du je wieder einen Fuß nach Judäa setzt.“

Unruhe war in den Raum gebrochen wie eine heftige Windböe.

„Was?!“, rief Judas und stieß mit dem Arm gegen Nathanaels Schulter, der seit dem Morgengrauen zum ersten Mal wirklich wach zu sein schien. Marjam saß versteinert neben ihm und hatte eine Hand erschrocken über ihren Mund gelegt.

„Ist das gewiss?“, fragte ich Marcus.

„So ist es beschlossen worden. Ich dachte, wenn ich sofort losreite und es dir sage, hast du die Möglichkeit, dich zu schützen.“

„Danke“, sagte ich. „Das ist eine gute Nachricht!“

„Gute Nachricht?“, fragte Judas und griff sich an die Stirn. Marcus sah mich ebenso fassungslos an.

„Ja. Wenn wir als Bedrohung gelten, heißt das, die Botschaft war laut genug, wir sind gehört worden.“

Johannes kauerte sich ängstlich zusammen.

„Macht euch keine Sorgen“, sagte ich und schaute in die Runde. Judas hatte sein Gesicht abgewandt. Der Rest starrte mich blass an. „Das Schlimmste wäre doch, wenn unsere Botschaft ganz nutzlos versandet, zu einem Kadaver in der Wüste wird, der verrottet und verschwindet. Je mehr Menschen an unser Wort glauben, desto weniger werden die Machthaber des Landes uns missachten können.“

Thomas sagte leise: „Ich verstehe, was du meinst, und du hast

bestimmt recht, aber was ist ..."
„... mit deinem Schutz?" vollendete Judas den Satz. Thomas nickte kaum merklich.
„Wenn wir in Judäa nicht mehr willkommen sind, haben wir dort unsere Pflicht erfüllt. Der Same, den wir gesetzt haben, wird weiterwachsen."
Thomas und Judas sahen einander nachdenklich an, und ich richtete mein Augenmerk auf Marcus.
„Du hast uns einen sehr großen Dienst erwiesen. Denn ich möchte mit denjenigen sprechen, die im Besitz der vermeintlichen Macht über unser Land und unser Volk sind. Und jetzt weiß ich, wie nah wir diesem Ziel bereits gekommen sind."
Ich klopfte Marcus auf den Rücken, und er schaute verwundert auf den Holztisch vor sich.
Mein Blick wanderte zu Judas. Er verdrehte die Augen und schüttelte leicht den Kopf. „Ich werde noch mal nach David sehen."
Er nahm seinen Umhang vom Boden und verließ das Haus.
„Oh, der Gaul ist hier!", sagte Thomas, schnalzte mit der Zunge und erhob sich ebenfalls. „Dann werde ich wohl auch mal guten Tag sagen."
Wie ein Freund es tun sollte, empfahl Thomas sich in den Regen hinaus.
Marcus sah sich unwohl um, und ich versuchte, ihm das Gefühl zu geben, willkommen zu sein. Ich begann, über unser Leben in Kefar Nahum zu reden und bemühte mich, zwischen ihm und den Menschen, die mit uns beisammensaßen, zu vermitteln. Marcus hörte aufmerksam zu. Als Simon und Marjam sich mit Naamit unterhielten und Nathanael wieder vor sich hindöste, beugte sich Marcus zu mir und sagte:

„Auch ich muss dir danken. Das, was du mir gesagt hast, als ich das letzte Mal bei dir war ..." Hoffnungsvoll ließ er den Satz offen.
„Setzen wir uns doch dort herüber", sagte ich und griff nach meiner Wasserschale. Marcus sank neben mich auf eine hölzerne Bank, die unter seinem Gewicht bedenklich knarrte.
„Wie ist es dir ergangen, Marcus?"
Er sah sich kurz nach den anderen um, ehe er antwortete: „Du hast mir Mut gemacht. Seitdem ich weiß, dass es keine Krankheit ist, fühle ich mich viel leichter."
„Das ist gut", sagte ich.
„Und wie geht es Judas?" Er schaute bei diesen Worten zur Seite und errötete leicht.
„Das kannst du ihn selbst fragen", entgegnete ich, denn in diesem Moment ging die Tür auf, und Judas und Thomas erschienen. Sie setzten sich zu uns, und Judas begann, Marcus noch einmal genau zu befragen, was er in Erfahrung gebracht hatte. Schließlich lehnte er sich zurück und blickte mich lange an.
– Sorge dich nicht um mich, Judas.
– Einer muss es ja tun.
– Dann überlasse es Gott. Im Gegensatz zu dir kann er nicht die Aufgabe übernehmen, mich zu küssen.
Judas lächelte nicht.

Die Welt hatte sich von den Unruhen des letzten Tages nicht stören lassen. Ein sorglos blauer Himmel zeigte sich, als ich das Haus verließ. Marcus folgte mir geduckt durch den niedrigen Türrahmen und streckte sich in der frischen Morgenluft.
„Ich breche jetzt auf", sagte er. „Weißt du, wo Judas ist?"

„Ich bin mir sicher, dass er die Nacht im Stall verbracht hat.“
Ich hatte auf eine Gelegenheit gehofft, ihn allein zu sehen; um darüber zu reden, was geschehen war, und zu vergessen, was vor uns lag. Doch Marcus’ Botschaft hatte Johannes derart aufgewühlt, dass ich mit ihm in der Stube geblieben war.
Marcus senkte den Kopf und sprach leise: „Er vermisst sein Pferd.“ Es war nicht zu übersehen, dass er sich wünschte, er hätte Judas ebenso sehr gefehlt. Ich legte ihm eine Hand auf den Rücken.
„Dann weißt du ja, dass er David nur einem besonderen Freund anvertraut hätte.“
Marcus schaute auf und lächelte mich dankbar an.
Tatsächlich hatte Judas im Stall geschlafen. Die Nacht hatte ihre Schatten auf seinem Gesicht hinterlassen; der Anblick versetzte mir einen Stich. Ich wollte zu ihm gehen, doch er schüttelte unmerklich den Kopf und reichte Davids Zügel an Marcus weiter.
Marcus stieg in dem Augenblick auf das Pferd, als sich Maria und Marjam näherten. Ich bemerkte Marias eindringlichen Blick auf die Gestalt hoch zu Ross. Meine Mutter begrüßte mich zwar, fand aber ansonsten keine Worte für mich. Während ich Marcus davonreiten sah, überfiel mich der Wunsch, Kefar Nahum ebenfalls zu verlassen. Sehnsucht nach der weiten Stille einer Wanderung brannte unversehens in mir. Ich brauchte Abstand von dem Dorf, von meinen Verpflichtungen, um über das weitere Vorgehen zu entscheiden. Ich wandte meinen Blick erst Judas zu, dann Maria, mein Herz voller Fragen. Hier würde ich keine Antworten finden.

Ich machte mich noch an diesem Morgen gemeinsam mit Judas und vier weiteren Begleitern auf den Weg in den Norden; unter ihnen Philippus und Thomas, beide stammten aus Caesarea Philippi und würden gute Vermittler zwischen den griechisch sprechenden Menschen und uns sein. Die Fischer waren in Kefar Nahum geblieben, um die letzten milden Tage zu nutzen. Marjam hatte sich entschlossen, Maria Gesellschaft zu leisten, und keine weitere Frau mochte sich unserer Reise anschließen.

Thomas trat an Judas' Seite, doch beide schwiegen. Da auch ich kein Gespräch suchte, fiel ich hinter ihnen zurück, vertieft darin, einen Fuß vor den anderen zu setzen, über grüne Hügel, entlang des blauen Wassers. Mit jedem Schritt ließ ich mich los und das Leben ein. Bis ich nur noch jemand war, der ging.

MUTTER

– Judas –

Ich hatte den Albtraum nicht aufhalten können. *Jerusalem.* Das Zentrum Judäas. In der Nacht nach Marcus' Ankündigung war ich durch Jerusalems Straßen gerannt, wie so oft zuvor, um das Allerheiligste zu schützen. Jetzt wusste ich, dass ich kein Artefakt schützen wollte, nichts, was der Tempel für das Allerheiligste hielt.

Als wir den nördlichen Teil des Tiberias umrundet und den Jordan hinter Betsaida Julias überschritten hatten, atmete ich auf. Jetzt befanden wir uns im Herrschaftsgebiet des Herodes Philippus. Im Gegensatz zu seinem Bruder Antipas war er für seine Toleranz und Güte bekannt.

Wir mieden die großen Straßen und hielten uns links vom Jordan, der uns am Hule-See vorbei zu den Golanhöhen führte. Den ganzen Weg über ging Thomas neben mir, wir redeten nicht. Nur einmal, als wir zur Nacht rasteten, sprach er leise einen Satz zu mir: „Die Sache ist größer und gefährlicher geworden, als wir uns das je hätten vorstellen können, nicht wahr?"

„Ja", stieß ich hervor, erleichtert, dieses Gefühl mit jemandem teilen zu können.

Jeshua ließ ich auf dieser Reise zur Ruhe kommen, genau wie mich selbst. Ich ahnte, wie dringend er einen Rückzug brauchte, um seine Seele zu stärken. Und seine Seele war sein Schlüssel zu Gott. Ich musste darauf vertrauen, dass er weiterhin die richtigen Entscheidungen traf. Dass er in Sicherheit blieb. Hin und wieder schweifte mein Blick zu ihm, wie er durch die üp-

pig grüne Landschaft wanderte, ganz in sich und seinen Weg versunken. Wenn er aufsah, schenkte ich ihm ein Lächeln. Er erwiderte das Geschenk.
In Caesarea Philippi angekommen, streifte Jeshua das Schweigen der Wanderung leichtherzig ab. Von einem tiefen, stillen Brunnen wandelte er sich zu einem sprudelnden Quell, der die Menschen einlud, sich an ihm zu laben. So weit in den Norden reichte der Schatten Jerusalems nicht. Hier, im ehemaligen Paneas, wo ein Schrein dem Gott Pan geweiht war, trafen wir aufgeschlossene Menschen an, die ähnlich wie Thomas und Philippus unvoreingenommen dem Neuen gegenüberstanden. Jeshua teilte den Herzschlag dieser Stadt und tauchte in ihren Trubel ein. Es war berauschend, seinen Worten zu lauschen. Schon eine ganze Weile hatte ich ihn nicht mehr zu einer so großen Menge reden hören und bemerkte, dass die Schüchternheit der frühen Tage vollkommen verflogen und die Kraft, mit der er sprach, noch eindringlicher, noch leuchtender geworden war.
Wir blieben mehrere Tage in Caesarea Philippi, und sowohl Nathanael als auch Jakobus kamen bei Verwandten von Philippus unter. Thomas jedoch bestand darauf, Jeshua und mich bei seiner Familie unterzubringen.
„Bei meinen Eltern geht es gerade laut zu. Aber mein Vetter besitzt ein Haus hier ganz in der Nähe. Zurzeit sind sie bei der Familie seiner Frau zu Besuch. Ich könnte mir denken, Jeshua, dass du einen ruhigen Ort bevorzugen würdest."
Jeshua nahm das Angebot erfreut an, und Thomas forderte uns auf, ihm in den westlichen Teil der Stadt zu folgen. Als Jeshua meine Verwunderung über diese abgeschiedene Unterkunft bemerkte, lachte er stumm und sandte mir einen einzi-

gen Gedanken zu: *Darum habe ich gebeten.*
Thomas führte uns durch die kleinen Gassen, die nach Alltag und Leben rochen, zu einem bescheidenen Haus und sperrte uns die Tür auf. Kühl, dämmrig und von angenehmer Einfachheit war es in der Stube. Als Thomas uns allein ließ, um zu seiner Familie zurückzukehren, standen Jeshua und ich uns einen Moment lang bewegungslos gegenüber. Dann lächelte er. Mein Körper schien mit einem Mal zu eng für all das, was ich fühlte und hatte zurückhalten müssen. Wir machten gleichzeitig einen Schritt vorwärts, öffneten die Arme.
Eine fast zu schmerzliche Freude durchzog Herz und Seele, ankerte im Körper. Wir begannen uns zu küssen, den gleichen Atem zu nehmen. Das Außen verlor sich innerhalb der Kraft, die uns aufeinander zutrieb. Alles schwankte, vergaß sich, wir befreiten uns von der letzten Hülle, und ich klammerte mich so fest an ihn wie er sich an mich. *Lass nicht los.* Wir durften wieder fallen, es gab keine Welt mehr außer unser Einander. Seine Hände bahnten sich Pfade über meinen Körper, bewegten ihn wie der Wind die reifen Felder. Ich erwiderte die Bewegung. Näher, näher. Ich hörte nur noch seinen Atem mich lenken. *Halt mich.* Wir sanken hinab, unaufhaltsam ineinander.

Tagsüber genoss ich es, ihn auf dem Marktplatz reden zu hören, zu spüren, wie er den Geist der Menschen veränderte. Es klang in mir nach, denn auch mich hatte er verändert. Die Nächte lagen wir Haut an Haut; einem Fieber gleich, mit dem wir uns gegenseitig ansteckten. Wir ließen es so lange zwischen uns aufflackern, bis es keine Trennung mehr gab.
„Ich wünschte, ich könnte am Ende aller Tage deine schönste Erinnerung sein", flüsterte er in der letzten Nacht in meinen

Schlaf hinein, tiefernst und sehnsüchtig.
Du bist es jetzt schon, wollte ich meinen Gedanken an ihn formen, aber er zerlief in meinem Traum, löste sich ungehört auf.

Der Heimweg fiel mir schwer, jeder Schritt hatte etwas Endgültiges; wir näherten uns Jerusalem, der Macht, die Jeshua herausgefordert hatte.
Eine der Nächte im Freien lagen Jeshua und ich dicht beieinander in der Dunkelheit, die Hand des anderen haltend.
– *Wirst du nach Judäa gehen?,* fragte ich ihn still. Es dauerte eine Weile, bis er antwortete.
– *Vorerst nicht, Judas.*
Wir schwiegen, aber seine Hand umklammerte die meine fester.
Vorerst nicht, sagte ich mir mit jedem Atemzug und jedem Schritt, der aus der Gegenwart hinausführte in die ungewisse Zukunft.

Nach insgesamt zwei Wochen kehrten wir nach Kefar Nahum zurück. Obwohl es ein freundlicher Tag war, schien eine Schwere über dem Dorf zu hängen wie dichter Rauch. Am Brunnen trafen wir Marjam.
„Jeshua!", rief sie erleichtert und ließ ihren Wassereimer fallen.
„Das nenn ich eine angemessene Begrüßung", flüsterte Thomas mir zu. Doch Marjams Gesichtsausdruck verriet einen Aufruhr, der nichts mit ihrer Wiedersehensfreude zu tun hatte. Sie griff nach Jeshuas Händen und sprach: „Deiner Mutter geht es nicht gut! Sie klagt seit Tagen über starke Leibschmerzen."

„Wo ist sie?“, fragte er. Ich merkte ihm seine Besorgnis an und auch den Vorwurf, den er sich selbst machte.
„In Simons Haus. Naamit und ich kümmern uns um sie“, sprach Marjam.
Jeshua nickte und griff nach dem Wassereimer. Gemeinsam machten sie sich auf den Weg.
Wir anderen folgten ihnen und brachten die Ware aus Caesarea Philippi, die Thomas’ Familie uns günstig verkauft hatte, zu Andreas ins Haus; dort rasteten wir eine Weile und unterhielten uns mit ihm und Levi über unsere Reise.

Jeshua weilte den ganzen Nachmittag über bei Maria, so hielt ich im Dorf nach dem alten Jonachaan Ausschau. Vor der Synagoge kam er mir entgegen, und ich zog ihn zur Seite. Wir setzten uns auf einen leeren Karren.
„Hat Maria während unserer Abwesenheit von Marcus’ Ankündigung erfahren?“, fragte ich ihn direkt.
„Natürlich hat sie das! Was ihr Kinder immer denkt!“
Ich schaute ihn betroffen an. Jonachaan rümpfte die Nase, so dass sein Gesicht sich in Falten legte und einer getrockneten Feige glich.
„Ist sie ernsthaft krank?“
„Sie klagt über starke Bauchschmerzen, und wie deine hübsche Marjam mir sagte, behält sie kaum etwas bei sich ...“
„Nun“, sagte ich zuversichtlich, „Jeshua wird sie heilen.“
Jonachaans Gesichtszüge glätteten sich sogleich wieder.
„Dieser Junge ist wirklich etwas Besonderes!“, begann er zu schwärmen. „Und seine Mutter erst! Das ist eine ganz, ganz wunderbare Frau.“
Ich musste über seinen Eifer lächeln.

„Willst du ihr zukünftiger Ehemann werden, Jonachaan?“ Empört schaute er mich an. „Als wäre mir dieser Gedanke in den Sinn gekommen!“
„Mir scheint, dass du nichts anderes im Sinn hast!“
Er empörte sich noch ein wenig, grinste dann aber.
„Eine gute Frau, ja, das muss ich sagen. Aber so ein alter Knochen wie ich hat keiner mehr viel zu geben“, sagte er und schaute zwei Frauen hinterher, die schwatzend an uns vorübergingen. Dann sah er wieder zu mir und sagte:
„Ich werde Kefar Nahum erst verlassen, wenn Maria sich wieder besser fühlt.“

Am Abend kam Jeshua zu uns ans Feuer.
„Ihr geht es immer noch schlecht“, sprach er leise zu mir.
„Hat sie mit dir geredet?“, fragte ich.
„Kaum. Ich habe versucht, ihr Linderung zu verschaffen, aber ich habe das Gefühl, es nur schlimmer zu machen.“
Er sah elend aus und lehnte die Schale Eintopf ab, die Sara ihm herüberreichen wollte. Jeshua blieb tief in Gedanken, und ich merkte, wie er irgendwann näher rückte, so dass sich unsere Körper berührten. Ich drängte die ewige Furcht aus meinem Herzen und legte einen Arm um seine Schulter. Dankbar lehnte er sich gegen mich.
Als ich kurz meinen Blick hob, sah ich keinen Argwohn in den Gesichtern der Anwesenden; alle wussten, dass er sich um seine Mutter sorgte. Jeshua saß nicht lang bei uns, es zog ihn an Marias Bett zurück.
Um in seiner Nähe zu bleiben, lagerte ich in dieser Nacht draußen in Simons Innenhof, ebenso wie Thomas. Die Stimmung um uns herum war so gedrückt, dass auch wir schwiegen.

Am nächsten Tag verließ Jeshua das Haus nicht. Mehrfach schaute ich vorbei, doch Naamit schüttelte den Kopf, als ich fragte, ob ich etwas tun könne. Nur einmal am Abend kam Jeshua heraus und machte sich auf den Weg zum See, um ein Bad zu nehmen. Die Sonne war gerade untergegangen, hatte den Himmel blassrot und grau gefärbt.

Auf dem Rückweg winkte er mich zu sich. Er blieb neben mir stehen und schaute zu Simons Haus. Sein nasses Haar fiel dunkel auf seine Schultern.

„Was soll ich nur machen? Meine Mutter bleibt krank, weil sie an ihrer Sorge um mich festhält. Sie kann sehr starrsinnig sein."

„Ich hätte nicht gedacht, dass Starrsinn in eurer Familie liegt!"

Jeshua lachte nicht; sein Blick weilte noch immer auf den Mauern, hinter denen Maria sich quälte. Ich ließ meine Hand gegen seine baumeln und strich über seine Finger. Er senkte den Kopf und erwiderte meine Berührung.

„Was willst du jetzt tun?", fragte ich leise.

Er seufzte. „Sie ist meine Mutter, ich will nicht, dass sie leidet. Aber ich kann auch nicht ihr zuliebe aufgeben, was ich tue, oder? Ich meine ..." Jeshua bewegte unruhig seine Schultern.

„Du willst jetzt wieder reingehen, nicht wahr?"

„Ja", sagte er zerstreut, „das werde ich wohl."

„Wenn du mich brauchst ..."

„Ja", sagte er herzenstief, „das weiß ich, Judas."

Auf einmal lächelte er doch.

Am abendlichen Feuer waren wir alle still. Jonachaan erzählte über sein Leben in Chorazim, aber niemand, nicht einmal ich selbst, versuchte, die Stimmung aufzuheitern. Ich dachte über

Jeshuas Worte nach. Was konnte er tun, wenn er selbst der Grund ihrer Krankheit war? Würde Maria tatsächlich gesunden, wenn er seine Aufgabe niederlegte und nach Hause käme?
Mit einem Mal spürte ich so tiefes Verständnis für ihre Situation, dass mein eigener Bauch sich zusammenzog.
Thomas fragte laut: „Haben wir noch Wein?"
Nathanael nickte. Er kam mit dem Weinschlauch herüber, setzte sich neben mich, und der Wein wanderte im Gleichtakt zwischen uns dreien hin und her. Und da ich in der Mitte saß, war ich schließlich am betrunkensten.

Die Nacht war ruhig, der nächste Morgen ziemlich dumpf. Bedrückt trat Jeshua aus Simons Haus.
„Nicht besser?", fragte ich.
„Nein", sagte er. „Ich weiß nicht, was ich tun soll!"
Jeshua sah aus, als hätte ihm jemand die Sonne aus dem Gesicht gewaschen, zum Vorschein kamen dunkle Schatten auf fahler Haut.
„Jeshua, wenn es durch deine Anwesenheit gerade nicht besser wird, dann solltest du vielleicht ..."
„Was?", fragte er sogleich, als hoffte er, jemand würde diese Verantwortung mit ihm teilen.
„Du könntest selbst Ruhe gebrauchen. Vielleicht suchst du dir ein ruhiges Plätzchen am See und schläfst. Solange würde ich mich gern zu Maria setzen."
Er hob erstaunt die Augenbrauen.
„Jeshua, ich weiß, sie mag mich nicht sonderlich, aber ich werde gut auf sie achtgeben. Einverstanden?"
„Ja", sagte er dankbar. „Einverstanden."

Ich sammelte mich einen Moment, ehe ich das Haus betrat. Naamit sah überrascht zu mir, und ich sagte ihr, dass ich Jeshua ablösen wolle. Sie nickte und wies auf das hintere Zimmer. Ich zog den Vorhang beiseite. Eine Schwere hing über dem abgedunkelten Raum, trieb mir wie Unwetterwolken entgegen. Marjam saß auf einem Schemel neben Marias Lager und betupfte ihr mit einem Tuch die Stirn.

„Du bist es“, flüsterte sie.

„Ich werde Jeshua ablösen. Du solltest dich auch ausruhen.“

„Ja? Wirklich?“, fragte sie skeptisch. Es schien wohl dorfbekannt zu sein, dass Maria nicht viel von mir hielt.

„Ja.“ Sogleich merkte ich, dass es das Richtige war, bei ihr zu sein. „Es ist mir wichtig.“

„Ah“, sagte sie. „Gut.“ Marjam legte den feuchten Lappen nieder und erhob sich.

Zögernd trat ich an das Bett und setzte mich auf den Schemel. Maria hatte die Augen geschlossen. Ihre Lider zuckten, ihre Hände fuhren wieder und wieder über ihren Bauch; man sah ihr deutlich an, dass sie Krämpfe hatte.

„Maria“, sagte ich ruhig, „ich bin es, Judas Iskarioth. Ich hoffe, es ist dir recht, dass ich für eine Weile an deinem Lager wache. Jeshua sah erschöpft aus, und ich dachte, es ist gut für ihn, wenn er etwas schläft. Er macht sich große Sorgen um dich.“

Maria öffnete die Augen, doch ich konnte den Ausdruck in ihnen nicht deuten. Sie wandte den Kopf ab.

„Sag, wenn dir meine Gesellschaft unangenehm ist.“

Als sie nicht sprach, entschied ich zu bleiben und das Schweigen auszuhalten. Die Zeit verklumpte in dieser säuerlich riechenden Verzweiflung, die jeden Winkel der Kammer zu füllen schien, schlich sich in das Versteck, in dem meine eigene Sorge um Jeshua lauerte – sie erhob sich aus dem dunklen Meer der Furcht. Ich legte die Hände auf den Bauch, unfähig, sie noch länger zurückzudrängen.

„Es ist unerträglich, ihm dabei zuzusehen, oder?“, durchbrachen meine Worte die geronnene Stille.

Das Strohbett, auf dem Maria lag, raschelte leise. Sie schaute mich durch das Dämmerlicht an, ihr Blick wund und bitter. Der Schmerz verdichtete sich, so dass meine eigenen Verluste sich aus seinem Fleisch formten, Gegenwart wurden. Ich schluckte hart gegen die Erinnerungen an und sehnte mich doch nach ihrer Befreiung.

„Ich habe keine Kinder, Maria“, begann ich die Sprachlosigkeit niederzuringen. „Aber ich habe meine kleine Schwester aufgezogen. Sie war von Anfang an krank, und man konnte ahnen, dass sie jung sterben würde.“ Meine Stimme klang eigenartig dumpf, gefangen in dem toten Raum der Vergangenheit.

„Meine Mutter hat ihre Ehe und auch Channahs Leid nicht ertragen und etwas getan, das ich ihr bis heute schwer vergeben kann: Sie hat sich das Leben genommen und uns alleingelassen.“

Ich hielt einen Moment inne, umklammerte meine Finger, um die kindliche Ohnmacht abzuschütteln. Entschlossen sprach ich weiter: „Ich war für Channah da, bis zu ihrem Ende. Und ich weiß jetzt, dass ich jemand bin, der aushalten kann.“

Ich suchte Marias Blick; er irrte umher, dennoch schien sie mir zuzuhören.

„Jeshua braucht unsere Unterstützung. Es gibt nicht viele Menschen, von denen er Hilfe annimmt. Es gab sogar eine

Zeit, in der er versucht hat, niemanden zu brauchen." Ich lachte traurig. „Und warum? Weil er *uns* beschützen will."

Maria starrte zur Wand, ihre Finger waren in die dünne Decke über ihrem Unterleib gekrampft.

„Glaub mir, Maria, ich täte nichts lieber, als Jeshua an einen sicheren Ort zu bringen, damit er ein behütetes Leben führt. Doch er würde sehr unglücklich werden. Weil er eine Aufgabe hat! Er kann sich nicht zurückziehen, wenn andere leiden. Er kann nicht ignorieren, wer er ist und was er weiß."

Von dem plötzlichen Drang erfasst, Jeshua helfen zu wollen, atmete ich so heftig ein, dass mein Bauch zitterte. Ich erhob mich von dem Schemel und kniete mich auf den Rand von Marias Lager.

„Jeshua liebt dich! Und Jeshua braucht dich! Und gerade ist er sehr verstört. Wenn du von ihm verlangen würdest, sein jetziges Leben aufzugeben, würde er es vielleicht tun. Um dein Leiden zu lindern, verstehst du? Und dann wäre die Situation irgendwann umgekehrt, Maria. Jeshua würde daran kranken. Du würdest zusehen müssen, wie das Lächeln aus seinem Gesicht schwindet und wie all das Wissen, das in ihm ist, versiegt und ihn verdorren lässt", sprach ich eindringlich.

„Sicherlich bliebe ihm mancher Schmerz erspart, doch mit dem tiefsten müsste er leben. Und ich glaube nicht, dass du das mitansehen könntest. So wenig wie ich."

Ich atmete jetzt ruhiger und betrachtete Marias eingefallenes Gesicht, ihre aufeinandergepressten Lippen.

„Jeshua und du seid einander sehr ähnlich. Ihr besitzt große innere Stärke. Aber eine noch größere Sturheit. "

Marias ungläubiger Blick traf mich. Ich lächelte unwillkürlich und zuckte mit den Schultern.

„Ich bin nicht so stark ...“, brach sie rau flüsternd ihr Schweigen. „Ich bin nicht so stark wie er. Und offenbar auch nicht so selbstlos.“

Ich widerstand der Versuchung, meine Hand auf ihre zu legen.

„Ich will ihn gehen lassen. Ich *habe* ihn gehen lassen!“, fuhr sie mit kräftigerer Stimme fort. „Ich kann nicht noch mehr ertragen. Ich kann nicht ...“

Da griff ich doch nach ihrer Hand. Maria ließ es zu und weinte still.

„Mein Jeshu ... Mein schöner, guter, lieber Sohn! Wieso muss er sich mit dem ganzen Land anlegen? Das ist zu viel! Wenn es schon ein Verbot gibt, Judäa zu betreten, dann kann er jeden Tag irgendwo umgebracht werden!“

Sie rollte sich zusammen, ihre Fingernägel drückten hart in meine Hand. Es war, als wenn ein Verlies sich öffnete – Maria schluchzte gewaltsam all den Schmerz hinaus, der sich tagelang in ihren Bauch gekrallt hatte. Stumm harrte ich aus, bis sie sich beruhigt hatte. Erschöpft wandte sie sich schließlich auf den Rücken.

„Wie soll ich ihn loslassen?“, setzte sie erneut zu reden an. „Er ist doch mein Sohn. Ich weiß, dass er etwas Besonderes ist, aber er ist nur ein Mensch, er ist ein Zimmermann, er ... er ...“ Dann sagte sie ermattet: „Er ist der Sohn seines Vaters.“ Mit diesen Worten kamen viele stumme Tränen.

„Ich weiß, was mit seinem Vater geschehen ist“, sprach ich zögernd. „Jeshua hat mir davon erzählt. Du hast ihn sehr geliebt und konntest ihn nicht beschützen.“

Plötzlich kam wieder Bewegung in Maria, sie bäumte sich auf. Ihr Gesicht zeigte eine Hilflosigkeit darüber, die Liebsten

nicht behüten zu können. Ihre Qual traf mich bis ins Innerste.
„Maria ...“, stotterte ich, „auch in meinem Leben gab es einen geliebten Menschen, der eines grausamen Todes gestorben ist und den ich nicht beschützen konnte. Ich lebe noch immer mit dem Schuldgefühl, dass es vielleicht sogar meine Liebe war, durch die er dies schlimme Schicksal erfahren hat.“
Lucius, dachte ich, *mein Lucius*. Ich selbst hielt dem Dunkel der Vergangenheit nicht länger stand, beugte mich nach vorn und fing zu weinen an, still, ungewollt, über längst Vergrabenes. Auf einmal merkte ich, dass Maria meine Hand warm in ihre nahm. Wir hielten uns aneinander fest, so als könnten wir uns vor all dem bewahren, was bereits hinter uns lag.
Es dauerte lange, bis der Schmerz seinen Weg hinausgefunden hatte. Er verließ uns, um sich in den finsteren Ecken des Raumes zu verstecken – darauf lauernd, wieder in den Körper geatmet zu werden.
„Du liebst ihn, ja?“, fragte Maria leise.
„Ich liebe ihn. Ich liebe ihn“, sprach ich mit aller Innigkeit, die ich für Jeshua empfand.
„Du wirst auf ihn achtgeben?“ Ihre Stimme klang rissig und schwach.
„Ja, Maria, ich passe auf ihn auf. Ich werde versuchen, alles zu tun, was Jeshua von mir verlangt, aber ich werde auch versuchen, ihn so gut ich kann zu schützen.“
„Ja“, sagte sie erschöpft. „Ich glaube dir.“
Aus geschwollenen Augen sah sie mich an. „Doch vergiss nicht, auch auf *dich* zu achten, mein Junge.“ Diese sanften, mütterlichen Worte ließen mir, ohne dass ich es aufhalten konnte, wieder Tränen über die Wangen fließen.
„Für deinen Sohn da zu sein, ihn lieben zu dürfen, ist alles,

was ich brauche."
Maria setzte sich mühsam auf und wischte mir mit einer Hand die Tränen von den Wangen. Für einen Moment drückte ich mein Gesicht in ihre Handfläche und erahnte, was es hieß, eine wahrhafte Mutter zu haben, die dich bedingungslos liebt, die für dich da ist. Und die bleibt.
„Eine Mutter kann viele Söhne haben, hörst du?"
Mir wurde die Kehle eng, und ich nickte in ihre Handfläche.
„Und jetzt geh zu Jeshua, und sag ihm, dass ich aufstehen möchte."
Maria nahm ihre Hand von meiner Wange. Verlegenheit war zwischen uns entstanden, so erhob ich mich benommen und verließ den Raum.

In der Stube sagte ich zu Naamit: „Ich hole Jeshua. Maria geht es besser."
Sie schaute überrascht, füllte sogleich eine Tonschale mit klarer Suppe und eilte hinter den Vorhang.
Ich ging geradewegs zum See, bemüht, niemanden anzuschauen. Hier im Tageslicht, am sonnigen Ufer des Wassers, war ich beschämt davon, dass ich meine Gefühle so ungehemmt gezeigt hatte. Ich war es nicht gewohnt. Und ich wusste mit dem Danach nicht umzugehen. Ich tauchte mein Gesicht mehrmals in das kalte Wasser und war dann bereit, nach Jeshua zu suchen.

Während ich umherlief, fiel mir ein, dass er mir gesagt hatte, dass Entfernung keine Rolle spiele. Ich blieb stehen, schloss die Augen und rief ihn in Gedanken. Ich stellte mir vor, wie meine Stimme sich in alle Richtungen streckte und ihn erreichte. Meine Gedanken zeigten auch den Platz, an dem ich mich befand; die beiden Felsblöcke am Strand, auf denen er manchmal saß. Es dauerte nicht lang, bis ich Schritte auf den Steinen knirschen hörte und Jeshua vor mir stand. Das Sonnenlicht zeichnete hell und klar die kummervollen Linien seiner Erschöpfung nach.

„Judas, was ist los?", fragte er mit besorgter Miene und musterte meine geröteten Augen.

„Deiner Mutter geht es besser", beeilte ich mich zu sagen, um seine Sorgenfalten zu glätten.

„Es geht ihr besser?!" Ungläubig sah er mich an und schüttelte den Kopf.

„Aber wie ist es geschehen?"

„Ich weiß nicht genau." Ich rieb mir mit einer Hand über den Nacken. „Vielleicht fragst du sie. Du sollst gleich zu ihr kommen, sie möchte die Stube verlassen."

Jeshua nickte mit einer Mischung aus Verstörung und Begeisterung.

„Ja, gut!"

Ungestüm drückte er mich an sich und lief dann den Strand hinauf. Ich schaute ihm hinterher, und die Art, wie er lief, erinnerte mich an einen Jungen. Einen Augenblick lang war es mir möglich, ihn so zu sehen, wie Maria es getan hatte: als ihren kleinen Jeshu. Ich sah, wie er vorwärtslief und musste die Augen schließen, weil mir noch einmal die Tränen kamen.

Der Freund

– Judas –

Eine feine, aber merkliche Veränderung war vorgegangen. Als die anderen sahen, wie glücklich Jeshua über Marias Genesung war und sich langsam herumsprach, dass ich etwas mit ihrer Heilung zu tun hatte, fiel mir als erstes Naamits Blick auf. Er war anerkennend, und auch Simon schien mich neu zu mustern. Und als Maria sich am Abend nach draußen ans Feuer setzte, umringten uns viele freundliche Gesichter.

Jeshua lächelte den ganzen Abend über. Er drückte ständig meine Hand; er rückte von Marias Seite wieder an meine, stieß mich andauernd mit dem Ellenbogen an und lachte. Er legte mir sogar für eine ganze Weile den Arm um die Schulter. Mir kam es fast vor, als wären wir ein Paar wie jedes andere. Ich schien in die Familie aufgenommen worden – auch deswegen lächelte Jeshua.

Maria und ich waren verlegen im Umgang miteinander, wir saßen zwar friedlich zusammen, wechselten aber kaum ein Wort. Wir hatten uns voreinander zutiefst entblößt.

Am folgenden Tag beschloss Maria, nach Hause zurückzukehren, um sich um ihre anderen Söhne zu kümmern. Sie meinte, dass diese wahrscheinlich in ihrer Abwesenheit alles heruntergewirtschaftet hätten. Jeshua erbot sich sofort, sie nach Hause zu geleiten, aber sie schüttelte den Kopf.

„Du hast hier viel zu tun, mein Sohn, ein anderer kann mit mir nach Nazareth reisen."

Ruhig schaute sie ihm in die Augen. Ich hatte ein Lächeln für

ihr Verständnis erwartet, doch Jeshua sah mit einem Mal ernst aus und blickte erst sie und dann mich an. Er legte einen Arm um ihre Schulter und streckte seine andere Hand nach mir aus. Beunruhigt trat ich näher, auch Maria runzelte die Stirn.
„Ja, ich habe noch einiges hier in Galiläa zu tun“, sagte er, „doch in einigen Monaten werde ich nach Judäa gehen.“
Seine Worte rauschten in meinen Ohren wie ein jäher Sturm. Maria sog erschrocken die Luft ein. Jeshua schaute entschlossen von einem zum anderen und zog uns gleichzeitig näher zu sich. Einen langen Augenblick blieben wir so stehen, bekamen Zeit, die Nachricht, vor der wir uns gefürchtet hatten, anzunehmen. Da weder Maria noch ich Jeshuas Vertrauen in uns erschüttern wollten, nickten wir schließlich, und tiefe Dankbarkeit erhellte seinen Blick. Er zog uns noch fester an sich. Er brauchte uns, und wir gaben ihm diese unerhört schwere Freiheit zu tun, was er für richtig hielt.
Maria machte sich zuerst von ihm los und sagte brüsk: „Nun, wir haben alle viel zu tun! Es wird bald Zeit für mich aufzubrechen.“
Mich erfasste der Drang, Marcus in Sepphoris aufzusuchen und nach Neuigkeiten zu fragen. So erbot ich mich, Maria nach Nazareth zu bringen. Sie schien erfreut und wollte gern am nächsten Tag in Begleitung von Marjam und mir ihren Heimweg antreten. Jeshua drückte meinen Arm; er verstand, dass ich meine Furcht durch Taten lindern wollte.

Früh am nächsten Morgen brachen wir auf. Jeshua begleitete uns ein Stück bis zum Dorfrand, verabschiedete sich innig von seiner Mutter und ebenso von Marjam und mir. Hier im Dämmerlicht umschlang ich ihn fest und dachte einen letzten

Gedanken in ihn hinein.
– *Den ganzen Weg über wirst du bei mir sein.*
– *Und du bei mir.*

Zu Beginn der Reise schien Marjam sich zu wundern, wie still Maria und ich waren, doch überließ sie uns unserem Schweigen. Als wir Nazareth erreichten, änderte sich Marias Stimmung, und sie deutete auf verschiedene Plätze, mit denen sie Erinnerungen verband: die Steinmauer, von der Jeshua heruntergefallen war und sich das Knie aufgeschlagen hatte, eine Wiese, auf welcher der dreijährige Jeshua von einem Ziegenbock gejagt worden war.
Es tat ihr gut, sich an die Vergangenheit zu erinnern. Ich stellte viele Fragen zu Jeshuas Kindheit, denn mir tat es ebenso wohl, ihren Geschichten zu lauschen, mehr über den kleinen Jeshu zu erfahren und gemeinsam mit Marjam und ihr über seine kindlichen Abenteuer zu lachen und über seine frühe Selbstständigkeit zu staunen.

In ihrem Zuhause angekommen, begrüßte Maria ihre anwesenden Söhne. Sie hießen Jakobus, Judas und Joses. Mir fiel auf, dass sie Jeshua nicht besonders ähnlich sahen. Sie alle hatten dunkle Augen und kamen offenbar mehr nach ihrem Vater Josef. Sie nahmen uns freundlich auf, doch bemerkte ich aus ihren Unterhaltungen, dass sie Marias einsame Reise nach Kefar Nahum nicht unterstützt hatten und Unmut über ihr langes Wegbleiben äußerten. Jakobus – der Älteste von ihnen – fragte: „Und hat dein Aufenthalt sich wenigstens gelohnt? Hast du ihn zur Vernunft bringen können? Seit seinem Besuch im Sommer glaube ich wirklich, dass er sich mit sei-

nem Gerede nur Ärger einhandelt!"
„Nun, Sohn", erwiderte Maria und straffte sich, „tatsächlich habe ich versucht, Jeshua von diesem gefährlichen Weg abzubringen, musste aber feststellen, dass ich kein Recht dazu habe. Jeshua weiß, was er tut." Ihr Blick wanderte kurz zu mir. „Ich will ihm vertrauen."
Jakobus war ein hochgewachsener Mann mit kantigem Gesicht. Er presste die Zähne aufeinander, so dass seine Kieferknochen noch stärker hervortraten, und schüttelte den Kopf.
„Du hast ihn immer machen lassen, was er wollte, Mutter. Ich weiß nicht, ob das richtig war."
„Aber ich", mischte ich mich ein, und Jakobus sah erstaunt zu mir.
„Ich habe deinen Bruder lange Zeit beobachten können und glaube an sein Vorhaben. Es ist vielleicht nicht immer leicht, seinen Weg zu verstehen, aber er tut das, was nur *er* tun kann."
Marjam stimmte mir zu, und Jakobus' Frau betrachtete sie schüchtern. Das Mädchen saß schweigend neben dem Herd und nähte an einem Gewand. Jakobus beachtete sie kaum, so wenig wie Marjam, und ich musste an Jeshuas Worte über seine Halbgeschwister denken: dass in vielerlei Hinsicht eine große Kluft zwischen ihnen lag. Jakobus' Denken schien fest in unserer jüdischen Tradition verwurzelt zu sein; er hatte wenig Verständnis für Jeshuas unheilvolle „Launen", wie er sich ausdrückte. Diese hatten im Sommer zu viel Streit geführt. Sicherlich war es für Jeshuas Brüder nicht leicht, sich mit seinem Weg auseinanderzusetzen. Sie mussten Jeshua entweder verteidigen oder das Gespött und den Zorn der Nachbarn über sich ergehen lassen. Und sich sorgen.

Da ich weder Zeit noch Lust auf eine Debatte über Jeshua hatte, verabschiedete ich mich bald, um nach Sepphoris weiterzugehen; es war nicht mehr allzu weit. Jeshuas kleiner Bruder Judas bot mir an, mich mit den Mauleseln zu begleiten. Ich nahm sein Angebot an, obwohl ich mir bereits nach wenigen Augenblicken wünschte, zu Fuß gehen zu können. Das bucklige Tier schleppte sich langsam und wenig begeistert vorwärts. Seufzend dachte ich an David.

Judas war sehr viel friedfertiger als Jakobus, und es war angenehm, dass er nicht über Jeshua diskutieren wollte. Nur zwischendurch fragte er: „Es geht ihm wirklich gut, ja?"

„Das tut es."

„Wirst du ihm Grüße von mir ausrichten?"

„Aber natürlich! Er wird sich freuen."

Er lächelte, und wir ritten schweigend weiter. Ich spürte eine Welle der Zuneigung für diesen anderen Judas.

Herzlich verabschiedete ich mich von ihm. Dann streckte ich mich stöhnend und versuchte, den Maultierritt zu vergessen. Ich bewegte mich auf die volle, laute Pracht Sepphoris' zu. Mit jedem Schritt stieg die alte Beklommenheit in mir auf, wenn ich an Marcus' Warnung dachte. Und noch stärker pochte sie durch meinen Körper bei dem Gedanken, dass Jeshua genau dorthin gehen wollte, wo er gesucht wurde. Dass all die Wege, die er bereits gegangen war, letztlich zum Herzen aller Dinge führen mussten.

„Judas?" Marcus sah mich erfreut an. Ein Diener hatte mich in ein sonniges Zimmer seines Hauses geleitet. Es schien eine Art Arbeitsraum zu sein, denn Schriftrollen lagen kreuz und quer über einem niedrigen Pult.

„Ist etwas passiert?“, fragte er und erhob sich sogleich.
„Nein, nein“, sagte ich rasch. „Ich hatte auf halbem Weg hierher etwas zu tun.“
Er begann zu strahlen.
„Das ist ja eine Überraschung!“
Ich konnte dieses Lächeln nicht erwidern, ehe ich nicht meine Frage gestellt hatte: „Hast du etwas Neues erfahren, das Jeshua wissen sollte?“
Seine Miene wurde ebenfalls ernst, und er trat auf mich zu.
„Nein, Judas. Ich hätte sogleich einen Boten geschickt, das kannst du mir glauben!“
„Danke“, sagte ich und hätte erleichtert sein sollen, doch die Beklommenheit blieb. Zumindest gab es keine Verschlechterung der Lage.
„Wirst du mit mir zu Abend essen, Judas, ja?“, fragte Marcus mich und riss mich aus meinen Gedanken. Ich nickte.
„Ich lasse dir ein Bad bereiten, dann kannst du dich ein wenig ausruhen.“
Er drehte sich im Zimmer umher und überlegte laut: „Hm, was soll es denn geben? Vielleicht Fisch und Pasteten?“
Er klopfte mir begeistert auf die Schulter, ehe er den Raum verließ und mir einen Diener schickte. Dieser hieß Gaius; er war älter als ich, fast kahlköpfig und von kräftiger Statur. Schweigend geleitete er mich zum *balneum*.
Ich wartete bis Gaius den Baderaum verlassen hatte, dann entkleidete ich mich und versenkte mich in dem dampfenden, wunderbar duftenden Wasser. War das eine Wohltat! Ich blieb unmäßig lang in dieser entspannenden Wärme liegen, genoss es, allein zu sein. Ein höfliches Räuspern des Dieners ließ mich die Augen öffnen.

„Wenn der Herr massiert zu werden wünscht, stehe ich gern bereit“, sprach er freundlich. Ich dachte an die Narben und daran, dass ein anderer Mensch mir zu Diensten sein sollte. Aber ich wusste auch, wie unhöflich es Marcus gegenüber war abzulehnen.
„Bitte nenne mich Judas. Und vielen Dank, ich würde gern massiert werden.“
Gaius senkte den Blick und reichte mir ein weißes Tuch, mit dem ich mich abtrocknen konnte; unsicher entstieg ich dem Marmorbecken und schlang mir das Tuch um die Hüften. Ich folgte Gaius in den nächsten Raum. Als er sich zu mir drehte und auf den hohen Tisch deutete, sah ich es nur kurz in seinen Augen zucken; vorbildlich ließ er sich nichts anmerken. Ich biss meine Zähne zusammen und legte mich dann bäuchlings auf den Tisch, der mit einem warmen Tuch bedeckt war. Ohne Verzögerung griffen seine Hände zu und rieben mit gewärmtem Öl über meine Haut. Ich hielt es nicht lang durch, verspannt zu bleiben, da mir der teils starke Druck des Öfteren den Atem nahm. Er kniff und knetete jede Elle meines Rückens durch, und ich spürte, wie ein Teil meiner Last von mir abfiel.
„Judas?“, kam Marcus’ Stimme aus der Tiefe des anliegenden Raumes. „Bist du fertig?“
„Ja, gleich“, murmelte ich.
Einen Moment hörte ich nichts mehr und dann ein erschrockenes: „Bei allen Göttern!“
Gaius‘ Hände beendeten ihre Arbeit. Ich biss noch einmal die Zähne zusammen und setzte mich auf. Ich zog das Tuch fester um meinen Körper.
Marcus stand mit entsetztem Gesichtsausdruck vor mir und

starrte mich an.
„Was ... was ... ist passiert?"
Ich rutschte vom Tisch und blieb vor ihm stehen. Gaius hatte den Raum verlassen.
„Darf ich vorstellen?", fragte ich und deutete mit beiden Händen auf meinen Oberkörper. „Meine Familie."
Marcus' Blick glitt über Lavernias Muster.
„Meine Tante", sagte ich und drehte mich um. „Mein Onkel und mein Vater."
Ich langte nach meinem Gewand. „Ich würde mich jetzt gern anziehen."
„Äh, ja ... natürlich, Judas, natürlich, ich ... äh ... gut ..."
Er verließ das *balneum*, und ich schloss die Augen.

Im Speiseraum stand Marcus mit dem Rücken zu mir am Fenster. Wir waren allein, kein Diener wartete neben der reichgedeckten Tafel. Da Marcus sich nicht umdrehte, sprach ich fragend seinen Namen aus. Er rührte sich nicht, seine Arme hatte er vor der Brust verschränkt, und sein breites Kreuz wirkte massiv wie das eines Gladiators. Unschlüssig ging ich zu ihm. Mit zusammengezogenen Brauen blickte er in die Nacht hinaus.
„Marcus?"
Überrascht bemerkte ich, wie Tränen aus seinen Augenwinkeln rannen, aber sein Gesichtsausdruck sich kein bisschen veränderte.
Ohne mich anzusehen, fragte er: „Hat Jeshua dir geholfen?"
„Ja", antwortete ich. „Das tut er noch."
Marcus nickte.
„Er ist etwas Besonderes", sprach er rau.

„Ja", bestätigte ich leise. Und weil ich in Marcus mittlerweile einen Freund sah, fragte ich ihn, ob wir uns einen ungestörten Platz für ein Gespräch suchen könnten.
Bevor er mich aus dem Speiseraum führte, griff er nach einer Weinkaraffe und zwei Bechern. Einige Schlucke starken Wein konnte auch ich jetzt vertragen. Wir gelangten in das dämmrig beleuchtete Zimmer mit dem in den Marmor eingelassenen Wasserstreifen und setzten uns auf die roten Polster. Marcus hantierte umständlich mit der Karaffe herum, ich nahm sie ihm ab und schenkte die Becher voll. Schweigend saßen wir nebeneinander an die Kissen gelehnt und schauten zu, wie die kleinen Lampen das Wasser am Boden golden schimmern ließen. Der Wein war hervorragend würzig und glättete die scharfen Kanten des bisherigen Tages.
„Weißt du, in dieser einen Nacht ...", begann ich verlegen zu sprechen. „Du warst der erste Mensch nach sehr vielen Jahren, den ich an mich heranlassen konnte."
„Wirklich?", fragte er fassungslos und beglückt zugleich.
„Ja, du bist für mich ein Freund geworden. Und das ist, was ich dir anbieten kann, Marcus: meine Freundschaft."
Er seufzte wehmütig, sagte aber dann entschlossen: „Ich möchte dein Freund sein, Judas." Er legte kurz eine Hand auf meine Schulter.
Wir blieben still sitzen, tranken ab und an einen Schluck Wein und genossen das seltsame Band unserer Freundschaft.
„Ich bin froh, dass du meine Narben gesehen hast", unterbrach ich die Stille. „Sie haben dich ganz schön erschreckt, nicht wahr?"
„Natürlich", sagte er, „aber nicht abgeschreckt, falls du das meinst."

„Meine Tante hat gehofft, dass sie genau das tun würden ... Für lange Zeit hat sie mich damit tatsächlich versiegelt."
„Diese Frau würde ich gern den Löwen im Circus Maximus vorwerfen", sagte er grimmig.
„Sie ist Römerin, und eine Zeit lang hatte ich wirklich Angst vor deinem Volk, Marcus. Sie hielten unser Land besetzt und sogar unsere Körper."
Marcus seufzte tief. „Noch lieber würde ich sie mit eigenen Händen töten, wenn ich dürfte!" Er drückte seinen Weinbecher, als handelte er sich um Lavernias Hals.
„Das ist nicht nötig, Römer, danke."
„Hm", machte er und lockerte seinen Griff um den Becher. Das Grummeln meines Magens lenkte ihn ab.
„Was bin ich für ein Gastgeber! Du musst Hunger haben ..."
„Schon", sagte ich, „aber ich genieße es gerade mehr, mit dir hier zu sitzen und zu reden."
Marcus strahlte mich an. Eine schwarze Haarsträhne fiel ihm zwischen die Augen und unterstrich seine Jungenhaftigkeit, die er trotz seiner imposanten Erscheinung besaß.
„Ich weiß nicht", sagte ich nachdenklich, „manche Gelegenheiten vergehen, wenn man sie nicht nutzt. Und manches kann nicht mehr gesagt werden, wenn sich der Augenblick verändert."
War dies eine Vorahnung? Dass ich nicht mehr als diese Momente unserer Freundschaft würde haben können? Ich dachte an Jeshua und unseren Weg und schloss meine Augen. Ich durfte nicht an ihn denken, denn dann hätte ich aufspringen und sofort zu ihm eilen müssen, denn auch unsere gemeinsamen Tage konnten gezählt sein. Marcus hatte sich einen Abend meiner gänzlichen Aufmerksamkeit verdient. Ich selbst

schien dies zu brauchen.
Marcus lehnte sich wieder zurück. „Von mir aus können wir hier sitzen bleiben, bis Saturn das Haus zerschmettert.“
Ich lächelte, blieb aber nachdenklich. Ein Gefühl wie ein bekanntes Untier wühlte sich aus meinen Tiefen empor. Kurz hatte ich zu Maria davon gesprochen, aber es ließ mich nicht mehr los.
„Es gibt da etwas, über das ich noch mit niemandem wirklich gesprochen habe, und irgendwie dachte ich gerade, dass ich es dir erzählen möchte; etwas aus meiner Vergangenheit. Ich weiß nicht, wenn es dir nichts ausmacht ... ich ... ich ...“
„Ja, sprich zu mir. Ich will es mit dir teilen.“
Ich zog meine Knie näher an meinen Oberkörper.
„Ich will von dem Tag erzählen, an dem sich damals etwas änderte“, begann ich zögernd. „Es war, als ich sechzehn Jahre geworden war. Zu dieser Zeit hatte Lavernia angefangen, mich mit einer Sichel zu schneiden. Ich war zu einem Mann herangereift, und sie wollte sichergehen, dass ich ihr nicht abtrünnig wurde. Sie zeichnete immer und immer wieder die Schnitte nach, um tiefe Narben zu hinterlassen. Doch sie machte es kunstvoll; zu sehr wollte sie mich nicht entstellen. Für die groben Peitschenstriche ihres Mannes und meines Vaters hatte sie nur Verachtung übrig. Sie wollte nicht, dass ein anderer ihr Kunstwerk zeichnete.“
Ich lachte hart. „Das ist grotesk, nicht wahr?“
Marcus’ Finger hatten sich verhärtet, und die Idee mit dem Circus Maximus hatte ihn wohl wieder ergriffen. Er knurrte wie jemand, der gerade im Begriff war, einen Gegner anzuspringen. „Das ist ...“, flüsterte er gepresst, „... das ist ...“ Wie so oft verließen ihn die Worte.

„Lavernia hatte immer mindestens ein bis zwei Leibsklaven", fuhr ich mit meiner Erzählung fort. „Tatsächlich waren sie stets bei ihr und warteten auf ihre Anweisungen, sogar wenn ich bei ihr war. Da mein Onkel von all dem nichts mitbekommen sollte und auch niemand sonst, ist wohl selbstverständlich, dass ihre Sklaven nicht reden durften. Herausgeschnittene Zungen fand Lavernia unästhetisch, also ..." Ich schluckte kurz. „Also ließ sie ihnen nach persischer Kunst die Stimmbänder verätzen. Sie sollten auch nicht schreiben können, aber dennoch einen wachen Geist haben und Latein verstehen. Es gibt wohl einen exklusiven Markt für diese gehobenen Ansprüche. Lavernia ging mit der Mode, zu der Zeit waren es hellhäutige Sklaven, die einem nicht fehlen durften. Sie kamen aus Britannien oder Germanien."

Ich setzte mich gerader hin.

„Die Sklaven hielten zumeist ihre Köpfe gesenkt, wenn sich Lavernia an mir verging. Warum sollte jemand Mitleid mit mir haben? Sie hatten selbst genug zu ertragen."

Ich trank einen Schluck Wein, ehe ich ihn dann endlich erwähnte: „Doch bei einem war es anders. Es war ein Junge, den sie Lucius nannte, seinen richtigen Namen habe ich nie erfahren. Er war nicht hübsch genug, als dass Lavernia sich an ihm vergriffen hätte. Sein Haar war kurzgeschoren und hatte die Farbe nassen Sandes, doch in der Helligkeit des Tages glichen sie eher Sonnenlicht; allerdings habe ich ihn nur selten draußen gesehen."

Die beiden Erinnerungen gingen immer Hand in Hand. *Ihn* wieder zuzulassen, hieß auch *sie* zuzulassen.

„Als Lavernia mich wieder einmal mit ihrer Sichel ritzte und quälte, lag ich da und sah blaue Augen mich anblicken. Und sie blickten nicht einfach, sie versenkten sich in meine, sie griffen wie nach meinen Händen, um mich festzuhalten. Die Augen zeigten kein Mitleid, sie waren stark, erzählten von einem rauen Land, über das kaltfrischer Wind blies und grauer Regen fiel. Dieses Blau wurde zu einem Anker, an den ich mich klammern konnte, wenn die Qual – die Demütigung – zu groß wurde." Ich erinnerte mich sehr genau an seine Augen, denn sie hatten mich seit dem ersten Mal oft gehalten, wenn ich verloren war.

„Lucius war immer da, sah mich an. Er lächelte nie, er zeigte nur ernste Stärke. Er glich einem kalten Schluck Wasser inmitten brennender Hölle, und irgendwie machte er diese Nächte erträglicher. Und dann, nach einem besonders langen Kampf mit Lavernia, fuhr ich nachts erschrocken aus dem Schlaf. Ein Schatten war in mein Schlafzimmer getreten und stand neben dem Bett. Ich konnte nur den dunklen Umriss sehen, der beschwichtigend beide Hände anhob und sie so ließ. Verwirrt und mit klopfendem Puls sah ich zu, wie die Gestalt sich langsam und mit noch immer angehobenen Händen neben mein Bett auf den Boden setzte, sich an die Wand lehnte und nicht mehr rührte.

Er war es, Lucius, ich konnte seinen Blick durch die Düsternis fühlen. Er hatte keine Nachricht für mich, er war einfach nur bei mir im Zimmer, außerhalb des einen Moments, in dem ich ihn kannte. Benommen und misstrauisch, das weiß ich noch, hockte ich mich selbst auf mein Bett und starrte in seine Richtung."

Ich hielt kurz inne. „Weißt du, Marcus, ich hatte zu diesem Zeitpunkt einfach noch keine Erfahrung damit gemacht, einem Menschen oder einer Situation trauen zu können."

Ich sah, wie Marcus leicht nickte.
„Lange saßen wir so da. Ich war angespannt und beobachtete ihn. Dann erhob Lucius sich und verschwand so leise, wie er gekommen war.
Am nächsten Tag rief mein Onkel mich zu sich, und ich hielt nach Lucius Ausschau. Tatsächlich sah ich ihn; er servierte Lavernia gerade einen Teller Trauben. Meinen Blick spürte er wohl, aber er beachtete mich kein bisschen, auch nicht, als er hinter Lavernia stand und ihr einen Becher Wein einschenkte.
Vielleicht fünf Nächte später kam er wieder in mein Zimmer und setzte sich an die Wand. Ich wollte ihn fragen, was das sollte, aber er würde mir nicht antworten können, also unterließ ich es zu sprechen. Es war, als wenn er über mich wachte.
Das nächste Mal traf ich in Lavernias Schlafgemach auf ihn. Meine stumme Frage ignorierte er mit jener blauen Härte seiner Augen, die mich sonst hielt.
Kurz darauf begaben sich Lavernia und ihr Mann nach Sepphoris und kehrten erst einen Monat später, zur Passahzeit, zu uns zurück. Gleich in der ersten Nacht betrat Lucius mein Zimmer und setzte sich neben das Bett. Diesmal stand ich auf und setzte mich unschlüssig neben ihn auf den Boden. Keiner von uns rührte sich. Es verging ein guter Teil der Nacht. Als wir ein Geräusch aus dem Haus vernahmen, erhob Lucius sich jäh. Mir wurde erst in diesem Moment bewusst, dass er jedes Mal, wenn er zu mir kam, sein Leben aufs Spiel setzte. Warum, verstand ich nicht. Aber ich begann, auf ihn zu warten."
Der starke Rotwein machte es mir leicht, die Zeit, die zwischen jenen Nächten und der heutigen lag, zu überwinden. Es war seltsam schön, sich daran zu erinnern, sicher in der Nähe

eines Freundes. Vierzehn Jahre war es her, aber die Erinnerung war so klar und präsent wie die Gegenwart, aus der ich gerade fiel.

„Einige Nächte darauf betrat der bekannte Schatten erneut mein Zimmer. Ich lag ausgestreckt auf dem Bett, und er ließ sich am Boden vor mir nieder. Und was er dann tat, erschreckte mich so sehr, dass ich mich nicht rührte. Er legte seine Hand fest auf meine und bewegte sie nicht mehr; sein Griff fühlte sich genauso beständig und entschieden an, wie sein Blick es stets war.

Eine Menge wirrer Gefühle suchten mich in diesem Moment heim. Ich bekam kaum Luft, ich wollte meine Hand wegziehen; ich war wütend darüber, dass er dies tat, aber nicht zu mir sprechen konnte, und ich war erschüttert. Was wollte er nur von mir? Jeder wollte etwas ... Unruhig hielt ich einfach so lange aus, bis er ging. Diesmal stand ich auf und folgte ihm ein paar Schritte durch den dunklen Flur und sah ihm nach. Er war verrückt, sich hier durchs Haus zu schleichen. Den Rest der Nacht konnte ich nicht schlafen. Tagsüber sah ich ihn wieder, aber er bedachte mich mit keinerlei Aufmerksamkeit. Wut stieg in mir auf, und ich überlegte, in einem anderen Zimmer zu schlafen, um ihm auszuweichen. Und als ich mich dazu entschied, in meinem Zimmer zu bleiben und ihn einfach nicht zu beachten, da wurde ich ärgerlich, weil er nicht kam. Ich war sechzehn“, fügte ich erklärend hinzu, „und noch dazu vollkommen durcheinander!“

Marcus lächelte verstehend. Eine der Lampen verlosch schweigend und hüllte uns in dichtere Dämmerung.

„In den darauffolgenden Nächten blieb ich allein“, fuhr ich fort, „und vor Lavernia war ich auch sicher, da weitere Gäste im Hause weilten und es lange Feste gab. Sicherlich hatte sie zur Abwechslung mal einen anderen verführt, den sie nicht zuerst unter Drogen setzen musste. Ich blieb wütend auf Lucius, auch wenn ich wusste, dass es kindisch war. Doch als er dann zu mir kam, sprang ich auf und lief ihm entgegen. Ich war wütend gewesen, weil ich ihn vermisst hatte. Da nahm er mich das erste Mal in den Arm, und ich ließ es geschehen. Diese Umarmung war für das, was ich von ihm kannte, überraschend weich, sehr vorsichtig; mit einem Mal nicht mehr so mutig, wie er mir bislang erschienen war. Das gab mir Sicherheit."

Ich atmete tief aus und sagte: „Und so hat es angefangen. Nächte später hat er mich geküsst. Zögernd geschah dies alles; genauso zögernd, wie ich mich in ihn verliebte", sagte ich verlegen. Marcus seufzte leise.

„Von da an habe ich Lavernias Aufenthalte gleichzeitig herbeigesehnt und gefürchtet. Um unser Glück nicht zu strapazieren, gab ich ihm nachts einen Weinkrug oder eine harmlose Schriftrolle mit, die er zeigen konnte, falls jemand ihm begegnete. Dann wäre er nur ein Sklave, der einen nächtlichen Dienst verrichten musste."

Einen Moment hielt ich inne und beobachtete das goldene Flackern der zwei verbleibenden Lampen.

„Ein Jahr später, als ich siebzehn war, schaffte ich es unter dem Vorwand, für Lavernia ein Geschenk erstehen zu wollen, mir Lucius für einen Tag auszuleihen. Natürlich hatte ich, so wie er es von Anfang an getan hatte, immer darauf geachtet, ihm keinerlei Beachtung zu schenken. Für die anderen Diener hatte ich an jenem Tag für Beschäftigung gesorgt, und so ritten wir hinaus in die Freiheit und konnten erstmals im Sonnenlicht zusammen sein. An diesem Tag richtete ich Worte an ihn, die zuvor nie nötig gewesen waren. Alles, was ich wissen wollte, musste ich über seinen Körper lesen. Ich fragte ihn, ob er bereit wäre, mit mir fortzugehen; vielleicht sogar in seine alte Heimat. Er war erschüttert. Und dann nickte er. Ich war unendlich glücklich. Nur drei Wochen später berichtete meine Mutter mir von ihrer späten Schwangerschaft. Diesmal war *ich* erschüttert. Wie konnte ich gehen und ein hilfloses Kind alleinlassen? Und so blieben Lucius und ich weiterhin gefangen unter Lavernias Herrschaft; viel zu tief getrennt." Ich hörte auf zu reden, rückte von der Wand ab und schwieg. Mühsam drängte ich das Ende zurück sowie den Wein, der mir sauer den Hals hinaufbrandete.

„Das war's?", fragte Marcus nach einer langen Zeit behutsam. Ich hatte ihm noch immer den Rücken zugewandt und schluckte heftig gegen die Übelkeit an.

„Ja", sagte ich abweisend. „Er starb zwei Jahre später. Mein Onkel hat ihn erschlagen."

„Judas!", rief Marcus erschrocken. Seine Hand legte sich auf meinen Rücken, und die Übelkeit stieg wieder unkontrolliert in mir auf.

„Lass mich", presste ich hervor, sprang auf und sank ein paar Schritte weiter würgend vor einer Schale auf die Knie. Mit hässlichen Geräuschen quälte sich der Wein aus meinen Tiefen empor. Sie erinnerten mich an die Laute, die Lucius' Kehle versucht hatten zu entkommen, als Johab ihn peitschte. Er hatte nicht einmal schreien können. Was dazu geführt hatte, war nur ein verzweifelter Moment der Unachtsamkeit gewesen, nur eine flüchtige Umarmung in den Stallungen nach etlichen Wochen der Trennung. Johab hatte sogleich seine Peit-

sche gegriffen und zwei Sklaven gerufen, die mich festhalten sollten. Doch nicht ich war es, den er schlug.
„Diese Schande werde ich unserer Familie ersparen und darüber schweigen. Aber du wirst zusehen, wie ich diesen Sklaven züchtige."
Lucius' Augen zeigten keine Panik; sein blauer Blick wurde hart, und er schaute mich an, als wollte er sagen: *Mir ist Schlimmeres geschehen.*
Johab riss Lucius gleich beim ersten Schlag das Gewand am Rücken auf. Ich spürte die Angst der Männer, die mich hielten, doch ihrem gewaltsamen Griff konnte ich nicht entkommen. Ich war genauso stumm wie Lucius. Ich versuchte, seinen Blick zu halten; es war das Einzige, das ich tun konnte. Ich musste mitansehen, wie Johab vollständig die Kontrolle verlor, er trat, schlug und peitschte auf Lucius' Körper ein, bis dieser Schwäche zeigen und zu Boden gehen musste. Johab trat ihm so heftig in die Seite, dass er schließlich auf dem Rücken lag. Dann zerpeitschte er ihm das Gesicht, und es gab keine Augen mehr, in die ich blicken konnte. All das Schöne, all das Sanfte brach entzwei. Johab hörte auch nicht auf, als Lucius schon tot gewesen sein musste. Es blieb nichts von ihm übrig, nur ein grauenhafter Rest zerstörten Fleisches ...
Irgendwann hatte ich mich leer gewürgt. Marcus saß still in meiner Nähe, dann sagte er leise: „Es tut mir so leid für dich, Judas. Komm, ich zeige dir, wo du schlafen kannst."
Ich ließ mich von ihm in ein Zimmer führen. Lange saß ich in dieser fremden Dunkelheit, dachte an Lucius, dachte an Jeshua. Angst pochte mir von innen gegen die Schädelwände, laut und schmerzhaft. Ich würde keinen weiteren Tod mehr ertragen können.

Für diese eine Nacht ließ ich die Trauer zu, die Angst und die Hilflosigkeit.
Im Morgengrauen erhob ich mich entschlossen und blickte dem neuen Tag entgegen. Ich würde stark bleiben, weil ich es musste, für diejenigen, die schon gegangen waren, für uns, die wir noch lebten.

Ich verabschiedete mich von Marcus und auch von David. Dann holte ich Marjam aus Nazareth ab, und wir wanderten durch den eiskalten harschen Regen nach Kefar Nahum. Es schien, als kehrte ich gleichzeitig mit der dunklen Jahreszeit zu Jeshua heim.
Das war die Wende, dann kam der Winter. Von da an begann das Ende sich zu nähern. Das hatte es schon von Anfang an getan. Und von Anfang an, wenn ich zurückdenke, habe ich dies auch gewusst.

TEIL V

JUDÄA

– Judas –

Ein kalter Wind wehte mir von der Seite ins Gesicht. Wir waren seit Tagen gewandert und nun vor Jericho. Die Gruppe schwoll wieder an; es war, als würden aus allen Richtungen die Menschen zu uns strömen wie Flüsse, und Jeshua war das Meer.

Die letzten Monate waren lang, kalt, bang gewesen. Wir hatten die Heimat verlassen und in kleineren Gruppen Israel bereist, um die Menschen zu erreichen. Wie immer hatte Jeshua keinen Unterschied zwischen arm und reich gemacht, auch nicht zwischen Juden und Römern. In Galiläa hatte er den Sohn eines römischen Offiziers geheilt, was bei manchen Juden für Unverständnis gesorgt hatte. Diese Tat war bis zur Gattin des Statthalters vorgedrungen. Claudia Procula hatte Jeshua durch einen Boten um ein stilles Treffen außerhalb von Sepphoris gebeten. Als sie in einer Sänfte erschienen war und sich allein mit Jeshua unterhalten wollte, hatten Thomas und ich angestrengt die Umgebung beobachtet, weil wir befürchtet hatten, sie wäre ausgeschickt, um Jeshua in einen Hinterhalt zu locken. Doch wie bisher war Jeshua kein Leid geschehen. Claudia Procula hatte sich bei ihm ein ums andere Mal sowohl für den Treffpunkt als auch für die Bürde entschuldigt, welche die Römer über unser Land gebracht hatten.

Sie war zu Jeshua gekommen, um einen Segen zu erbitten, da

sie vermutete schwanger zu sein und bereits zwei Kinder verloren hatte. Zudem hatte er von ihr erfahren, dass meine Tante Lavernia nicht nur eifrig um Claudias Gatten Pontius Pilatus bemüht war, sondern auch darum, Jeshua als einen Rebellen gegen das Kaiserreich Rom darzustellen.
„Ich weiß, dass dies nicht so ist“, hatte Claudia mit ihrer zarten, schönen Stimme zu Jeshua gesprochen. „Ich hörte, dass du bei deinen Heilungen keine Ausnahme bei Römern machst und selbst Soldaten und Offizieren deine Hilfe zuteilwerden lässt. Ich glaube an dich!“
Nun hatten wir mit Beginn des Frühlings das verbotene Judäa betreten. Waren meine Knochen noch vom Winter kalt gefroren, so ließ die beständige Anspannung jeden Muskel in mir versteinern. Die Wärme des vergangenen Sommers erinnerte ich nur in den wenigen Augenblicken, in denen Jeshua mir nah sein konnte. Aber ich beklagte mich über nichts; solange Jeshua in Sicherheit blieb, war auch ich zufrieden. Ein kindlicher Teil in mir, der noch immer glaubte, ein Fluch zu sein, hoffte, Gott besänftigen zu können, indem ich nichts für mich verlangte. Er sollte Jeshua schützen, denn er verbarg sich auch in Judäa nicht und sprach ganz offen zu den Menschen.
Und weil Jeshua anfing, von sich reden zu machen, war es für den Sohn eines seiner Verwandten möglich, ihn zu finden. Dieser überbrachte die Nachricht, dass Jeshuas Vetter Lazarus überraschend gestorben war. Sofort packten wir unsere Habe zusammen und folgten ihm nach Bethanien zur Ostseite des Ölberges. Natürlich verstand ich, dass Jeshua zu Lazarus’ Familie gehen musste, doch Jerusalem war nur einen Steinwurf von uns entfernt, drohend in unsere Richtung geneigt.
Lazarus’ Familie war wohlhabend und besaß ein Haus in guter

Gegend. Mit dunklen Tüchern um den Kopf kamen uns Lazarus' Frau, seine beiden Schwestern und einige Klageweiber entgegen und hießen Jeshua willkommen. Er machte ein ernstes Gesicht, und ich fragte mich, ob es ihn bekümmerte, dass er nicht vorher von Lazarus' Krankheit erfahren hatte.

Lazarus' Frau Esther fiel weinend in Jeshuas Arme, und er versuchte, sie zu beruhigen. Die Prozession war gerade mit dem Leichnam auf dem Weg zur Familiengruft. So folgten wir ihnen. Unter den Trauernden erkannte ich einen angesehenen Jerusalemer Bürger namens Josef von Arimathäa, der Kontakt zum Sanhedrin – der jüdischen Gerichtsbarkeit – hatte. Mein Puls begann rastlos gegen meine Schläfen zu branden. Wir waren einander auf Gesellschaften begegnet, unter anderem bei Pontius Pilatus. Jeshua musste unbedingt seiner Aufmerksamkeit entgehen. Doch mein Wunsch wurde nicht erhört.

An der Grabstelle angekommen, bat Jeshua darum, Lazarus' Leiche zu sehen. Esther machte große Augen, aber nickte, ihr Gesicht war rot und verschwollen vom vielen Weinen. Vielleicht wollte Jeshua noch einen besonderen Segen für seinen Verwandten sprechen.

Jeshua blieb eine ganze Weile zu Lazarus' Füßen stehen, und das, was von ihm ausging, war die große Spannung, die sich verbreitete, bevor ein Gewitter losbrach. Jeshua drehte sich kurz zu uns um. Sein Blick blieb auf niemandem haften, seine Handgeste gemahnte uns, still zu sein.

Die gesamte Trauergemeinde schwieg, niemand hätte gewagt, einen Ton von sich zu geben; auch keines der Klageweiber wimmerte noch. Der Wind blies kühl. Eine bleiche Sonne erhellte Jeshua und den in Tücher gewickelten Leichnam. Nur ein paar Schritte weiter wartete der dunkle Eingang zu Laza-

rus' Gruft; in einer ganz ähnlichen war Channah bestattet worden.
Jeshua kniete sich neben Lazarus und legte ihm die Hände auf den vermummten Brustkorb. Es sah aus, als wollte er den toten Leib wiederbeleben. Ich schluckte unruhig und starrte so wie die anderen auf seinen Rücken; der Wind zerrte ihm an Haaren und Umhang. Marjam drückte meinen Arm. Ganz plötzlich nahm Jeshua seine Hände von Lazarus und tastete suchend um sich. Er hatte einen Stein gegriffen, schlitzte damit rasch das Leichentuch an Lazarus' Kopf auf und riss es zur Seite. Ein gelblichgraues Gesicht tauchte unter dem Stoff auf, und ich würgte unwillkürlich. Was sollte das? Auch Marjams Augen waren weit aufgerissen, sie streckte ihre Hand aus und hakte sich bei mir unter. Johannes trat von der anderen Seite dichter an mich heran. Und dann – ich war mir nicht sicher, bis ich neben mir Johannes zusammenzucken spürte – hörte ich ein leises Stöhnen. Vielleicht trog der Wind uns oder allein die Vorstellungskraft? Lazarus war tot! Jeshua wollte doch nicht wirklich einen Leichnam dazu bringen, sich mit Leben zu füllen und vor seine Familie zu treten?
Ich hörte wieder ein Atmen und Jeshuas Stimme, die sagte: „Lazarus, es ist alles gut."
Marjams Fingernägel gruben sich in meinen Oberarm. Ich starrte den Leichnam an und sah eine Bewegung unter dem hellen Stoff. Das konnte nicht wahr sein! Eine steife Hand zuckte hervor. Ich tat einen Schritt zurück und zog Marjam ungewollt mit mir.
Esther, die weiter rechts stand, hörte ich tief und erschreckt den Atem einsaugen wie ein Schluchzen. Lazarus' Beine steckten noch in dem Leichentuch, bewegten sich mühsam. Jeshua

griff nach Lazarus' aschgrauer Hand. Die Frauen hinter mir fingen an zu wimmern, und Johannes stieß gegen mich.
Lazarus schlug die Augen auf. Mir brach der Schweiß aus, und Übelkeit wälzte sich in mir empor. Marjam gab einen leisen Schrei von sich, Esther einen lauten, auch die Klageweiber fanden ihre Stimmen wieder, und ich hatte nur noch das Bedürfnis, mich umzudrehen und zu flüchten. Ich löste meinen Arm von Marjams; sie merkte es kaum, war zu gebannt von diesem Schauspiel. Jeshua rief Nathanael zu sich, und die beiden versuchten, Lazarus aufzuhelfen. Ich drehte mich um und bemerkte, wie Johannes dadurch ins Schwanken geriet.
Ich schob mich an den Menschen vorbei, die entweder einen ebensolch starren Blick wie der gerade noch tote Lazarus zeigten oder mit ungläubig verzogenen Gesichtern auf die Szene vor der Gruft blickten – Josef von Arimathäa unter ihnen.
Ich schaute auf meine Füße und spürte den Wind meine schweißnasse Stirn trocknen. Nach einigen Schritten hörte ich, wie jemand rief: „Ein Wunder, ein Wunder! Lazarus, er lebt! Ein Wunder!"
Ich fröstelte und ging schneller. Ein Wunder? Ich hatte die ganze Zeit dieses grässliche Bild der Leiche vor Augen. Ich dachte an Jeshua, und mir wurde kalt. Wie groß war seine Macht, der Seele eines Toten zu befehlen, wieder in seinen Körper zurückzukehren? Ich bemühte mich, den Würgereiz fortzudrängen. Mein Verstand begriff kein bisschen, was da gerade vor sich gegangen war, ebenso wenig wie mein Herz.
Ich stieß auf eine Kreuzung. Ich blieb stehen, mochte mich aber nicht umdrehen und setzte mich schließlich auf einen Steinbrocken am Wegesrand.
Wieso ließ Jeshua all die Toten, denen er auf seiner Reise be-

gegnet war, in ihrer Endgültigkeit zurück? Hatten ihn seine Gefühle übermannt, weil dies ein Verwandter von ihm war? Hatte er die Regeln überschritten? Gab es Regeln? Gab es denn keine Regeln dafür?! Und dann schmerzte da noch die Frage in meiner Brust, was Josef von Arimathäa jetzt tun würde. Nicht nur, dass er Jeshua begegnet war, nein, er war Zeuge einer mehr als aufsehenerregenden Tat geworden!

Ich vernahm Schritte. Ruckartig hob ich meinen Kopf und sah den kleinen Johannes den Weg entlangeilen. Sein Gesichtsausdruck zeigte womöglich all das, was auch in meinem zu lesen war. Einen Moment schien es, als würde er weitergehen wollen, doch ich rückte ein Stück zur Seite und legte meine Hand auf den Stein. Johannes zögerte keinen Augenblick und setzte sich neben mich. Er zitterte. Ich legte meinen Arm um ihn und merkte mit einem neuen Gefühl der Verbundenheit, wie er dankbar gegen mich sank. Ich sprach kein Wort, denn ich wusste nicht, wie ich ihn beruhigen sollte. Was wir gesehen hatten, war beispiellos gewesen, wider die Natur.

Wir saßen dort eine ganze Weile, bis auch andere unserer Gruppe zu uns stießen: der stille Jakobus, dessen Gesichtsausdruck ich nicht zu deuten vermochte, dann Simon mit ehrfürchtiger Miene und in der Ferne der gesamte Pulk von Menschen. Johannes blickte geduckt auf, und auch mir war nicht wohl bei dem Gedanken, diesem Auferstandenen zu begegnen. Jetzt war Johannes' Reaktion eindeutiger, er hatte keine Scham, sich an mich zu klammern. So legte ich auch meinen anderen Arm beschützend um ihn, und wir erhoben uns.

Als Simon bei uns war, spürte ich, wie Johannes sich von mir losmachen und zu ihm laufen wollte, doch dessen Worte hielten ihn zurück. „Es ist ein Wunder! Er lebt tatsächlich wieder!

Es ist ein Wunder!"
Mit diesem Ausruf ging Simon weiter in Richtung von Lazarus' Heim. Jakobus war schweigend bei uns stehen geblieben.
„Willst du hier warten oder vorausgehen?", fragte ich Johannes. Ich hatte bislang nur seine dunklen Locken vor mir gesehen, doch nun hob er vorsichtig den Blick. Er schien über keinen der Vorschläge glücklich zu sein.
Ein Stimmengewirr schlug uns entgegen; viele Rufe bekundeten ein Wunder, viele ungläubige und glückliche Gesichter zeigten sich. Die Klageweiber hatten ein fast unheimlich klingendes Lob- und Preisungsgewimmer angestimmt, dann sah ich Jeshua unter ihnen – und Lazarus.
Sie gingen sehr langsam, ein Sohn auf der einen, Jeshua auf der anderen Seite. Sie hielten Lazarus aufrecht. An Jeshuas Rechter ging Esther, etwas blasser neben ihr die Töchter und ebenso Josef von Arimathäa, der aussah, als wäre ihm Gott persönlich erschienen. Sie kamen näher, und ich bemerkte, dass Lazarus' Blick nicht mehr ganz so leer war, seine Augen schauten in jede Richtung, scheinbar fassungslos, dass sie wieder sehen durften. Was es für Lazarus selbst bedeutete, daran hatte ich noch gar nicht gedacht.
Einen Moment lang hoffte ich, er würde sein Augenmerk nicht auf mich richten. Ich wandte mich Johannes zu, der sich eng an mich gekauert hatte; wir warteten und schlossen uns dem Ende der Prozession an. So wie Jeshua seinen Verwandten vorwärts zog, tat ich es mit Johannes.
Marjam fiel ein paar Schritte zurück, um an unserer Seite zu gehen. Sie trat auf Johannes zu und fuhr ihm einmal liebevoll mit der Hand durch die Haare.
„Sei nicht erschrocken", sagte sie sanft. „Jeshua hat vor unse-

ren Augen das größte Wunder vollbracht, das wir jemals sehen werden."
„Und dich erschreckt es nicht?", fragte ich. Sie erwiderte fest: „Es ist ein Wunder."
Dagegen hatte ich nichts zu sagen, denn ein Wunder war es allemal. Doch machte sich keiner Gedanken darüber, was dies bedeutete, auch in Bezug auf all das, was Jeshua uns bereits über den Tod gelehrt hatte?
Wir sahen zu, wie Lazarus in sein Haus geleitet wurde. Seine Schwestern folgten, Josef von Arimathäa ebenfalls. Es machte nicht den Anschein, als wollte er aufbrechen, um Jeshua beim Sanhedrin zu verraten. Ganz im Gegenteil, sein Lächeln glich dem eines Menschen, der gerade selbst errettet worden war. Nach kurzer Zeit erschien Lazarus' Schwester Maria mit tönernen Schalen in der Hand; die andere Schwester, Marta, rollte ein kleines Fass zur Tür hinaus, ihr Mann trug einen Tisch. Es sah so aus, als würde Lazarus' Leichenschmaus nun zu einem fröhlichen Fest werden. Speisen wurden aus dem Haus getragen und an die Anwesenden verteilt.
Ich wollte genauso wenig wie Johannes etwas essen. Simon schien sich gesammelt zu haben; er trat mit einer Schale Wein auf den Jungen zu und hieß ihn trinken.
Unentschlossen sah ich dem Fest zu. Und ja, ich freute mich für die Familie von Lazarus, doch den dunklen Schatten, der sich aus dem Leichentuch mit ins Sonnenlicht gestohlen hatte, konnte ich nicht vergessen. Ich wollte wissen, was Thomas von alldem hielt, entdeckte ihn aber in der Menge nicht. Nathanaels große Gestalt machte ich aus, er stand da wie vom Donner gerührt, lehnte sogar den Wein ab. Ich trat zu ihm. Er blickte mich an, schüttelte fassungslos den Kopf und flüsterte

mit ungewohnter Demut: „Er ist es! Er ist es!"
Die Härchen auf meinen Armen stellten sich auf. Ich entfernte mich für eine Weile von diesem Trubel und folgte der Straße, den Blick gen Jerusalem gewandt. Die Stadt erhob sich stolz auf der Anhöhe vor mir. Ich bekam eine Gänsehaut, wir waren zu nah am Zentrum meiner Furcht. Nicht mehr lang und jeder in der Umgebung würde wissen, was Jeshua getan hatte und wo er sich aufhielt. Ich musste zurück.
Es war beinahe dunkel, als ich bei Lazarus' Anwesen angelangte. Wie zuvor wurde gefeiert, und mir schien es, die Menschenmenge war um das Dreifache angeschwollen. Die Menschen waren aufgeregt. Sie aßen und tranken, und ich hörte weiterhin die Geschichte, wie Jeshua Lazarus vom Tod befreit hatte. Nathanael ragte noch immer wie eine Statue aus der Menge hervor. So hatte ich ihn noch nie erlebt; selbst die spektakulärsten Heilungen hatte er mit einem Gleichmut angeschaut, der bei keinem anderen zu finden war. Wieder befiel mich ein Schauder. Vielleicht hatte Jeshua ihn geweckt, so wie er es bei seinem Verwandten getan hatte. Er hatte sie alle geweckt!
Endlich fand ich auch Thomas. Er ließ sogleich Levi und Thaddäus stehen und kam zu mir. Ich bemerkte mit grenzenloser Erleichterung, dass ich nicht der Einzige war, der sich zu dem Gesehenen Fragen stellte.
„Ich bin froh, dass du mich nicht auch mit den Worten ‚Ein Wunder, ein Wunder!' begrüßt", sagte er, blickte über die feiernde Menge und schüttelte den Kopf.
„Ebenso froh bin ich, Thomas", erwiderte ich.
„Das war in der Tat das Unglaublichste, was ich jemals gesehen habe." Thomas fuhr sich mit einer Hand über den Bart-

ansatz. „Doch wieso hat Jeshua es getan? Wieso gibt es den Tod, wenn wir ihm einfach gegenbefehlen können?"

„Genau diese Frage würde ich Jeshua gern stellen, wenn ich heute Nacht auch nur ein Auge zubekommen will."

Thomas nickte. Ich fragte eine Frau neben mir, ob sie Jeshua gesehen habe.

„Ich meine, er ist dorthin gegangen", antwortete sie und wies hinter das Haus.

Thomas und ich folgten ihrem Fingerzeig. An der Rückwand des Hauses lehnten zwei Männer und schnarchten; es roch nach Wein. Wir gingen den kleinen Weg hinunter.

„Jeshua?", rief ich laut – leise hallte es auch in meinen Kopf nach. Es dauerte nicht lang, bis Jeshua uns gefunden hatte.

„Judas", sagte er und streckte seine Hände aus, als wollte er nach meinen greifen, hielt sich aber zurück. „Ich habe dich gesucht."

„Ja", sagte ich, „ich bin etwas gelaufen."

Jeshua begrüßte auch Thomas. Wir gingen den schmalen Weg weiter, hinein in die immer dichter werdende Dunkelheit. Ich wartete darauf, dass er etwas sagte.

„Ich habe mich nicht gegen Gott oder die Natur versündigt, indem ich Lazarus half. Es war nur so, dass Lazarus' Seele noch gar nicht gegangen war. Ihr wisst doch, dass es Menschen gibt, die aus Versehen lebendig begraben werden, oder?"

„Ja", sagte Thomas vorsichtig. Ich zuckte still die Schultern.

„Es gibt einen Zustand", fuhr Jeshua fort, „da ist die Seele noch im Körper. Es ist wie eine lange Ohnmacht, versteht ihr?"

„Ich hörte davon, doch niemand würde einen Ohnmächtigen

für tot halten. Schließlich atmet er!“, sprach Thomas geradeheraus. Diesmal sah ich Jeshuas schemenhaftes Nicken. Ein halber Mond setzte sein Licht gegen die dunkle Nacht.
„Ja, aber der Körper ist zu weit mehr in der Lage. Erinnere dich daran, wenn du jemanden beobachtest, der Innenschau hält. Fällt dir dann nicht auf, dass sein Brustkorb sich kaum bewegt, Thomas?“
Nachdenklich schaute ich auf die letzten Umrisse des Tages.
„Es ist mir aufgefallen, ja, der Atem geht sehr viel flacher“, antwortete Thomas.
„Genau. Und es gibt einige Meister, die beherrschen es, den Körper so wenig und so flach atmen zu lassen, dass man es gar nicht bemerkt. Doch dies gibt es auch als Krankheit. Der gesamte Körper versteift sich, aber er ist nicht tot. Und die Seele, Thomas, die Seele ist in diesem Zustand wie gefangen. Sie möchte sich bemerkbar machen, aber sie kann nicht. Und deshalb bin ich unendlich froh, dass ich rechtzeitig bei Lazarus war, denn manchmal wachen solche Menschen wieder auf und verenden jämmerlich in ihrer Gruft.“
„Und bei Lazarus war es so?“, mischte ich mich in das Gespräch ein. Jeshua bejahte.
„Morgen wirst du sehen, dass es ihm sehr viel besser geht. Er wird fürchterliche Muskelschmerzen haben. Doch er wird wieder der Alte sein.“
„Und hast du es auch allen anderen so erklärt wie uns jetzt?“, fragte ich.
„Nein“, antwortete er schlicht.
„Wirst du es tun?“
„Wieso fragst du?“
„Weil ich denke, dass es deinem Ruf nicht schaden wird, dass

du Tote zum Leben erweckst."
Jeshua schnaubte leicht. Auch Thomas machte ein unkenntliches Geräusch.
– Jetzt, Jeshua, bist du berühmt, nichts wird diese Kunde aufhalten können. Jetzt wird kein Sterblicher mehr in der Lage sein, dich zu schützen ...
„Du glaubst hoffentlich nicht, ich habe es deshalb getan, Judas. Ich habe einem Verwandten, einem Freund, geholfen. Natürlich ist es schön, wenn die Menschen dies Wunder sehen und erkennen, was möglich ist."
„Zu heilen", wandte ich ein, „nicht Tote zu erwecken!"
Ich spürte, dass Thomas nicht wusste, wie er auf den Gesprächsverlauf reagieren sollte. Ich wollte diese Worte nicht im Innern sprechen, so brach es aus mir heraus: „Jeshua, ich muss dich das fragen: Sag mir, kannst du zurückblicken? Kannst du sehen, ob ..."
„Ah", machte Jeshua verstehend und hielt inne. Abrupt tat ich dasselbe. Stolpernd kam auch Thomas neben uns zum Stehen.
„Deine kleine Schwester ist friedlich gegangen, das weißt du. Es tut mir sehr leid, dass du dir diese Gedanken machen musstest. Es wäre nicht in meiner Macht gewesen, sie zurückzuholen, und es wäre auch kein Gefallen an ihrer Seele gewesen."
Die Dunkelheit um uns wurde friedlicher und wärmer.
– Ich habe dir heute Angst gemacht, dachte Jeshua in mich.
Er trat einen Schritt näher, und die Bilder verblassten ein wenig.
„Bisweilen kann unsere eigene Macht erschreckend sein, umso mehr möchte ich, dass jeder sie kennt. Und mehr noch: dass jeder sie in sich erkennt."

Thomas und ich senkten beide die Köpfe.
„Ich freue mich, dass ihr mich aufgesucht und mir zugehört habt", endete er aufrichtig und legte uns seine Arme um die Schultern. In sehr viel leichterem Schweigen schritten wir zurück zu den anderen. Vielleicht bewunderte ich Jeshua am meisten dafür, dass er einfach niemanden im Stich ließ, selbst an so einem Tag nicht.
– Bist du erschöpft von dieser Arbeit, Jeshua?
– Das war ich, Judas. Aber seit ein paar Augenblicken bin ich es nicht mehr ...

Am nächsten Tag begegnete ich Lazarus wieder. Tatsächlich sah er schon viel besser aus. Seine Haut war röter, seine Ausstrahlung menschlicher. Er setzte sich zu Jeshua und betrachtete dankbar seine Familie.
Jeshua winkte Johannes und mich zu sich und stellte uns seinen Verwandten vor. Jeshua legte eine Hand auf meinen und die andere auf Johannes' Rücken, und mehr und mehr schmolz die Erinnerung an den Leichnam und machte der Freude eines Wunders Platz.
Auch Josef von Arimathäa weilte noch in Lazarus' Heim und unterhielt sich lange mit Jeshua. Ich beobachtete die beiden. Josef war ein stattlicher, gut gekleideter Mann, der seines Einflusses wegen geachtet und gefürchtet war. Ich hatte ihn stets nur hoch aufgerichtet erlebt, doch nun war er es, der zu jemandem aufblickte.
„Jeshua", sagte er dann laut, so dass alle ihn hören konnten, „für mich bist du der angekündigte Messias!"
Die anderen, die sich im Raum befanden, standen auf, um Josef beizustimmen. Jeshua aber hob sogleich die Hände, und

alle verstummten.

„Glaubt mir, die Priester würden nur einen Menschen ihren Messias nennen, wenn er bis ins Kleinste den Beschreibungen ihrer Prophezeiungen entspräche. Sie würden ihn nicht erkennen, wenn er vor ihnen stünde; sie würden ihn nicht an seinem Herzen und seinen Worten erkennen, wenn er nicht die Gewänder tragen würde, die ihm zugedacht wurden. Schon viele sprachen die Wahrheit, doch nicht einen von ihnen haben sie akzeptiert. Sie hüten das Allerheiligste mit blindem Eifer und einer schändlichen Gier nach Macht."

Stimmengemurmel wurde laut.

„Du hast Zeugen für deine Wunder! Wir alle können sie bezeugen!"

„Sie wollen mich mundtot machen, indem sie mir keinerlei Beachtung schenken", sprach er ruhig. „Von Lazarus' Heilung zu erfahren, wird die Sadduzäer nicht kümmern, die Reaktion des Volkes vielleicht schon."

„Aber du *bist* der Messias!", hörte ich Simon sagen. „Und wenn jeder es sieht, dann muss es auch der Tempel mit seinen Priestern glauben!"

„Was soll das heißen, Simon?", machte ich mir jäh Luft. „Soll Jeshua die Menge blenden? Soll er sich zu Passah auf einen Esel schwingen und über Palmblätter in Jerusalem einreiten? Soll er das Volk mit Mitteln blenden, welche die Priester verwenden? Jeshua selbst hat nie behauptet, der Messias zu sein."

Simon sah mich an, als hätte ich Jeshua einen Teufel genannt.

Jeshua stand nachdenklich auf und hob wieder beschwichtigend die Hände, sagte aber nichts. Er war in Gedanken und blieb es den Tag über.

Wie ich später erfuhr, war es in jener Nacht, dass Jeshuas

Träume begannen. Passah nahte – dunkel und unklar. Es war das ewig fordernde Jerusalem, das ihn rief. Und er musste antworten.

Ein Messias, ein Esel

– Judas –

Der Morgen dämmerte kalt und grau. Murrend verließ Nathanael neben mir Lazarus' warmes Haus. Am Wegesrand sitzend, erwarteten uns bereits zahlreiche Menschen, die sich unserem Marsch anschließen wollten. Sie machten Lärm wie ein Schwarm hungriger Möwen. Besorgt blickte nicht nur ich mich ständig um, sondern auch andere aus unserer Gruppe. Josef folgte uns nicht, und ich schloss zu Jeshua auf, um mit ihm zu sprechen.

„Was wird Josef jetzt tun?", fragte ich ihn.

„Er wird weder mit uns wandern noch sich öffentlich zu mir bekennen", antwortete Jeshua. „Und das muss er auch nicht. Dennoch wird er uns unterstützen, und seine Verbindungen werden uns von Nutzen sein. Sei also beruhigt, Judas, alles fügt sich." Jeshuas Zuversicht linderte meine Besorgnis etwas, und wir begaben uns auf den Marktplatz von Bethanien. Doch kaum, dass wir den Platz betreten hatten, zeigte jemand auf Jeshua und rief: „Der Messias!"

Ein ohrenbetäubender Schrei entfuhr einer Frau bei seinem Anblick, sie erkannte ihn als den Mann, der den Toten wiedererweckt hatte. Etwas in ihrem Schrei war so irr, dass ich unwillkürlich einen Schritt neben Jeshua tat. Sie war vielleicht vierzig Jahre alt und hatte ihr Haar unter einem langen Tuch verborgen; flehend waren ihre Arme nach oben gereckt, und sie schrie hoch und anhaltend. Jeshua schien ebenso überrascht wie ich. Natürlich hatte dieser kreischende Ausbruch einen Auflauf von Menschen zur Folge; sie umschlossen Jeshua, mich und die Frau wie ein dichter Ring. Mit wachsamer Anspannung blickte ich mich um, bemüht, die Situation einzuschätzen. Zwei Kerle zeigten drohend auf Jeshua, als hätte er der Frau körperlichen Schmerz zugefügt. Ich stellte mich zwischen ihn und die beiden Männer.

„Warum schreist du so? Ich kann dich hören", wandte sich Jeshua sanft an die Frau. Sie konnte ihn gar nicht verstehen, so leise sprach er.

Ihr Gesicht war fratzenhaft verzogen, ihre Hände jetzt geballt, und der Schrei wurde krächzender, aber hielt sich weiterhin in ihrer Kehle. Jeshua schloss die Augen. Die Menge drängte enger auf uns zu. Er stand dort dermaßen still, dass die Wut der beiden Kerle in der ersten Reihe sich steigerte; sie durchbrachen den Ring wie Stiere und rannten auf die Frau und Jeshua zu. Ich selbst stellte mich einem von ihnen entgegen. Einmal mehr hatte ich Gelegenheit zu üben, was Jeshua lebte: Die Gewalt nicht mit Gleichem zu erwidern. So dachte ich nur ‚verdammt', als der Mann mit ganzer Kraft in mich hineinrannte und mich umwarf. Ich fiel gegen Jeshua und riss ihn mit mir.

Die Gewalt, die sich um uns aufgebaut hatte, war zu ihrem Höhepunkt gelangt. Ich hatte mit einem Mal kein Gespür mehr für eine Richtung, es hagelte Hiebe, und das Geschrei verhinderte eine klare Orientierung. Jeshua lag hinter mir, versuchte, mich wegzudrücken.

Es waren die Römer, die uns retteten und den wahnsinnigen Mob mit Hilfe ihrer Speere bändigten. Das Geschrei verklang, und ich drehte mich zu Jeshua – er blutete. Ein dünnes Rinnsal floss seine Schläfe hinab. Erschrocken blieb ich neben ihm knien, aber er schüttelte den Kopf und stemmte sich hoch. Er

schwankte leicht und nahm sich einen Moment Zeit, ehe er sich mit der Speerspitze beschäftigte, die ihn umtänzelte.
„Habt ihr diesen Aufruhr verursacht?"
Der Römer, der gesprochen hatte, besaß tiefliegende Augen mit einer Dummheit darin, die ich als gefährlich einstufte. Rasch kam ich selbst auf die Beine. Jeshua zuckte benommen mit den Schultern. Mich wunderte, dass er nichts sagte; diese Wachen würden Antworten haben wollen, also schob ich mich vor. Ich erklärte ruhig in Latein, dass mein Freund als Heiler arbeite und einem Verwandten geholfen habe, der fälschlicherweise für tot gehalten worden sei.
„Jetzt glauben diese Menschen, er hätte einen Toten wiedererweckt!", sagte ich abfällig. Die Wache blieb misstrauisch.
„Mal ganz ehrlich", sprach ich gezwungen leicht, „ihr Römer seid nicht so primitiv, solch unsinnige Geschichten zu glauben. Kein Mensch kann Tote erwecken!" Ich schüttelte den Kopf und klopfte mir den Staub von meinem Gewand. Der Wachmann schüttelte nun auch den Kopf und befahl uns ärgerlich: „Verschwindet jetzt von hier!"
Mir wurde ganz schwach in den Knien. Ich fasste Jeshua am Arm und zog ihn mit mir zu Nathanael und Jakobus. Wortlos nahmen wir ihn in unsere Mitte und verließen den Marktplatz.
– *Mir geht es gut, Judas, wirklich*, hörte ich Jeshua in mir sprechen. Ich war zu aufgeregt, um zu antworten. Ich wagte erst aufzuatmen, als wir Bethanien verlassen hatten. Doch wohin auch immer wir gehen würden, Sicherheit gab es keine mehr. Mir wurde kalt. Jeshuas Blut zeigte mir, dass er trotz all seiner Stärke nur eines war: ein Mensch.

Zwei Tage darauf wanderten wir an Bethlehem vorbei in

Richtung Hebron. Der Himmel hing schwer über uns; die dunklen Wolken sahen aus, als drückte von hinten ein Meer aus Regen gegen sie, doch kein Tropfen fiel.

Unsere Gruppe war nach Lazarus' Heilung um das Dreifache angewachsen, was meine Sorge steigerte. Und als uns gegen Mittag ein Reiter folgte, wurde ich unruhig, bis ich Marcus erkannte. Er und David waren in judäischen Staub gehüllt.

„Jeshua!", rief Marcus atemlos, und die Gruppe sprengte auseinander, um ihn durchzulassen. Hastig stieg er ab und bahnte sich seinen Weg zu Jeshua und mir.

„Dein Vetter, Johannes der Täufer, ist tot!"

Ein Raunen setzte ein. Ich legte Jeshua eine Hand auf die Schulter, sie sackte hinab, und er musste sich setzen. Marcus sank erschöpft vor ihn auf den Weg. Sofort wurden wir von den anderen umringt.

„Was ist geschehen?", fragte Jeshua leise.

„So wie den Winter über habe ich meine Ohren offengehalten und deshalb viele Einladungen angenommen. Vorgestern begleitete ich einen Freund meines Vaters zu einem Festmahl bei Herodes Antipas."

Ich lauschte Marcus, dankbar, dass er meine Bitte, uns Neuigkeiten mitzuteilen, ernst genommen hatte. Marjam reichte Marcus einen Weinschlauch. Nach einem langen Schluck sprach er weiter.

„Es ging bei dem Festmahl sehr laut und freizügig zu. Statt der Kurtisanen tanzte seine Tochter Salome für uns. Antipas schien das sehr ansprechend zu finden, denn er bat sie um einen weiteren Tanz. Aber Salomes Mutter riet ihr, sich für diese Gunst etwas zu wünschen.

‚Wünsch dir, was du willst; ich verspreche dir, es zu erfüllen', hat Antipas gesagt, ich weiß es noch genau. ‚Und wenn es die Hälfte meines Reiches sein soll.' Und sie hat sich ..."

Marcus bedeckte einen Moment lang mit einer Hand seine Augen. „... den Kopf des Täufers auf einem Tablett gewünscht."

Wir alle starrten Marcus entsetzt an.

„Und sie hat ihn bekommen?", fragte ich fassungslos. Marcus wurde grünlich im Gesicht.

„Ich glaube, Antipas war es nicht geheuer, Johannes töten zu lassen. Laut meinem Tischnachbarn glaubte er tatsächlich, dass Johannes ein Prophet sei. Aber seine Frau hat darauf bestanden. Johannes habe sie lang genug aus dem Kerker heraus angeklagt, und Antipas solle endlich das eitrige Geschwür aus dem Bauch ihres Hauses schneiden. Sie erinnerte ihn vor seinen Gästen daran, sein Wort gegeben zu haben." Marcus war Schweiß auf die Stirn getreten.

„Etwa eine Stunde später kam ein Diener mit einem Tablett herein ..." Marcus fasste sich plötzlich an den Mund und schluckte heftig. Nikodemus, der Pharisäer aus Kefar Nahum, der sich uns angeschlossen hatte, sprang vorsichtshalber zur Seite.

Nicht nur unserem kleinen Johannes, sondern überraschenderweise auch dem stillen, unerschütterlichen Jakobus wurde von dieser Geschichte so übel, dass sie sich übergeben und eine Zeit lang hinsetzen mussten. Es war nicht nur eine grausame Vorstellung, nein, sie löste Angst aus. Furcht von eben diesem Tetrarchen regiert zu werden, der ungeheuren Willkür solcher Menschen ausgesetzt zu sein. Auch mich beängstigte es mehr, als ich wollte, denn dies waren unsere Gegner. Die meisten von uns zitterten; einige der Frauen, die ihren sadistischen Ehemännern oder dem entwürdigenden Leid der Prostitution entgangen waren, klammerten sich aneinander. Es hatte eine Zeit gegeben, da sie genauso wenig wie ich gewusst hatten, wie sich die Misshandlungen der Welt anfühlen würden. Unser Vertrauen hatte sich unter all der Härte, die uns die Familie oder Fremde aufgenötigt hatten, gekrümmt. Und es hatte für uns keine Güte mehr gegeben. Bis wir Jeshua begegnet waren.

„Ich muss mich auf den Rückweg nach Jerusalem machen", sagte Marcus und wirkte wieder gefasst.

Jeshua dankte ihm für sein Kommen. Da Marjam an Jeshuas Seite blieb, folgte ich Marcus zu David. Nathanael hatte ihm das Fell abgerieben und hielt nun seine Zügel. Ich nahm sie ihm ab.

„Es tut mir leid, dass du das mitansehen musstest, Marcus."

Er schüttelte den Kopf, als könnte er so die Erinnerung verscheuchen. „Es hat mich begreifen lassen, dass wirklich etwas geändert werden muss. Ich wünschte, ich könnte etwas dazu beitragen."

„Aber das tust du doch! Wir sind dir unvorstellbar dankbar!"

Er zuckte mit den Schultern und sagte dann: „Tja, etwas habe ich getan ... Als das Tablett hereingebracht wurde, habe ich mich auf den Rücken einer Frau erbrochen."

Er lächelte schwach. „Es stellte sich heraus, dass es deine Tante war. Da ist es mir gleich noch einmal passiert."

Ein Schnauben entkam meinem Mund. Marcus und ich sahen uns an und begannen, lautlos zu lachen. Es war ein unpassender Zeitpunkt, aber wir konnten nicht mehr an uns halten. Ich verbarg mein Gesicht an Davids Flanke, vermutlich zuckte ich, als hätte ich einen Weinkrampf, und tatsächlich flossen mir Tränen über die Wangen. Auch Marcus musste sich die Augen trocknen und rang nach Atem. Von jetzt auf gleich versiegte unser Lachen.

„Passt auf euch auf, Judas“, flüsterte er. Er beugte sich vor und strich mir über die Wange. Dann wandte er sich ab.

Ich ließ Davids Zügel los und kehrte an Jeshuas Seite zurück. Die dunkle Wolkenwand über uns erzitterte, und Blitze sprangen aus ihr hervor. Jeshua hatte Mühe, sich zu sammeln, doch mehr als Trauer schien ihn Entschlossenheit gepackt zu haben. Er stand auf und hob beide Hände.

„Johannes hat den Tod nicht gefürchtet, sondern seinen Weg gewählt, sich gegen die Gewalt aufzulehnen“, sprach Jeshua in das einsetzende Donnergrollen. „Sein Opfer wird nicht umsonst gewesen sein. Gedenken wir seiner auf diese Weise.“

Jeshua gönnte sich keinen Moment der Stille, als er uns auf den Weg in Richtung Jordan führte. Wir versuchten, so oft wie möglich in der Nähe des Flusses zu lagern, um Judäa so rasch wie möglich verlassen zu können. Johannes’ Tod sorgte in der Gruppe für anhaltende Angst und Trauer. Ich wollte Jeshua gern beistehen. Johannes war nicht nur sein Verwandter gewesen, sondern auch, wie er mir selbst erzählt hatte, der Mensch, der ihn auf seinen Weg geführt hatte. Doch Jeshua schien keinen eigenen Trost zulassen zu wollen, stattdessen erstarkte der Funke in seinen Augen, der mit dem Gewitter am Nachmittag aufgeflackert war: der Wille zur Konfrontation mit denen, die ihre Macht ein ums andere Mal missbraucht hatten.

An diesem Abend fand sich keine Gelegenheit für ein Gespräch mit ihm, dementsprechend unruhig war mein Schlaf.

Jeshua erging es ebenso. Auch in dieser Nacht plagte ihn ein Traum.
Ich lag zu seinen Füßen, deshalb wachte ich auf, als er hochschreckte. Obwohl ich nichts sah, spürte ich, wie er sich panisch wand und ein Geräusch machte, als müsste er würgen.
– *Jeshua?*
Meine Hand tastete sich vor und fand sein Bein.
– *Was ist los?*
Er stöhnte leise.
– *Komm mit mir, Jeshua.*
Stumm erhob er sich, und wir stiegen vorsichtig über die Schläfer. Der Halbmond war hervorgekommen und beleuchtete die Lagerstelle. Ich zog Jeshua in meinem Arm vorwärts. Sanft rauschte der Jordan neben uns, angeschwollen von dem Regen der letzten Tage, und wir setzten uns an das geschützte Ufer. Die Dunkelheit roch nach wartendem Frühling. Jeshua drückte sich an mich; er war ganz verschwitzt, und ich strich ihm die Haare aus dem Gesicht. Dann tauchte ich den Ärmel meines Gewandes in den Fluss, um ihm das Gesicht zu kühlen.
„Ich träume andauernd von Jerusalem", flüsterte er. Meine Hand sank hinab wie ein Stein durch Wasser.
„Jerusalem?", wiederholte ich bestürzt. Jäh brachen die alten Bilder aus meinen Knochen hervor, nicht aufzuhalten. Ich zwänge mich durch die Menschenmenge, renne, schreie, bete, dass ich rechtzeitig dort sein werde, um das Allerheiligste zu schützen ...
Jeshuas Atem neben mir klang, als sei auch er gerannt; er sandte mir die Fragmente seines Traumes zu.
– *Flügel, schwarze Flügel hatte ich. Sie taten mir weh. Irgendwann sah*

ich, dass sie bluteten, überall an mir herunter. Ich wollte laufen, doch die Stadt bedrängte mich. Ich kam nicht vorwärts ...

Er schüttelte sich und bebte. Ich zog ihn an mich und wiegte ihn in meinen Armen, bemüht, selbst ruhig zu werden.

– Die Flügel waren schwer und hart. Sie waren aus Holz, sie waren meine Arme.

„Scht, scht, Jeshua, dich beschäftigt Johannes' Tod. Es war nur ein Traum. Nur ein Traum", flüsterte ich, obwohl mein Herz schnell und bang klopfte.

„Es tat so schrecklich weh", sprach er mit einer zerbrechlich klingenden Stimme, die ich nicht von ihm kannte. Und die Nacht war ein dunkler Brunnen, tief mit Angst gefüllt.

Bei Tagesanbruch wuschen wir uns im Flusswasser. Am Boden schleierte leichter Dunst, der Morgen wurde weicher, ebenso die Furcht. Ich ließ Jeshua seinen Gedanken nachhängen. Als wir die ersten Stimmen sich nähern hörten, hatte er einen Entschluss gefasst.

Wir wanderten Richtung Jericho, denn Jeshua wollte die Anhänger des Täufers aufsuchen. Sie lebten in der judäischen Wüste ohne Obdach und saßen teilweise stumm und mit geschlossenen Augen in Andacht. Manche von ihnen erhoben sich bei Jeshuas Erscheinen. Doch statt sich über seine Anteilnahme zu freuen, rangen sie mit ihm um Wort und Gesetz.

„Du lebst ausschweifend!", erregte sich ein verdreckter abgemagerter Mann und zeigte mit dem Finger auf Jeshua. Regen setzte ein, floss grau wie der Tag zwischen uns und dunkelte den hellen Sandboden. Ärger kam in mir auf, langsam und drohend wie das Unwetter, das uns seit der Botschaft von Johannes' Tod verfolgte. Mir schien es, der Asket klagte Je-

shua dafür an, dass er seine Treue nicht auch in einem Kerker bewies. Er trug einige wirre Flicken aus Tierfell, sein Kopfhaar und sein Bart hatten sich in dichte Knoten verwandelt, in denen sich Sand und kleine Dornen verfangen hatten.
„Wir zeigen den wahren Glauben! Wir leiden für die Wahrheit", behauptete er stolz und wies mit seinen Händen auf sich selbst. „Aber *du* ..." Er zeigte nun wieder anklagend auf Jeshua. „... bist eine weltliche Hure!"
Viele schnappten hörbar nach Luft. Jeshua ließ sich nicht darauf ein und wischte sich ruhig den Regen vom Gesicht, aber ich konnte dieses eine Mal nicht an mich halten.
„Halt den Mund!", fuhr ich den Asketen an. „Was tut ihr hier draußen in der Wüste, um den Bedürftigen zu helfen? Nutzt es euren Mitmenschen, wenn ihr hungert, keine Sauberkeit mehr kennt und jeden verurteilt, der es anders macht?"
Gut, dem Mann fielen fast die eingesunkenen Augen aus dem Kopf; er kümmerte sich nicht mehr um Jeshua und hob eine Faust. Durch meine Adern schoss brennendes Blut, und mein Herz schlug angriffslustig. Ich hatte nur noch den Wunsch, für Jeshua zu kämpfen, diesen furchtbaren Druck loszuwerden, der die letzten Tage in mir zugenommen hatte.
„Na komm, schlag mich!", forderte ich den Asketen auf. „Wer ist hier die Hure, du Heuchler?"
Er stolperte auf mich zu, die Augen irr geweitet. Hinter ihm tobten die anderen Asketen wie eine Ansammlung beleidigter Waschweiber.
– Lass ihn, Judas.
Eine Hand legte sich auf meinen Arm, kühlte mein Blut so rasch, wie es erregt worden war. Der Schlag meines Gegenübers verlor auf halber Strecke seine Kraft, als er sah, wie ich

meine Haltung änderte und zur Seite trat. Erbost streckte er einen Finger nach mir aus.
„Wir gehen", sagte Jeshua und zog mich sacht mit sich. Nasser Sand landete untermalt von Schimpfworten in meinem Nacken. Ich stieß ungläubig die Luft aus. Jeshuas Hand gemahnte mich weiterzugehen.
„Dreckiger, verdorbener Satan, du wirst alle ins Unglück stürzen!"
Jeshuas Hand auf meinem Arm verspannte sich.
– Judas, fang nicht ab, was mir gilt. Lass ihn!
Ich bemühte mich, ruhig zu bleiben und mich nicht noch einmal umzuschauen.
Thomas klopfte mir anerkennend auf die Schulter, Marjam hingegen bedachte mich mit einem Blick, der sagte: *Musst du dich dauernd in Schwierigkeiten bringen?*
Jeshua und ich schwiegen.

Die ungastliche Menge trieb uns noch an diesem Tage zurück an den Jordan. Am Ufer des Flusses schlugen wir unser Nachtlager auf. Der Regen hatte noch nicht nachgelassen, und wir saßen unter Bäumen gedrängt zusammen. Leise tropfte das Wasser durch die neuen Blätter der Bachweiden.
Für Jeshua war es nötig, mir vor den Ohren der anderen zu erklären, warum er ablehnte, was ich getan hatte.
„Wir sprechen mit denjenigen, die Willens sind zuzuhören. Veränderung kann es nicht ohne Toleranz geben, und damit müssen wir selbst anfangen. Es ist nicht immer leicht, wenn selbst Johannes' Anhänger so fest in ihrem Glauben gefangen sind wie die Barben in den Netzen der Fischer."
Simon fuhr auf. „Aber mit seinem Verhalten hat Judas dich

bei ihnen in noch schlechteres Licht gerückt, Rabbi!"
„Erinnert euch, dass es die Anhänger des Täufers waren, die heute derart mit uns gesprochen haben, nicht er selbst. Für einen klugen Mann sprach es lediglich für Judas' Temperament und nicht für meines", erwiderte Jeshua.
Simon verzog wie Johannes ärgerlich seine Augenbrauen. Ich stieß lang den Atem aus. Trafen sie überhaupt noch eigenständige Entscheidungen? Thomas schien ähnlich zu denken, er rutschte neben mir auf seinem feuchten Umhang herum.
– *Warum tust du dir das an?*, hörte ich Jeshuas Worte in mir.
Ich sah zu ihm auf, blieb aber stumm.
– *Judas, du musst nicht für mich kämpfen.*
Der Ernst in seinen Augen bedrängte mich.
– *Es fällt mir schwer, nichts tun zu können.*
Er schüttelte den Kopf.
– *Es gibt andere Waffen ...*
Ich spürte die Unruhe der anderen und ließ unwillig von meinem Dialog mit Jeshua ab, auch wenn das, was gesagt worden war, mich aufwühlte. Es verstärkte sich, als Jeshua nach einer Weile des Schweigens plötzlich sprach: „Ich habe nie behauptet, der Messias zu sein."
Sogleich hatte er unsere ungeteilte Aufmerksamkeit.
„Selbst wenn ich es wäre, würden die Priester meine Taten mit Nichtachtung strafen, weil sie sonst dem Volk gegenüber ein Eingeständnis machen würden. Und das ist das Gegenteil von dem, was sie wollen."
Ich saß ihm gegenüber mit Thomas und Levi an meiner Seite. Wir hatten bereits viel über diese Worte diskutiert.
„Ich denke, Judas hatte eine interessante Idee", sagte Jeshua unerwartet.

„Der beste Weg, um ihrer Aufmerksamkeit sicher zu sein, ist es, sie zu provozieren“, sprach er gelassen. Viele runzelten die Stirn, aber ich wusste sofort, was er meinte, und konnte ein tiefes ‚Nein' nicht unterdrücken. Bestürzt sah ich ihn an. Fest erwiderte er meinen Blick.

– Jeshua, ich bitte dich, tu das nicht!

Jeshua ließ sich nicht beirren und erzählte von der Idee, der alten Prophezeiung zu entsprechen und zu Passah auf einem Esel in Jerusalem einzureiten. Thomas lachte bewundernd. Simons Augen leuchteten; er konnte sich nur vorstellen, dass die Priester Jeshua mit offenen Armen empfangen würden. Nach der Sache mit Lazarus sah offenbar keiner mehr eine Gefahr für ihren Rabbi. Doch genau das war Jeshua: in Gefahr.

DIE AUFGABE

– Judas –

Ich wachte schlaflos in Jeshuas Nähe, bis mir die Augen brannten. Als die ersten Vögel die Nacht mit ihrem Gesang füllten, hielt ich es nicht länger aus und weckte ihn. Stumm erhob er sich, und wir tasteten uns das schlammige Flussufer entlang. Im Schutz dreier Bäume ließen wir uns nieder. Leise, aber eindringlich sprach ich: „Sag mir, dass du deine Idee verworfen hast, Jeshua!"

Die Stille zwischen uns war so dicht, dass sie mich kaum atmen ließ.

„Ich kann nicht", flüsterte er schließlich und griff nach meiner Hand. „Denk an das, was mit Johannes geschehen ist. Es darf nicht ungesehen bleiben, nicht in Vergessenheit geraten." Seine Stimme war lauter geworden, voller Vertrauen, voller Kraft. „Es muss getan werden!"

„Wie kannst du es nach diesen Träumen noch in Erwägung ziehen?", fragte ich entgeistert und stand auf. Gleichgültig von meiner Aufregung plätscherte das Flusswasser an uns vorüber.

„Vergessen wir nicht die Wahrheit über die Tempelpriester", sprach Jeshua und erhob sich ebenfalls. „Sie regieren durch Angst, getarnt durch Ehrfurcht, die sie erzeugen wollen."

Er stellte sich vor mich.

„Willst du deshalb diesen verdammten Esel reiten?"

„Ja", sagte er schlicht, „ich gebe ihnen genau das, was sie nicht sehen und doch sehen wollen, nur nicht von einem wie mir ..."

Hinter ihm erhellte sich der Himmel, hinter mir war es noch dunkel.

„Wo bleibt dein natürlicher Hang zur Rebellion?“, fragte er mit leichtem Lächeln.

„Der ist mir im Laufe der Zeit mit dir abhandengekommen“, sagte ich und konnte meine Tränen nicht unterdrücken. Jeshua verlor sein Lächeln. Ich biss mir auf die Lippen, aber konnte das Weinen nicht verhindern. Mit beiden Händen wischte ich mir über das Gesicht, um Ruhe bemüht.

„Ich kann es nicht ändern, dass ich dich beschützen will“, sprach ich ernst, und Jeshua fasste wieder nach meiner Hand. Er umgriff meine kalten Finger und streichelte sie mit der rauen Kuppe seines Daumens. Ich senkte den Kopf.

„Es ist wahrlich genug Verfolgung geschehen, deshalb muss ich mitten hinein“, sagte Jeshua ebenfalls ernst. „Wenn ich die Konfrontation mit dem Tempel umgehe, verliert meine Ehrlichkeit an Kraft, meine Worte werden die Menschen zwar weiterhin erreichen, aber wie können sie bestehen, wenn ich diesen Kampf scheue? Sag mir das, Judas! Im Übrigen weißt du genau, dass ich nur so reden kann, weil ich dich an meiner Seite habe. Und ich brauche dich für eine wichtige Aufgabe.“

Ich runzelte die Stirn und schaute wieder auf. „Welche, Jeshua?“

Er straffte die Schultern, und sein Griff um meine Hand verstärkte sich. Es schien, als müsste er sich für das wappnen, was er mir zu sagen hatte. Ein Frösteln überlief mich.

„Ich will die religiösen Bestimmungen vollkommen erfüllen, damit der Tempel mich anhört. Der Messias kann sich nicht selbst offenbaren, er muss vor den Hohepriestern erkannt und bezeugt werden. Niemand steht mir näher als du, niemand redet und verhandelt so gut wie du, Judas“, sprach er mit Nachdruck.

Einen Moment lang schien die Welt zu gefrieren, dann stieß ich die Luft aus und riss meine Hand los.
„*Das* ist meine Aufgabe, Jeshua?“, rief ich erschüttert. „Dich in den Tod zu führen?“
Jetzt blickte auch Jeshua mich erschrocken an. Ich weiß nicht, woher diese kalte Sicherheit kam, doch ich sprach: „Ich weiß, es klingt hart, wie ich es sage, aber du musst doch wissen, dass du in Jerusalem deinen Tod finden wirst!“
Jeshua sah starr und blass aus, als hätten meine Worte ihn in Bleiche getaucht.
„Im Augenblick kann ich dir nicht helfen, deinen gloriosen Einzug in die Stadt vorzubereiten. Ich wusste, dass du eines Tages etwas von mir verlangen würdest, aber erwarte nicht, dass ich dir helfe, deinen *Tod* vorzubereiten!“
Ein altes Gefühl zitterte von innen gegen meine Haut, das Atmen fiel mir schwer und Nacht drängte in mich. Zum ersten Mal seit einem Jahr fürchtete ich, einen meiner Anfälle zu bekommen.
„Sieh mich an, Judas!“ Jeshua legte mir fest seine Hände um die Schultern. Ich kämpfte gegen das lauernde Vergessen an, zwang mich, die Augen geöffnet zu halten. Jeshuas heller Blick bannte mich. „Bleib hier“, flüsterte er. Seine Hände waren es, die mich zusammenhielten und das Zittern allmählich weichen ließen.
In diesem Augenblick kamen die ersten Männer an den Fluss, um sich zu waschen. Ich machte mich von Jeshua los und nickte Thaddäus, Andreas und zwei anderen, deren Namen ich nicht kannte, benommen zu. Allein ging ich zum Lagerplatz zurück. Jeshua hatte recht, ich durfte nicht flüchten. Dennoch war ein dumpfer Sog in mir verblieben. Und Angst. Angst..

An diesem Tag teilte Jeshua seine Anhänger in drei Gruppen auf. Endlich sah auch er ein, dass wir zu viele geworden waren, um unbehelligt bleiben zu können. Er wählte zwei Männer aus seinem engsten Kreis aus, welche die anderen beiden Gruppen in seinem Namen führen sollten: Levi und Nathanael. Sie starrten Jeshua ungläubig an, doch er lächelte ihnen aufmunternd zu und besprach mit ihnen, an welchem Ort wir wieder zusammenfinden würden. Ich blieb bei Jeshua, auch wenn seine Nähe gerade unerträglich schmerzte.
Meine Schritte hatten mich neben den stillen Jakobus geführt, der mein Schweigen akzeptierte. So erhielt ich die Ruhe, mit Jeshuas und meinem Gespräch umzugehen. Getrennt voneinander wandernd, sichtete jeder die Wahrheit meiner Worte.
Die Menschen leben davon, zu glauben und zu hoffen, dass am Ende doch noch alles gut ausgeht. Wie kann man mit dem Wissen leben, dass es nicht so sein wird?
Eines war mir von vornherein klar: Jeshuas Tod würde auch meinen bedeuten, so oder so. Dieses Wissen spielte keine Rolle. Doch würde Gott *ihn* wirklich sterben lassen?
Wer in mir kämpfte, war der Rebell, den Jeshua in mir sah. Ja, er rebellierte. Jeder von uns musste um das kämpfen, was seine Wahrheit darstellte. Ich würde um Jeshua kämpfen. Nur auf welche Weise? Wie gut war mein Verhandlungsgeschick? War es mir möglich, die Sadduzäer von Jeshuas Wohlmeinen zu überzeugen? Und konnte Josef von Arimathäa mir vielleicht mit seiner Verbindung zum jüdischen Gericht weiterhelfen? Zwar mochte er sich nicht öffentlich zu Jeshua bekennen, hatte ihm aber zu verstehen gegeben, dass er auf seine Hilfe zählen konnte, und uns sogar Obdach in dem Haus eines Verwandten angeboten.

Ich rang an diesem Tage lange mit mir selbst, warf nur hin und wieder einen Blick auf Jeshuas wandernde Gestalt. Und weil ich überleben musste, jetzt, lauschte ich auf Hoffnung. Jeshua hatte gesagt, er bräuchte mich, also musste ich auf ihn achtgeben, so wie ich es Maria versprochen hatte. Das blieb mein Ziel.

Egal, was geschieht, Judas, sagte ich mir, *du wirst an seiner Seite sein und ihn beschützen. Notfalls auch vor Gott.*

Einen halben Tagesmarsch von Jericho entfernt waren alle froh über eine Pause, und wir schlugen ein Lager zwischen hohen Felsen auf.

Jeshua hatte kein Interesse an einer Erholung und kam zu mir. Er blickte mich zurückhaltend an. „Judas, kann ich mit dir sprechen?“

Ich willigte ein. Wir verließen die anderen und wanderten schweigend nebeneinander, ganz in uns selbst und unsere Heimat versunken. Wir liebten dieses Land, ihr staubrotes Gesicht, das sanfte Grün an den knorrigen Bäumen, verschwommene Hügel, die wie Geister in der Ferne schwebten.

– So sehr wie dieses Land liebe ich dich, Judas.

Als ich Jeshuas Worte in mir vernahm, blieb ich stehen und warf mich, ohne ihn anzusehen, in seine Arme.

„Judas“, hörte ich ihn erleichtert sprechen, und seine Finger strichen mir über das Haar. Solange ich es brauchte, verharrte ich in der Umarmung. Ich wollte niemals wieder diese Trennung von ihm fühlen. Ein kalter, unbarmherziger Wind ergriff uns auf der freien Ebene, ließ Sandkörner gegen uns regnen und zerrte an unseren Umhängen.

Jeshuas Kopf ruhte schwer an meiner Schulter. Er flüsterte

plötzlich rau: „Hast du vielleicht recht? Bevor ich das Leben finde, muss es der Tod sein?“

„Jeshua!“ Ich umgriff ihn eisern, und er schaute auf. „Ich will und werde nicht recht haben, hörst du? Wem soll dein Tod nutzen? Gott wird auf dich aufpassen, er braucht dich doch als seinen Boten!“

„Aber wenn es gefordert wird?“, fragte er leise. Der Stoff seines Umhangs schlug gegen mein Bein.

„Wozu? Hat Johannes’ Tod etwas bewirkt, außer, dass ruhelose Anhänger zurückgeblieben sind? Das kann einfach nicht dein Schicksal sein, Jeshua! Für mich würde es mich nicht wundern“, erwiderte ich aufgebracht. „Aber wieso du? Du bist so wichtig!“

„Das darfst du nicht sagen! Mein Leben ist nicht mehr wert als das eines anderen. Es ist nicht mehr wert als deines, Judas!“ Jetzt tat er einen Schritt zurück und hob flehend die Hände. „Wenn du das nicht begreifst, dann begreifst du gar nichts! Wenn du dich nicht liebst, Judas, dann ... Du kannst dich nicht durch dein Lieben zu mir lieben. Verstehst du das? Gib nicht alles mir, was dir gehören sollte!“

„Du hast mir gezeigt, dass wir wie Einer sind, Jeshua. Wie könnte ich mich da *nicht* lieben?“, sprach ich gegen den Wind an. „Derjenige, mit dem ich ein Problem habe, ist Gott. Wie kann er dich nicht so sehr lieben, um dir solches Leid zu ersparen? Wieso gibt er es nicht mir, ich bin es gewohnt zu tragen.“

Jeshua klagte: „Du machst einen Unterschied zwischen uns.“

„Ja“, bekannte ich, denn so war es.

„Das darfst du nicht!“ Jeshua weinte fast, und sein Anblick schnürte mir die Kehle zu.

„Warum nicht?", flüsterte ich. „Du machst ihn doch auch ..."
Jeshua wandte sich verzweifelt von mir ab. Ich wusste, was ihn beschäftigte.
„Du hast keine Angst um dich selbst, Jeshua, das ist es nicht, was dich quält. Du willst *mich* vor weiterem Leid bewahren, ist es nicht so? Und wenn du könntest, dann würdest du es für mich auf dich nehmen. Du willst mich beschützen, so wie ich dich beschützen will. Und du siehst in mir etwas, das du selbst nicht hast. Du machst einen Unterschied zwischen uns ..."
Er rührte sich nicht.
„Was ist es, Jeshua?", fragte ich eindringlich.
Ich sah, wie er den Kopf senkte. Meine Frage hatte ihn getroffen, doch er drehte sich wieder zu mir; die Sonne schien ihm auf die verwirbelten braunen Haare. Der Blick, mit dem er mir begegnete, war ernst und wund, kompromissloser Einlass bis in die geheimsten Tiefen, bis in all das Blut, das er gesehen hatte.
„Ich würde nicht ohne dich sein wollen. Ich könnte dich nicht verlassen," sprach er beinahe lautlos. „Doch wenn du dich von Gott abwendest, dann verlässt du *mich.*"
Mir war, als erschlüge mich sein Wort. Ich wandte mich von ihm ab, konnte ihm nicht länger in die Augen sehen. Dann rannte ich los, blindlings, wusste nicht wohin. Worauf zu?
Jeder Schritt sagte mir, es gibt keine Sicherheit mehr, nirgends, alles ist gegangen, kein warmer Ort der Hoffnung bleibt, keine Liebe. Ich bin ganz Fluch, bin eine Krankheit, die nach außen presst. Ich wollte nie wieder dieses Land betreten und verlassen sein. Wie als Kind: Ich rufe meinen Vater zur Hilfe, doch er kommt nicht. Es ist so dunkel, niemand kommt. Nur die Angst kriecht aus allen Wunden, eitert durch

den einsamen Raum, legt sich um mich. Und dann ertrinke ich. Aber es endet nie. Ich sterbe und sterbe in den Morgen hinein, der niemals anbricht.

– Jeshua –

Ich befand mich noch immer an der Stelle, an der Judas mich verlassen hatte, unfähig mich von meinem inneren Aufruhr zu lösen. Mit beiden Händen lehnte ich mich an den Stamm eines Ölbaumes und fühlte seine Lebenskraft unter meinen Handflächen. Meine Stirn ruhte auf der rauen Rinde, und alles in mir zog sich zusammen, alles brach über mich herein, so heftig, dass ich es kaum ertragen konnte.

Ich zog meine Arme eng an meinen Körper und entsann mich der dunklen, blutschweren Traumschwingen. Ich konnte ihr Gewicht fühlen, wie es auf meinen Schultern lastete, mich zu Boden ringen wollte. Ich atmete schneller, so schnell wie ein gefangenes Tier. Meine Finger krallten sich in die knotige Rinde vor mir. Ein Kreuz. Es war ein Kreuz. Gezimmert aus dem Holz eines Baumes. Ich stieß mich jäh von dem Stamm ab und taumelte nach hinten.

„*Vater, vergib mir, aber ich schaffe das nicht allein! Ich schaffe es nicht!*“

Ein Schluchzen entrang sich mir. Mein Kopf begann, qualvoll zu schmerzen, schien mich mit seinem innerlichen Druck zerschmettern zu wollen. Mir brach der Schweiß aus, und ich lief los, so wie Judas es getan hatte. Ich hielt erst an, als sich mir Simon in den Weg stellte.

„Rabbi, was ist geschehen?“

Schwer atmend blieb ich stehen, zu keiner Antwort fähig. Simon schaute mich entsetzt an und deutete auf mein Gesicht.

„*Rabbi!* Du blutest ja!“
„Was?“, fragte ich und wischte mir den Schweiß von der Stirn. Die Flüssigkeit an meinen Fingern war rötlich. Ein eisenhafter Geruch stieg auf; mein Schweiß war mit Blut durchmischt. Erschrocken wandte ich mich von Simon ab und starrte auf meine Finger. Ich rang meine Hände. Judas hatte recht. So würde es enden.
Ich brauchte jetzt Zeit, um mich zu beruhigen, also sprach ich: „Geh mit Johannes voraus, Simon, und bring die Frauen nach Bethanien zu den Verwandten von Josef von Arimathäa.“
„Aber Rabbi, du ...“
„Tu, was ich dir aufgetragen habe!“, unterbrach ich ihn. Zögernd nickte er und ließ mich allein.
„*Ich flehe dich an, Vater*“, betete ich mit verengter Kehle so eindringlich es mir möglich war.
„*Lass diesen Kelch an uns vorübergehen!*“

Alle Frauen bis auf Marjam hatten sich bei Simon versammelt. Sie stand mit Thomas ein Stück abseits des Lagerplatzes und schien aufgebracht, so näherte ich mich ihnen.
„Hast du nie den Eindruck, als würden die beiden sich ohne Worte verständigen?“, hörte ich Thomas sprechen und blieb abrupt stehen, den Blick auf ihre Rücken gerichtet.
„Natürlich sehe ich ein großes Einverständnis ...“, erwiderte Marjam.
„Ich glaube, dass sie einander in Gedanken wirklich und wahrhaftig hören können. Manchmal ist ihre Unterhaltung regelrecht auf ihren Gesichtern zu lesen. Vielleicht fällt es auch nur mir auf, weil ich oft neben Judas sitze.“

„Jetzt, wo du es sagst ...“ Marjam ließ nachdenklich den Kopf hängen. Thomas legte ihr eine Hand auf den Arm, um die folgenden Worte zu bekräftigen:
„Ich habe noch keine zwei gesehen, die enger miteinander verbunden sind, Marjam. Von daher kann Jeshua ihm helfen.“
Die Worte schnitten durch mein Herz. Ich seufzte und trat einen Schritt vor. Thomas blickte auf.
„Es wird sich alles zum Guten wenden“, sagte ich an Marjam gewandt.
„Jeshua“, sprach sie barsch, „versuche nicht, mich damit abzufertigen! Simon sagt, dass er dich ohne Judas angetroffen habe und du gerannt seist. Und wir Frauen sollen nun nach Bethanien aufbrechen. Irgendetwas stimmt doch nicht!“ Sie legte beide Hände auf ihren Bauch. „Warum sagst du mir nicht einfach die Wahrheit?“
Ich atmete tief aus. „Ja, es wird Zeit, dass wir reden. Komm mit mir.“
Thomas blieb widerwillig zurück.
Der Wind bedrängte uns, als wir die Felsen hinter uns ließen. Marjam zog ihren Umhang fester um die Schultern.
„Was ist mit Judas? Sag doch!“
„Dies ist nicht die Frage, die ich dir beantworten kann, Marjam. Ich weiß gerade nicht, was er tut. Doch ich kann dir sagen, dass Thomas recht hat. Wenn Judas und ich uns nahe sind, dann können wir einander auch in Gedanken hören.“
Sie lehnte sich aufmerksam vor.
„Doch gerade lässt er mich nicht ein.“
Mit stummer Besorgnis sah sie mich an.
„Er muss sich mit Gott auseinandersetzen. Und vor allem mit seiner Aufgabe in Jerusalem.“ Ich seufzte schwer und sagte:

„Er hat Angst. Weil die meine mich womöglich das Leben kostet."
Marjam sog erschrocken den Atem ein, ehe sie sich zur Seite drehte.
„Was auch immer geschieht, gib nur nicht Judas die Schuld, versprich es, ja?"
Verstört sah sie wieder zu mir.
„Versprich es mir!", verlangte ich eindringlich. Ihre Lippen zitterten, als sie den Mund öffnete und es leise versprach.
„Und zweifle niemals, niemals an ihm und seiner Liebe zu mir, verstehst du?"
Sie nickte leicht, und ich nahm ihre Hände in meine.
„Und zweifle auch nicht an meiner Liebe zu dir. Unter all jenen, die mir folgen, bist du die Klügste. Klüger als jeder Mann. Viel klüger als ich selbst. Behalte das Wissen in dir, es wird dir in Zeiten helfen, die dir schwierig scheinen mögen. Du wirst immer das Richtige tun, weil du es dir zutraust. Das ist eine Stärke, die schwerlich zu erlernen ist."
„Jeshua", flüsterte sie und drückte ihr Gesicht an meine Brust. „Es wird etwas geschehen, nicht wahr?"
„Ja, das wird es. Aber am Ende wird es hell werden, wenn wir uns in jedem Moment an die Liebe erinnern. Nur Mut!", sagte ich, doch konnte selbst nicht vergessen, dass die Geschehnisse des Tages eine Nacht ankündigten, die jeder von uns mutig würde durchwandern müssen.

– Judas –

Mein Herzschlag jagte mit meinem Atem um die Wette. Erschöpft hielt ich an und versuchte, klare Gedanken zu fassen.

Die Landschaft um mich herum zeigte die Ödnis in meinem Innern. Ich verstand gar nichts mehr. Wandte ich mich von Gott ab, indem ich Jeshua beschützen wollte? Das schmeckte bitterer als Galle. Was war das für ein Gott?
Ich wanderte weiter umher und kehrte erst mit Einbruch der Dämmerung zu unserem Lagerplatz zurück. Er hatte sich geleert; ich sah keine der Frauen an einem der Feuer sitzen und auch Jeshua nicht. Thomas sprang auf, als ich in den Flammenschein trat. Fragend blickte er mich an, und ich hatte zu wenig Kraft, um meinen Aufruhr zu verbergen. Schweigend zog er mich an das kleine Feuer, neben dem nur der stille Jakobus schlief. Wir setzten uns. Die Flammen flackerten geduckt. Thomas wollte mir einen Wasserschlauch reichen, doch ich schüttelte den Kopf, fühlte weder Hunger noch Durst, nur eine bleierne Schwärze.
„He, ich mag es gar nicht, dich so zu sehen. Du schaust so finster wie die Siccarii, die gerade einen Hinterhalt auf die Römer planen", versuchte er zu scherzen.
„Ja, unser guter Gott hat für jeden die richtige Aufgabe parat," sagte ich hart. „Mich lässt er einen Fluch bleiben."
Thomas schaute bestürzt.
„Was meinst du?", fragte er und legte seine Stirn in Falten.
„Wir haben uns über Gott unterhalten, Thomas, weißt du noch? Und ich habe ihn durch Jeshua verstanden, doch jetzt verstehe ich ihn gar nicht mehr." Ich brach ab.
„Es geht um Gott?", fragte er vorsichtig. Ich schüttelte den Kopf.
„Es geht um mich."
„Das ist ein und dasselbe", sagte eine Stimme hinter uns, sie gehörte Jeshua. Er setzte sich an meine andere Seite, so dass

ich zwischen Thomas und ihm saß. Meine Schultern wölbten sich nach vorn.

„Das eine kann nicht ohne das andere sein. Gott braucht dich, Judas, um Gott sein zu können, und du brauchst Gott, um Judas sein zu können."

Jeshua hatte freundlich gesprochen, dennoch spürte ich Ärger in mir aufsteigen.

„Aber wie kann Gott dann über mein Schicksal entscheiden!", rief ich aus. Ich merkte, dass Thomas nicht wusste, ob er gehen sollte. Ausweichend trank er aus seinem Wasserschlauch.

„Das tut er nicht, Judas", sagte Jeshua.

„Ach nein? Bestimmt er nur über deines? Warum tut er das? Und warum willst du tun, was er sagt?"

Das war es, worüber ich wütend war.

„Er verlangt nichts, was ich nicht zu geben bereit bin", sagte er leise.

Ich stieß ein Knurren aus und trat mit meinem Fuß Sand auf das Feuer, fühlte mich eingeengt zwischen Thomas und Jeshua und sprang auf.

„Vielleicht wird es Zeit, Gott zu stürzen – und ebenso deine Bereitschaft, dich all dem auszusetzen, was vor dir liegt!" Meine Stimme war laut geworden; Jakobus war aufgewacht und auch die anderen schauten zu uns. Thomas und Jeshua sprangen nun ebenfalls auf, aber ich stieß sie zur Seite und flüchtete in die Dunkelheit. Die Qual, die Ungewissheit, das Alleinsein waren so stark, dass ein Schrei aus mir hervorbrach – einer Stichflamme gleich –, der mich zerriss und in zwei Hälften spalten wollte. Ich lief durch die Nacht, fiel auf die Knie, stolperte weiter. Mir war, als verschüttete ich mich selbst wie Wasser.

„Gott!", schrie ich, als ich die erstickende Schwärze um mich herum nicht mehr aushielt. „Gib es mir! Gib mir all das, was du ihm auferlegen willst. Lass ihn in Ruhe! *LASS IHN IN RUHE*!" Ich heulte die Worte heraus, würgte, erbrach sie. Ich krankte daran.

Mit einem Mal erfasste mich leichter Wind.

„Ihr verlangt beide dasselbe", schien dieser Wind in mir zu flüstern, warm und weich wie in der Sonne getrocknete Seide. „Ich verlange nichts. Ich muss nichts verlangen. Ich bin nur, ihr handelt. Ich *bin* nur. *Ihr* handelt. So ist es."

Hilflos frage ich: „Was kann ich tun? Was kann ich tun, um ihn zu beschützen?"

„Du tust bereits, was du tun kannst."

Ich mache ein wegwerfendes Geräusch, das mir weh tut.

„Du, Allmächtiger, kannst *nichts* tun? Du willst einfach zusehen? Ist es so?"

„Ich sehe nicht zu, ich bin in ihm, während er handelt. Ich liebe."

Die Antworten lassen mich verzweifeln. Ich sinke nieder auf die kalten Steine.

„Aber er tut doch, was du ihm *sagst!* Er *hört* dich doch, er entscheidet doch nicht *selbst!*"

Stille.

„Er hört auf die Liebe, die Liebe ist sein Selbst."

„Was ist denn diese Liebe? Was ist es denn, das ihn leitet?"

„Gott."

„*AHHHH!*", gelle ich blindwütig ins Dunkel.

„Hör mir zu", raunt der Wind durch mich hindurch. „Jeshua löst sich von seinem Selbst, er weitet sich aus und trifft dann eine Entscheidung, die zum Wohle aller ausfällt. Das ist es, was er tut, wenn er *hört*. Er horcht auf das, was notwendig ist, um alles zu einen. Er folgt der Liebe, er drückt sie aus, er stellt sie dar. Und sie beinhaltet auch dich, Judas."

Die Worte wirken wie ein warmer Schluck Wein, und ich werde ruhiger.

„Dich zu lieben, Judas, gehört auch zum großen Besten. Wenn du es verstehen willst, dann lass mich ein. Oder komm heraus in mich."

Ich bin eh wie ein vom Sturm gebrochener Ast und lasse ihn ein, kehre mich nach außen, vergesse mich, und das schmeckt süß. Mir ist, als lasse ich meinen Körper los, werde selbst zu Wind, der überall zugleich weht. Mit jeder Atemböe erweitere ich mich um ein ganzes Universum, sehe Schicksale, gequälte Seelen, die der meinen gleichen, und ein kompliziertes Geflecht, das etwas ganz Einfaches braucht: Wahrheit.

Plötzlich wird mein Blick tief in das Gefüge der Menschen hineingezogen, und ich erblicke mich selbst. Zum ersten Mal betrachte ich meinen Albtraum von außen. Nur ist es kein Traum, es ist die Zukunft, die ich sehe. Eine Zukunft, für die ich mich entscheiden kann. Ich bin gelassen wie der Wind, der mich sacht näher trägt.

Ich sehe mich im Tempel von Jerusalem vor den Hohepriestern, wie ich Jeshua als Messias bezeuge. Ich verhandle, wie ich nie zuvor verhandelt habe, und versuche, sie von Jeshuas Wohlmeinen zu überzeugen. Hoffe, ihnen seine Demut nahebringen zu können, all das Schöne, das er ist. Sie hören mich an, doch der Wind lässt mich tiefer blicken und erkennen, wie vergiftet und gefährlich sie sind, bereit, jede Situation zu ihrem Vorteil zu nutzen. Sie wissen, wie sehr Jeshua die Menschen Israels bereits gegen sie aufgebracht hat. Der Tempel liebt dieses Volk nicht, er liebt nur seine eigene Macht, fürchtet um sie.

Dann bricht das Geschehen, und ich sehe mich rennen, denn aus den Mauern des Tempels züngelt eine Schlange, die mich heimlich verfolgt, mich benutzt, um zu Jeshua zu gelangen, um ihn in völliger Stille festzunehmen. Das Allerheiligste wird in dieser Nacht verraten.

Mehr darf und will ich nicht erkennen, fühle den Atem des Windes, der mich weiterführt und die Bilder barmherzig verweht, so dass ich nicht mehr um diese Zukunft weiß. Mein Blick dehnt sich erneut aus. Und was ich dann erfahre, brennt sich in mich und kann nicht vergessen werden: Jeshua wird *leben*. Er wird leben, in jedem einzelnen Menschen, der sich selbst in ihm erkannt hat. Und im Herzen zergeht die Zeit, es zergehen die Worte und Geschichten; dort lebt alles von Wert weiter. Die Menschen erinnern sich seiner. Und das ist alles, was für mich zählt.

Der Wind hat mich zurücksinken lassen in die Enge meines Körpers, weht nun woanders. Ich bleibe noch etwas auf dem steinigen Boden liegen, ehe ich aufstehe und zu Jeshua zurückeile.

Er wartet zwischen seinen Begleitern am Feuer. Ich gehe auf ihn zu, knie mich an seine Seite.

„Ich verstehe es jetzt“, sage ich und achte nicht auf die anderen.

– Gott selbst befiehlt uns gar nicht. Es ist an uns.

– So ist es.

Ich verwehre ihm nichts mehr und sinke einfach in seine Arme. Er umfängt mich. Er braucht mich, so wie ich ihn. Diesen *einen* Gott gibt es nicht. Es ist an uns, aus der altgelittenen

Reihe der Schuld zu treten, aus dem Schatten des Gottes, mit dem andere uns klein gehalten haben. Und wir brauchen diese Wahrheit, denn Wahrheit ist Liebe, weil sie Gnade bringt.

Wir dürfen lieben, wen wir lieben, und so bleibe ich bei Jeshua sitzen, lehne mich an ihn ohne Scheu. Von nun an ist jeder Augenblick wertvoll, und er weiß es. Eine seiner Hände liegt um meinen Kopf; er streicht mir die Haare aus dem Gesicht, während er sein Gespräch mit den anderen wieder aufnimmt. Thomas wirft mir ein erleichtertes Lächeln zu, und ich kann zurücklächeln, matt, müde und anspruchslos in dieser Umarmung. Sollen doch alle erkennen, wie sehr ich ihn liebe.

Ich denke an Channahs letzte Worte, dass man Gott nicht sehen kann.

„Er ist viel zu groß. Ich sehe immer nur ein Stückchen von ihm auf einmal."

„Und was siehst du gerade?"

„Das schönste Stückchen von allen."

Und ich sehe Jeshua.

Epilog

– Judas –

Uns hatte es noch einmal nach Kefar Nahum gezogen, aus der Wüste zum süßen Wasser des Tiberias. Sehnsüchtig dachte ich an diese leisen Tage zurück. Und ich hielt Jeshuas Versprechen fest in mir, dass es keine Trennung gibt und wir uns eines Tages als *Einer* erheben.

Als wir Kefar Nahum verließen, fühlte ich mich seltsam befreit und gestärkt. Wir waren während unserer Schritte in Richtung Judäa sogar ausgelassen. Das Leben war so drängend geworden wie der Frühling, der machtvoll sein Grün aus dem Boden trieb und von der Fülle des Daseins kündete.

Manche beäugten Jeshuas und meine neuerliche Anhänglichkeit. Einmal, als wir Galiläa verlassen hatten, sah Jeshuas Lächeln so schön aus und das Verlangen, ihm nahe zu sein, war so groß, dass ich ihn plötzlich packte und über meine Schultern warf. Er keuchte überrascht auf, und ich sagte: „Ich wollte dir nur die Gelegenheit geben, dich daran zu gewöhnen, von den Schultern eines Esels getragen zu werden."

Natürlich schauten viele verwundert, aber als Jeshua so sehr lachte, dass er keine Luft mehr bekam, ließen sie sich von seiner überschäumenden Laune anstecken. Thomas hielt mir in seiner offenen Hand ein Stückchen Brot hin, um mich Esel zu füttern. Marjam schloss sich ihm fröhlich an und schlug mich eine ganze Weile lang mit einem winzigen Stöckchen, wenn ich ihr zu langsam ging.

Doch je näher wir Judäa kamen, desto schwerer wog das, was vor uns lag.

Tage später wanderten wir den Wadi Qelt entlang; dieses ausgetrocknete Flussbett schlängelte sich durch eine Felsschlucht und umschloss uns kühl. Wie so oft stellte ich mir vor, ich würde Wasser rauschen hören und der Fluss würde sich erheben und seinen Platz zurückfordern. Stattdessen bewegte sich nur das Gemurmel der Wanderer zwischen den Steinwänden. Viele Menschen waren auf dem gleichen Weg wie wir. Es war Passah-Zeit.

Als wir aus dem Schatten des Wadi Qelt traten, erschien die Anhöhe, auf der Jerusalem thronte. Die schreckliche, wundervolle Stadt, die in der Sonne leuchtete, dem Himmel entgegengereckt. Mit dem Tempel, der gegen das Blau stieß: hoch, groß, uneinnehmbar. Und wir waren nur winzige Menschen dagegen, ohne irgendeine Waffe, außer uns selbst.

Meine Haut schmerzte plötzlich vor lauter Angst. Ich suchte nach Jeshuas Hand, sie zitterte leicht. Wir wandten uns einander zu und suchten den Blick des anderen. Jeshuas Augen erinnerten mich an Galiläa, ließen mich ein. Ich roch die Frühlingssonne auf seiner Haut, lauschte dem Wasser des Tiberias, das gegen das Ufer schwappte, fühlte weiches Gras und Wärme. Ich wünschte für immer in der Sicherheit dieses Augenblicks zu verbleiben. Und doch würde der Moment gleich dem nächsten weichen, vorwärts und weiter – unabwendbar das Morgen.

Noch tausend Schritte bis Jerusalem.

Danke

Meine Reise mit Judas begann für mich 1993 in einer abgelegenen Buchhandlung in Port Angeles – in der Nähe eines Kaffs namens Forks, das Jahre später Berühmtheit erlangte, weil eine Autorin es mit Vampiren bevölkerte.
Dort erstand ich das Buch *Daybreak: The Dawning Ember*, Prophezeiungen von No Eyes, einer Ureinwohnerin Amerikas, die durch ihre Erblindung ihren Blick in die Welt hinter der Welt richten konnte. Es war ein Frage- und Antwortbuch, gefüllt mit Weisheiten der indianischen Kultur, das ich immer wieder durchblättert habe.
Erst im Jahre 2000 stieß ich beim Aufräumen erneut auf das Buch und schlug es wahllos auf. Auf jener Seite stand eine Frage zum Christentum, die ich bis dahin noch nicht gelesen hatte. Die kurze Antwort hat mich 20 Jahre lang beschäftigt, und die wenigen Zeilen haben mich dazu gebracht, insgesamt um die 1000 Seiten über Judas und Jesus zu schreiben.
No Eyes sagte, dass Judas kein Verräter sei, sondern selbst vom Tempel verraten wurde. Ich bin nicht sonderlich religiös aufgewachsen, aber diese Worte strahlten eine so starke Dramatik aus, dass ich die Geschichte ergründen wollte. So gilt mein erster Dank No Eyes – und Mary Summer Rain, die ihre Worte aufgeschrieben und veröffentlicht hat, so dass ich sie finden konnte.
Ferner bedanke ich mich beim *National Geographic*, der 2006 die Übersetzung der Fragmente des gefundenen Judas-Evangeliums von Rodolphe Kasser veröffentlicht hat und mit ihrem Inhalt nicht nur No Eyes' Worte bestätigte, sondern

faszinierenderweise auch meine eigene Idee, dass Judas Jesus' engster Vertrauter war.

Freund Murat, der zu jener Zeit Geschichten über die Apostel verfasste – darüber, was es menschlich mit einem gemacht haben könnte, Jesus begegnet zu sein und zurückzubleiben –, hat mich inspiriert, über Judas zu schreiben. Zu diesem Entschluss haben mich ebenso meine Freundinnen Silke und Tine ermutigt, mit denen ich endlose Gespräche geführt und ihnen aus meinem Manuskript vorgelesen habe.

Das Thema des Romans ist kein leichtes gewesen, und als der Körper nicht mehr mitschreiben wollte, waren viele helfende Hände für mich da: an erster Stelle Mare, die einiges von dem abgetippt hat, was ich schließlich nur noch auf ein Diktiergerät sprechen konnte; sie stand mir in entscheidenden Augenblicken mal mit Worten, mal mit Taten zur Seite und ist eine große Verfechterin meines Romans geblieben. Überdies hat sie die ersten 60 Seiten des Manuskripts an den Theologen Eugen D. weitergeleitet, der sie eingeschätzt und mir Mut gemacht hat.

Tine, Silke, Simone, Gerlinde, Wibke, Dita und Mutter Hedwig haben mir im Laufe der Jahre ganz selbstlos beim Korrigieren und Arbeiten am Text geholfen – so wie mein Liebster Kuwam, der seit 18 Jahren mit dem Buch und seiner Schreiberin zusammenlebt und beide unterstützt hat.

Mares Mutter Isolde danke ich für ihre Anregungen und auch für ihre Tränen um Judas; Maik – und auch Wolfgang – für ihre scharfsinnigen Anmerkungen zu der Geschichte. Des Weiteren gilt mein Dank Simone, Tine, Maik, Murat und Verena für das Korrekturlesen der Endfassung und Nathalie für das geduldige Sichtbarmachen meiner Vorstellung für den Buchumschlag.

Die Reise begann mit einer visionären starken Frau und endet mit einer anderen, die den Kreis schließt. Die wunderbare Rita hat meine Seele von Zweifeln und Ängsten befreit und mir somit den Mut zurückgeschenkt, und auch das Feuer, dieses Buch ohne einen Verlag im Rücken herauszubringen, zu dem zu stehen, was ich tue und wer ich bin.

Katja A. Freese ist Schriftstellerin, Sängerin und philosophische Spaziergängerin im Ruhrgebiet – zudem ist sie ständig (mit und ohne Kamera) auf der Suche nach Wahrheit, Schönheit und dem Zen des Lebens.
Ihr erster Roman ‚Der Rückwärtsleser‘ ist im Govinda Verlag, Zürich erschienen.
Homepage: katjafreese.wordpress.com
Instagram: katja.a.freese.autorin

ISBN 978-3-7531-6957-6
www.epubli.de